밝은누리

우리 겨레의 새로운 천년을 위한 제언

밝은 누리
새천년의 으뜸 대한민국

이창영 지음

이른아침

그리운 어머니 아버지께 바칩니다.

종이책을 펴내면서

대한민국은 지금 혼돈 속에 있는 듯 보입니다. 방송에서는 연일 '슈퍼차이나'를 외치며 부상하는 중국의 위세에 가려 왜소해질 우리의 앞날을 걱정하고 있습니다. 나라 내부적으로는 복지와 세금의 관계를 어떻게 풀어야 할지 정치 지도자들마저 혼돈에 빠져 있습니다.

청년들은 등록금 부담과 취업 문제로, 젊은 부모들은 육아와 사교육비 걱정에, 중년의 부모들은 실직의 위험에, 그리고 노인들은 생활비와 의료비 걱정에 힘겨워하고 있습니다. 자유롭게 뛰어놀며 성장하여야 할 어린 학생들마저 우리 사회를 관통하는 사교육의 열풍 속에서 온종일 공부와 씨름하며 학원가를 전전하고 있습니다. '100세 시대'를 살아가야 할 우리 사회 구성원들 모두가 힘들어 보입니다.

2012년 말 이와 같은 우리 상황에 대한 나름의 생각과 대안을 담아 전자책을 펴낸 지 어언 3년이 되어 갑니다. 그동안 생각을 좀 더 가다듬고, 잘 이해되도록 내용을 일부 고쳐 이제 종이책으로 펴내게 되었습니다.

그 사이 나라 안팎으로 여러 가지 일들이 있었습니다.

온 국민을 충격과 비탄에 빠트렸던 지난해 4월에 일어났던 세월호 참사. 배 안에 남아 있던 많은 사람들을 단 한 명도 구조하지 못한 채 모두 속절없이 죽어가게 한 우리 현실을 보며 우리 모두는 슬픔과 자괴감에 괴로워하였습니다. 그러나 1년이 지난 지금도 우리 정부와 정치 지도자들은 확실한 원인 규명과 재발 방지책도 없이 유야무야하고 있습니다.

근래 알려진 어린이집 교사들의 아동학대 행위는 어린 자녀를 가진 젊은 부모들에게 큰 충격을 주었습니다. 이제 수많은 젊은 부모들이 어린 자녀를 어디에 안심하고 맡길 것인지 전전긍긍하는 처지가 되었습니다.

근래 우리 20~30대 젊은이들은 연애·결혼·출산의 세 가지를 포기했다 하여 '삼포세대'라 자칭합니다. 암울한 사회 현실이 젊은이들의 희망마저 버리게 만들고 있습니다. 실제 우리나라는 2001년 이후 가임여성 1인당 평균 1.3명 이하 출산이라는 '초저출산' 국가의 늪에서 계속 빠져나오지 못하고 있습니다.

희망을 잃어버린 젊은이들과 불안한 육아 환경에 마음 졸이는 젊은 부모들, 그리고 국가에 대한 믿음도 버린 채 안전사고나 각종 재해의 위험에 떠는 국민들. 그러나 저는 이러한 걱정거리들은 정치 지도자들이 나라를 잘 이끌어 국가가 제 역할을 제대로 수행한다면 충분히 개선될 수 있다고 생각합니다. 우리는 대한민국의 미래를 위하여 젊은이들이 희망찬 미래를 설계하고, 젊은 부모들이 안심하고 아이를 기르며, 국민들이 안전한 일상생활을 할 수 있는 그런 사회를 꼭 만들어야 합니다.

정부가 국가를 제대로 잘 운영하기 위해서는 물론 많은 예산이 필요합니다. 이를 위해서는 우리 기업들도 잘되어야 합니다. 기업들이 잘될 때 일자리도 많아지고 세금도 더 낼 수 있기 때문입니다. 하지만 우리 기업들 역시 우리 젊은이들 못지않게 위기감에 휩싸여 있습니다. 바로 일본의 정책적인 엔저와 무섭게 치고 올라오는 중국 기업들 때문입니다. 실제로 우리 간판 산업인 전자와 자동차, 조선 산업 등에서 우리나라 주요 회사들의 수익은 근래 크게 줄고 있고, 중소기업들의 수출 경쟁력은 더욱 떨어져 고전하고 있습니다. 우려가 현실로 다가오는 듯합니다.

  그렇지만 실망만 하기는 아직 이릅니다. 우리 대한민국은 희망적인 면도 많이 가지고 있습니다. 이 작은 나라(크기는 미국이나 중국의 100분의 1, 인구는 각각의 7분의 1과 30분의 1 정도에 불과)가 세계 최고의 전자 기업(반도체, 디스플레이, 휴대폰, TV, 그리고 세탁기, 에어컨 등 백색가전까지), 세계 최고의 조선 기업, 세계 최고의 철강 기업, 그리고 세계 최고가 눈앞인 자동차 기업까지 모두 갖고 있습니다. 참으로 엄청납니다. 이런 나라는 현재 지구 상에서 대한민국밖에 없습니다.

  일본보다 훨씬 뒤늦게 시작하여 그들을 따라잡았고, 이제는 세계 최고의 IT 강국임을 자부하고 있습니다. 20년 전까지 일본은 한동안 제조업 절대 강국의 위치를 차지하고 있었습니다. 그들은 당시 최강 미국까지 넘보던 세계 2위의 초강국이었습니다. 하지만 우리나라는 국토의 크기나 인구 모두에서 일본의 절반에도 미치지 못합니다. 산업과 과학기술의 역사와 저변 또한 일본보다 훨씬 짧고 좁습니다. 그럼에도 6·25전쟁의 폐허에서 기술과 자본도 없이 맨손으로 시작하여 불과 50여 년 만에 이만큼 이루어 냈습니다. 우리 겨레의 대단한 저력이라고 아니할 수 없습니다.

　사회 문화적인 면에서도 우리는 이미 세계 최고의 중등 및 고등교육 이수율과 세계 최저의 문맹률을 자랑하고 있습니다. 즉, 우리 국민은 이제 세계 최고의 지식수준을 갖추고 있는 것입니다. 참으로 자랑스럽다 아니할 수 없습니다.

　전 세계 대다수 나라들과 마찬가지로 대한민국도 현재 청년실업의 문제가 매우 심각합니다. 이 문제는 단순히 대기업들이 투자를 늘린다고 해결될 일이 아닙니다. 그 밑에는 자동화와 전산화에 따른 산업의 구조적 변화가 자리 잡고 있습니다. 이와 같은 자동화와 전산화는 기존 일자리를 없애거나 새로운 고용을 막기도 하지만, 로봇과 자율제어(인공지능)라는 엄청난 신산업 분야도 키우고 있습니다. 이는 위기이며 기회이기도 합니다. 우리가 이에 잘 대처하여 새로운 아이디어로 중소 벤처기업을 많이 만들면 새로운 일자리도 많이 만들 수 있습니다.

　실제로 핀란드나 이스라엘 같은 나라는 나라 전체가 창업 열기로 뜨겁고, 그러한 창업으로 좋은 일자리를 다수 창출하여 세계 경제의 어려움을 잘 헤쳐나가고 있습니다. 물론 5천만 대한민국은 5백만 핀란드나 8백만(이중 유대인은 6백만) 이스라엘보다 규모가 훨씬 큽니다. 하지만 세계 최고의 교육열과 교육수준 그리고 잘하겠다는 강한 열의가 있기에 분명히 우리도 그들처럼 나라 전체가 잘할 수 있을 것입니다. 그러나 14억의 중국, 3.5억의 미국, 그리고 1.2억의 일본이 그렇게 하기는 좀처럼 어려울 것입니다.

　따라서 우리가 우리의 처지를 기회로 삼아 나라 전체를 이스라엘이나 핀란드처럼 창업으로 활성화시키고, 기존에 우리가 가지고 있는 세계 유수의 제조 산업 경쟁력을 유지·발전시켜 나간다면, 대한민국은 분명 중국이나 미국, 일본에 못지않은 능력을 갖추게 될 것입니다. 대한민국은 경제적 안정과 함께 유해 물질과 불량 식품 그리고 안전사고가 없는, 깨끗하고 건강하며 안전한 사회를 이루어야 합니다. 이에 더하여 국민의 높은 교육수준과 성숙한 시민의식을 바탕으로 육아와 교육, 그리고 노후·실업·의료 보장에 대한 범국민적 합의를 이루어 국민 모두가 행복한 복지국가가 되어야 합니다. 이처럼 대한민국은 세계 모든 나라들이 본보기로 삼을 수 있는, 새로운 시대를 앞서가는 나라로 이제 그 큰 걸음을 떼어야 합니다.

이 책에서는 이러한 목표를 어떻게 이룰 것인지 그 방안에 대해 고민하고자 합니다. 우리 앞에 놓인 문제들을 제대로 직시하고, 다가오는 세상의 새로운 틀과도 어긋나지 않아 새천년 동안 흔들리지 않을, 이 나라 이 겨레의 든든한 기틀을 만들 방안을 함께 찾아 나가고자 합니다.

푸른 양의 해(2015년) 가을

한누리

이 책을 읽는 분들께

지금 대한민국은 단군 이래 가장 잘살고 있다고 합니다. 그럼에도 우리 주변에는 아직도 부족하고 아쉬운 점들이 너무나 많아 보입니다. 우리를 둘러싸고 있는 세계의 상황 역시 녹록해 보이지 않습니다. 우리나라는 우리나라대로 세계는 세계대로, 마치 채 풀리지 않고 있는 수수께끼처럼 무언가 뒤엉켜 있는 듯합니다. 물론 세계가 항상 정돈된 상태로 있을 수는 없겠지만, 이러한 느낌이 비단 저만의 생각일까요?

우리나라를 살펴보면, 나라가 앞으로 어떠한 방향으로 나아갈지 짐작하기 쉽지 않습니다. 우리가 바라는, 언론의 자유가 확립된 민주 사회, 교육·보육·의료에 있어서의 사회보장 체계와 실업에 대해 사회안전망을 갖춘 복지사회, 힘없는 사람과 힘 있는 사람이 동등하게 취급받는 공정한 사회, 그리고 남·북한이 상생 협력하며 평화로운 가운데 통일의 기반을 닦아나가는, 그러한 방향으로 우리나라가 나아가야 하겠지만 그 전망은 불투명합니다. 경제적으로는 주요 산업 분야에서 현재의 우리 위상을 계속 유지할 수 있을지 불확실하며, 사교육 확산에 의한 공교육 위축과 실업 증대 등은 큰 사회문제가 되어 있습니다.

세계는 세계대로, 지구 온난화와 세계 금융 위기의 불확실성에 더하여 지역적으로는 센카쿠열도를 둘러싼 중국과 일본의 영토 갈등 고조에 따른 긴장과 위기감이 전 세계로 퍼져가고 있습니다. 과연 이러한 문제들이 어떻게 잘 풀어져 해결될 수 있을 것인지에 대해 지금 전 세계인의 관심이 쏠려 있습니다. 혹시라도 상황이 악화되어 급격한 기후 변동에 따라 자연 재앙이 일어나고, 경제 위기의 심화에 따른 세계적 경제 공황이 발생하거나, 중·일 간의 영토 분쟁에 의하여 전쟁이라도 벌어진다면 그 어떤 것이라도 지금의 세계를 더욱 불안정하게 만들 것입니다.

그렇지만 지금의 세계가 우리가 원하는 안정된 모습으로 바뀌어 갈 것이라는 약속은 그 어느 누구로부터도 받기 어려워 보입니다.

그렇다면 결국 우리 스스로 나서서 우리 자신과 세계의 안정을 위하여 스스로 행할 바를 생각하고 실천해 나가는 도리밖에 없을 것입니다.

다행히 우리 대한민국은 현재 상승세에 있습니다. 즉, 조금 큰 시간 단위로 보면 모든 것이 점차 나아지고 있습니다. 그리고 국민들 대다수가 잘살고자 하는 의지로 충만해 있습니다. 이러한 상승 의지를 갖고 있는 국민들의 뜻을 결집하여 상황을 개선한다면, 우리는 우리의 문제를 해결할 수 있을 것입니다. 한 발 더 나아가, 전 지구적 문제들에 대해서도 우리가 앞장서서 노력하여 지구촌 사람들이 함께 힘을 모아 그 해결의 길을 찾아갈 수 있도록 할 수도 있을 것입니다.

진부한 얘기 같습니다만, 대한민국은 이제 민주주의와 경제 발전이라는 두 과실을 한꺼번에 품안에 안았습니다. 다만 그 과정에서 제대로 되지 않은 몇 가지 점들이 있습니다. 교육 문제, 사회 정의 문제, 사회 복지 문제, 남북 갈등 문제 등이 있습니다. 그렇지만, 우리는 이미 가장 기본이 되는 민주주의를 확립하였고, 이를 뒷받침할 경제 발전을 이루었으며, 그리고 우리의 미래를 좌우할 가장 중요한 요소라 할 수 있는 우리 국민의 교육 수준을 이제 세계에서 가장 높여 놓았습니다. 더하여 우리 국민은 무엇이 되었든 더욱 잘하겠다는 '향상 의지'로 가득합니다. 이 모든 것은 우리의 엄청난 자산이라고 할 수 있습니다.

그러기에 저는 우리 대한민국이 우리 자신의 문제인 교육, 사회 복지, 사회 정의, 남북문제와 통일의 문제들을 모두 잘 해결할 수 있을 것이라고 생각합니다. 한 발 더 나아가, 전 지구적 현안인 지구 온난화와 환경오염, 그리고 기아와 빈곤 퇴치 문제에 있어서도 우리가 앞장서서 지구촌 여러 이웃들과 협력하여 그 해결책을 찾을 수 있으리라 믿습니다.

사실 이러한 문제들은 모두 그 해결이 쉽지 않은 얽히고설킨 난제들입니다. 때문에 이처럼 어려운 문제들을 해결하려면 엄청난 실력이 뒷받침되어야 합니다. 즉, 우리 대한민국의 실력을 엄청 튼튼하게 길러야 합니다.

이를 위해 해야 할 가장 근본적인 일은 우리 교육의 혁신입니다. 지금 우리 교육의 문제는 사실 무척 심각합니다. 공교육을 압도하는 사교육의 성행, 아이들의 창의성과 비판적 사고 능력을 마비시키는 주입식 입시(점수) 위주 교육, 서로 협력하여 문제를 풀 수 있는 협동정신은 위축시키고 치열한 경쟁심만 유발하는 경쟁력 강조의 교육 풍토 등 참으로 개선해야 할 일들이 태산 같습니다.

그러나 이러한 환경 속에서도 우리 국민의 교육열만큼은 그 어떤 나라 사람들에 못지않게 열렬하여, 아직 우리나라에서 고등학교 의무교육이 실시되지 않고 있음에도 이미 우리의 고교 진학률은 99퍼센트에 도달하였습니다. 이는 고등학교도 의무교육인 세계 어느 선진국보다도 더 높습니다. 그리고 1960년대에 '우골탑'이라는 단어를 통하여 이미 알려졌던 우리 국민의 고등교육에 대한 열망은 마침내 2000년대 이후 우리의 대학 진학률을 세계 최고 수준으로 밀어 올려놓았습니다. 물론 이러한 현상에 대하여 부정적인 관점에서 해석할 수도 있을 것입니다. 그러나 어쨌든 이러한 높은 교육 수준은 다가오는 지식기반사회에서 우리의 저력으로 나타날 것이며, 새로운 과학기술 시대에 우리가 앞서갈 수 있는 발판이 될 것입니다. 우리가 우리의 고등교육 수준을 세계적 수준으로 향상시키고 우리의 높은 교육열을 긍정적인 방향으로 순치시켜 각 분야에서 최고의 우수한 전문가 집단을 대대적으로 양성해낸다면, 대한민국은 세계적인 과학기술의 허브로 거듭날 수 있을 것입니다.

우리는 '빨리빨리'와 '할 수 있다'의 정신을 바탕으로 이미 여러 분야에서 우리의 저력을 보이기 시작하고 있습니다. 정보통신기술 분야에서 우리는 자타 공인 세계 최고 수준에 올라섰고, 조선·전자·철강·자동차산업 분야에서도 세계적 수준에 올라섰습니다. 또한 케이팝과 한류 역시, 우리는 예상치 못했지만 세계적 관심과 선호의 대상이 되어가고 있습니다. 이러한 모든 것이 저는 대한민국의 저력이 나타나고 있는 징표라고 생각합니다.

미약했던 몽골의 부족들이 칭기즈칸의 시대에 이르러 세계 최강의 몽골 기병을 육성하고 전 세계를 제패했던 것과 마찬가지로, 이제 우리도 우리의 높은 교육열을 바탕으로 최고의 우수한 인재들을 육성하여 과학기술과 산업에서 세계를 앞서가는 새로운 대한민국을 만들 수 있을 것입니다. 또한 우리의 높은 교육 수준을 바탕으로 사회 공동체 의식을 함양하여 수준 높은 복지사회와 모두에게 공정한 정의로운 사회도 만들 수 있을 것입니다.

이 책은 새로운 천년을 맞이하여 이와 같이 앞으로 우리나라가 나아갈 방향에 대하여 지난 10여 년 동안에 걸쳐 제 나름대로 생각해 온 바를 쓴 것입니다. 이제 이 책에 제시된 제안을 시작으로 이에 대한 범국민적 논의가 전개되고, 앞으로 대한민국이 나아갈 훌륭한 비전이 완성되어, 이를 바탕으로 새로운 천년에는 대한민국이 세상의 으뜸가는 밝은 사회로 거듭나기를 희망합니다.

이와 같은 거대한 논의의 물꼬가 이 책을 읽는 분들의 열정적인 관심과 참여로 트이게 되기를 바라면서.

2012년 가을
한누리*

---

* 온 세상 만물이 하나로 묶인 큰 세상과 하나인 나

차 례

제1부

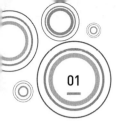

들어가며
― 온 누리의 밝은 앞날을 위하여

　현재 우리나라뿐 아니라 전 세계가 예측할 수 없는 불확실성에 불안해 하고 있다. 유럽은 전체가 경제 위기로 몸살을 앓고 있고, 미국 역시 빈곤층의 증가와 높아지는 실업률에 의한 팍팍한 살림살이에 월가를 향한 대중의 반감이 높다. 세계적으로는 까딱 잘못될 경우 지구 온난화가 돌이킬 수 없이 진행되어 전 세계 대도시의 상당 부분이 물에 잠길 것이란 예측과 함께, 급격한 기후 변화로 대재앙이 닥칠지도 모른다는 불안에 싸여 있다. 현재의 온실가스 배출이 조화롭게 감소되지 않는다면 실제로 급격한 지구 온난화가 진행되어 그러한 일이 현실로 닥칠 수도 있다.

　인류는 이미 스스로의 멸망도 가져올 정도의 지렛대를 많이 가지고 있다. 예컨대 어떤 계기로 핵 강대국 지도자들의 감정적 대립으로 인하여 핵전쟁이라도 일어난다면 지구상의 문명은 곧 파멸의 길로 치닫게 될 것이다. 이러한 일은 1960년대의 쿠바위기 때에 거의 현실화할 뻔하였다. 현재의 물질문명이 항상 좋은 방향으로만 발전하리라고 믿는 것은 인류의 과도한 자신감일 수도 있다. 발전된 과학기술에 의해 더욱 강력해진 인간의 능력을 신중하게 쓰도록 모든 인류가 깨어 있지 않는다면 영화 〈터미네이터〉에서 나타나는 것과 같은 인류 파멸의 파국으로 치달을 수도 있다. 핵전쟁의 위험은 이미 온 인류가 인지하고 있기에 모두들 조심하고 있지만, 지구 온난화에 대해서는 잘 체감되지 않는 관계로 모두들 서로 팔짱만 낀 채 위험한 벼랑 끝을 향해 가고 있는 중인지도 모른다.

20세기 이전까지 인류가 지구상에 한 일은 지구 생태계를 뒤흔들 정도의 영향을 주지는 않았다. 그러나 이제 인류는 지구 생태계를 완전히 뒤흔들 정도의 막강한 영향을 미칠 수 있는 힘을 가지고 있다. 때문에 이제 인류가 예전과 다름없는 타성적인 생각으로 지구 생태계를 교란할 수 있는 행위를 무분별하게 계속해 간다면 지구 생태계는 원상 복구가 불가능한 비가역적 상태로 변할 수 있다. 인류의 행위 중 이산화탄소 배출이나 원시림 벌목, 폐기물 쓰레기 대량 배출 등은 핵전쟁 등의 피해와 비교할 때 소소해 보일 수도 있지만, 이러한 점진적인 변화에 대해서도 인류가 심각하게 인식하고 대처하지 않는다면 온 인류가 파국으로 내몰릴 수도 있다. 물이 천천히 데워지는 욕조 안의 개구리에 관한 이야기처럼, 상황이 서서히 잘못된 길로 접어들 때 깨어 있는 자세로 그러한 상황에 제대로 대처하지 않는다면 상황은 결국 파국으로 이어질 것이라는 점을 우리는 직시해야 한다. 인류는 이제 참으로 막강해진 자신들의 힘에 걸맞게 항상 깨어 있어야 한다.

우주의 스케일에서 보면 현재의 인류 문명은 다만 순간에 지나지 않는다고 할 수 있다. 조금씩 뜨거워지면서 팽창해 가는 태양은 앞으로 수십억 년이 더 지나면 그 크기가 지구에 닿을 정도로 부풀어 지구도 집어삼키게 된다고 한다. 이 경우, 그렇게 태양에 흡수되어 소멸되기 이전에 벌써 지구는 점점 뜨거워져 모든 물이 말라붙어 버린, 생명체가 살 수 없는 불모의 행성이 될 것이다. 태양과 같은 별들도 수명이 있다는 것은 잘 알려져 있다. 따라서 지구가 태양에 흡수되어 소멸되지 않는다 하더라도 태양의 수명 이상으로 지구상의 생명체가 존재하기는 어려울 것이다. 어찌되었든 이는 우리가 살고 있는 행성이 소멸되어 사라지거나, 생명체가 살 수 없는 불모의 장소가 될 것임을 예고하고 있다.

은하는 보통 태양과 같은 별들이 천억 개 정도 모여서 이루어지는데, 이러한 은하들이 서로 충돌하여 격렬하게 합쳐지는 경우도 천문 관측으로 종종 확인된다. 그런데 천문학자들은 우리 은하와 안드로메다 은하가 수십억 년 내에 충돌할 것으로 예상하고 있다. 가능성이 적다고 하지만, 이 충돌에서 만약 우리 태양계가 다른 태양계와 충돌한다면, 우리 태양계 내에서 지구가 현재와 같은 상태를 유지하기는 매우 어려울 것이다. 현재 우리 태양계에서 지구는 '골디락스 존Goldilocks zone'이라고 불리는 생명체 유지에 아주 적절한 지점에 위치하고 있다. 만약 다른 태양계와의 상호작용에 의해 우리 태양계 내에서 지구의 위치가 변화한다면 그것 자체만으로도 지구상의 생명체에게 재앙이나 절멸에 가까운 영향을 주게 될 것이다. 태양계에 가까운 곳에서 초신성이 폭발하는 경우에도 지구상의 생명체는 절멸될 수 있다. 그 외에도 공룡의 멸종 원인으로 우리에게 익숙한 우리 태양계 내의 소행성이나 혜성과의 충돌 역시 인류 문명의 종말을 가져올 수 있다.

이런 관점에서 본다면 천억 개의 은하가 존재한다고 알려진 광대한 우리 우주에서는, 마치 불경에 나오는 이야기처럼, 지금의 인류 문명과 같은 수많은 문명 세계들이 도처에서 나타났다가 흔적도 없이 사라지는 그러한 일이 수없이 반복되었을 수 있다. 그리고 우리는 모르지만 현재 어딘가에 함께 존재할 수도 있다.

인류도 자연의 일부이므로 언젠가는 소멸하게 될 것이다. 하지만, 인류 문명이 앞으로 멸망할지 모른다 하여 우리가 마냥 허무주의에 사로잡혀 있을 수는 없을 것이다. 그러한 시간 간격은 수십만 년에 불과한 존재의 역사를 갖고 있는 현생인류의 시간 간격에 비추어보면 천문학적으로 긴 시간이 될 것이므로, 우리는 다만 현재의 주어진 상황에 충실할 수밖에 없다.

골디락스 존에 위치한 우리의 파란 행성 지구는 현재 우리가 우주에서 유일하게 알고 있는 생명체로 가득한 별(행성)이다. 골디락스 존에 위치하는 외계 행성들은 다수 존재한다고 알려져 있지만, 지구처럼 모든 조건이 잘 들어맞아 생명체가 번성하기에 좋은 환경을 갖추게 될 확률은 극히 낮다. 우리는 이 모든 우연들이 중첩되어 존재하는 이 행운의 별 지구에서 수많은 생명체들이 수억, 수천만 년에 걸쳐 이루어온 진화의 역사를 우리 스스로 하루아침에 되돌리는 우는 결코 범하지 말아야 한다.

18세기 중·후반에 시작된 산업혁명 이전에는 백 년 혹은 천 년이 지났다 하여 세상이 그렇게 크게 달라지지 않았다. 그러나 지금의 세상은 앞으로 백 년 후에 과학기술이 어떻게 발전할지 감히 상상하기도 어렵다. 매우 빠른, 그리고 우리가 미처 생각하지 못한 변화들이 예상되기 때문이다. 그런데 천 년도 아니고 만 년이라면 인류 문명은 어떻게 바뀔까? 인류와 인공 생명체의 구분은 가능할까? 더 시간 간격을 늘려, 지질학적 시간으로는 그리 긴 시간이라 할 수도 없는 백만 년, 그리고 천만 년의 시간이 흐른 뒤의 세상은 어떠할까? 이는 도저히 우리의 상상을 불허하기 때문에 그에 대해 생각한다는 것은 별다른 의미마저도 없을 것이다.

46억여 년의 지구 역사상, 유인원에서 분리된 인류의 먼 조상은 불과 600~700만 년 전에 출현하였고, 불을 쓰는 현생인류 호모사피엔스가 출현한 지는 겨우 20만 년 남짓으로 알려져 있다. 그리고 인류가 문명을 일구기 시작한 지는 겨우 지난 1만 년에 불과하다. 과거 80만 년 동안 지구는 빙기(빙하기)와 간빙기의 사이클을 되풀이하였고, 1만 년 전의 최종 빙기 이후 지구의 기후는 매우 안정적으로 현재와 같은 상태를 유지하게 되었다고 한다. 그 이전에 되풀이된 빙기-간빙기 사이클에서의 지구 기후는 매우 불안정하였지만, 지난 1만 년 동안의 이례적으로 안정된 기후 덕분에 인류는 안정적으로 문명을 일굴 수 있었다고 한다. 그렇게 문명을 일구기 시작한 우리 인류는 지구 문명사에서 보면 아주 최근이라 할 수 있는 18세기에 이르러서야 비로소 산업혁명을 진전시켰다. 그 이후부터 인류 문명은 그 이전까지 결코 경험하지 못했던 빠른 속도로 발전하기 시작하였다. 산업혁명으로부터 200여 년이 지나고 새로운 천년의 시작인 21세기에 접어든 지금, 인류는 이제 지난 200년보다 훨씬 더 빠르게 변화할 제2의 산업혁명이라 일컬어지는 정보통신과 과학기술혁명의 문전에 서 있다.

지금까지 세상을 나누어왔던 지리적 분리는 이제 수송 수단의 발달로 무의미해지고 있으며, 국가 간 경계도 점차 희미해져 가고 있다. 정보통신의 발달은 이제 한 지역에서의 인권 탄압이나 재해 현상을 곧 바로 전 세계에 알려 세계적인 공감대를 형성하게 하고 있다. 예전처럼 특정 지역이나 나라만의 일로 간주하여 남의 집 불구경하듯 하던 그런 시기는 이제 지나간 것이다. 수년 전 일본에서 지진과 쓰나미가 일어나고 원전사고에 의한 방사능 누출로 일본인들이 고통을 당할 때 세계 각국의 많은 사람들이 그들의 고통에 공감하였다. 티베트나 시리아의 사람들이 무자비하게 인권을 탄압받거나 학살당할 때에도 사람들은 자신의 아픔처럼 공감하였다. 이제는 세계 어느 곳의 사건이라도 세계인 모두가 자신의 일처럼 생각하고 공감하는 시대가 되었다.

지금 세계의 많은 나라들은 경제적으로도 상호 또는 다자간 자유무역협정을 통하여 밀접하게 얽혀 있고, 더 큰 경제권역으로 점차 통합되어 가는 추세에 있다. 이제 어떤 나라도 다른 나라들과 경제적으로 무관하게 홀로 존재하는 일은 불가능하게 되었다. 지구는 이처럼 하나의 생활권으로 변모해 가고 있으며, 국가 간 경계는 점점 더 희미해져 가고 있다. 이제 인류는 지리적 경계가 무의미해지고, 세계 어디에서나 정보 교환이 가능한, 전 세계가 하나로 된 사회에 살게 되었다. 과학기술혁명은 이런 추세를 더욱 가속화시키면서 우리가 살아가는 관습과 생각마저도 바꾸어 가고 있다.

바야흐로 인류는 지구를 뛰어넘어 우주로까지 진출하려 하고 있다. 태양계 내의 여러 행성과 소행성들로 탐사의 폭을 넓혀가고 자원 개발과 주거 개발에 나서며, 우주여행을 눈앞의 현실로 만들려 하고 있다. 여태껏 신의 영역으로만 여겨져 왔던 생명체까지도 비록 초보적이긴 하나 인공적으로 만드는 단계로 진입하고 있다. 또한 인류는 아마도 새천년이 지나기 전에 인간처럼 감성을 지닌 로봇들과 친구하며 살게 될 가능성이 크다. 인류는 이제 물질문명의 관점에서뿐 아니라 생각이나 인식에서도 이전과는 크게 다른 세계로 진입해 가고 있다.

우리 목전에서 전개되고 있는 이러한 물질문명과 인식의 변화는 과거 불의 발견에 못지않은 인류 역사의 대전환을 이룰 것이다.

생각해 보라! 예전에 그 누가 하늘을 날아 대양을 건너고, 수만 리 떨어져 있는 상대와 얼굴을 마주 보고 대화하며, 하늘의 별나라로 여행하는 일이 가능하리라 생각이나 하였던가? 인공 생명체나 인공지능 로봇 역시 마찬가지이다. 지금 우리가 당연시하는 이러한 생각들은 20세기 이후 과학기술의 발달로 비로소 우리 인류가 접하고 생각하게 된 것들이다.

사회적인 면에서도 지금 우리가 당연시하는 많은 것들, 예컨대 모든 국민이 교육을 받고, 기본적인 생활을 유지할 수 있도록 국가가 보장해야 한다는 행복추구권 역시 20세기 후반에야 비로소 뿌리내리기 시작하였다. 조금 더 일찍부터 인식되었다고 할 수 있는 자유와 평등 그리고 참정권과 같은 인권이나 기본권, 민주주의 사상 역시 18세기 후반에 이르러서야 미국의 독립혁명을 시작으로 프랑스 대혁명을 거치며 비로소 일반 사람들의 뇌리에 각인되기 시작한 것이다.

되돌아보면 19세기 후반이 될 때까지도 우리나라는 물론 미국과 러시아를 비롯한 서구의 여러 나라들에도 노예제도가 엄연히 존재하고 있었다. 이처럼 우리가 오늘날 천부적 권리로 당연히 여기는 기본 인권에 대한 보장 역시 불과 2~3세기 전까지만 해도 그저 이상적인 생각에 지나지 않았다. 근로자들에게 인간적인 근로 여건을 보장하는 근로기준법은 20세기에 들어와 비로소 확립되기 시작하였다. 20만 년이라는 현생인류의 역사는 차치하더라도 1만 년이라는 인류 문명의 역사에 견주어도 자유와 평등권과 같은 민주사회의 기본 인식과 인간다운 근로 환경의 틀은 아주 근래에 확립된 것이다.

그러나 이제는 모든 사람의 인권이 존중되고 평등하게 대우받는 민주사회를 향한 사람들의 생각이 인류 모두가 공통으로 추구하는 선善, virtue으로 굳어졌으며, 이는 앞으로도 바뀌지 않을 것이다. 인류가 불을 발견한 이후, 불을 계속 사용하며 문명을 발전시켜 온 것이나 마찬가지라고 하겠다.

앞으로 인류 문명은 인권과 행복추구권의 확대 보장과 같은 민주적 복지사회를 실현하는 방향으로 발전해 갈 것이다. 이러한 관점에서 본다면 현재 우리 인류는, 자유와 평등 등 기본적 인권도 제대로 보장되지 않고 자연의 이치와 다가올 미래의 발전 방향에 대해서 상당 부분 무지했던 19세기 이전까지의 과거와 앞으로 새천년에 걸쳐 펼쳐질 고도의 과학기술 문명을 기반으로 하나의 지구촌에서 민주적인 복지사회를 이루며 살아갈 미래를 연결하는, 과도기적 대전환의 시대를 살아가고 있다고 하겠다.

앞으로 크게 변화될 인식 중 하나로는 아마도 새천년의 처음 수 세기가 지나기 이전에 현재와 같은 국가 개념이 소멸되어 전 세계가 말 그대로 하나의 지구촌이 되는 국가지상주의의 해체를 들 수 있을 것이다. 이와 같이 국가 간 경계가 없어지게 되면, 영토에 집착하여

한 나라가 다른 나라를 군사적 또는 경제적으로 침략하고 지배하는 지금까지의 패권주의는 저절로 사라지게 될 것이다. 비록 가까운 미래에는 그러한 변화를 무시하는 일부 국가들이 예전 생각의 연장선에서 패권주의적 행보로 주변의 나라들을 무력이나 경제력을 써서 위협하고 굴복시키려 할 수도 있을 것이다. 그렇지만, 새천년이 깊어갈수록 패권주의적 생각의 틀은 절로 허물어져 갈 것이며, 문화와 과학기술에서 앞선 나라나 사회가 다른 나라나 사회를 이끌어 가는 새로운 세계가 들어서게 될 것이다.

우리 인류는 그러나 새로운 미래 사회로의 대전환에 앞서 국가 간 경계를 바탕으로 한 기존 사고방식에 의해 생긴 여러 문제부터 해결해야 한다. 예컨대 지구 온난화는 인류사 전대미문의 큰 문제이다. 그리고 온난화와 관련된 대기오염이나 대양을 오염시키는 해양오염의 경우, 그 피해가 오염 발생국뿐 아니라 주변의 여러 나라들, 나아가서는 전 세계적인 범위에서 피해를 야기할 수 있다. 아마존 원시림의 파괴와 같은 열대우림의 훼손과 극지방의 환경 파괴 역시 온실가스 배출과 맞물려 더욱 심각하게 인류의 앞날을 위협하고 있다. 인류는 이제 국가 단위의 생각에서 벗어나 모두가 한마음으로 생각하고 협력하며 해결책을 찾아야 할 절박한 처지에 있다.

현재 지구 대기 중 이산화탄소의 농도는 과거 80만 년 동안의 빙기-간빙기 사이클에서 나타났던 이산화탄소 농도보다 훨씬 높은 수준이며, 지난 백 년 동안에만 3분의 1이 증가하였다고 한다. 이러한 이산화탄소 농도의 급격한 증가는 지구 온난화를 더욱 가속화시키고 있으며, 만약 지구 온난화가 계속 진행되어 남극 대륙과 그린란드의 빙하까지 모두 녹는다면 그로 인한 해수면 상승은 무려 70m에 이를 것이라고 한다. 이 경우 뉴욕, 런던, 파리, 베를린 등 세계의 많은 대도시들이 침수될 것이라 한다.

지금 태평양의 일부 섬나라들은 해수면 상승으로 인한 침수가 이미 시작되어 나라 전체가 없어질 위기에 처해 있다. 과학자들은 21세기 말까지 해수면이 최대 1.8m 정도 상승할 것으로 예상하고 있다. 이 경우 미국에서는 마이애미가 침수되고 플로리다 남부의 대부분을 차지하는 에버글레이즈 지역이 큰 만으로 변할 것이라고 한다. 아시아의 많은 지역도 마찬가지 처지에 있는데, 특히 갠지스 강 삼각주 지역에 위치하여 지대가 낮고 1억 5천만의 많은 인구를 가진 방글라데시는 국토의 절반 가까이 물에 잠기게 되어 수천만의 난민이 예상된다고 한다.

지구 온난화 현상은 해수면 상승뿐 아니라, 인류가 통제하고 대응하기 어려운 기후 변화와 이에 따른 엄청난 자연재해까지 세계 곳곳에서 일으키기 시작하고 있다. 앞으로 온난화가 계속된다면, 대기 온도의 상승으로 대양의 수증기를 더 많이 증발시켜 인간이 지금까지 접한 적이 없는 아주 센 초강력 태풍을 더 빈번하게 발생시킬 것이며, 일부 지역에서는 소위 '메가 가뭄'이라 불리는 수십 년까지 지속되는 극심한 가뭄을 불러일으킬 것이라고 한다. 이는 영화 〈인터스텔라〉에서 보는 것과 같은 사막화를 불러와 지구의 더 많은 부분을 황무지로 만들 것이다.

만약 인간의 개입으로 인한 대기 중 이산화탄소의 급격한 증가가 지난 1만 년 동안 유지되어 왔던 안정적인 지구 기후에 어떤 변동을 주어서 과거 빙기-간빙기 사이클에서 나타난 것과 같은 급격하고 격렬한 기후 변화를 야기한다면 인류 문명의 존속은 장담하기 어렵게 될 것이다. 따라서 인류는 그러한 지구 기후의 급격한 변동을 야기할 수 있는 이산화탄소와 같은 온실 가스의 배출을 줄이는데 최선을 다해야 한다.

인류는 이제 인류 자신뿐 아니라 지구상 수많은 생명체의 생존도 책임져야 할 막중한 위치에 있다. 따라서 인류는 예전의 근시안적 인간중심주의와 개발제일주의에서 벗어나 지구 생태계에 대한 무분별한 훼손을 멈추어야 한다. 그리하여 인류 스스로가 불러올지 모를 엄청난 자연 재앙이 미연에 방지되도록 지구 생태계가 스스로의 자정 능력을 회복할 수 있도록 그 여건을 만들어 주어야 한다. 이를 위해서 모든 인류는 전 지구적 차원에서 생각하고, 깨어 있는 자세로 협력하여 인류뿐 아니라 다른 종들도 함께 공존해 갈 수 있는 방법을 찾아야 한다.

안타깝게도 이와 같은 전 지구적 현안에 대해서 세계의 3대 세력이라 할 수 있는 미국·유럽·중국, 그리고 그 어떤 국제기구도 뚜렷한 리더십을 보여주지 못하고 있다. 세계는 그저 운명을 시간에 맡긴 채 표류하는 모습이다. 그러나 모두가 벼랑을 향해 째깍째깍 돌아가는 시계의 톱니바퀴만 바라보고 있을 수는 없다.

이제 '동방의 등불' 대한민국이 떨치고 일어나, 스스로 '세계의 등불'이 되어 지구촌 문제의 해결에 앞장서야 한다. 대한민국이 지금의 일부 미비한 점을 바로잡고 앞서가는 밝은 사회로 거듭나, 그러한 경험을 지구촌의 이웃들과 함께 공유하며 인류 사회의 중지를 모은다면 지구촌 문제에 대한 해결의 길도 찾을 수 있을 것이다.

'민주'와 '복지', 그리고 '환경'은 앞으로 펼쳐질 새로운 천년의 시대정신이 될 것이다. 지난 천년이 인류가 민주적인 사회에 대해 자각하고 그것을 실현하기 위한 노력의 과정이었다면, 새로운 천년은 모든 이들이 행복한 삶을 누리는 복지사회, 그리고 현재 위기에 처해 있는 지구 생태계를 보호 복원하여 지구상의 생명체들이 모두 조화롭게 공존하는 환경 친화적인 세상을 이루는 과정이 될 것이다.

이의 실현에는 참으로 많은 노력이 필요할 것이다. 우리는 우리의 온 힘을 기울여 대한민국의 교육을 개선하고 과학을 발전시켜 환경 친화적이고 민주적인 복지사회를 이룩하여야 한다. 이에 대한 우리의 성공적인 경험은 새천년의 지구촌을 이끄는 등불의 역할도 훌륭히 수행할 수 있게 할 것이다.

새로운 세상의 빛, 대한민국

새로운 천년이 밝았다.

우리 겨레는 반만년이 넘는 오래전부터 널리 인간 세상을 이롭게 하겠다는 홍익인간弘益人間의 높은 뜻을 가지고 살아왔다. 이런 고귀한 이념으로 오랫동안 동북아를 다스리던 옛 조선(고조선)이 사라진 후, 지난 2천 년은 우리 겨레에게 대체로 고난의 연속이었다.

옛 조선의 자리에 들어선 고구려·백제·신라는 각자의 영역에서 때로 융성하기도 하였지만, 이전의 옛 조선 시대보다 전체적인 강역도 줄어들었고 외부 세력의 침탈로 편할 날이 드물었다. 그렇지만 이 시기 고구려는 중국에 맞설 만한 강성함을 지녔으며, 특히 광개토태왕 재위(391~412) 시에는 옛 조선 영역의 상당 부분을 회복하기도 하였다. 어쨌든 지난 2천 년의 첫 천년 무렵까지는 고구려와 백제의 멸망 이후에도 고구려의 영역에서 나타난 발해가 융성하여, 옛 조선의 영역이 대체로 유지되었다. 그러나 926년 발해가 멸망하고 발해의 태자가 많은 수의 유민들과 함께 고려에 망명하자, 옛 조선 시절부터 우리 겨레 고유의 영역이었던 광활한 북방의 대부분을 잃게 되었다.

　지난 2천 년의 두 번째 천년이 시작되기 조금 전(936년 후삼국 통일)에 들어선 고려(918~1392) 시대에는 그 영역이 청천강 이남으로 줄어들어 한민족 역사상 가장 작은 영역으로 그 강토가 축소되었다. 그 뒤를 이어 들어선 조선 시대에는 다시 압록강과 두만강을 경계로 하는 한반도 전체로 그 영역을 약간 확장하긴 하였지만, 여전히 옛 조선의 영역에 견주면 턱없이 작게 그 강토가 줄어들었다.

　특히, 지난 천년은 한민족의 강역이 형편없이 찌그러듦과 아울러 당한 고난 또한 엄청났다. 지난 천년의 초반, 몽골의 침략(1231~1259)과 원의 고려 지배로 이어진 외세의 침탈은 한동안 계속되었다. 이후 조선 초기에는 한동안 외침이 없었지만, 조선 중기에 들어 왜의 침략으로 인한 임진왜란과 정유재란(1592~1598)이 있었고 얼마 지나지 않아 후금(청)의 침략에 의한 병자호란(1636~1637)이 닥쳤다. 이러한 외세의 침탈로 당시 조선은 국토가 초토화되고, 수많은 백성들이 무참히 살육당하거나 포로로 끌려가는 엄청난 피해를 입었다. 이러한 고난의 시기는 영·정조 시대를 거치며 잠시 사라지는가 싶었지만, 다시 조선 후기의 혼란스런 조정과 이를 이용한 일제의 교활하고 강제적인 조선 병합으로 이어졌다. 끝내 나라는 없어지고 식민 통치를 받는 엄청난 일을 당하게 되었으니, 일제의 지배 아래에서 우리 민족이 받은 고통과 피해는 상상을 넘어섰다.

　이후 외부적인 세계 여건의 변화로 일제의 식민 통치에서는 벗어나게 되었지만, 다시 우리의 의지와 상관없이 이번에는 남·북으로 강토가 분단되는 안타까운 일을 당하게 되었다. 분단에 이어 벌어진 지난 천년의 끝 무렵을 피로 물들인 동족상잔의 전쟁 6·25는 남·북한 할 것 없이 온 강역을 초토화시켰고, 수많은 생명을 무참히 앗아 갔다. 한민족에게 지난 천년은 그야말로 고난으로 점철된 시기였다.

고난으로 점철되었던 지난 천년이었지만 그 와중에도 활짝 피었던 희망의 시간이 있었으니, 바로 조선 초기 세종대왕의 치세 (1418~1450)이다. 세종대왕은 참으로 전대미문의 뛰어난 지도자였다. 그의 치하에서 조선은 국운이 뻗어가고 나라는 융성해져 백성이 배부른 태평성대를 구가하였으니, 당시 명나라 조정마저도 조선을 부러워하고 내심 경계할 정도였다.

그 시절 조선은 세계사적으로도 유례가 드물게 학문과 문화의 창달을 이루었다. 특히 세종대왕은 자신의 주도 아래 훈민정음이라는 고유의 새로운 문자를 창조하였으니, 이로써 한민족은 전 세계가 부러워하는 우리 고유의 문자 한글을 갖게 되었다.(이를 기념하여 유엔 산하 유네스코에서는 전 세계적으로 문맹 퇴치에 공헌이 큰 사람이나 단체에 매년 세종대왕상을 수여하고 있다.) 한민족은 한글이라는 뛰어난 새로운 문자 체계를 갖게 된 것만으로도 마지막 천년 동안에 겪은 극심한 고난의 상처를 어루만져줄 위대한 문화적 자산을 얻게 된 셈이다.

이때 뿌려진 희망의 씨앗은 인고의 세월을 거쳐 이제 드디어 그 싹을 틔우려 하고 있다. 지난 천년의 끝 무렵부터 한민족은 다시금 크게 도약할 것이라는 여러 징후들을 세상에 내보이기 시작하였다. 세계에서도 가장 가난하고 후진적이었던 6·25 이후의 초토화된 대한민국은 짧은 시간 동안에 '한강의 기적'으로 불리는 경제적 발전을 이룩하였고, 문맹률은 세계 최저 수준으로 낮아졌다.

이러한 발전의 시기에도 꼭 좋은 현상만 나타났던 것은 아니다. 1960년대 이후 대한민국은 30~40년 동안 지속적으로 순조로운 경제적 발전을 이루는가 싶었지만, 지난 천년의 마지막에 닥친 IMF사태라 이름 붙여진 국가 부도의 위기는 이 나라 경제를 풍전등화와 같은 절체절명의 위기로 몰아넣었다. 많은 외부 전문가들, 심지어는 우리 국민들 중에도 많은 이들이 회복 불능을 생각하였다.

그러나 새로운 천년의 시작과 더불어 지도자와 국민이 일치단결하여 노력한 결과, 대한민국은 이 위기도 성공적으로 극복해 냈다. 참으로 세계가 놀랐던 대한민국의 저력이었다. 그 무렵 시작된 정보통신화의 노력은 이후 대한민국을 세계적으로 앞서가는 정보통신기술의 강국으로 변화시켰고, 전자산업은 물론 자동차·조선·철강 등 여타 분야도 당시 위기를 거울삼아 체질을 다져 세계적으로 두각을 나타내는 계기가 되었다.

지난 50년간 대한민국은 정치적인 면에 있어서도 참으로 많은 진전을 이루었다. 비록 경제 발전을 위해서라는 이유로 한동안 국민의 인권과 자유가 억압당하는 혹독한 독재 통치의 시절도 있었지만, 지난 천년의 마지막 무렵에 우리는 마침내 자력으로 평화적 정권 교체라는 민주주의의 금자탑을 쌓아올렸다. 이제는 지방자치까지, 절차적 민주주의는 대한민국에서 확실하게 그 뿌리를 내렸다.

이처럼 대한민국은 지난 반세기 동안에 경제 부흥과 민주주의의 정착이라는 두 과실을 두 손에 하나씩 갖게 되었다.

우리는 이제껏 영토가 축소되었다 하여 크게 실망할 필요는 없다. 지금 세계는 국가 간 경계가 날로 희미해지고 교통과 통신이 발달하여 나라 사이의 교류가 예전 나라 안의 멀리 떨어진 지역 간 교류보다 쉬워진 까닭에, 이제까지의 영토 개념은 점점 그 의미를 잃어

가고 있다. 앞으로는 영토가 큰 나라가 아니라 문화와 과학기술에서 앞선 나라가 다른 나라들을 이끌어 가는 세상이 될 것이다.

2000년대 이후, 대한민국은 고교이수율과 대학진학률에서 공히 세계 최고 수준에 올라서게 되었다. 대한민국은 이제 세계 최고의 지식수준을 가진 국가라고 할 수 있게 된 것이다. 이것이야말로 진정한 '한강의 기적'이 아니고 무엇이겠는가?

앞으로 세계는 지식을 기반으로 모든 산업이 발전하여 갈 것이다. 이는 국민의 지식수준이 곧 국가경쟁력을 좌우하는 '지식기반시대'로 세계가 접어들고 있음을 뜻한다. 미국 대통령 오바마가 틈날 때마다 한국의 교육을 언급하는 이유는 우리 교육현장에서 벌어지는 치열한 입시경쟁 위주의 교육환경이 부러워서가 아니라, 우리의 높은 고교이수율과 대학진학률에 따른 국민 지식수준의 향상을 부러워하기 때문이다. 우리는 우리 국민의 높은 교육열에 의하여 세계에서 가정 먼저 대한민국에서 일어난 '대학교육의 일반화' 현상을 미래 지식기반사회로 대한민국이 가장 먼저 도약할 수 있게 할 좋은 축복으로 받아들이고, 이를 백분 활용하여 미래 지식기반사회로 앞서가야 한다.

그렇지만 지금 대한민국에는 이러한 진전을 가로막는 시급히 해결해야 할 태산 같은 난제가 하나 있다. 바로 얽히고설킨 교육의 문제이다. 국민의 높은 교육열에 의하여 세계 최고의 고교이수율과 대학진학률이라는 타이틀을 거머쥔 것이 '대한민국 교육'의 한 면이라면, '향상 의지'로 가득한 국민들의 교육에 대한 열망을 온전하게 순치시키지 못해 공교육을 부실화시키고 사교육을 횡행하게 한 역대 정부의 능력 부족으로 인한 참담한 현실 역시 우리 교육의 또 다른 한 면이기 때문이다.

이제 한 나라의 경쟁력은 과학기술의 수준과 국민들의 창의성에 달려 있다. 즉, 과학기술 수준을 얼마나 높이고 창의성 있는 우수한 인재들을 얼마나 많이 양성하느냐에 그 나라의 미래가 달려 있다. 창의성과 비판적인 사고력은 과학기술 분야에서 앞서가기 위한 필수 요소이기도 하다. 결국 국가 발전의 핵심은 국민을 얼마나 창의성 있게 교육하느냐에 달려 있다 하겠다. 따라서 아이들이 창의적이며 비판적인 사고력을 기를 수 있도록 공교육을 혁신하는 것은 이제 대한민국의 장래를 위해 필수 불가결한 일이 되었다. 아이들이 지금과 같은 단순 암기 위주의 지식 축적 경쟁에서 벗어나 함께 토론하며 여유를 가지고 독서나 취미활동을 할 수 있게 하여, 협동정신과 감성을 함양하고 비판적이며 창의적인 사고력을 기를 수 있도록 공교육을 혁신하여야 한다.

현재 대한민국은 이전과 비교할 때 매우 잘살고 있다. 단군 이래 가장 잘살고 있다고 해도 과언이 아닐 것이다. 이러한 수준에 이르기 위해 대한민국 국민은 건국 이래 지금까지 모두가 엄청난 노력을 하여 왔다. 자식이나 부모·형제를 위하여 열악한 근로 환경의 공장에서, 뜨거운 사막에서, 낯선 타국의 지하 탄광에서 모두들 눈물겹게 노력하였다. 그 결과 대한민국은 이제 세계 10대 경제 대국을 넘보며, 제3세계의 많은 사람들이 코리언드림을 꿈꾸며 오고자 하는 나라가 되었다.

국제전기통신연합ITU에 의하면, 2010년 대한민국의 정보통신기술 수준은 세계 1위라고 한다. 이처럼 21세기에 각광받는 정보통신 분야에서 대한민국은 특유의 국민성을 바탕으로 엄청난 두각을 나타내고 있다. 반도체·휴대폰·TV 등의 전자산업은 물론 자동차·조선·철강·석유화학 분야 등에서도 세계적 수준에 도달하였다. 대한민국은 이와 같은 제조업의 튼튼한 기반을 바탕으로 근래의 세계 경제위기 하에서도 스페인이나 이탈리아 등 유럽의 제조업 약세 국가들보다는 더 잘 버티고 있다.

하지만 분명한 점은 지금의 이러한 발전과 번영도 교육과 저출산, 그리고 국가경쟁력의 문제를 해결하지 못한다면 다시 공염불이 될 수 있다는 것이다.

세계의 공장이라 불리는 중국은 4조 달러에 가까운 엄청난 외환보유고의 막강한 재정을 바탕으로 자국의 제조업 경쟁력 향상에 범국가적 지원을 아끼지 않고 있다. 따라서 대한민국이 현재 가지고 있는 중국에 대한 제조업 분야의 경쟁력 우위가 향후 어떻게 될지는 전혀 예측을 불허한다. 예컨대, 조선과 전자산업 분야에서 세계 최강을 자랑했던 일본 기업들의 경쟁력은 이제 한국 기업들에 뒤져 있다. 만약 중국 제조업 분야의 경쟁력 향상이 현실화된다면 현재 한국 기업들이 지니고 있는 경쟁력 우위 역시 그와 같이 사라질 수 있다.

그런데 대한민국은 아직까지 기초과학 및 첨단 기반기술 분야에서 미국·유럽·일본 등에 상당 부분 뒤져 있다. 상황이 이러한데 기존 범용산업 분야에서의 경쟁력마저 중국에 뒤지게 된다면, 대한민국은 마땅히 딛고 설만한 자리도 찾기 어렵게 될 것이다. 이러한 난국을 피하기 위해서는 대한민국이 현재 갖고 있는 기존 산업 분야의 경쟁력을 지속적으로 유지하고 새로운 유망 분야의 개척을 뒷받침할 과학기술의 획기적인 질적 향상을 이루어야 한다.

한 나라의 과학기술 수준은 그 나라의 고등교육(대학과 대학원) 수준에 비례한다. 그런데 안타깝게도 현재 대한민국의 고등교육 수준은 세계적 수준에 여전히 미흡하다. 따라서 우리의 과학기술 수준을 획기적으로 향상시키기 위해서는, 공교육 혁신을 통하여 창의성 있게 자라날 우리 아이들이 세계적 수준의 우수한 과학기술 인재들로 거듭날 수 있도록, 우리의 고등교육 체계를 세계적 수준으로 끌어올려야 한다. 이제 대한민국의 생존을 위해서도 교육개혁을 통한 공교육의 정상화와 고등교육의 혁신은 필수 불가결하다 하겠다.

지금 대한민국의 젊은 세대들은 육아 및 교육에 대한 극심한 스트레스와 경제적 부담으로 2세 출산은 물론 결혼마저도 미루고 있다. 대한민국의 출산율은 독일과 프랑스 그리고 일본보다도 낮은 세계 최저 수준으로, 가임 여성 1인당 출산율이 1.3명에 미달하는 '초저출산'이 2000년대 이후 지속되고 있다. 우리의 출산율은 프랑스의 2명 안팎에 견주어 매우 낮으며, 이미 초고령사회가 된 일본이나 독일보다도 더 낮다. 이와 같은 비정상적 초저출산 현상이 지속된다면 대한민국은 말 그대로 인구 감소로 인한 쇠멸의 길로 가게 될 것이다.

선진 외국에서도 저출산은 심각한 문제였다. 문제의 심각성을 일찌감치 깨우친 프랑스는 아동의 보육과 교육을 모두 무상화 하였고, 세 번째 자녀부터는 매달 500유로의 추가적인 보육수당까지 지급한다. 개인적인 국민 성향 때문에 예전에는 서구 선진국 중에서도 낮은 출산율을 보였던 프랑스가 이제는 국가의 적극적인 출산 지원정책에 힘입어 서유럽 선진국 중에서도 높은 출산율을 보이고 있다.

프랑스와 독일, 그리고 북유럽 국가들은 대학도 무상이며, 우리와 같은 허리가 휠 정도의 사교육비 부담은 물론 없다. 이는 아이를 낳아 기르고 교육시키는 비용이 거의 들지 않음을 뜻한다.

현재 대한민국의 대학진학률은 70~80%를 넘나드는 세계 최고 수준이다. 그런데 문제는 대학 등록금이 미국에 이어 세계에서 두 번째로 높다는 것이다. 이 때문에 많은 대학생들이 등록금을 마련하기 위하여 학업을 제치고 아르바이트를 해야 하는 상황으로 내몰리고 있고, 등록금을 대출받은 사람들은 빚에 찌들어 팍팍한 삶을 살거나 일부는 파산으로까지 이르는 현실이 되었다. 이제는 대한민국도 인구 감소로 인한 나라의 쇠멸을 막기 위해서라도 육아 비용 및 중등과정의 사교육비, 그리고 대학의 학비 등 육아 및 교육과 관련된 모든 부담을 덜어줄 수 있는 획기적인 개선책을 마련해야만 한다.

대한민국은 2017년을 기점으로 65세 이상 인구가 14% 이상인 '고령사회'로, 2026년에는 20% 이상인 '초고령사회'로 진입할 것이라 한다. 2030년대 후반쯤이면 60세 이상의 인구가 30세 이하의 인구도 넘어설 것으로 예상되고 있다. 이렇게 인구가 고령화되면 연금 지급액과 노후 요양비용은 엄청나게 증가할 것이며, 이를 뒷받침해야 할 국가재정은 큰 압박을 받게 될 것이다. 그럼에도 노후를 편안하게 해 줄 복지제도는 고령화가 진행될수록 더욱 필요하게 된다. 그러므로 이미 우리 앞에 닥친 저출산과 초고령 시대에 보육과 교육, 그리고 노후 보장에서 앞선 복지사회를 이루기 위해서는 이를 뒷받침할 국력의 신장이 더욱 절실히 필요하다.

그렇다면 부존자원이 없는 대한민국이 국력을 더 신장할 수 있는 길은 무엇인가? 그것은 과학기술을 발전시켜, 현재 대한민국이 갖고 있는 제조업 기술경쟁력을 유지하고, 동시에 새로운 기술을 기반으로 한 벤처 창업을 활성화시켜 양질의 일자리를 지속적으로 창출함으로써 국가경쟁력을 유지 발전시키는 것이다. 이렇게 할 때에 대한민국은 기존 산업에서의 실업을 막고 청년들을 위한 새로운 일자리를 지속적으로 만들어 안정된 가운데 국력 신장을 이룰 수 있을 것이다. 이와 같은 국력 신장을 가능케 할 앞선 과학기술의 핵심 요건이 교육임을 생각하면, 교육의 중요성은 다시 강조할 필요조차 없을 것이다.

통일은 현재 대한민국에서 정치적으로 남아 있는 가장 큰 과제이다. 이제는 대한민국만이 전 세계에서 유일한 분단국으로 남아 있다. 지난 70년간 남·북한 모든 사람들은 통일이 하루빨리 이루어지기를 학수고대하여 왔다. 그러나 독일의 선례에서 볼 수 있듯이, 갑작스런 통일은 지금의 상황에서는 감당하기 어려운 경제·사회적 재앙으로 닥칠 수 있다. 막대한 통일 비용에 남·북한 모두가 엄청난 어려움에 처할 수 있기 때문이다.

예컨대 북한의 경제가 완전히 붕괴된 채로 통일이 된다면 남한의 경제는 북한의 전 인구를 부양하기 위하여 엄청난 경제적 부담을 져야 한다. 단순한 인구 비례로 생각하더라도 현재 2,500만(북한) 대 5,000만(남한)의 인구 비율을 보이는 한국의 경우, 과거 통일 당시 1,500만(동독) 대 6,300만(서독)의 인구 비율을 가졌던 독일과 비교할 때 그 부담이 2배를 웃돌게 된다. 또한 현재 남·북한의 국민소득 비율은 통일 당시의 동·서독 국민소득 비율보다 그 차이가 훨씬 크다.

이는 북한 사람들의 경제적 형편이 통일 전의 동독 사람들의 경제적 형편보다 상대적으로 훨씬 더 나쁨을 의미한다. 따라서 독일식으로 통일된다면, 남한은 당시 서독이 동독에 대해 부담했던 비용보다 상대적으로 훨씬 더 많은 비용을 부담하여야 한다.

통일이 갑작스럽게 되어 이처럼 남한 경제에 과도한 부담이 가해진다면, 남한 경제가 파탄에 이를 수도 있다. 북한의 경우, 갑작스럽게 시장경제 체제로 바뀌게 된다면 대다수 사람들은 잘 적응하지 못할 것이며 북한의 거의 모든 산업은 붕괴될 것이다. 재산이나 자본을 전혀 축적하지 못한 북한 사람들의 처지에서는 오로지 남한으로부터의 보조금에 의해 연명하는 최악의 상황으로 내몰릴 수 있다. 이러한 파탄적인 상황을 예방하기 위해서는 남·북한이 서로 머리를 모으고 그 대책을 미리 강구하여야만 한다. 우리는 지금의 대결 국면에서 탈피하여 상생 협력의 자세로 북한이 지금보다 더 나은 상태로 발전하도록 도와주면서 통일에 대비하여야 한다.

우리는 통일을 남쪽의 일방적인 희생으로만 치부해서는 안 된다. 통일은 비록 우리에게 일부 희생을 요구하겠지만, 우리 민족 모두의 숙원이며 그 자체로 대한민국에게 새로운 프런티어를 제공할 것이다. 이 새로운 프런티어는 대한민국이 지금의 단계를 훌쩍 뛰어넘어 훨씬 더 높은 단계로 비약하는 도약대의 역할을 하게 될 것이다. 현재 북한의 산업은 붕괴나 진배없는 상황에 있고, 대한민국의 많은 기업들은 낮은 임금을 찾아 외국으로 나가고 있다. 통일 이전이라도 잘 교육받은 북한의 노동력과 남한의 기업이 결합될 때 북한의 경제에는 숨통이 트일 것이며 남한 기업들에게도 새로운 출구와 희망을 줄 것이다. 통일이 되면 같은 언어를 쓰는 동일한 문화의 단일 시장이 확대될 뿐만 아니라, 북한 지역의 사회간접자본 및 산업시설 건설을 위해 필요한 새로운 투자들이 이루어져 정체되어 가는 남한의 경제에도 새로운 활기를 불어넣을 것이다. 이로 인한 새로운 투자와 일자리의 창출은 대한민국에게 미국의 서부 개척 시대에 버금가는 새로운 기회를 제공할 것이다.

13세기 칭기즈칸의 몽골은 중국의 100분의 1 정도밖에 되지 않는 인구를 가지고도 일당백의 몽골 기병을 육성하여 상상을 뛰어넘는 기동성으로 전 세계를 정복하였다. 이제 세상은 인구수나 국토의 크기로 나라의 국력이 결정되는 시기에서 벗어났다. 얼마나 많은 우수한 인재와 뛰어난 과학기술을 가지고 있느냐가 이제 그 나라의 국력을 결정짓고 있다. 현재 유럽에서는 인구 8,500만의 독일이 전 유럽을 경제·사회적으로 선도하고 있으며, 인구 14억의 중국에 버금가는 정도의 수출을 하고 있다. 앞으로 통일 대한민국도 남·북한 8,000만의 국민을 모두 일당백의 우수한 인재들로 육성하면, 1억 2,000만의 일본에는 물론 14억 중국에도 결코 뒤지지 않는 진정한 실력을 갖춘 나라가 될 수 있을 것이다. 강소국이 아닌 진정한 강국으로 거듭나게 될 것이다.

예부터 위기에 대하여 구성원들이 합심하여 길을 찾았던 조직이나 국가는 항상 그 길을 찾았고, 그러지 못하고 갈등을 한 경우에는 몰락의 길로 향하였다. 고구려와 백제의 멸망 역시 내부로부터의 몰락에 의한 것이었고, 지리멸렬했던 조선말의 조정이 나라를 일제의 병탄으로부터 구할 수 없었음도 우리는 기억한다. 우리가 깨어 있는 마음으로 함께 힘을 모아 나라의 잘못된 점을 바로잡는다면, 우리는 다가오는 새천년의 세계에서 대한민국을 앞서가는 나라로 만들 수 있을 것이다.

앞으로 국경의 개념은 점차 사라져 갈 것이며, 세계는 과학기술과 문화에서 앞선 나라가 이끌어가게 될 것이다. 우리는 대한민국을 과학기술과 문화에서 앞서가는 밝은 사회로 만들어 새천년의 새로운 세상을 밝힘으로써, 옛 선조부터 대대로 이어져 내려온 널리 세상을 이롭게 하겠다는 홍익인간의 위대한 이념도 실현할 수 있을 것이다.

교육을 바로 세워야
나라가 바로 선다

교육은 예로부터 '국가 백 년의 큰 계획國家百年之大計'이라고 하였다. 이는 교육이 그 나라의 향후 백 년을 좌우한다는 의미이다. 대한민국이 지금과 같은 민주화와 경제적 번영을 이룬 것도 따지고 보면 전 세계에서 가장 낮은 문맹률과 국민이 갖고 있는 세계 최고의 교육열 때문이라고 할 수 있다. 대한민국의 많은 부모들은 비록 못 먹고 못살더라도 자녀 교육은 꼭 시키고자 하였고, 부모가 하기 힘든 경우 형이나 누나가 스스로를 희생해 가며 동생들을 교육시키기도 하였다.

시골집의 소를 팔아 등록금을 마련하였다 하여 우골탑牛骨塔으로 불리던 대학에 진학하였던 1950~1960년대의 이 나라 젊은이들은 이후 열사의 중동에까지 진출하여 달러를 벌어들였다. 그리고 국내에서 이들이 땀 흘려 건설한 공장들은 철강·조선·자동차·전자·석유화학 등의 중화학공업 분야에서 대한민국을 세계적인 제조 산업 국가로 거듭나게 하였다.

이러한 교육의 힘은 민주사회에 대한 국민들의 생각도 일깨웠다.

피로 물든 1960년의 4·19 혁명과 1980년의 5·18 광주민주화운동을 거쳐서 1987년의 범국민적 항쟁으로 이어진 민주화에 대한 우리 국민의 열망은 자유로운 직접 민주선거에 의한 대통령 선출을 다시 가능하게 했고, 대한민국 정부 수립 50년이 되는 1998년에 마침내 우리 역사상 처음으로 투표에 의한 평화적 정권 교체를 이루어냈다. 이제는 누구도 대한민국에서 자유로운 선거에 의한 평화적 정권 교체와 지방자치의 틀을 부정할 수 없게 되었다.

이는 참으로 대단한 결과이다. 대한민국은 서구 선진국들이 200년에 걸쳐 민중의 투쟁과 산업화를 통하여 굳히며 다져온 절차상의 민주화와 이를 뒷받침하는 경제적 발전을 상대적으로 아주 단기간인 지난 반세기 동안에 함께 이루어냈다. 비록 아시아에서 일본이 먼저 민주주의 제도 아래 발전된 경제 체제를 갖추었다고 하지만, 일본은 스스로 각성하고 투쟁하여 민주주의를 쟁취한 경험이 없다.

아시아와 중남미 여러 나라들에서도 민주주의 제도 아래에서 선거를 통하여 지도자를 선출하지만, 많은 나라들이 경제적 빈곤으로 인하여 대다수 국민들의 교육 수준은 낮고 사회는 불안하여, 비민주적 권력 다툼과 잦은 혁명으로 인한 정치적 불안정이 지속되고 있다. 근래 미국과 패권을 다투며 세계 최강국을 꿈꾸고 있는 중국의 경우에도 민중들이 어떠한 제약도 없이 직접 지도자를 선출하는 직접 민주주의 체제는 아직도 요원한 꿈일 뿐이다.

전쟁의 폐허 위에서 경제 발전을 이루어야 했던 어려움 가운데에서도 스스로 이런 민주주의의 바탕을 하나하나 다져온 대한민국 국민들은 지금의 성과에 충분히 자긍심을 가질 만하다. 민주주의 제도의 정착과 이를 뒷받침하는 단군 이래 가장 풍요로운 삶을 가능케

한 경제적 발전, 이 둘은 모두 우리 국민의 높은 교육열과 그에 따른 국민 전체의 교육 수준 향상이 있었기에 가능했던 것이다.

대한민국 국민의 높은 교육열은 이렇듯 나라의 발전을 가져왔지만, 그에 따른 대가도 만만치 않다. 국민의 높은 교육열은 소위 명문 학교에 들어가기 위한 치열한 경쟁을 유발하였고, 이러한 입시경쟁에서 절대적인 도구로 등장한 사교육은 1980년대 이후 공교육마저 압도해 버렸다. 지금의 대한민국은 세계에서도 그 유례를 찾기 힘든 극심한 사교육의 나라가 되어버렸다. 사교육의 광풍이 나라를 휩쓸고, 그 위세에 눌린 공교육은 본연의 역할을 제대로 수행하지 못하는 상황에 이르렀다. 그리고 국민들은 사교육비 부담에 허리가 휠 지경이 되었다.

치열한 입시경쟁과 무거운 사교육비 부담은 현재 대한민국의 학부모들에게 가장 고통을 주는 사안이 되고 있다. 사교육비의 엄청난 부담과 입시경쟁의 치열함에 짓눌려, 30~40대의 젊은 부모들은 무려 70% 이상이 사정이 허락되면 자녀 교육을 위해 해외 이민을 원한다고 한다. 자녀 교육을 위해 기러기 아빠가 되었다는 이야기는 이미 방송에서 흔히 듣는 바가 되었다. 대한민국의 유명 연예인들 상당수는 자녀 교육 때문에 기러기 아빠나 엄마가 되었노라고 방송에 나와 스스로 고백하고 있으며, 소위 '능력'이 되는 사회 지도층 인사들 상당수가 자녀들을 일찍부터 해외에 유학시키고 있음이 널리 알려져 있다. 여기서 가장 심각한 점은 우리 사회의 허리 역할을 하는 30~40대 젊은 부모들 절대다수가 여건만 허락된다면 자녀 교육을 위해 해외 이민까지도 고려하고 있다는 사실이다. 대한민국을 휩쓸는 사교육 광풍은 더 자유롭고 더 잘살게 된 조국에 대해서 상당

수 국민들이 긍지를 갖지 못하는 중요한 요인 중 하나가 되었다. 이는 지금의 대한민국 교육이 매우 심각한 처지에 있음을 반증한다.

사교육의 광풍을 가라앉히고 공교육을 정상화시키는 일은 현재 대한민국의 교육에서 가장 중요하고도 시급한 과제이다.

부실한 공교육으로 인한 결과는 나라의 장래를 생각하여도 크게 우려되는 부분이다. 핵자기공명NMR 분야에서 분광학 연구로 노벨상을 받은 스위스 연방공대의 뷔트리히 교수는 한 국내 신문과의 인터뷰에서 '호기심은 과학자에게 가장 중요한 자질'이라고 하면서 '한국에서 열 살 먹은 어린이가 밤 12시까지 사교육에 시달리고 있다는 점에 충격을 받았으며, 한국 학생들은 어릴 때부터 사교육에 시달려 스스로 호기심을 개발할 시간이 없는 것 같다.'고 하였다. 우리 교육의 현주소에 대한 뼈아픈 지적이 아닐 수 없다.

대한민국은 OECD가 평가하는 중등학생 국제 학업성취도 평가PISA에서 다수의 분야에서 수위권을 차지하고 있다. 그러나 동일한 평가의 거의 모든 분야에서 최고 수준의 성적을 받은 핀란드와 여러 면에서 비교된다. 핀란드 아이들이 방과 후 시간을 자유롭게 즐기는 것과 달리 한국의 아이들은 학원이나 과외에 매몰된 채 살아간다. 놀랍게도 핀란드 학생들의 수학 학습 시간은 한국 학생들의 수학 학습 시간의 절반에 불과하다고 한다.

핀란드 아이들이 학교에서 여유롭게 학습을 즐기는 반면, 한국의 아이들은 학교나 학원에서 온종일 공부에 찌들려 살아간다. 즐기기는커녕 오로지 대학입시라는 경쟁에서 승리하기 위하여 혼신의 힘을 다해야 한다. 이런 우리 아이들이 언제 호기심을 가질 여유가 있겠는가? 오죽하면 프랑스의 한 언론에서 '한국에서는 부모가 아이들에게 입 닥치고 공부만 하라고 한다.'라고 대서특필하였겠는가? 하루 종일 학교와 학원에서 무비판적으로 외우고 주입식으로 지식을 받아들여야 하는 무미건조한 교육 환경에서 우리 아이들이 과연 그들에게 장차 필요한 창의적이고 비판적인 사고력을 얼마나 기를 수 있을 것인가?

현대는 바야흐로 감성과 창의성이 풍부한 사람들이 기업과 과학 기술 분야 불문하고 세계를 이끌어 가고 있다. 점차 낮아져 가는 국가 간 장벽으로 이제는 국적 불문하고 이러한 인재들을 찾아 쓴다. 이러한 추세로 인하여 우리나라에서 해외로 취업하는 사람들의 수도 해가 갈수록 늘어나고 있고, 국내 기업이나 조직이 외국의 유명 인재들을 스카우트해 오거나 외국인 직원들을 뽑는 경우도 빈번해졌다. 이제 우리 아이들은 세계의 모든 아이들을 상대로 경쟁을 해야 한다. 그런데 가장 핵심이 되는 감성과 창의성, 그리고 비판적 사고력을 제대로 함양하지 못한다면 어떻게 될 것인가?

성장기 아이들은 건강한 신체 발육을 위하여 충분한 놀이와 운동이 필요하며, 장차 마음의 양식이 될 책도 많이 읽고 취미생활도 자유롭게 해야 한다. 그렇게 하여야만 비판적 사고력과 감성이 함양되고, 창의성도 생겨날 수 있다. 우리는 이제 우리 청소년들이 오로지 학원과 독서실만을 전전하며 운동이나 독서는 할 엄두조차 내지 못하게 하는 사교육의 굴레에서 반드시 벗어나게 해주어야 한다. 공교육을 획기적으로 혁신하여 그들이 마음껏 뛰어놀고 운동하면서 독서와 취미생활도 여유롭게 할 수 있게 해야 한다.

이웃 일본만 보더라도 모든 학생들은 방과 후 한두 시간은 체육 활동이나 여가 활동을 하며 적어도 그 시간만큼은 학업의 부담에서 벗어나 산다고 한다. 그러나 우리 아이들은 24시간 내내 학업의 부담에서 벗어나지 못하고 있다. 우리는 이 같은 상황을 더 이상 방치해서는 안 된다. 우리 아이들에게도 행복하게 배울 수 있는 권리를 돌려주어야 한다. 대한민국의 미래를 위해서도 끝 간 데 없는 상호 경쟁과 사교육의 광풍에서 우리 아이들이 벗어날 수 있게 해주어야 한다.

우리는 장차 대한민국의 주역이 될 우리 아이들이 앞으로 그들에게 진정으로 필요할 비판적 사고력과 독립적인 창의성을 기를 수 있도록, 24시간 맞물고 돌아가는 주입식 교육과 학과 공부의 쳇바퀴에서 벗어나 생각과 활동에서 여유와 자유를 누릴 수 있게 해야 한다. 그리고 필요한 모든 것을 학교에서 배울 수 있게 하고, 학교에서의 배움이 즐거움이 되도록 만들어야 한다. 우리가 공교육을 개선하여 학생들이 사교육에 의존하지 않게 되면, 학부모들 역시 무거운 사교육비 부담에서 절로 벗어나게 될 것이다.

대한민국은 지금 더욱 발전하여 세계를 이끌어 가는 앞선 국가로 뛰어오를 것인가, 아니면 다시 뒤처진 국가로 주저앉게 될 것인가 하는 기로에 서 있다. 범용 제조 산업에서는 중국의 추격에 밀리고 첨단 부품과 소재 기술에서는 일본에 뒤처지는 샌드위치 신세에 놓여 있다. 이렇게 앞뒤로 일본과 중국 사이에 끼어 버린 샌드위치 신세에서 벗어나 진정으로 앞선 나라가 되기 위해서는 과학과 기반기술의 획기적 진전을 이루어야 한다. 이를 위해서는 과학기술의 산실이 되고, 우수한 과학기술 인재들을 양성하는 대학과 대학원 과정의 고등교육 혁신이 요구된다.

현재의 삭막하고도 치열한 줄 세우기 식의 대학 입시 현실을 개선하기 위해서도 그러한 혁신은 꼭 필요하다. 사실 대학의 입시제도는 초·중등 과정에서의 공교육 정상화에 큰 영향을 준다. 이는 대학의 모든 여건 역시 공교육의 혁신과 함께 개선되어야 함을 뜻한다. 만약 학생들이 어느 대학에 입학하더라도 동등한 수준의 우수한 교육을 받을 수 있게 된다면, 대학 입시 경쟁은 상당 부분 완화될 것이다. 거기에 다양한 유인 방안을 마련하여 수험생들이 스스로 다양한 대학들에 지원하게 만든다면, 대학들을 한 줄로 세워놓고 경쟁하는 지금의 치열한 대학 입시 경쟁은 크게 완화될 것이다. 이처럼 어떤 대학에 입학하더라도 동등한 수준의 우수한 교육을 받을 수 있게 하려면, 대학들을 대대적으로 혁신하여 모두 국제적 수준으로 향상시켜야 한다.

이처럼 우리 대학들을 모두 세계적 수준으로 혁신하기 위해서는 많은 비용이 필요할 것이다. 어떻게 이를 마련할 것인가? 인재 양성은 곧 나라의 흥망성쇠와 직결된다는 점에서 우리가 인재 양성을 국가 정책의 최우선 순위로 두면 가능할 것이다. 우리는 아울러 대학의 학비 부담도 공·사립 구분 없이 획기적으로 줄여 학생들이 학업에만 전념할 수 있도록 대학교육의 공공성도 강화하여야 한다.

지난 20세기 이래 세계 최강국의 자리를 지켜온 미국은 대학교육의 대중화에서 가장 앞서 갔었다. 제2차 세계대전 이후 미국의 대학들에는 세계 도처에서 유능한 인재들이 모여들었고, 미국은 20세기 후반 세계 과학기술의 산실이 되었다. 이런 바탕 위에서 세계 최고의 과학기술 첨단 산업국가가 된 미국은 경쟁자가 없는 세계 유일의 초강대국으로 군림하게 되었다. 미국과 비교하여 대한민국은 인구나 자원 면에서 모두 왜소하다. 때문에 대한민국의 향후 발전에서 교육과 과학기술의 중요성은 미국의 경우보다 훨씬 더 클 것이다.

이제 갓 시작된 새로운 천년에는 시간이 갈수록 더욱 더 나라(또는 지역)의 흥망성쇠가 과학기술의 우열에 따라 판가름 나게 될 것이다. 그리고 그러한 과학기술은 교육에 의하여 크게 좌우된다. 이는 교육이 국가백년지대계라는 옛 사람들의 가르침에 의하지 않더라도, 과학기술의 시대가 될 새천년에 교육의 비중이 더욱 막중해질 것임을 뜻한다.

비록 사교육의 심화를 가져왔다 하나, 세계에서 유례가 없을 정도인 우리 국민의 높은 교육열은 사실 축복이며 오히려 칭찬받아야 마땅하다. 우리는 그러한 국민의 높은 교육열을 순리적으로 잘 이끌지 못해, 입시 경쟁의 심화라는 부작용만 증폭시켜 온 우리 정치 지도자들과 교육 당국의 무능을 탓해야 한다. 사실 우리 국민들처럼 교육열이 높은 경우에는 국민 모두의 교육 수준을 높이기가 매우 용이하므로, 이를 잘 활용하면 세계 최고 수준의 과학기술과 문화를 이룰 수 있다.

2000년대 들어와 우리의 대학진학률은 80%를 넘어서면서, 지난 세기 대학교육 대중화의 선두주자였던 미국과 캐나다보다 높은 세계 최고 수준에 이르렀다. 그런데 핀란드의 경우 대학과 대학원 박사과정까지 모두가 무상이지만 대학진학률은 오히려 우리보다 낮다. 이는 비록 무상이라 하여도 모든 사람이 고등교육의 이수를 원하지는 않음을 시사한다. 어쨌든 우리가 주목해야 할 사실은, 우리 국민들 대다수가 사정만 허락한다면 대학까지의 고등교육을 받고 싶어 한다는 점이다. 교육에 대한 우리 국민의 높은 열망은 2011년 OECD 교육지표 조사에서 25~34세 사이의 고등학교 졸업자 비율이 98%로 2위인 슬로바키아의 95%를 상당한 차이로 앞서는 세계 1위임에서도 여실히 나타나고 있다. 또한 같은 자료는 '사회·경제적으로 불리한 조건에서도 학업 성취도가 높은 학생 비율'에서 역시 1위인 대한민국이 14%로 2위인 핀란드의 11%를 상당히 앞서고 있음을 보여준다. 이러한 자료는 우리 국민들의 교육에 대한 높은 열망을 확실히 보여주는 징표라고 할 수 있다.

그러면 이처럼 세계에서도 유일무이한 대한민국의 높은 교육열을 우리는 어떻게 활용해야 할 것인가?

앞으로 새천년은 더욱 치열한 과학기술 경쟁의 시대가 될 것이다. 우리는 고등교육 체계의 혁신을 통하여 우수한 과학기술 인재들을 양성하고, 이렇게 양성된 인재들이 창의적이고 효율적인 연구를 통하여 국가의 과학기술 수준을 향상시키도록 해야 한다.

우리는 초·중등 과정의 공교육 혁신을 통하여 우리 아이들이 감성과 창의성이 풍부한 아이들로 자라게 하고, 대학과 대학원 과정의 고등교육 혁신을 통하여 이들을 우수한 인재로 양성하여야 한다. 그리고 이들이 계속하여 창의적이고 효율적인 연구를 할 수 있도록 국가 연구체계도 대폭 개선하여 대한민국이 세계적 과학기술의 허브로 거듭날 수 있게 해야 한다.

이러한 목표에 대한민국의 높은 교육열은 참으로 안성맞춤이다. 한 나라 과학기술의 혁신적 진전은 우수한 대학·대학원 체계와 효율적인 국가 연구체계가 서로 어우러져 상승효과를 가져올 때 비로소 이루어진다. 그런데 현재 대한민국에서는 대다수 사람들이 대학에 진학하고 있다. 이는 대학원 교육의 혁신과 보편화를 통하여 우수한 전문 인재들을 대대적으로 양성해 내는 '다음 단계'에 대한민국이 가장 먼저 도달할 수 있게 할 유리한 발판을 제공할 것이다.

21세기 이후로는 근로 환경이 더욱 자동화·전산화되고 일부 분야에서는 인공지능까지 활용될 것이므로, 대학의 학부 과정만 마친 범용 지식을 가진 사람보다는 자신의 분야에서 전문 지식과 응용 능력을 갖춘 전문가들이 더욱 요구될 것이다. 과학기술 분야에서 이러한 전문가가 되기 위해서는 대학원 과정의 교육이 거의 필수적이다. 우리가 대학을 졸업하는 대한민국 젊은이들의 상당수를 이러한 전문가들로 양성한다면, 대한민국은 세계를 앞서가는 과학기술의 허브로 거듭날 토대를 갖출 것이다.

대한민국의 교육을 바로 세우는 일은 이제 대한민국을 바로 세우는 일이라고 할 수 있다. 우선적으로 우리는 공교육을 바로잡아 우리 아이들이 즐거움과 여유 속에서 배움에 임하여 창의성과 감성, 그리고 비판적 사고력을 함양할 수 있게 해야 한다. 그리고 동시에 우리의 고등교육 체계를 전면 혁신하여 과학기술 전문가 집단을 양성하고 과학기술과 학문의 세계적인 허브로 대한민국이 거듭나게 해야 한다.

이처럼 대한민국이 우수한 인재들을 대거 양성하고, 과학기술의 세계적 허브가 되면 세계의 많은 기업들은 인재를 찾아 대한민국으로 몰려들 것이며, 동시에 대한민국에서 양성된 많은 인재들은 세계로 퍼져 나가 세계의 새로운 변화를 리드할 것이다. 이처럼 교육을 혁신하여 앞선 과학기술과 새로운 문화로 세상을 선도하는 대한민국은 세상을 이끄는 나라로 자리매김하게 될 것이다.

한국판 몽골 기병

불세출의 몽골 영웅 칭기즈칸이 13세기 초(1206년) 몽골을 통일하고 세계 정복에 나섰을 때 그의 군대는 기마병 10만에 불과하였다. 그와 대적했던 당시 중국 북부를 통치하던 금나라는 기마병 10만에 보병 100만을 가진 대국이었다. 무려 10대 1이 넘는 병력 차이였다. 병력을 뒷받침하는 인구 역시 100대 1이 훨씬 넘었다. 그럼에도 칭기즈칸은 이러한 절대 열세의 병력으로 절대 다수의 적을 물리쳤고, 가는 곳마다 승리하여 몽골이 실질적인 세계 통일을 이룰 수 있게 하였다. 그 결과 그는 '황제 중의 황제'라는 '칭기즈칸'의 칭호를 갖게 되었다.

그러면 어떻게 칭기즈칸은 10대 1이 넘는 병력의 약세를 극복할 수 있었을까? 그 이면에는 몽골 기병이라 불리는 엄청나게 강한 기마병 부대가 존재하고 있었다. 당시 금나라의 기마병은 말을 탄 보병이라 비유될 정도로 몽골 기마병에 비하여 승마 기술과 마상 전투력이 뒤떨어졌다. 반면 몽골 기마병은 말 위에서 자유자재로 활을 쏘는 등의 뛰어난 전투 능력을 가지고 있었으니, 그것은 네 살부터 말을 타기 시작한다는 그들의 전통에 기인한 것이었다. 그들이 늘 하는 사냥 역시 전투 훈련과 크게 차이가 나지 않았다. 때문에 그들은 그저 말이나 탈 줄 알았던 금나라의 기병들에 비하여 엄청난 전투력의 우위를 가지게 되었던 것이다. 이와 같이 전투력이 뛰어난 몽골 기병에게 금나라 기병은 역부족이었다. 또한 예전의 기병은 보병과 비교할 때 오늘날의 기갑부대와 보병부대의 차이에 비견할 수 있다. 금나라가 추가적으로 보병 100만 대군을 가지고 있었지만, 이러한 연유로 그들의 기병이 몽골 기병에 패하자 보병의 100만 대군도 큰 도움이 되지 못했다.

몽골 기병은 이동에 있어서도 뛰어난 능력을 보유하고 있었다. 이는 그들이 유목 생활에서 얻은 지혜를 활용하여, 물에 타서 바로 먹는 비상 전투식량을 가지고 다녔기 때문이다. 이러한 전투식량 덕분에 그들은 병사 한 명이 서너 마리 말을 함께 몰고 가 바꿔 타가며 며칠을 계속하여 멈추지 않고 전진할 수 있었다고 한다. 이러한 사정을 모르는 채 그들과 상대한 서남아시아의 제국들은 그들이 수천, 수만 리 떨어진 자신들의 땅까지 결코 쳐들어오지 못하거나, 혹은 오더라도 시간이 꽤 많이 걸릴 것이라는 잘못된 예측을 하여 불의에 일격을 당하는 경우가 종종 있었다고 한다. 이처럼 비록 상대와 비교할 때 수적으로는 소수였지만 세계 최강의 막강한 전투력을 가졌던 최정예 기병부대를 휘하에 두었기 때문에 칭기즈칸은 가는 곳마다 승리할 수 있었다. 바로 일당백의 전투력을 가진 몽골 기병의 힘이었다.

이제 시대는 바뀌어 21세기가 되었다. 21세기는 그 시작부터 정보 통신의 시대라고 불릴 정도로 지식과 정보의 교류가 중요한 위치를 차지하고 있다. 소위 정보기술Information Technology(IT)의 시대가 된 것이다. 현재 대한민국은 이러한 정보통신기술 분야에서 전 세계에서도 손꼽히는 강국으로 불리고 있다. 20세기의 대부분은 1차 산업인 농·수산업과 소위 굴뚝산업이라 불리는 기존의 덩치 큰 제조업이 주가 되는 2차 산업이 나라의 부를 좌우하였다. 그 시절 감히 상상하기조차 어려웠던 세계 수위라는 위치에 이제 대한민국이 21세기의 유망 분야인 정보통신 분야에서 우뚝 서게 된 것이다.

20세기까지는 나라의 근간을 이루는 1차 산업이나 2차 산업이 나라의 면적이나 인구수에 의하여 그 수요가 결정되었고 그에 따라 산업의 규모도 결정되었다. 때문에 대한민국과 같이 면적도 크지 않고 인구수도 많지 않은 나라의 경우는 강국으로 발돋움하는 데 한계가 있었다. 이러한 연유로 아직도 일부 사람들은 작으면서도 경쟁력이 있는 국가를 지칭하는 강소국이 되기를 주장하기도 한다. 그러나 강소국이라는 용어는 결코 진정으로 강한 나라를 뜻하지는 아니한다. 그저 작은 나라지만 생존해 가기에 강한 경쟁력을 가졌다는 정도의 의미를 가질 뿐이다.

강소국이 되어야 한다는 논리의 저변에는 대한민국은 진정한 강국이 될 수는 없으니, 강한 경제적 체질은 갖추되 경제 또는 국방 분야의 국가 안보는 주변 4대 강국(미국·중국·일본·러시아) 사이에서 균형을 잡는 줄타기를 잘 하여 확보할 수 있다는 생각이 깔려 있다. 이는 외적인 환경에 흔들림 없이 스스로 하고자 하는 바를 강력하게 추진할 수 있는 강국 대한민국과는 크게 다르다.

만약 일본이 독도를 자국 영토로 주장하면서 자의적으로 경제적·군사적 압박을 가해 온다고 할 때, 과연 어떤 나라가 이를 막아줄 것이며 강소국 대한민국은 다른 강대국의 도움 없이 그러한 압박을 이겨낼 수 있을까? 또한 중국이 제주도 서남단에 위치한 강소국 대한민국의 이어도 기지를 그들의 해역이라 주장하며 점령한다면 대처할 방법은 무엇이 있는가? 이러한 가상만으로도 강소국 대한민국의 한계는 곧 다가온다.

이제는 시대가 바뀌어 국경도 점차 희미해져 가고 국가 간 인적 왕래가 국내 이웃 도시 드나들듯 하는 상황이 되었다. 이러한 경향이 더욱 뚜렷해질 미래에는 영토를 놓고 무력 충돌까지 벌일 나라들이 시간이 갈수록 줄어들긴 할 것이다. 그렇지만 여전히 영토에 집착하는 일부 주변 나라들과 그들 내부의 패권주의적 성향을 감안한다면, 우리가 위에서 가상한 상황 역시 충분히 일어날 수 있다. 이러한 상황에 대비하여 이제 우리는 지난 천년의 사대적 자기비하에서 벗어나 스스로 독립적인 진정으로 강한 나라 대한민국으로 거듭나야 한다. 이미 우리는 이러한 강국의 명칭을 비록 IT 분야에 국한되었다 하나 근래 얻지 않았는가?

그럼 어떻게 진정한 강국이 될 것인가? 여기서 강국이 된다 함은 기존의 개념처럼 나라를 넓히고 군사력을 확장하여 다른 나라를 억압하는 패권국가가 됨을 의미하는 것이 아니다. 이제 세계는 나라 간 국경의 의미가 점차 희미해져 가고 있으며, 아마도 다음 세기쯤이면 모든 나라들이 한 연방 내의 나라들처럼 서로 자유로이 왕래하며 사는 세상이 될 수도 있다.

이미 유럽(EU)의 모든 나라들은 서로 자유로운 왕래뿐 아니라 거주 및 취업에도 아무런 제한을 두고 있지 않다. 즉 역내 어떤 나라에서든 직장을 자유롭게 구하고 거주할 수 있게 하고 있다. 동북아의 경우에도 앞으로 중국·한국·일본 사이에 왕래가 잦아지고 국가 간 자유무역제도FTA가 더욱 활성화된다면 이 지역에서의 국경의 의미 역시 차츰 퇴색하게 될 것이며 세계적 추세로 굳어지고 있는 권역별 경제 통합의 틀을 외면하기는 점점 어려워질 것이다. 따라서 우리는 예전의 패권적인 영토 개념의 굴레에서 벗어나, 지금까지 한 나라 또는 연방 내의 이웃한 지방들 정도로 이웃한 나라들이 서로 사이좋게 지내게 될 추세를 염두에 두고 훌륭한 좋은 이웃이 될 수 있도록 노력해야 한다.

물론 우리는 이러한 추세가 정착되는 과정에서 그러한 추세를 인정치 않고 패권주의적 행태로 다른 나라의 권리를 유린하며 압박하는 일부 국가들이 나타날 위험에도 대비하여 스스로는 확실히 지킬 수 있는 그러한 힘은 가지고 있어야 한다. 이러한 과도기적 위험에 대처함과 동시에 우리는 새천년의 새로운 패러다임과도 맞는, 우리의 이웃도 함께 더 나은 방향으로 이끌어 갈 수 있는, 과학기술과 문화의 강국으로 거듭나야 한다.

지금까지도 그러한 경향이 어느 정도 있었지만, 앞으로는 특히 과학과 지식산업에서 앞선 나라가 진정한 강국이 될 것이다. 예컨대 어떤 나라가 상대 나라의 군사 체계를 무력화시킬 수 있는 앞선 정보통신 기술력을 가지게 된다면 그 나라는 상대 나라를 굴복시킬 수 있다. 이는 예전처럼 병력이나 무장의 대소·강약으로 군사력의 강약이 결정되지 않고, 그 나라가 가지고 있는 첨단기술 수준에 의하여 군사력의 강약이 결정되기 때문이다. 이제는 꼭 무기와 병력 수에서 상대방보다 우위에 있어야만 상대를 제압할 수 있는 것은 아니다.

얼마나 더 우수한 과학기술 인재들을 배출하고 얼마나 더 앞선 과학기술을 이루었느냐가 이제 국가의 강약을 좌우하게 되었다.

따라서 대한민국이 진정한 강국이 되려면 예전의 몽골 기병처럼 국민을 모두 일당백의 우수한 인재들로 기르고 그들이 세계 최고 수준의 앞선 과학기술을 이루어내도록 하면 된다. 대한민국이 우수한 과학기술 인재들을 길러내고 세계 최고 수준의 과학기술을 보유하여 첨단 산업에서 앞서 간다면, 대한민국은 그 어느 나라도 얕볼 수 없는 새천년의 진정한 강국으로 우뚝 설 수 있을 것이다.

어떤 사람들은 대한민국이 새로운 정보통신의 시대에 걸맞은 국민성을 갖고 있다고도 말한다. 대한민국 국민의 국민성이라고까지 일컬어지는 '빨리빨리' 근성이 하루가 다르게 변하는 정보통신기술 분야의 빠른 변화를 따라가기에 아주 적합하다는 것이다. 빠르게 발전하는 정보통신기술 분야에서 너무 꼼꼼하게 따지고 하였다가는 따라가기 어렵다는 것이다. 이웃 일본은 정교한 기술력으로 정평이 나 있다. 전자산업이 처음 생겨나 풍미했던 20세기에는 정밀한 전자기기의 부품을 만드는 데 있어서 일본인 특유의 꼼꼼한 성격이 아주 적합한 특성이었다고 할 수 있다. 하지만 21세기에는 무엇이든 빨리빨리 하고자 하는 한국인의 성격이 빠르게 변화하는 정보통신기술 분야에서 앞서가는 데 훨씬 유리하다는 것이다. 이러한 면은 칭기즈 칸의 몽골제국 건설에서 말 잘 타고 사냥을 즐기는 몽골 사람들의 유목민족적 특성이 세계 최강 몽골 기병의 바탕을 이루었던 점과도 일견 유사하다.

이러한 연유 때문이었는지 모르나, 근래 20여 년간 한국의 정보통신기술은 비약적으로 발전하여 세계 최고의 수준에 도달하였다. 그러나 지금의 수준으로는 진정한 강국이 되기에 충분하지 않다. IT 분야 내에서도 일부 미흡한 분야와 더불어 나노기술Nanotechnology(NT)과 생명기술Biotechnology(BT), 그리고 로봇과 항공우주 등 새로운 첨단 기반기술과 이 모든 것을 뒷받침할 기초과학 분야를 획기적으로 발전시켜야 한다.

이런 분야들을 발전시키고, 이를 지속적으로 향상시킬 인재들을 양성하는 것이 이제는 진정한 강국이 되는 관건이라 할 수 있다. 이러한 길로 가기 위해서 대한민국은 이제 많은 국민들을 이러한 첨단 기술과 기초과학 분야에서 예전의 몽골 기병에 못지않은 높은 수준의 우수한 인재들로 키워야 한다. 칭기즈칸 당시 몽골의 모든 아이들이 어릴 때부터 말을 타고 자라나 천부적인 기마병이 되었던 것처럼, 이제 우리 아이들도 모두 일당백의 역할을 하는 우수한 인재들로 키워 내야 한다. 이를 이루려면 우리는 어떻게 해야 할 것인가?

이러한 일은 오로지 교육에 의해서 가능하다. 국가의 힘을 교육에 기울여 창의성이 뛰어난 우수한 인재들을 양성하면서 과학기술도 함께 세계적 수준으로 향상시켜 나가야 한다. 교육과 과학기술은 서로 떼려야 뗄 수 없는 불가분의 관계에 있다. 교육의 최고봉이라 할 대학 특히 대학원은 바로 과학기술의 산실이기 때문이다. 교육이 쇠퇴하면 그 나라의 과학기술도 쇠퇴하고, 교육이 흥하면 그 나라의 과학기술도 발전하게 된다.

초·중등 과정에서 우리 아이들의 창의성과 감수성 그리고 비판적 사고력을 함양하게 하는 것을 몽골의 아이들이 어릴 때부터 말을 타면서 기마병으로서의 소양을 기르는 것에 견준다면, 대학과 대학원 과정을 통하여 우수한 과학기술 인재로 거듭나게 하는 것은 강한 전투 훈련을 통하여 최고의 전투력을 지닌 기마병으로 만드는 것과 같다고 하겠다. 그리고 육성된 우수한 인재들이 계속하여 효율적으로 최고의 창의성을 발휘할 수 있도록 국가 연구체계를 혁신하는 것은 수백 수천 리도 일거에 달려가 어떤 강적도 공략할 수 있도록 몽골이 우수한 기마병 체계를 갖춘 것에 견줄 수 있을 것이다.

이와 같이 대한민국이 진정한 강국으로 거듭나기 위해서는 교육과 연구체계의 획기적 개선이 필수 불가결하다. 그러나 이를 이루기 위해서는 제도의 혁신과 더불어 많은 자금이 필요할 것이다. 제한된 국가 예산의 범위 안에서 교육과 연구체계 혁신에 필요한 많은 예산을 확보하기 위해서는 국가 정책의 우선순위에 대한 발상의 대전환이 필요하다. 우리는 교육과 국방의 개념을 통합하여 관리하고 국가 예산에서 교육 관련 예산에 상당한 우선순위를 두어야 한다.

창의성과 비판적 사고력을 갖추도록 소양을 쌓게 하기 위해서는 공교육의 혁신이 필수적이며, 공교육의 혁신은 우리 아이들이 사교육의 굴레에서 벗어나고 학교가 즐거운 배움터로 되는 정상화와 함께 시작되어야 한다. 공교육 혁신을 뒷받침하기 위해서는 교사의 수준 향상과 교육 여건 개선을 위한 범국가적 지원이 있어야 한다. 국가의 경쟁력을 담보할 첨단기술 및 기초과학 분야의 우수한 고급 인재 양성과 과학기술의 향상을 위해서는 고등교육의 혁신이 필수적이며 이를 위한 국가의 대폭적인 지원이 역시 필요하다.

혹자는 우수한 고급 인력을 양성하는 것만으로는 문제가 해결되지 않는다고 주장할 수도 있다. 대학과 대학원 교육을 개선하여 우수한 고급 인력을 많이 육성하였는데 막상 조그마한 대한민국에서 그 많은 고급 인력을 충분히 소화할 수 없을 때 어떻게 할 것인가라는 의문 때문일 것이다. 현재의 상황만 보면 높은 수준의 실업자만 양성하는 방안이 될 가능성이 크다는 주장도 일리는 있어 보인다.

그러나 이제 세상은 바뀌어 가고 있으며 조만간 더 엄청나게 바뀔 것임을 우리는 알아차려야 한다. 지금 자라나는 세대들은 대한민국 내에서만 경쟁하는 것이 아니라 전 세계의 모든 또래들을 상대로 경쟁하는 시대에 살게 될 것이다. 이미 이러한 현상은 유럽에서 정착되어 가고 있으며, 아시아에서도 국경이 큰 장애로 작동하는 지금의 상황이 언제까지나 마냥 지속되지는 않을 것이다.

우리 아이들은 앞으로 한·중·일 3국뿐 아니라 인도 등지에서 오는 인재들과도 대한민국 내의 자리를 놓고 경쟁해야 하는 상황이 될 것이며, 반대로 우리 아이들도 세계로 진출하여 중국과 일본은 물론 미국·유럽 등에서도 활발하게 직장을 구하게 될 것이다. 아직까지는 우리 젊은이들의 해외 진출이 소수에 지나지 않지만, 이러한 해외 취업은 조금씩이나마 이미 현실로 나타나고 있다. 우리 젊은이들도 능력만 된다면 세계 어느 곳에서도 직장을 구할 수 있는 그런 시대가 바로 눈앞에 다가왔기 때문이다.

대한민국에서 우수한 인재들이 많이 양성되면 그들은 전 세계의 우수한 기업들에서 직장을 구할 수 있을 것이다. 그리고 해외의 우수한 기업들도 대한민국의 우수한 인재들을 활용하려 대한민국으로 몰려들 것이다. 훌륭한 인재들이 있으면 그곳에 새로운 직장이 많이 생기는 경향은 이미 이스라엘의 우수한 인력을 보고 수많은 다국적 기업들이 이스라엘에 연구소와 공장을 세우고 있음에서도 확인할 수 있다.

더구나 21세기에는 우수한 인재들이 스스로 창업하는 경우가 이

전보다 훨씬 더 많아질 것이다. 이는 근로 환경의 변화에 따른 사회적 패러다임의 변화에 의한 요인이 크다.

산업혁명 이후 제조업 분야 대량생산 체제의 필요에 의하여 시작된 직장인의 대량 고용 추세는 이제 시대가 바뀌어 생산 방식이 자동화·전산화·인공지능화 되어 감에 따라 차츰 많은 근로자들을 필요로 하지 않는 고용 감소 추세로 바뀌어 가고 있다. 이는 범용 지식을 활용하는 일상적인 직업들이 차츰 사라져갈 것임을 예고하는 것이다. 때문에 기존의 직장들에 의한 새로운 일자리 창출은 점점 더 미미해져 갈 것이다.

반면에 과학과 기술의 빠른 발전에 따라 새로운 생각과 기술에 의해 새로운 분야에서 많은 새로운 기업들이 빠르게 나타날 것이다. 이러한 새로운 벤처 기업들의 등장과 기존의 전통적 일자리 축소는 서로 맞물려서 창의적인 젊은 인재들로 하여금 스스로 창업하고자 하는 동기를 더욱 유발할 것이다.

이스라엘에서는 1990년대에 시작된 벤처 창업 붐 이후 젊고 우수한 인재들이 많은 벤처 기업들을 창업하고 있다고 한다. 그 결과 현재 이스라엘은 수많은 새로운 창업자들에 의하여 세계 금융 위기라는 불경기 가운데에서도 끄떡하지 않고 발전하는 창업국가start-up nation다운 진면목을 발휘하고 있다. 실제로 이스라엘은 현재 세계에서 가장 높은 밀도로 벤처 창업이 일어나고 있으며, 세계 벤처 창업 투자 자금의 30% 정도를 점유하고 있다고 한다.

대한민국에서도 젊고 우수한 인재들이 더 많이 창업하고 그렇게 창업한 새로운 기업들이 제대로 발전하게 될 때 질 좋은 일자리들이 더 많이 생겨날 것이다. 이제는 우리도 우물 안 개구리와 같은 구태의연한 고등실업자 걱정에서 벗어나, 보다 우수한 인재들을 육성하는 데 온 힘을 쏟아야 한다. 그래서 대한민국의 젊은이들을 모두 일당백의 역할을 하는 우수한 세계적 인재들로 만들어 대한민국을 진정 강한 나라로 굳건하게 세워야 한다.

교육이 곧 국방이다
— 국방의 새로운 개념

　교육은 이제 국가의 정책 우선순위 1번이 되어야 한다. 교육이 국가의 모든 정책에서 최우선되지 않고는 장차 국가의 미래를 짊어질 훌륭한 인재들을 양성할 수 없으며, 이는 곧 치열한 국제 경쟁에서 뒤처짐을 의미한다. 2002년, 당시 영국의 토니 블레어 수상은 '교육은 경제 정책의 중심'이자 '교육은 정부의 최우선 정책'이라는 구호를 외치며 교육입국의 굳은 뜻을 피력하였다. 블레어는 이미 1996년의 노동당 전당대회에서 다음 총선에서 이겨 집권할 경우 가장 역점을 두어 추진할 정책 세 가지로 '교육, 교육, 그리고 또 교육'이라고하였다. 미국도 교육이 국가의 미래를 좌우한다는 생각으로 교육에 국가적 관심과 우선권을 두고 있으며, 거의 모든 다른 선진국들 역시 교육에 자신들의 미래를 걸고 있다.

　대한민국은 남북 대치 상황에서 국방에 많은 국력을 쏟아야 한다. 이런 처지에서 꼭 필요한 교육 개혁에 들어갈 많은 비용을 따로 더 마련하는 것은 쉬운 일이 아니다. 우리는 교육과 국방이 함께 가는 정책을 써서 이 두 가지 분야를 동시에 튼튼히 하는 방법을 찾아야 한다. 예컨대 전 국민이 의무적인 군 복무를 하는 이스라엘에서는 군 복무 기간을 일종의 교육 기간으로 활용하여 첨단 무기 체계와 연관된 첨단기술 분야 인력을 양성하는 등, 군 복무 중 교육이 나라의 산업 발전에 기여하도록 하고 있다.

예나 지금이나 전쟁은 국가 간의 총력전이다. 즉, 국력에 따라 전쟁의 승패가 좌우된다. 예전에는 총 인구수와 국토의 크기가 국력의 척도였다. 이는 그 나라에서 생산되는 물품의 양이 대체로 이 두 가지 요소에 의하여 결정되었기 때문이다. 이렇게 생산할 수 있는 물품의 양은 그 나라가 유지할 수 있는 군사의 수와 장비(무기)의 규모를 결정지었다. 그리 오래되지 않은 20세기 중반까지도 이러한 공식은 크게 바뀌지 않았다.

그러나 20세기 후반 이후, 무기 체계가 복잡해지고 컴퓨터와 통신에 의하여 전쟁의 양상이 바뀌게 되면서 무기의 양보다는 무기의 우수성 그리고 병사의 지식과 정보화 수준이 전쟁의 승패를 좌우하게 되었다. 이러한 요인 때문에 인구가 800만(유대인은 600만)에 불과한 이스라엘과 인구가 3억인 주변 아랍 국가들 사이의 군사적 균형이 유지되고 있다. 이스라엘은 병력과 장비에서의 비교할 수 없는 양적 열세를 우수한 첨단 무기와 잘 훈련된 수준 높은 정예 병사들로 극복하고 있으며, 오히려 주도권마저 장악하고 있다.

현대전은 고도의 과학기술 전쟁이다. 전쟁 당사국들의 과학기술 수준은 이제 그 전쟁의 승패를 결정한다. 아무리 상대보다 병사가 많고 장비에서 양적으로 우세하더라도, 보유 장비가 상대에 비해 뒤처진 기술이고 이를 운영하는 병사들의 자질마저 낮다면 그 전쟁의 승패는 이미 결정 난 것이나 다름없다. 만약 상대의 정보통신 체계를 완전히 무력화시키는 장비를 갖추고 있다면 그 상대와의 전쟁은 식은 죽 먹기일 것이다. 또한 상대가 도저히 대항할 수 없는 새로운 과학 무기 체계를 갖추고 있다면 이 역시 이긴 것이나 매한가지이다. 이러한 양상은 이미 1990년 이라크와 미국 간의 전쟁에서 뚜렷하게 증명되었다. 실제 동원된 병력과 전차의 수 등 모든 면에서 이라크는 양적으로 훨씬 우세했지만, 첨단 과학의 정밀 병기로 무장한 미국의 공격 앞에 이라크 군은 저항다운 저항 한번 제대로 하지 못했다. 이는 이제 과학기술이 나라의 국방력을 결정짓는 시대가 되었음을 뜻한다.

한 국가가 앞선 과학기술에 의한 첨단 병기로 무장하고 정예 병사들로 하여금 이를 제대로 활용하게 한다면 그렇지 못한 상대 국가는 패할 수밖에 없다. 이는 과학기술의 발전과 이를 뒷받침하는 우수한 인력의 양성이 곧 부국강병으로 가는 지름길임을 의미한다. 때문에 병사들의 군 복무 기간을 그냥 허송시키지 않고 병사들에게 과학과 첨단기술을 교육시켜 그들의 지식수준을 높인다면 병사들은 더욱 정예화 될 것이며, 군 복무 후에는 나라의 중요한 인재로 역할을 할 것이다.

그러므로 우리는 '국력이 곧 국방력'이라는 관점에서 교육과 국방이 서로 시너지를 이루게 해야 한다. 더군다나 교육과 국방 그 어느 하나 소홀히 할 수 없는 우리의 처지에서는 이제 '교육이 곧 국방'이라는 생각으로 교육과 국방을 함께 생각하고 혁신해 나가야 한다. 교육을 통하여 국민 전체의 교육 수준을 높이고 과학기술을 향상시키면, 전체적인 국방력도 함께 강화되게 된다.

어느 나라든 당대 교육에서의 잘잘못은 다음 세대에서의 국력과 과학기술 수준을 결정짓는다. 따라서 미국과 서구 선진국들은 지금 자국민의 과학과 수학 실력을 향상시키기 위하여 수학과 과학 분야의 우수 교사 양성에도 각별한 노력을 기울이고 있다. 이는 수학과 과학에 대한 국민의 높은 지식수준이 곧 기술과 산업의 국가경쟁력을 높여 국력 증진과 직결된다고 생각하기 때문이다.

대한민국이 처한 상황에서 앞으로도 모든 국민의 의무적인 군 복무가 불가피하다면, 우리는 군 복무 기간을 병사들의 추가적인 교육의 장으로 활용하여야 한다. 즉, 군 의무 복무 중 교육을 실시하여 병사들이 과학과 기술 또는 자신이 원하는 분야에서 지식을 더 향상시킬 수 있게 해야 한다. 군 복무 중의 교육을 통하여 병사들이 지식수준을 높이고, 앞으로 전쟁의 모든 면에서 더 중요할 군의 첨단 과학기술 장비들에 대한 이해와 활용 능력을 높인다면, 군의 정예화와 전투력 향상도 함께 이루어질 것이다.

이렇게 군 복무 중 교육을 통하여 향상된 병사들의 지식수준은 그들이 군 복무 후 학업을 계속하여 전공 공부를 하거나 사회에 진출하여 산업 분야에서 종사할 때 유용한 자산이 될 것이다. 이러한 군 복무 중의 수준 높은 교육은 국가 산업 인력의 경쟁력도 제고하여 국력의 증진에 기여할 것이다. 따라서 우리는 모든 병사들에게 귀중한 군 복무 기간을 흔히 말하는 '삽질하는 시간'으로 버리게 하지 말고, 알찬 교육의 시간으로 활용하게 해야 한다.

우리는 발상의 전환을 통하여 군 복무 방식을 획기적으로 바꾸고 군 복무 중 추가적인 교육을 병사들에게 실시하여 군 복무라는 의무가 우리의 이점이 되게 만들어야 한다.

미래 전쟁의 승패는 국가가 보유한 첨단 과학기술과 이를 활용할 병사들의 수준에 의해 좌우될 것이므로, 병사들의 교육에 투자하여 수준 높은 정예 병사를 양성하는 것은 곧 국방력 강화와 직결된다. 이처럼 군 복무 중 교육을 통하여 병사들의 지식수준과 능력을 향상시킨다면, 국방력의 향상은 물론 국력의 증진도 함께 가져올 것이다.

이제부터 이러한 군 복무 중 교육을 '국방교육'이라 칭하고, 군 복무 체계를 어떻게 변화시켜서 이를 효과적으로 행할 수 있을 것인지 살펴보도록 하겠다.

이스라엘의 예를 보면, 고등학교 졸업 후 남·녀 모두 군에 입대하는데, 남자는 3년, 여자는 2년(결혼한 여자는 면제)을 복무한다. 대학에 바로 진학하는 경우에는 대학 졸업 후 5년을 장교로 복무한다.

우리도 앞으로 고등학교 졸업 후 남·녀 모두 군에 가고, 군 복무 기간 동안 전 병사를 대상으로 한 '국방교육'을 실시하여 지식수준을 한 단계 더 높여서 병사로서 자질과 국민의 교육 수준 전반까지 향상시키는 것이 어떠할 것인가?

여기서 남·녀 모두 군에 간다면, '여자도 의무 군 복무를 해야 하는가?' 하는 물음에 대한 답이 필요할 것이다.

미래 전장에서 병사는 완력으로 싸우지 않는다. 미래 전장에서는 더 나은 지식과 정보로 무장한 병사만이 승리할 수 있다. 이는 여자라고 하여 앞으로 훌륭한 병사가 되지 못할 이유는 없음을 뜻한다. 때문에 미래 국방의 관점에서 여성이 남성보다 임무 수행 능력이 뒤떨어질 이유는 별로 없을 것이다.

대한민국에서도 근래 남성과 동일한 여성의 의무 군 복무 수행을 주장하는 의견이 심심찮게 나오고 있다. 여성 중에도 그러한 주장을 하는 이들이 있으며, 남성만 군 복무를 해야 한다는 생각은 전근대적인 가부장적 생각이라는 주장도 있다.

이스라엘 건국의 아버지라 불리는 초대 수상 벤구리온은 "국방의 의무는 국민의 의무 중 가장 고고한 것이며, 여성이 그 의무를 남성과 동등하게 수행하지 않고 군과 유리된다면, 이스라엘 유대인 공동체의 특성도 왜곡될 것이다."라고 하였다. 그는 나라를 지키는 국방의 의무를 수행해야만 진정한 시민으로 인정될 수 있음을 이야기한 것이다. 노르웨이 역시 2016년부터 여성 징병을 실시하기로 하였는데, 이는 군대에서의 양성평등을 실현하여 시민으로서 의무와 권리를 남·녀 모두에게 동일하게 부여하고자 함이다. 최근 군 의무복무제가 사라진 중립국 스웨덴에서 그 이전까지 소련의 위협에 대비하여 많은 여성들이 남성과 동일하게 스스로 군 복무를 해왔던 것도 비슷한 논리에 의한 것이었다.

순수한 대한민국 국방의 관점에서 볼 때, 2000년대 들어 시작된 저출산(1990년대 중반까지 70만 명을 넘나들었던 대한민국의 연간 출생아 수는 2000년대 이후 50만 명 이하로 급감했다)의 여파로 2020년 정도에는 남자들만으로 지금의 군대를 유지하기는 어려워졌다. 이는 앞으로 여자들도 군 복무를 해야 현재의 대한민국 군대가 유지될 수 있음을 뜻한다.

대한민국에서는 현재 3군 사관학교와 각종 부사관학교에서 여군을 다수 배출하고 있으며, 대학에서도 여군 ROTC 장교를 배출하고 있다. 지금 대한민국 군대의 거의 모든 부서에는 여성들이 배치되어 있고, 맡은 바 역할도 잘 수행하고 있다. 여성이기 때문에 군 복무를 할 수 없다는 논리는 이러한 대한민국의 현실에 비추어보아도 이제는 성립되기 어렵게 되었다.

앞으로 미래의 첨단기술 전장에서는 섬세한 일처리에 능한 여성의 역할이 점점 커져갈 것이다. 그리고 여성이 수행하기에 크게 어렵지 않은, 완력을 필요로 하지 않는 군 임무 수행 분야들도 점점 늘어나고 있다.

이처럼 앞으로 군 임무 수행에 있어서 여성 역할의 증대와 저출산에 의한 대한민국 병력 자원의 감소를 생각할 때, 이제는 대한민국에서 남·녀의 구분 없는 의무 군 복무는 실현되어야 할 시기가 되었다고 할 수 있다. 비단 병력 자원의 확장 필요성을 떠나서도, 의무 군 복무 과정에서의 '국방교육'을 고등학교 이후의 추가적인 국가 교육 체계로 실현한다면, 여성을 군 복무에서 배제하는 것은 여성의 추가적인 교육 기회를 오히려 빼앗는 일이 될 수 있다. 이는 모든 국민을 차별 없이 육성하려는 대한민국의 관점에도 어긋날 것이다.

이렇게 남·녀 모두가 국방의 의무를 수행하게 된다면, 군 의무 복무 기간은 어느 정도로 하는 것이 적절할 것인가?

지금 대한민국의 군 의무 복무 기간은 최소 21개월이다. 하지만 남·녀 모두가 병역의 의무를 수행하게 되면 모집 대상이 늘어나므로 군 복무 기간도 상응하여 단축이 가능할 것이다. 비록 이스라엘에서는 남·녀 각각 3년 또는 2년을 의무 복무하고 있지만 대한민국은 이스라엘보다 인구도 월등히 많고, 지금 징병제를 실시하는 대다수 나라들에서 대체로 의무 복무 기간을 1년으로 하는 추세에 있으니, 우리도 남·녀 공히 1년의 의무 군 복무를 하면 무난할 것이다. 짧아진 병사 복무 기간으로 야기될 수 있는 군 숙련 인력의 문제는 부사관

이상의 직업 군인들을 보강하면 해결 가능할 것이다.

그렇다면 대한민국의 남·녀 모두가 1년을 의무 군 복무할 때, 군 복무 중의 '국방교육'은 어떻게 실시해야 할 것인가?

우리는 대략 다음과 같은 틀을 생각할 수 있겠다. 고교 졸업 후 1년의 의무 군 복무를 한다고 할 때, 첫 4개월 동안은 기초 군사 및 임무 수행 적응 훈련을 받고, 남은 8개월 동안은 통상적인 군 복무와 병행하여 대학 또는 전문대학에서의 1년 교육에 상응하는 기초 과정을 '대학 기본과정'으로 한 학기 각 4개월씩 두 학기에 걸쳐 이수하게 하면 될 것이다.

군 복무 후 대학에 갈 사람들에게는 원하는 분야의 교양과목 또는 전공 기초과목을, 전문대학에 가고자 하는 사람은 전문대학 한 학년 수준에 걸맞은 기본 소양과목들을 이수하게 한다. 그리하여 제대 후에 학업을 계속하고자 하는 사람은 대학 진학을, 취업을 하고자 하는 사람은 직업 전문학교(전문대학)로 진학하여 각자 필요로 하는 교육을 받으면 될 것이다.

이와 같이 군대에서 교육을 한다면 어떤 사람들은 그게 무슨 군대냐 할 수도 있을 것이다. 그러나 세계적인 추세가 징병 기간을 단축하는 추세이고, 앞으로 시간이 갈수록 예전과 같이 진지를 고수하는 식의 전쟁 방식은 점차 사라질 것이다. 따라서 중요한 것은 군인으로서의 자질을 향상시키는 것이며, 그 요체는 첨단 과학병기에 대한 이해와 활용 능력일 것이다.

통상 정예 병사로 훈련시키는 데에는 기초 군사훈련과 특기 훈련 각 2개월씩 4개월이면 충분할 것이다. 군 복무의 나머지 대부분은 유사시에 대비하여 대기하는 시간이므로, 임박한 전쟁이 없는 평시에는 이러한 대기 시간을 교육의 시간으로 활용할 수 있을 것이다. 스위스의 경우, 징집된 사람들에게 수개월의 강도 높은 훈련을 통하여 정예화 시키고, 이후에는 생업에 종사하게 하다가 유사시에 동원하는 민병제도를 운영한다. 계속 군대에 머물게 하지는 않지만 틈틈이 강도 높은 소집 훈련을 통하여 군인으로서의 자질을 유지시키는 것이다.

우리는 스위스와 달리 당장 북한과 대치하고 있고, 통일이 되더라도 주변의 강국들로부터 우리 스스로를 보호해야 한다. 이는 핀란드와 노르웨이, 스웨덴 등이 특별한 적국이 없음에도 예전 러시아로부터의 위협을 거울삼아 최대한 강한 국방력을 유지하려 하고 있고, 노르웨이가 징병제까지 시행하는 것에서도 알 수 있다. 따라서 스위스처럼 훈련을 끝내고 바로 귀가시켜 대기시킬 수는 없지만, 군대 내에 머물며 교육과 함께 군 임무 수행에 필요한 업무에 익숙하게 함으로써 유사시에 대비할 수 있을 것이다. 따라서 1년의 의무 복무 기간 동안 징집된 병사들이 전시에 최대한 능력을 발휘할 수 있도록 기본 훈련을 철저히 시킨 다음, 임무 수행에 필요한 유지 훈련 외의 남는 시간에는 교육을 실시하여 병사들의 지적수준과 임무 수행 능력을 함께 향상시킬 수 있을 것이다.

일부 사람들은 징병제 대신 모병제를 주장할 수도 있을 것이다. 그러나 대한민국에서의 모병제는 국가의 구성원으로서 져야 할 국방의 의무를 수행하는 데 있어서 그 형평성을 심각하게 훼손할 것이다. 모병제가 시행되면 부유한 사람들 대다수는 군대에 가지 않을 것이며 군대에 가는 다수는 주로 경제적 요인 때문에 가게 될 것이기 때문이다. 그런 상황은 지금 많은 사람들이 우리 사회에 만연해 있다고 느끼는, '유전무죄 무전유죄'라는 문구로 대표되는 사회 불공정성의 문제를 '유전면제 무전입대'라는 문구로 대체하며 더 심화시킬 것이다.

이러한 문제점은 이미 모병제도 하의 미국이 이라크와 아프간으로 군대를 파병하는 상황에서 극명하게 나타났다. 미국은 평시에는 징집하지 않고 전시에만 징집하지만, 평시의 모병제 하에서 군대에 가는 경우는 대체적으로 경제적으로 궁핍한 젊은이들이 제대 후 대학 학비 등 경제적 지원을 받기 위한 경우가 대부분이다. 이렇게 자원입대한 사람들 중 상당수는 아프간이나 이라크로 파병되어 적지 않은 수가 전사하거나 부상을 당했다. 그러나 부유한 사람들이 모병제 하에서 일반 병사로 자원입대하고 전쟁터로 파견되어 전사하거나 다친 경우는 거의 없다.

현재 최고의 선진 복지국가라는 핀란드나 노르웨이도 주변의 대국인 러시아의 존재를 염두에 두고 징병제를 실시하고 있다. 이처럼 주변에 자신보다 센 대국이 존재하여 잠재적으로 침략이나 무력 압박을 받을 수 있는 나라는 비록 국민소득이 높은 선진국이라 하더라도 징병제를 실시하고 있다. 이는 국가 존립에 있어서 가장 중요한 국방의 의무를 국민에게 지우는데 있어서 형평성이 무엇보다도 중요하기 때문이다. 모병제와 비교할 때 징병제는 형평성뿐만 아니라 경제적인 면에서도 국가의 재정 부담을 크게 덜어준다.

대한민국은 비록 통일이 되더라도 덩치가 큰 일본, 중국, 러시아에 둘러싸여 있게 된다. 따라서 상당히 먼 미래에 세계 모든 나라의 국경이 없어져 진정한 '지구촌' 체제가 갖추어지기 전에는, 타국에 의한 침략이나 무력에 의한 압박으로부터 스스로를 지켜낼 수 있는 강력한 군대가 꼭 필요하며, 이때까지는 국력의 효율적 이용과 사회의 공정성 차원에서 징병제는 필수 불가결일 것이다.

남·녀 모두를 대상으로 한 '국방교육'이 시행되면, 군대에 가지 못하는 사람들을 최소화하기 위해서 신체나 체력 면에서 제한이 있는 사람도 가능한 군 업무를 스스로 선택 지원하게 하여 최대한 많은 인원이 군 복무를 할 수 있게 해야 한다. 그리고 자원자로 선발하는 해병대에서 힘들지만 병사 스스로 자긍심을 갖고 복무하는 것처럼 군 임무가 힘든 부대의 경우 병사들을 자원으로 선발하고 아울러 복무 중이나 제대 후 사회에서 그에 상응하는 대우를 받을 수 있도록 정부가 사회적 환경을 조성하여 병사들이 자긍심을 갖고 임무를 수행하도록 해야 한다.

군 복무를 마치고 대학에 진학하면, '국방교육'에서 이미 대학의 기본과정을 이수하였으므로 대학에서는 전공과정에 바로 진입할 수 있게 된다. 따라서 대학 과정은 4년이 아닌 3년으로 줄어들며, 이는 군 복무 기간 1년을 실질적으로 보상해 줄 것이다. 즉, '국방교육'이 실현되면, 국가 교육체계에서 통상적인 대학 과정은 3년, 직업 전문학교(전문대학) 과정은 1년(또는 2년)에 마치게 된다. 여기서 직업학교 이수자들에 대해서는 적합한 분야에 취업할 수 있도록 국가가 체계적 지원을 제공하도록 한다.

이러한 '국방교육' 체계는 현재 전 국민에게 엄청난 부담을 주고 있는 사교육과 입시 경쟁도 크게 완화시켜 줄 것이다. 남·녀 모두가 군 복무를 통하여 '국방교육'을 이수하는 만큼, 제대 후 진학을 원하는 모든 사람들을 대상으로 '대학 기본과정' 이수 후 평가로 현재의 대학수학능력 평가를 대치하여, 고교 및 '국방교육' 과정의 성적과 함께 대학이나 전문대학의 입학전형 자료로 활용하게 하여 대입 사교육의 필요성을 원천적으로 차단시킬 수 있을 것이다.

여기서 군 복무 부서 간 근무 환경의 차이로 인한 병사들 간 불공평한 '국방교육' 이수 환경이 되지 않도록 공평한 교육 여건 조성에 만전을 기하도록 해야 한다. 부득이 군에 가지 못하는 사람의 경우에는 '국방교육'과 동일한 '대학 기본과정'을 각 대학과 독립적인 대학 부설의 독립적인 학부과정에서 이수하게 하고, 군에 간 사람과 마찬가지로 이수 후 평가로 수학능력 평가를 대치한다. 이 경우 형평성을 고려하여 군에 가지 않는 사람들의 경우 '대학 기본과정'에 대한 그들만의 자체적인 상대평가 성적을 적용하도록 한다.

사관학교는 1년의 의무 군 복무 종료 시 지원하게 하고, 대학과 마찬가지로 3년 동안에 그 과정을 마치게 한다. 부사관의 경우에도 군 복무 종료 시 자원하면 전문학교에 상응하는 1년의 부사관학교를 거쳐 복무하게 하고, 부사관 중에서 장교로 진급을 원하는 사람은 필요에 따라 적절한 교육 과정을 거쳐 장교로 복무하게 한다. 특히 이러한 직급 이동에 있어서 큰 어려움이 없도록 하여 인재 육성의 개방성과 유연성을 확보하도록 한다.

군에서 필요로 하는 각 분야의 전문가 집단도 비슷한 방식으로 선발하도록 한다. 의무 군 복무 후 대학 과정에서 원하는 전공 분야를 공부하고 직업 군인이 되려는 사람들은 기존의 ROTC처럼 선발하여 직업군인으로 육성한다. 군의관들은 의무 군 복무를 마친 자원자 중에서 국가가 의대나 의학전문대학원에 특별 배정한 인원으로 선발하여 의사로서 전문 교육과정을 마치고 직업군인으로서 복무하게 한다. 군이 필요로 하는 다른 분야의 전문가들도 동일한 방식으로 선발하도록 한다.

이스라엘에서는 통상적인 대학 학부과정을 3년에 마치게 하고 있다. 이스라엘의 경우 군 복무 중 대학의 기본과정에 상응하는, '국방교육'과 같은 과정을 이수하지 않는다. 하지만 군 복무에 소요된 시간이 일부 보상되도록 대학에 진학하는 정제된 인적 자원의 높은 수준을 바탕으로 대학 과정을 3년으로 단축하여 실시하고 있다. 그럼에도 이스라엘의 3년제 대학교육은 그 전문성에서 다른 나라보다 못하지 않으며, 이스라엘 학부 졸업생의 실력이 다른 나라의 4년제 학부 졸업생에 뒤진다는 얘기는 어디에서도 들리지 않는다. 그들이 외국의 대학원에 진학하는 경우를 보면 오히려 다른 나라의 4년제 학부 졸업생보다 더 뛰어난 실력을 발휘하는 경우가 적지 않다.

이에 견주어 향후 대한민국의 모든 남녀는 군 복무 중 '국방교육' 과정에서 대학 기본과정을 이수하므로 이스라엘의 3년제 학부와는 다른 통상적인 4년제 대학 과정에서의 전공과정으로 바로 진입하게 되는 것이다. '국방교육'은 또한 이스라엘에서와 마찬가지로 군 복무를 마친 학생들의 성숙한 자의식에 의하여 그들을 보다 충실히 학업에 전념하게 하므로, 전공과정 3년의 대학 과정도 현행 4년제 대학 수준을 넘는 수준 높은 교육을 가능하게 할 것이다.

이스라엘 군대에서는 첨단 군 장비의 효율적인 운용을 위하여 필요한 기술 교육을 병사들에게 심도 있게 실시하며, 이러한 기술 교육은 군 제대 후 대학에 진학하지 않는 사람들의 경우에도 다른 나라의 고교 졸업자들에 비해 더 높은 과학기술 수준을 갖게 한다. 선진 각국의 유수한 첨단기술 회사들은 이러한 높은 지식수준의 산업 인력과 이스라엘이 보유한 우수한 연구 인력을 활용하기 위하여 이스라엘에 제조 공장이나 기술 개발을 위한 연구소를 개설하고 있다.

이스라엘의 군대에서 우리가 눈여겨보아야 할 또 다른 점은 그들이 병사들에게 독자적인 책임 하의 임무 수행 기회를 최대한 제공하여 개별 병사들의 자율적인 판단과 독립적인 임무 수행 능력, 그리고 도전 정신을 제고시킨다는 점이다. 이러한 군 복무 중의 '훈련'을 바탕으로 많은 젊은이들이 군 제대 후 창업을 하여 이스라엘을 세계를 앞서가는 '창업국가'로 거듭나게 하고 있다. 사실 군대는 이러한 '훈련'을 할 수 있는 최적의 기회를 제공하는 안성맞춤의 장이다. 병사들이 실제 상황에서 자신과 동료의 안전을 담보로 스스로의 판단하에 모든 임무를 수행하기 때문이다.

우리도 기존의 천편일률적인 상명하복 식의 군 업무 체계를 바꾸어 이스라엘처럼 독자적인 임무 수행 체계를 최대한 적용하여 우리 병사들의 도전 정신과 독자적 업무 수행 능력을 제고시켜야 한다. 이는 '국방교육'과 같은 교육 과정과는 별개로 우리 군대의 실제 업무 수행 방식을 혁신함으로써, 우리 젊은이들이 사회에 나와서 독자적인 업무 수행 능력과 도전 정신을 발휘할 수 있게 할 것이다.

이제 국방력은 그 나라가 갖고 있는 과학기술의 수준, 그리고 병사들과 국민의 지식수준에 따라 좌우된다. 즉, 국력이 곧 국방력이다. 우리가 '국방교육'을 실시하여 모든 병사가 대학 기본과정 이상의 지식수준을 갖추게 하고, 군 업무 수행 체계를 혁신하여 병사 개개인의 독자적 업무 수행 능력과 도전 정신을 제고하게 하여, 높은 지식수준과 함께 강한 정신력을 가진 병사들을 육성하면, 우리 군대는 미래 전장에서 예전의 몽골 기병에 못지않은 강한 군대가 될 수 있을 것이다.

제2부

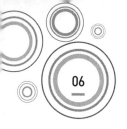

공교육의 정상화

사교육으로부터의 해방

현재 대한민국의 가장 큰 문제점은 공교육의 위축과 사교육의 횡행이다. 이미 돈이 있고 능력이 되는 사람들 중 상당수는 자녀들을 일찍부터 해외로 내보내 조기 유학의 길을 걷게 하고 있다. 알 만한 연예인들이나 정치가들의 자녀 중 상당수는 이런 조기 유학을 했거나 하고 있다. 왜 이 문제가 교육만이 아닌 대한민국의 가장 큰 문제인지는 앞에서 일부 짚었지만 이후 절로 분명해질 것이다.

주변의 치과의사 한 사람은 서울에서 꽤 큰 치과 병원을 운영하고 있었다. 그는 자녀가 중학생이 될 즈음부터 경쟁이 치열한 한국에서 자녀를 계속 교육시켜야 할 것인지에 대해 고민하였다. 그러던 중 미국에서 교수직을 제의받자 운영하던 병원을 정리하고 미국으로 갔다. 그가 운영하던 병원은 여러 명의 치과 의사들이 협진하는 소위 잘나가는 치과 병원이었다. 그는 자신이 힘들여 이루어놓은 기반까지 버리고 외국으로 가게 만드는 대한민국의 교육 현실에 대해 안타까워했다. 그러나 그는 중·고등학교에서 대학 입학까지 그 경쟁이 엄청나게 치열한 한국 사회에서의 자녀 교육을 도저히 감당할 자신이 없다고 하였다. 그래서 비록 자신이 어렵게 일군 기반이지만 가족이 함께할 수 있는 미국행을 선택한다고 하였다. 그는 암울한 교육 현실과 한국의 앞날이 참으로 큰일이라고 하였다. 그에 대한 안쓰러움과 함께, 국민의 한 사람으로서 대한민국의 교육에 대한 걱정을 금하기 어려웠다.

그로부터 10여 년이 지났다. 하지만 대한민국의 교육 현실은 전혀 나아질 기미가 보이지 않는다. 오히려 경쟁이 더 심해져 더 어린 나이부터 사교육을 받아야 하는 실정이 되었다. 참으로 우려스러운 일이 아닐 수 없다. 현재 우리나라 30~40대의 7할 정도가 능력만 된다면 자녀 교육을 위하여 해외 이민까지 원하고 있다고 하니, 대한민국의 공교육을 하루빨리 정상화시키지 않으면 이제껏 우리가 이룩한 것들이 모두 물거품이 되어버릴 수도 있다.

현재 중·고등학생들의 대부분은 학교는 그저 마지못해 다니는 곳이며, 실제 공부 실력은 학원이나 과외에서 공부하여야 기를 수 있다고 생각한다. 이러한 현실은 거꾸로 학교 현장에도 영향을 끼쳐, 상당수 선생님들로 하여금 학생이 이해를 못한 부분이나 진도에 뒤처진 부분을 학원이나 과외에서 보충해 오는 것이 당연한 듯 생각하게 하고 있다. 교육의 장으로서 제 기능을 상실한 학교는 이제 학생과 학부모로부터 그저 공식적인 졸업장을 받기 위해 마지못해 다니는 곳 정도로 인식되고 있다. 이처럼 본말이 전도된 우리의 교육 현실에서 공교육을 정상화하겠다는 생각 자체도 어찌 보면 무리로 비쳐질 수 있다. 그러나 우리는 자라나는 세대와 대한민국의 미래를 위해서 어찌 되었든 공교육은 정상화시켜야만 한다. 그래서 자라나는 어린 학생들이 사교육의 그물에서 해방되도록 해야 한다.

전 교사의 전문가(expert)화

그럼 어떻게 하여야 할까? 가장 급선무는 학생들의 모든 궁금증이나 질문을 학교에서 해소할 수 있는 환경을 만들어야 한다. 즉, 학원이나 과외를 통하여 개인적으로 배우지 않더라도 모르는 것을 모두 학교에서 선생님에게 물어서 배울 수 있는 그런 환경을 만들어야 한다. 이를 위해서는 학생들의 다양한 요구에 부응할 수 있도록 공교육에 종사하는 선생님들의 실력 향상도 함께 이루어져야 한다. 특히 수학이나 과학 등 전문적인 지식이 요구되는 과목의 경우, 모든 중·고등학교 교사들이 전문석사 과정을 이수하게 하여 학생들의 심도 깊은 질문에 대한 답뿐 아니라 학생들이 어려워하는 개념들에 대해서도 학생들을 잘 이해시키고, 혹 학생들이 관심을 가질 수 있는 고급 주제들advanced topics에 대해서도 학생들의 이해를 도울 수 있을 정도로 교사의 수준을 향상시켜야 한다. 그리고 시험은 학생들의 우열을 구분하기 위한 소위 변별력 위주의 까다로운 문제풀이 방식이 아니라 학생들의 실제 이해력을 검증하여 교육에 활용하는 목적으로 치러야 한다.

교사의 수준 향상과 관련하여, 우리는 예전 사범계열 학생들이 누렸던 등록금 감면 혜택과 지금까지 사법시험 합격자들이 누리고 있는 2년 과정의 국비 연수를 생각할 수 있다. 이러한 혜택을 제공했거나 제공하는 이유는 비록 국민의 세금이 들어가더라도 그만큼 국민 전체에 편익이 된다고 생각했기 때문일 것이다. 이제 사범계열 학생들에 대한 등록금 감면 혜택은 거의 사라졌지만, 사법시험 합격자들에 대한 국비 연수는 법학전문대학원 제도에 따른 새로운 사법시험 제도가 정착될 때까지 여전히 유지될 것이다. 이는 국비 연수 교육으로 법조인들의 자질을 향상시키는 것이 국가 사법체제의 제대로 된 작동을 가져와, 국비 연수를 시키지 않고 세금을 절약하는 것보다 국민 전체에 더 득이 된다고 판단하기 때문일 것이다.

그런데 2세 교육을 제대로 시키는 것은 사법체계의 제대로 된 작동에 못지않은, 어찌 보면 국가 발전에 가장 중요한 핵심 요소라 할 수 있다. 따라서 2세 교육을 책임지는 교사의 자질 향상을 위한 교육이나 연수에 국가가 지원을 하는 것은 너무나 당연한 일일 것이다. 그럼에도 예전의 사범계 등록금 감면 혜택이 종료된 뒤로, 거의 별다른 효과도 내지 못하는 현직 교사에 대한 통상적인 연수 외에는 국가가 교사의 자질을 향상시키기 위한 어떤 노력도 기울이지 않고 있다는 것은 큰 문제라 아니할 수 없다.

사실 예전의 사범계 대학생 등록금 감면은 대학 진학률이 낮았던 시기에 경제적인 형편으로 대학에 갈 수 없는 우수한 인재들을 사범계로 유치하여 더 우수한 자질을 가진 교사들을 확보하고자 함이었다. 그러나 대학 진학률이 높아지고, 등록금 감면이 우수한 인재의 유치에 그다지 큰 힘을 발휘하지 못하게 됨에 따라 그 혜택도 저절로 없어지게 되었다. 그러나 그렇다고 하여 교사의 자질을 향상시켜야 한다는 당위성이 없어진 것은 아니다. 그런데도 이 사안에 대한 관심을 거둔 채 아무런 시도조차 하지 않고 있는 현실은 뭔가 단단히 잘못되었다고 하겠다.

현재의 교사 충원 방식에서는 일반계 학과의 교직과목 이수자들도 임용시험을 통하여 교사가 되기 때문에, 예전처럼 사범계 학생들에게만 혜택을 주는 것은 큰 의미가 없다. 그리고 임용시험 선발 후 추가적인 연수 없이 바로 정식 교사로 근무하게 하고 있는 지금의 교사 임용 제도에서는 신임 교사들의 기량을 더 향상시켜 줄 마땅한 방법조차도 없다.

그렇다면 우리가 항상 경탄해 마지않는 핀란드의 경우는 어떠한가? 핀란드는 학생들 모두에게 각각 맞는 맞춤형 교육을 실시하기 위하여 교사의 자질 향상에 엄청난 노력을 경주하고 있다. 특히 교사들의 수준을 전문가 수준으로 향상시키기 위하여 많은 힘을 쏟고 있다. 핀란드에서는 우수한 지망생들이 교사가 되기 위해 줄을 선다고 한다. 그 이유는 핀란드에서 교사들의 사회적 지위가 매우 높고, 교사들의 직업 만족도 또한 매우 높기 때문이다.

핀란드에서 교사가 되기 위해서는 대학 졸업 후, 자신의 생각을 기술하는 필기시험과 적성검사, 그리고 면접시험을 통과해야 한다. 매년 4~5천 명의 대졸자가 교직에 지원하지만 선발되는 인원은 7~8백 명에 불과하다고 한다. 이처럼 최고의 자질을 가진 인재들이 교사로 선발되며, 다시 국가 지원으로 2년의 전문석사 과정을 거친 후 비로소 교사가 된다.

교육 현장에서도 교사들은 2년마다 자치단체 주관으로 학생과 학부모들로부터 평가를 받고, 교장은 교사들로부터 평가를 받는 점검 과정을 거친다. 여기에 학부모와 행정기관이 교사들이 수업에만 전념할 수 있도록 적극적으로 지원한다. 이처럼 핀란드는 교사들의 수준을 높이고 그 자질을 유지하는 데에 세심한 노력을 기울이고 있다.

우리도 이제 대한민국 교사들의 자질을 높이고 그들의 사회적 위상도 높여줄 수 있는 새로운 교사 양성 제도를 구축하여야 한다. 그렇다면 지금 제도의 문제점은 무엇인가?

  우선 지금의 교사 선발 체계에 큰 문제점이 있다. 고등학교를 갓 졸업한 학생들을 사범 계열로 분리 선발하여 교사로 양성하는 현 사범대학 체계는 자신의 인생관에 대한 확고한 생각을 세우기 이전인 청소년기 후반에 평생을 선생님으로 일하겠다는 신념을 요구하고 있다. 이는 상당한 무리수이다. 적어도 자신의 인생관에 대하여 어느 정도 확신을 갖게 되는 대학을 졸업할 즈음에 그러한 선택을 하게 한다면 본인 스스로도 어느 정도 교직에 대한 사명감을 갖고 결정에 임할 것이다.

  현재 많은 수의 사범대학 우수 졸업자들이 교직에 진출하지 않고 다른 분야로 진출한다는 것은 잘 알려진 사실이다. 이는 교사가 되기 위해서는 투철한 사명감이 무엇보다도 필요하다는 점을 새삼 우리에게 일깨워 준다. 특정한 목적으로 양성한 인재의 손실이라는 점에서 이는 국가의 인재 양성 측면에서 낭비이며 비효율이다. 따라서 교직에 대해 확신을 가진 사람만을 교사로 선발하면, 이러한 낭비는 막을 수 있을 것이다. 더구나 교직에 사명감을 가진 사람은 그렇지 않은 사람보다 훨씬 더 열정적으로 교육에 임하게 되므로, 그 결과 역시 크게 달라질 것이다.

  따라서 대학을 졸업한 사람들을 대상으로 교직에 사명감을 가진 사람들을 전문 분야별로 선발하고, 이들에게 국가가 지원하여 2년의 전문석사 과정을 이수하게 한다면, 학생들의 창의성과 다양성을 키워주기에 충분한 전문가적 역량을 갖출 수 있게 될 것이다. 교사들의 전문가적 역량을 높이는 일은 국가 전체적으로도 국가의 전문가 집단을 키우는 일이 되므로 국가의 전체 지식수준을 높이고 인재풀을 키우는 측면에서도 도움이 된다. 또한 교사들의 전문가적 역량 함양은 그들 자신의 자긍심도 높이고, 학생이나 학부모가 교사를 더 존경하는 마음을 갖게 하여 교사의 사회적 위상도 높여줄 것이다.

교사들은 전문가적 역량을 바탕으로 과목의 진도를 잘 따라가지 못하는 학생들에게는 충분히 이해하도록 보충 지도하고, 진도를 앞서가는 학생들에 대해서는 고급 주제에 대한 호기심을 충족시킬 수 있도록 지도할 수 있을 것이다. 이렇게 되면 경쟁적인 시험 절차를 통하여 학생들을 우열반으로 갈라서 교육시킬 필요는 저절로 없어질 것이다.

우수한 인재들을 키우기 위해서는 각 개인에 맞는 적절한 방식으로 지도하여야 한다. 능력이 뛰어나 앞서가는 학생이 있다면 그 수준에 맞추어 다음 단계의 교육을 받도록 하여 불필요한 시간 낭비가 없게 해야 한다. 앞선 능력을 제대로 펼치게 하려면, 주어진 단계의 개념을 제대로 이해하고 활용하는 학생의 경우, 지금 우리나라 교육 현장에서처럼 어려운 문제들을 더 많이 반복적으로 풀게 하는 것보다 다음 단계의 개념을 가르쳐 더 높은 수준에 이르게 해야 한다. 이러한 방식으로 러시아나 유럽에서는 중·고등학생 연령에 이미 대학 과정을 마치고, 학부 학생 연령에 박사가 되어, 젊은 천재 수학자나 과학자가 배출되는 것이다.

이제 우리도 뒤처지는 학생들에게는 개별적으로 그들을 도와줄 선생님들을 배치하여 모든 것을 이해하게 하고, 자질이 뛰어난 학생들에게는 다음 단계의 고급 개념들을 배우게 하여, 한 명의 낙오자도 없이 모두가 특화된 인재들로 거듭날 수 있게 해야 한다.

그렇다면 교육체계가 앞선 것으로 세계적인 평가를 받고 있는 핀란드와 우수한 인재들을 길러낸다는 이스라엘의 교육은 어떠한가?

핀란드의 교육 혁신

핀란드 사람들은 '공부는 즐겁게 해야 한다'고 생각하며, 공부는 좋은 평가 결과를 얻기 위해서가 아니라 미래를 위한 준비로서 한다고 생각한다. 그들은 획일적인 교육보다 학생들 스스로가 선택하고 참여해서 배우는 기회를 갖도록 만들며, 우수함을 지향하는 수월성excellence 교육과 교육 기회의 평등이 서로 모순이 아니라고 생각한다. 그들이 생각하는 수월성이란 학생의 소질과 능력을 최대한 발전시켜 한 명 한 명이 모두 최고의 성취를 이루게 하는 것이다. 이런 철학을 바탕으로 핀란드는 1985년부터 수준별 수업을 중지했다. 핀란드의 교육부 장관이었던 툴라 하타이넨은 그 이유를 다음과 같이 설명했다.

"너무 일찍부터 아이들의 진로를 나누는 것은 위험하다. 9년 동안 차별 없이 모든 아이들에게 똑같이 투자하고 똑같은 교육 여건을 제공하면 최선의 결과가 나온다. 페어플레이 정신을 바탕으로 우리는 누구라도 자신의 기량을 충분히 펼칠 수 있는 기회를 준다. 이렇게 해서 가장 소질이 뛰어난 아이를 찾아낼 수 있다."

그들은 아이들에게 일찍 레테르를 붙여서 차별하는 것이 아니라, 충분한 기간 동안 아이들의 성장을 지켜본 후 아이들의 소질이 계발되는 정도에 따라 아이들 스스로 적성에 맞춰 진로를 선택할 수 있게 한다. 이처럼 교육의 기회를 평등하게 주고, 충분한 시간적 여유를 갖고 아이들이 자신들의 능력을 개발하게 한다. 이는 격차를 없애겠다는 그들의 철학에 따른 것이다. 그들은 격차를 없애는 것과 개성에 맞는 교육을 하는 것은 조화될 수 있다고 생각한다.

경제협력개발기구OECD에서 15세 이상 학생들의 학업성취도를 평가하기 위해 실시하는 '국제 학업성취도 평가PISA'에서 핀란드는 읽기·과학·수학 등 PISA의 거의 대부분 과목에서 항상 수위를 차지하고 있다. 2003년 PISA 수학 분야 평가에서 핀란드는 2위를 하고 한국은 3위를 하였는데, 여기서 놀라운 일은 더 성적이 좋은 핀란드 학생들의 수학 학습 시간이 한국 학생들의 수학 학습 시간의 절반에 불과했다는 사실이다.

어떻게 그러한 결과가 나올 수 있었을까? 그 답을 얻기 위해 우리는 그들의 교육과 우리 교육의 다른 점을 비교 분석해 볼 필요가 있겠다.

핀란드에서는 '문제 학생'이나 '열등 학생'이라는 판단을 하지 않으며, 오히려 학생 개개인이 서로 다를 수 있음을 인정한다고 한다. 이러한 생각은 그들이 '단 한 명의 학생도 포기하지 않겠다!'는 교육적 신념을 가지고, 학교라는 공동체 안에서 학생 개개인을 인격적으로 존중해 주며 학습에 대한 흥미와 동기를 이끌어낼 수 있게 만든다. 교사는 학생이 자신의 장점을 살리고 원하는 지식을 스스로 얻을 수 있게 지원하며, 학생 개개인의 차이를 존중하면서 어려움을 겪는 학생부터 우선적으로 도와준다. 이는 학생들을 구분지음으로써 차별이 생기는 것을 용납하지 않겠다는 그들의 신념과, 모든 학생들은 스스로 자신의 배움을 이끌어갈 잠재력이 있다는 그들의 철학에 따른 것이다.

그들은 공부 경쟁이 스트레스를 유발하고 공부에 대한 부정적인 태도를 낳는다고 생각한다. 학력을 평가하여 점수 경쟁을 시키게 되면 학생들은 시험에 나올 부분만 공부하게 되고, 시험을 위하여 주입된 지식은 시험이 끝나면 곧 잊어버리게 되기 때문이다. 점수 경쟁은 학생들에게 심각한 스트레스를 유발하지만 그들의 능력 개발에는 별 도움이 되지 않는다고 보는 것이다. 따라서 핀란드 교육은 협동학습을 통하여 학생들이 자신의 생각을 보다 확실히 표현하고, 잘못된 지식이나 생각을 바로잡도록 유도하며, 비판적인 사고를 통하여 사물에 대해 새로운 관점을 갖도록 이끈다. 이런 협동학습을 통하여 학생들은 개방적인 태도를 갖게 되고, 사회성을 함양시키며, 함께 협력하면서 배우는 능력과 서로 협력하여 해결책을 찾는 능력을 키운다.

핀란드에서는 이처럼 아이들을 구분하지 않고 함께 교육하기 위해서 맞춤형 개별지도가 가능한 환경을 조성하고 있다. 일단 핀란드의 교사들에게는 자율권이 대폭 부여되어 있으며, 핀란드 교육당국은 권한을 일선 학교에 대폭적으로 위임하여 학교와 교사들이 학내 문제에 대해 자율적인 해결책을 찾도록 하고 있다. 교사들은 자율적으로 교과서를 선택하고 학생 개개인에 맞는 목표를 세워 학생 각자에 맞는 교육을 시행한다. 교사들은 우수한 학생에게 초점을 맞추기보다 성취도가 낮은 학생들을 위로 끌어올려 학생 간 격차를 줄이는데 더 많은 노력을 기울인다.

학생들에게는 학습에 대한 부담을 주지 않는 수준의 과제를 부여하여 학생이 자신감을 갖고 스스로 즐겁게 공부할 수 있는 분위기를 만든다. 즐겁게 배운 지식이 더욱 효과적으로 기억되는 점에 착안하여, 그들은 가능하면 학생 스스로 이해하고 배우도록 유도한다. 교사는 학생이 얻은 지식을 점검하지만, 지식의 양으로 학생들의 우열에 대한 판단을 하지 않고, 학생이 지식을 넓혀가는 과정을 학생 스스로 구축할 수 있도록 돕는다. 통계에 의하면, 이렇게 공부한 핀란드 학생들은 다른 나라 학생들에 비해 자신감이 세 배나 더 높게 나타난다고 한다.

핀란드의 이와 같은 맞춤형 교육에는 핀란드 사람들의 철학이 깔려 있다. 그들은 교육을 헌법적 권리로 생각하여, 출신 배경에 상관없이 모든 학생이 우수한 교육을 받을 권리가 있다고 생각한다. 이러한 생각에서 그들은 학업성취도 조사에서 성취도가 낮은 학교에 오히려 더 많은 예산과 우수한 교사를 지원하여 그 수준이 향상될 수 있도록 한다. 잘하는 학교는 더 지원하고 못하는 학교는 하던 지원마저 줄이는 대한민국과는 180도 다른 현실이다.

'단 한 명의 학생도 포기하지 않겠다!'는 그들의 교육관을 제대로 실천하기 위해서 그들은 장기 결석생들을 위한 대책을 마련하고, 신체적 학습 장애자에 대해 배려하며, 수업을 방해하는 학생들을 위한 특별 수업도 실시하는 등 다양한 노력을 기울이고 있다고 한다.

1990년대 전반을 기점으로 교육에 대한 핀란드 사회의 인식은 '가르치는 교육'에서 '스스로 공부하는 교육'으로 크게 바뀌었다고 한다. 이 시기에 교과서 검정과 장학관에 의한 감독제도 등이 폐지되었고, 일선 학교로 많은 권한이 위임되었다. 정부는 가이드라인 정도만 제시하며, 교육 여건의 정비와 개선에 힘을 기울였다. 이로써 관리·감독에 종사하던 인력이 교육에 직접 투입되어 학급당 학생 수가 줄어들었고, 특히 교육과정이 국가 관리에서 해방되어 학습 주체들이 스스로 자유롭게 배우고 익히는 것이 가능하게 되었다. 각 학교는 학습 환경을 자율 관리하고, 교사는 학생에게 적절한 학습 환경을 만들어주어 개별화된 배움의 기회를 제공하는 역할을 하고 있다.

교육의 자율성과 관련하여 PISA 테스트를 분석한 결과는 흥미로운 사실을 보여주는데, 그것은 일선 학교와 현장 교사의 권한이 강한 나라일수록 교육적 성취도 또한 높다는 점이다. 학생의 학습에 대한 의욕과 동기 부여는 학업성취도를 높이는 데 매우 중요한데, 이는 교사의 역할에 따라 크게 좌우되기 때문이다. 핀란드의 교육 시책은 PISA 학업성취도 평가의 분석에 따른 결론과도 부합함을 보여준다.

OECD 교육국의 PISA 담당자는 "사회적 배경에 상관없이 모든 학생에게 평등한 교육 기회가 주어져야 하며, 동시에 교육의 질이 떨어져서도, 출신 배경이 교육에 영향을 미쳐서도 안 된다."고 주장한다. 능력 개발이 교육의 본래 목적이며 사람들의 순위를 매겨 선별하는 것은 교육의 목적이 아니라는 것이다. 핀란드의 교육은 많은 부분에서 그러한 주장과 합치한다.

유대식 교육 - 질문과 토론, 당연함에 도전하다

이스라엘에서는 유치원이나 초등학교에 입학하는 첫날 아이들에게 꿀을 묻힌 알파벳 과자를 준다. 이는 '배움은 꿀처럼 달콤한 것이어야 한다.'는 그들의 생각을 표현한 것이다. 초등학교에 다니는 아이들은 학교에 가는 것을 매우 즐거워한다. 선생님은 수업 시간 중 계속하여 아이들에게 질문을 유도하며, 수업 시간 중에 질문을 하지 않는 아이는 없다. 선생님은 아이들에게 주어진 지식을 그대로 받아들이게 하지 않고, 먼저 그것에 대해서 생각하게 하고 질문을 유도한다. 선생님은 또한 아이들이 질문하는 것을 귀찮게 여기지 않고, 오히려 질문하는 것을 긍정적으로 생각하며 칭찬과 격려를 아끼지 않는다.

이렇게 하는 이유는, 질문에 대한 답을 얻을 때까지 스스로 생각하고 논쟁하는 것이 주어진 문제에 대하여 더욱 창의적인 답을 얻게 하고 보다 확실히 이해할 수 있게 한다고 생각하기 때문이다. 그리하여 그들은 가르치기보다는 질문을 하게 하고, 아이들로 하여금 어떤 지식을 받아들이기 전에 서로 토론을 하게 하여 더욱 창의적이고 독립적으로 문제 해결 능력을 갖추게 한다. 이러한 연유로 가정이나 학교의 도서관에서 아이들이 배움을 위해 서로 떠들며 논쟁하는 것을 전혀 문제 삼지 않는다. 실제로 도서관의 좌석은 서로 마주 앉아 토론을 하기 좋게 배치되어 있다. 학생들 또한 서로 토론하고 비판하며 상호 협력하여 답을 찾아가는 것을 즐긴다. 아이들은 도서관에서도 함께 토론이나 논쟁을 하면서 떠들고 이야기하며 공부하고, 어머니들은 아이들에게 '선생님에게 더 많은 질문을 하라.'고 권고한다. 그들은 우리 아이들과 달리 방과 후에 학원과 과외에 얽매이지 않고 마음껏 뛰어놀면서 본인이 원하는 취미 활동을 한다.

이와 같이 유대 교육의 특징은 먼저 호기심을 자극하여 질문을 유도하고, 동시에 스스로 생각하도록 한다. 교사와 학생, 학생과 학생 간에 서로 질문하고 토론하는 과정을 통하여 비판적 사고를 기르고, 서로 간에 의견을 주고받으며 창의적으로 답을 찾는다. 예컨대 학생들은 찬성과 반대가 분명한 주제를 가지고 정해진 시간과 순서를 지키면서 자신의 관점을 명확하게 표현하는 훈련을 받는다. 이러한 사고 훈련을 통하여 이들은 어떤 사안에 대한 논리적인 사고 능력을 기르고, 다른 주장들과 비교하여 그 차이점을 더 잘 이해함으로써 사고력을 증진시키고자 하는 것이다. 이처럼 교육에 있어서도 어떤 사안이 되었든 자기의 생각을 자신 있게 이야기하고 남들과 더불어 토론하며 논쟁하는 것을 즐기도록 하는 것은 그들 생활 속의 사고방식이 그들의 교육에 배어 있기 때문일 것이다.

이스라엘 사람들은 어릴 때부터 '당연함에 도전하고, 질문하고, 토론하라.'고 교육받으며 자란다. 그리고 그러한 사고방식을 모든 일에 적용하여 혁신을 이루어 간다. 모든 것을 당연하게 받아들이지 않고 일단 자신이 가진 생각의 틀을 통하여 스스로 생각하고, 이해하고, 판단하는 것이다. 이처럼 그들은 비판적인 사고방식으로 모든 일에 항상 도전한다. 이스라엘 사람들은 주어진 명령에만 따름으로써 자기 스스로를 제약하는 것을 싫어한다. 그들은 무엇에든 도전하는 배짱과 당돌함, 즉 '후츠파 정신'을 가지고 전쟁과 테러로 점철된 어려운 현실을 이겨내면서 지속적으로 자신들의 과학기술과 경제를 발전시켜 가고 있다.

교사에게 자율을

핀란드나 이스라엘 교육의 예에서 알 수 있듯이 판에 박힌 교육과정과 교육당국에 얽매이지 않는 교사의 자율성은 매우 중요하다. 그러나 현재 대한민국의 일선 학교에서 교사의 자율성은 매우 부족하며, 상위 교육행정기관의 지침에 크게 얽매여 있다.

초·중등 교육에 있어서 가장 중요한 요소라 할 수 있는 배움에 대한 흥미와 동기 유발에는 아이들을 제대로 이끌어줄 수 있는 교사의 전문성이 절대적으로 필요하다. 그러나 대한민국 현실에서는 사교육의 기세와 상위 행정기관의 엄격한 지침에 짓눌려 개별 교사의 전문성은 크게 중요하지 않아 보인다.

현재 대한민국의 공교육 현장에서 학과 수업 중 질문과 토론은 그 존재감마저 느낄 수 없을 정도로 미미하다. 이는 일차적으로 대다수 학생들이 학교 수업 외에 엄청난 양의 학원이나 개별 지도 등 과외 수업을 받고 있기 때문에 학생들은 물론 교사들도 학교 수업에 그다지 큰 의미를 부여하지 않고 있기 때문이다. 그러나 실제 학생들의 수준을 가장 잘 파악하고 있는 사람은 교사이므로, 학생들이 학교 수업에 흥미를 갖게 하고 질문과 토론을 유도할 수 있는 방안은 교사가 가장 잘 찾을 수 있다. 따라서 우리는 교사들에게 자율성과 여유를 주어 교사들 스스로 방안을 찾아내고 그에 따른 자율적인 수업을 할 수 있게 해야 한다.

학생들의 창의성과 비판적 사고 능력을 함양시킬 수 있는 수업을 하게 하기 위해서는, 자율성뿐 아니라 교사들이 그 방안에 대해 생각하고 연구할 충분한 시간적 여유도 함께 보장해 주어야 한다. 따라서 교사들의 근무 환경은 행정적인 잡일이나 판에 박힌 행정규정에서 벗어날 수 있게 개선되어야 한다. 교과목의 시시콜콜한 부분까지 교육행정당국이 천편일률적으로 지시하는 일은 당연히 사라져야 한다.

교사의 자율성은 학생들에 대한 학업성적 평가 방식과도 연관된다. 만약 학년별 전체 석차를 낸다면, 동일 과목을 두세 사람의 교사들이 가르칠 때도 모두 동일한 문제로 평가를 해야 한다. 이 경우 개별 교사의 독자적 판단에 따른 자율적이고 독창적인 수업은 불가능하다. 만약 교사가 독창적인 수업을 진행하게 되면 그에 걸맞은 독립적인 평가를 해야 할 터인데, 한 학년의 전체 학생을 대상으로 석차를 매기는 경우 그러한 독립적인 평가는 불가능하기 때문이다. 따라서 교사의 창의적인 수업을 위해서는 평가의 독립성과 자율성 역시 보장되어야 한다.

그런데 문제는 이와 같은 교사의 독자적인 수업이 교육당국이 정해 놓은 획일적 내용의 수업보다 그 질이 떨어지지 않게 어떻게 보장하느냐이다. 이는 결국 교사 개개인의 자질과 전문성이 함께 높아져야 가능해진다. 따라서 교사의 자율성 확대는 교사의 자질과 전문성을 높이는 일과 병행하여 이루어져야 한다. 교사의 자질과 전문성을 높이기 위해서는 기존 교사들과 새로 임용될 교사들의 경우를 나누어 생각해야 한다. 기존의 교사들에게는 재충전과 더불어 전문성과 자질의 향상을 가져올 심도 있는 다양한 연수 기회를 제공하고, 새로 임용되는 교사들은 모두 국가가 정한 전문석사 과정을 이수한 후 교사로 부임하게 하여 핀란드 교사들에 못지않은 전문성을 갖추게 해야 한다.

학생에게 자유와 여유를

청소년기에 절대적으로 필요한 정서 교육은 현재 우리 교육에서 무척 부족하다. 이러한 현실 역시 사교육의 심화와 공교육의 부실에 그 끝이 닿아 있다. 입시 준비에 치중하는 일선 중·고등학교에서

예·체능 분야의 교육은 등한시될 수밖에 없다. 대부분의 학교에서는 예·체능 교육을 축소 시행하거나, 고등학교 고학년의 경우 아예 수업을 하지 않기도 한다. 학생들도 입시와 무관한 예·체능 수업에 큰 관심을 두기 쉽지 않으며, 방과 후 학원이나 과외에 많은 시간을 써야 하는 상황에서 학생들이 스스로 독서나 운동 같은 여가 활동을 하기는 더욱 어렵다.

설상가상으로 2011학년부터 시작된 초·중등 과정에서의 '집중이수제'는 이처럼 열악한 정서 교육을 더 망가뜨릴 것이라는 우려를 자아내고 있다. 이 새로운 방식에 의하면 수학이나 음악·미술·체육 등 일부 과목을 전 학년에 걸쳐서 하지 않고 특정 학년이나 학기에 몰아서 할 수 있다. 이를 이용하여 일부 학교에서는 입시에 중요한 과목을 보다 집중적으로 가르치기 위해 특정 학년이나 학기에 예·체능 과목을 몰아서 시행하고 있다. 이렇게 되면, 어떤 학기에는 예·체능 수업이 아예 없어지기도 한다.

실제 '집중이수제'를 적용하여 한 학년의 체육 수업을 한 학기에 몰아 시행한 어느 고등학교의 경우, 학생들이 체육 시간이 없는 학기 내내 엄청난 스트레스를 받는 것으로 나타났다. 한 학생은 운동장에서 체육 시간을 즐기는 다른 학생들을 볼 때 '자신이 새장 안의 새와 같은 느낌이 든다.'고 그 고충을 토로하였다. 학생들도 대학 입시를 위해 스스로 공부를 열심히 해야 한다고 생각하지만, 혈기 넘치는 시기에 체육 활동을 통하여 스트레스를 풀고 싶은 생각 또한 강하기 때문에 이를 강제로 억누를 때 더 엄청난 스트레스를 받는다는 것이다.

우리 학생들과 대조적으로 미국은 물론 이웃 일본의 고등학생들도 학교에서의 체육 활동을 충분히 즐긴다. 일본의 경우 모든 중·고등학생들이 방과 후 특활을 통하여 체육 활동을 두세 시간 정도 하는데, 고3 학생들의 경우도 예외가 아니다. 모두가 방과 후 일정 시간 동안 체육 활동을 하는 것이 정해져 있기 때문에, 다른 학생들과의 경쟁에서 뒤처질 수 있다는 우려 없이 마음껏 방과 후 체육 활동을 즐기는 것이다.

반면 우리는 학교마다 학생들을 더 많이 공부시키기 위하여 경쟁하고, 여기에 '집중이수제'까지 추가 활용하는 형편이라, 학교가 나서서 학생들에게 방과 후 체육 활동을 하라고 권유할 처지가 못 된다. 학교나 학생 모두가 남보다 조금이라도 더 많이 공부하여야 된다는 강박감 속에서 살아가야 하는 현실은 학생들의 체육 활동 시간을 더욱 줄이는 악순환을 불러오고 있다.

미국은 국가 교육당국이 체육 활동을 한 학생들에게 대학 입학 전형에서 가산점을 줄 것을 대학들에게 권장하고 있다. 그리고 거의 모든 중·고등학교 학생들은 밴드부나 미술부에서 한 가지 이상의 악기를 다루거나 그림을 그리고, 수영 등의 체육 특기 활동을 한다. 학교는 독서 또한 학과 공부에 못지않게 적극 권장한다. 이처럼 다양한 특기 활동과 독서를 통하여 학생들이 건강한 심신과 사고력을 기르게 하고 있다.

이제는 우리도 교육 당국이 직접 나서서 적어도 일본처럼 모든 학교가 의무적으로 방과 후 체육 활동을 시행하게 하여, 모든 학생들이 부담 없이 체육 활동을 즐길 수 있게 해야 한다. 이런 체육 활동을 통하여 학생들은 몸을 튼튼히 하고, 쌓인 긴장을 풀어 마음의 여유를 조금이나마 더 가질 수 있을 것이다. 근래 큰 문제가 된 학교

폭력 현상은 체육 활동과 감성 교육이 크게 부족한 삭막한 대한민국의 교육 현실에 상당 부분 그 원인이 있다고 한다. 조사에 의하면 학교 폭력을 행사했던 아이들이 음악과 미술 등의 감성 교육을 과외 활동으로 받으면서 폭력적 성향이 크게 줄어들었고, 일부는 자신이 폭력적이었던 점에 대해서 반성도 하였다고 한다. 따라서 미국처럼 중·고등학교 시기에 학생들이 체육이나 음악·미술의 예·체능 분야에서 한 가지 이상을 택하여 취미 활동을 하게 하고, 방과 후 여가 활동을 장려하여 우리 아이들도 폭넓고 창의적인 인성을 갖출 수 있게 해야 한다.

우리 교육에서의 이와 같은 치열한 경쟁 양상은 학생뿐 아니라 학부모에게도 엄청난 스트레스를 주고 있다. 초등학교에 다니는 아이를 가진 어느 어머니는 한 인터뷰에서 2세 교육에 대한 자신의 암울한 심경을 '빛이 보이지 않는다!'는 말로 토로하였다. 이처럼 초·중·고등학교에 다니는 자녀를 둔 한국의 거의 모든 학부모들은 우리 교육의 현실을 끝이 보이지 않은 터널로 인식하고 있다. 그렇다면 우리는 어떻게 해야 할 것인가?

인도의 시성 타고르가 설립한 인도 타고르(초등)학교에서는 '학교는 아이들에게 행복하게 사는 법을 가르쳐야 한다.'가 교육의 모토라고 한다. 그리하여 이 학교는 아이들을 자연에서 마음껏 뛰어 놀게 한다. 그들은 교육이 아이들에게 무엇을 가르치는 것이 아니라 잠재력을 이끌어내는 과정이라고 생각한다. 이 학교는 특히 예·체능 교육에 중점을 두어 야외에서 수업을 한다. 하지만 이처럼 자유롭고 느슨하게 수업하는 이 학교의 졸업생들 중에서 노벨상 수상자를 비롯하여 인도의 저명한 지도자들이 상당수 배출되었다.

핀란드 유치원에서는 잘 놀아야 공부도 잘할 수 있다는 교육철학을 바탕으로, 아이들을 서로 자유롭게 어울려 놀게 한다고 한다. 이는 잘 노는 것을 단순히 노는 것으로 보지 않고 다른 사람들과의 소통과 합의를 이끌어내는 과정으로 생각하여, 어릴 때부터 훈련받아야 하는 중요한 과정으로 여기기 때문이다.

한국의 한 유치원에서도 전통 놀이 방식을 도입하고 아이들을 마음껏 어울려 놀게 하였더니 아이들의 학습 능력과 감성이 더욱 발달하였다는 사례가 있다. 전문가의 연구에 의하면 아이들은 자연스럽게 어울려 놀 때 타율적으로 더 많이 배우는 것보다 학습 능력과 감성이 더욱 발달된다고 한다.

대한민국에서도 지금까지의 경쟁 위주 교육 방식을 지양하고 교육의 원래 목적으로 되돌아가 학생들에게 스트레스를 주지 않고 즐겁게 배울 수 있는 환경을 조성하는 학교들이 하나둘 생겨나고 있다. 그 대표적인 예로 성미산 마을 교육공동체와 남한산초등학교의 경우를 들 수 있다.

서울의 망원동과 성산동에 걸쳐 있는 성미산 마을의 사람들은 스스로 교육공동체를 형성하여 10여 년 전부터 자체적으로 공동 유치원을 만들고, 아이들이 자연 속에서 자유롭게 배우게 하였다. 이러한 공동체 교육 환경이 마음에 들어 이 마을로 이사 온 사람들도 상당수 되었고, 유치원 과정에서 얻은 경험을 바탕으로 초·중등 과정의 대안학교까지 만들었다. 이 마을의 학부모들은 아이들이 행복하게 생활하면서 배우고, 인간다운 인간으로 성장하는 것에 큰 보람과 즐거움을 느낀다고 한다.

남한산초등학교에서는 교사들이 나서서 아이들이 공부에 찌들지 않고 학교 수업을 즐길 수 있게 하려고 노력하고 있다. 이 학교의 혁신은 '상식이 통하는 학교'를 만들기 위한 교사들의 자발적인 노력으로 시작되었다. 지식을 우선하지 않고, 토론을 통하여 아이들이 저절로 알아가게 하는 것을 목표로 하여 수업 중에 난상토론도 한다. '잘 놀고 잘 크자'가 모토인 이 학교는 교사들의 토론을 통하여 학교의 정책을 결정하고, 교사와 학부모의 협의 하에 학교를 운영하며, 통상적인 조회도 하지 않는다고 한다. 경쟁 없는 교실을 만들기 위하여 시험도 보지 않는다. 그럼에도 졸업생들은 상급 학교에 진학 후 오히려 더 나은 학업 성취도를 보이고 있다고 한다.

이제 남한산초등학교를 모델로 하는 학교도 전국적으로 몇몇 세워졌고, 중등 과정에서도 이러한 학교들이 생겨나고 있다. 이처럼 아이들의 관점에 바탕을 둔, 아이들이 즐거워하며 배울 수 있는 학교를 전국적으로 확산시켜 공교육의 정상화를 이루는 것도 한 가지 방법일 것이다.

여기서 우리는 일제고사나 수능시험과 같은 표준화된 시험의 효용성에 대해 다시 생각할 필요가 있다. 이미 일제고사든 수능시험이든 표준화된 시험을 잘 보기 위해서는 '중요한 부분'을 무조건 암기하고 기출문제를 많이 풀어 '시험 잘 보는 기술'을 연마해야 한다는 것이 잘 알려져 있다. 그리고 수많은 사교육 기관들은 그런 시험 잘 보는 기술을 아이들에게 가르치고 있다. 따라서 그런 기술을 익히기 위해서는 돈이 필요하며, 아이들의 성적이 부모의 수입에 비례함도 알려진 사실이다.

핀란드처럼 우리도 시험 잘 보는 기술자만 양성하는 획일적인 시험 평가는 이제 그만 중단하여야 한다. 사실 수능시험과 같이 단 한 번의 시험으로 아이들의 실력을 평가하고 한 줄로 세워 인생을 좌우할 석차까지 매긴다는 것은 참으로 어리석고 무모한 일이다. 우리는 학업 평가 방법에 대해서도 그 대안을 찾아야 한다.

이제는 우리 아이들이 학과 공부와 시험이라는 무한 경쟁에서 벗어나 여유를 갖고 자신이 원하는 여가 활동도 할 수 있게 하여, 아이들이 마땅히 누려야 할 자유를 그들에게 돌려주어야 한다. 그렇게 하여 우리 아이들이 장차 그들이 가장 필요로 할 창의성과 감성, 그리고 비판적 사고력을 함양할 수 있게 해야 한다.

모든 중·고등학교의 시설을 과학고 수준으로

현재 대한민국의 입시 경쟁과 사교육은 중학교나 초등학교에서부터 시작되고 있다. 얼핏 생각하면, 중·고등학교가 추첨으로 배정되는 현실에서 대학 입시와 직접적으로 무관한 초·중학생들은 입시 경쟁에서 벗어나 있을 것 같지만 현실은 그렇지가 않다. 무엇 때문일까?

그 이유는 외고나 과학고 등 특수목적고에 들어가야 소위 명문대학 입학이 가능하다는(또는 쉬워진다는) 인식이 국민 일반에 팽배해 있고, 그러한 특목고에 입학하기 위해서는 중학교가 아닌 초등학교 고학년이나 그 이전부터 학원이나 과외를 통하여 특목고 입시에 대한 준비를 해야 한다는 인식이 퍼졌기 때문이다.

이러한 연유로 이제 아이들은 초등학교 때부터 멀리는 대학 입시를, 가까이는 특목고 입학을 염두에 두고 학원이나 과외 등 사교육 전장으로 내몰리고 있다. 초등학교에서 시작하여 고등학교를 마칠 때까지 매일 매일을 오로지 경쟁에서 이기기 위해 아침부터 잠자리에 들 때까지 공부만 강요당하는 그러한 상황에서 우리 아이들이 어떻게 하고 싶은 운동이나 독서를 하며, 마음의 여유를 갖고 여가 활동을 즐길 수 있겠는가?

어린 나이부터 사교육으로 내몰리는 이런 비정상적 상황을 개선하기 위해서는 적어도 특목고는 일단 폐지되어야 한다. 현재 특목고는 원래의 목적과 달리 그저 명문대에 많은 합격생을 내기 위한 '대입 준비학교'로 전락한 지 오래되었다. 이명박 정부 시절 신설된 자립형 사립고 제도도 이러한 특목고 범주에 더 많은 학교들을 추가한 꼴이 되어 경쟁 상황을 더 악화시켰다.

특목고가 생긴 이유는, 과학고를 통하여 과학 인재들을 길러내고 외국어고를 통하여 외국어에 능한 인재들을 길러내겠다는 것이었다. 하지만 이러한 목적과 부합한 효과는 전혀 찾아볼 수 없었다. 과학고 출신들 중 상당수는 원래 목적과 어긋난 의치대로 진학하고 있으며, 이공계통으로 진학한 과학고 출신들 역시 일반고 출신보다 더 우수한 성과를 보이고 있다는 소리는 크게 들리지 않는다. 외국어고 출신들 역시 외국어를 활용하는 인재로서 사회에 진출하는 예는 거의 없다. 오히려 원래 목적과 전혀 상관없는 법률 계통으로 가장 많이 진출하고 있다는 것은 잘 알려진 사실이다. 이처럼 특목고가 존재해야 할 실질적인 이유는 없다. 이러한 결과는 처음부터 어느 정도 예상되었지만, 아마도 대입 특수학교를 원하는 일부 계층의 욕망과 우리 교육당국 특유의 탁상공론식 행정이 합치한 결과일 것이다. 이처럼 입시 명문으로만 남은 특목고를 계속 존치시켜 아직 어린 초·중학교 학생들까지 입시 경쟁에 휘말리게 하는 일은 이제 그만 중단하여야 한다.

한편, 과학고는 일반고와 비교할 때 엄청난 국고 지원을 받는다. 이는 학교의 시설이나 교육의 내용에서 모두 그렇다. 예컨대 학생들 3~4명당 대학 교수 한 명을 배정하여 학생들이 해당 교수의 전문 분야에 대해 배우는 특별 프로젝트까지 수행하게 하고 있다. 여기에 참여하는 교수에게는 연간 수천만 원의 연구비를 지출하므로 모든 과학고의 전체 학생 수를 생각하면 이 사업의 비용 또한 만만치 않음을 짐작할 수 있다. 그러나 일반고에는 이와 같은 방식의 지원이 없는 것은 물론, 학생들의 과학지식 수준 향상에 따로 투자하는 비용도 없다. 뿐만 아니라 일반고의 과학 교육에 대한 시설 투자는 과학고와 비교할 때 매우 미미하다. 하지만 과학고 출신과 일반고 출신이 대학 이후 큰 차이가 난다는 통계는 찾아볼 수 없다.

문제는 지금 대한민국의 상황이 소위 '우수' 레테르를 붙인 과학고 출신들만 우수한 인재로 키우고 나머지는 다 무시해도 괜찮을 만큼 만만한 상황이 아니라는 점이다.

우리가 대략 30배의 인구를 가진 이웃 중국과 경쟁을 하려면, 소위 '우수'한 학생뿐 아니라 우리의 모든 학생들을 인재화해야 한다. 이를 실현하기 위해서는 우리나라의 모든 학교를 과학고 수준으로 향상시켜 교육시켜야 한다. 이는 우리가 핀란드처럼 전문석사 이상으로 교사들의 수준을 모두 높이고, 지자체와 중앙정부가 협력하여 학교 교육시설 개선에 우선 투자할 때 가능할 것이다.

혹자는 재원이 없으니 지레 불가능하다고 할 수도 있다. 그러나 생각해 보라. 지금의 학교 시설은 예전의 학교 시설과 비교할 때 모두가 지금 일반고와 과학고의 차이를 뛰어넘을 정도로 크게 개선되었다. 따라서 우리는 그러한 수준 향상이 불가능하다고 이야기하기보다, 현재 우리의 국가경쟁력을 향상시키기 위해서 국가의 투자 우선순위를 앞당겨 교육 개선에 우선 투자한다고 생각하여야 한다.

이는 우리가 우리의 미래를 위하여 인재 양성에 집중 투자한다는 범국가적 관점을 분명히 할 때 가능할 것이다. 이제는 우리도 핀란드처럼 전문가 수준의 교사들로부터 모든 학생들이 한 명도 낙오함이 없이 적절하고 창의적인 교육을 받아 모두 국가의 인재가 될 수 있게 해야 한다. 이를 위해서 모든 중·고등학교의 시설을 지금의 과학고 수준으로 향상시켜 수준 높은 교육이 가능하게 해야 한다.

대학교육의 일반화
— 전 국민의 인재화

새천년 인재 육성의 허브 대한민국

우리는 지금까지 주변 강대국들 사이에 낀 나라를 잘 보전하기 위해서는 주변 나라들 사이에서 균형 잡힌 외교력을 발휘하는 것만이 최선이라고 생각했던 것 같다. 그러나 이제는 우리도 예전 고구려 시대까지 우리 선조들이 해왔던 것처럼 우리의 독립성과 존엄성을 스스로 지킬 수 있는 길을 찾아야 한다.

과학과 정보기술의 시대로 접어든 지금, 우리는 예전처럼 땅덩이가 크고 인구가 많은 주변 나라들에게 주눅이 들 필요는 없다. 이제는 국민의 지식수준과 과학기술의 수준에 의하여 그 나라의 국력이 결정된다. 이는 꼭 나라의 크기나 인구 규모에 따르는 것은 아니다. 예전의 국가 지표인 인구나 국토 면적의 양적인 우위가 현재의 국가 지표인 과학기술이나 국민 지식수준의 우위로 딱히 연결되지는 않기 때문이다. 앞으로 우리의 과학기술 수준과 국민의 지식수준을 우리 주변의 나라들보다 더 높인다면, 우리는 지금까지 주변 강대국들의 눈치나 살피던 곡예외교에서 벗어나 스스로 자신의 입장을 내세우는 강한 대한민국을 만들 수 있을 것이다.

땅덩어리가 좁고 천연자원이 부족한 나라가 그런 발전을 이룩하기 위해서 해야 할 가장 중요한 일이 인재의 육성이다. 훌륭한 인재들을 육성하여 주어진 여건의 제한을 뛰어넘으려는 시도는 예부터 많이 존재했다. 이웃 일본만 하더라도 메이지유신 이후 인재를 육성하고 산업을 발전시켜 강국으로 성장하였다. 이제 전개되는 새천년에는 인재 육성이 나라 발전에서 차지하는 중요성이 지금까지보다 훨씬 더 커질 것이며, 인재 육성의 성공 여부가 곧 나라의 발전을 좌우할 것이다.

따라서 우리가 할 일은 우리의 젊은이들을 모두 일당백의 훌륭한 인재로 키워내는 것이다. 이를 어떻게 실현할 것인지 우리는 이제 그 방법을 모색해야 한다. 우리가 우수한 인재 육성 시스템을 갖춘다면, 비단 우리 젊은이들만 우수한 인재들로 육성하는 데서 그치지 않고, 전 세계의 우수한 젊은이들을 대한민국으로 끌어 모을 것이다. 마치 20세기 후반, 전 세계의 우수한 인재들이 잘 갖춰진 미국의 고등교육 시스템을 보고 미국으로 몰려들었듯이.

이미 대한민국은 대학진학률이 70~80%를 넘나드는, 사상 초유의 고등교육 일반화 단계에 진입하였다. 우리는 이 새로운 현상을 우려만 할 것이 아니라, 오히려 축복으로 여기고 잘 활용하여 대한민국이 세계적 인재 육성의 허브로 거듭나는 계기로 삼아야 한다.

대학교육 대중화를 통한 20세기의 리더 미국

대학교육은 중세 유럽에서 시작되었으나, 20세기가 되기까지 그

대중화는 지지부진하였다. 20세기에 들어와서도 유럽에서의 대학교육 대중화는 느리게 진전되었고, 제2차 세계대전이 끝난 후에 비로소 미국에서 대학교육의 대중화가 빠르게 진행되기 시작하였다.

미국에서 대학교육이 대중화된 시기는 바로 미국이 세계 최강국으로 등극한 시기와도 일치한다. 세계에서 처음으로 대학교육의 대중화를 이끈 미국은 20세기 후반을 꿰뚫는 초강대국으로 우뚝 서게 되었다. 아직도 미국은 전 세계 과학과 경제의 중심 역할을 하고 있으며, 특히 과학기술은 타의 추종을 불허하고 있다. 20세기 중반, 인류 역사상 처음으로 대학교육을 대중화한 미국은 이후 과학기술과 정치·문화의 모든 면에서 명실상부하게 세계를 이끌어가는 나라가 되었다.

이제 대학교육은 전 세계 많은 나라에서 보편화되었다. 특히 그동안 세계에서 가장 높은 대학진학률을 자랑하던 미국과 캐나다를 앞질러 지금은 대한민국의 대학진학률이 세계 최고 수준에 이르렀다. 대한민국의 대학진학률은 2000년대 들어와 80%를 훌쩍 넘었다가 지금은 70% 대를 유지하고 있다.

일부에서는 이러한 높은 대학진학률을 부정적으로 생각하기도 한다. 대학교육 이수자가 필요 이상으로 많아져 고학력 실업자만 양산할 것이라는 우려가 그것이다. 고등실업자만 양산하느니 차라리 대학 정원을 줄이고 대학진학률을 이웃 일본이나 독일과 같은 수준으로 낮추어 수요에 맞추어야 한다고 주장하기도 한다. 우리는 과연 그렇게 해야 할 것인가?

1990년대의 김영삼 정부 이전까지 대한민국의 대학 입학 정원은 대학 진학 희망자에 비해 턱없이 부족했다. 국내 모든 대학의 정원을 다 채워도 재수생이 매년 수만 명씩 쌓여갔다. 이러한 재수생의 양산과 적체를 해소하기 위해 김영삼 정부는 대학의 정원과 신설에 대한 규제를 대폭 완화하였다. 그 결과 2000년대 중반에 이르러 전체 대학 정원은 대학 진학 희망자 수와 엇비슷해졌다. 그러나 베이비부머 세대에 의한 출산율 증가 시기가 지나고 출산율이 저하되자 그 여파는 결국 고교 졸업자의 감소로 이어졌고, 이러한 학생 수의 감소는 전체 대학 정원이 전체 대학 진학 희망자의 수보다 많아진 지금의 상황을 초래하게 되었다.

그러나 우리가 다시 대학 정원을 대폭 줄여서 예전 김영삼 정부 이전처럼 재수생이 쌓이게 할 수는 없을 것이다. 국민들 스스로 대학에 가고자 하는데 인위적으로 대학진학률을 낮추기 위하여 대입 정원을 대입 희망자의 수보다 줄인다면 재수생은 양산될 것이며 다시 적체가 시작될 것임은 이미 지난 경험이 말해주고 있다. 그것은 당사자 개인에게는 고통이며, 국가적으로도 경제적·인적 손실이 될 뿐이다.

이제 대학교육의 대중화는 세계적 추세가 되었다. 앞으로는 어떤 나라든 대학 과정까지 마치는 고등교육 이수자가 점점 더 늘어날 것이다. 이는 예전에 대다수 나라에서 고등학교 졸업자가 절반에도 미치지 못하였지만, 이제는 세계 많은 나라들이 고등학교까지 의무교육을 시행하고 있는 것과도 비슷하다. 대다수 선진국에서의 대학진학률은 20세기 중반까지도 불과 30~40%를 넘지 못하였다. 그러나 이제는 그들 중 많은 나라가 50% 대를 넘어서고 있다. 그리고 이 비율은 시간이 지날수록 더 높아지고 있다. 더구나 전 세계적으로 점점 보편화되어 가는 평생교육 체계에서는 고교 졸업 후 대하에 가지 않고 바로 취업한 사람들도 이후 필요성에 의해 대학 과정을 이수하는 경우가 크게 늘어날 것이므로 대다수 사람들이 대학 과정까지 이수하게 될 것이다.

아직까지도 대한민국에서는 고등학교 과정이 의무교육이 아니다. 그럼에도 대한민국의 고등학교 졸업자 비율은 수년 전부터 이미 98%에 이르러, 고등학교까지 의무교육인 세계 어떤 나라보다도 높다. 이는 우리 국민의 교육에 대한 열망이 그만큼 높다는 것을 반증한다. 또한 지금까지 우리를 포함하여 세계의 많은 나라들이 그러했듯이 앞으로도 우리의 경제적 수준이 높아질수록 우리의 대학진학률 역시 더 높아지게 될 것이다.

이렇듯 자연적인 우리나라의 높은 고등교육 추세를 우리는 인위적으로 낮추려 하기보다, 국민의 지식수준을 더 높이는 방향으로 우리 국민의 높은 교육열을 잘 활용하여야 한다. 미국이 20세기 들어와 가장 먼저 대학교육을 대중화하고 국민의 지식수준을 높여 세계 과학기술의 산실이 되고 최강국으로 우뚝 선 것처럼, 우리도 세계에서 대학교육이 가장 먼저 일반화된 우리의 현실을 바탕으로 국민의 지식수준을 높여 국가 발전에 활용해야 한다.

대한 국민 특유의 불타는 교육열 활용법

일본이나 독일의 대학진학률이 우리보다 낮다고 해서 우리가 그들을 꼭 따를 필요는 없다. 그들은 강국으로 서본 경험이 있는 나라들이고 우리는 이제 강국이 되고자 하고 있다. 예전이나 지금이나 강국이 된 나라들은 모두 그들 자신만의 독특한 길을 택했었다. 따라서 우리도 다가오는 새로운 세상에 맞는 우리의 길을 스스로 개척해야 한다.

우리 주변의 강국들이 어떻게 한다 하여 우리 스스로의 길을 모색하지 않고 그들의 흉내만 내려 한다면, 우리 몸에 맞지 않는 그들의 옷을 입으려는 꼴이 될 수 있다. 독일과 일본에서는 국민 상당수가 스스로 대학에 가고 싶어 하지 않지만, 우리는 국민 대다수가 대학까지 가고 싶어 한다. 이는 매우 큰 차이점이다. 저변에 깔린 이러한 우리 국민들의 생각을 무시하고 맹목적으로 그들의 생각을 따라가는 것은 오히려 부작용을 불러올 것이다.

예전 칭기즈칸이 몽골을 통일한 후 세계제국의 터전을 닦을 때에 그들은 주변의 강국을 흉내 내지 않고 스스로의 길을 개척하였다. 예컨대 거의 모든 나라에서 기병의 수는 보병의 수보다 훨씬 적었다. 그러나 칭기즈칸은 그들 유목민의 특성을 살려 자신들의 군대를 기병 위주로 편성하였고, 이 점이 그들 성공의 중요한 요인으로 작용하였다. 왜냐하면 몽골 기병은 유목민 출신답게 다른 나라의 기병보다 월등한 전투력을 가졌고, 기병의 월등한 우위는 전쟁에서의 승리를 가져왔기 때문이다.

그러면 우리는 어떻게 우리 스스로의 길을 개척할 것인가? 우리의 높은 교육열은 세계가 알아준다. 그렇다면 우리가 갈 길도 명확해진다. 칭기즈칸은 그전까지 통일의 걸림돌로 작용하였던 몽골 유목민의 특성을 오히려 세계에서 가장 강대한 제국을 건설하는 데 활용하였다. 우리도 그들처럼 우리의 높은 교육열을 탓하지 말고 오히려 건설적으로 활용할 방안을 찾아야 한다.

대한민국 부모들은 누가 시키지 않아도 모두들 눈에 불을 켜고 자식 교육에 여념이 없다. 자식 교육을 위하여 자신을 희생하는 것쯤은 희생으로 여기지도 않는 사람들이 대한민국 부모들이다. 그 수많은 기러기 아빠들이 근래 왜 생겨났겠는가? 그러한 나라는 세상에 대한민국밖에 없다. 우리 국민은 대다수가 대학교육까지 받겠다는 고등교육에 대한 강한 열망을 갖고 있다.

이처럼 부모와 당사자 모두가 갖고 있는 열정을 정부가 나서서 억눌러 대학진학률을 낮추겠다는 근시안적 억지 춘향보다는 오히려 다른 나라들이 갖지 못한 우리의 열렬한 교육열을 잘 활용하여 다가오는 새로운 시대에 우리가 앞서갈 수 있는 발판으로 삼아야 한다.

대학교육은 이제 국가의 인재를 양성하는 핵심 과정이다. 나라가 더욱 발전하기 위해서는 수학 능력을 가진 국민이면 누구나 원하면 이수할 수 있게 하여 나라의 인재를 하나라도 더 키워내야 한다. 지난 반세기 동안 우리가 이룩한 엄청난 발전도 실은 우리의 높은 교육열에 의하여 많은 수의 대졸자들이 배출되었기에 가능하였다. 즉 1950~1960년대 당시 시골집의 소까지 팔아 너도 나도 대학을 간다 하여 대학은 소위 우골탑으로 희화화되었고, 5·16 후 군사정부는 대학망국론을 펼치며 대학진학을 억누르려고까지 하였다. 하지만 기실 그렇게 양산된 대학 졸업자들이 1970~1980년대 대한민국 산업 발전의 기틀을 다졌다.

이제 다가오는 정보기술과 과학의 시대에 우리는 다시 한 번 도약하고자 하고 있다. 이를 위해서 무엇보다도 중요한 것이 우수한 인재의 양성이다. 그리고 그러한 인재 집단의 양성에는 국민의 높은 교육 수준이 바탕이 되어야 한다. 마치 몽골의 아이들이 아주 어릴 때부터 말을 타며 자라나서 우수한 기병이 되었던 것처럼 우리는 우리의 높은 교육열을 활용하여 국민 전체의 교육 수준을 최대한 높이고 이로부터 우리가 필요로 하는 우수한 인재 집단을 추출해내야 한다.

이를 위해서는 국가가 나서서 우리 대학들의 수준을 획기적으로 높여서 과학기술과 학문의 수준을 높이고, 우리 국민의 높은 대학진학률을 바탕으로 우수한 전문가 집단을 대거 양성해야 한다. 대학의 수준을 세계적 수준으로 높이기 위해서는 범국가 차원의 총력적인 노력이 필요할 것이다. 그러나 이와 같은 대학의 혁신은 공교육의 정상화와 함께 더 앞선 나라가 되기 위한 필수적인 관문으로 우리가 결코 포기할 수 없는 것이다.

19세기 이전까지 독일은 영국이나 프랑스에 비하여 뒤떨어진 국가였다. 그러나 19세기 들어와 독일은 뒤떨어진 과학기술과 산업을 발전시키고자 국가 정책적으로 현대적 의미의 대학을 육성하기 시작하였다. 베를린대학교는 이러한 목적을 위해 19세기 초에 설립된 최고의 엘리트 육성 기관이었다. 이처럼 국가 차원의 정책적 지원을 받아 가장 혁신된 학문 연구체계를 갖추게 된 독일의 대학은 세계적 수준의 연구 결과들을 쏟아내었고, 독일은 목적했던 바 학문과 과학기술의 세계적 산실로 우뚝 서게 되었다. 그리고 그에 따른 부수적인 결과로 유럽 제일의 산업국가라는 타이틀도 거머쥐게 되었다.

이웃한 프랑스도 이미 18세기 후반부터 국가의 엘리트 관료 육성을 목적으로 그랑제콜이라는 최고의 엘리트 교육기관들을 만들었다. 이러한 엘리트 위주의 고등교육 전통이 남아있는 독일이나 프랑스의 대학진학률은 20세기 들어와 대학교육 대중화의 길을 가장 면저 밟은 미국이나 캐나다에 비해 아직도 낮다.

엘리트 육성 위주의 대학교육은 미국에서 제2차 세계대전을 거치면서 대중 교육의 장으로 변모하게 된다. 미국은 대학교육의 대중화를 통하여 수많은 인재들을 다양한 분야에서 배출하였고, 이렇게 배출된 다양한 인재들은 20세기 후반 과학기술과 산업의 모든 면에서 미국을 세계의 절대 강자로 만들었다.

21세기인 지금, 대학교육은 대중화의 단계를 넘어 국민 대부분이 대학교육을 받는 일반화의 단계로 접어들고 있다. 그리고 대한민국은 이러한 변화의 맨 앞에 서 있다.

대한민국의 대학진학률은 2000년대 이후 70~80% 대를 넘나들고 있다. 이러한 우리의 대학진학률은 대학교육이 처음 대중화된 미국이나 캐나다보다도 10% 이상 높고, 독일이나 프랑스, 일본보다는 20% 안팎 높다. 이는 대한민국 고등학교 졸업자의 절대 다수가 대학에 진학함을 뜻한다. 대한민국의 고등학교 이수율 역시 세계 최고로 실질적인 100%에 가깝다. 즉, 우리의 자라나는 세대 절대 다수는 대학에 진학하고 있다. 세계적 추세로 굳어지는 '평생교육'의 보편화는 직장에 다니다가 대학교육을 이수하는 사람의 수를 더욱 늘릴 것이다. 이러한 사실들은 '대학교육의 일반화'가 이미 대한민국에서 상당히 진전되었고 앞으로 더욱 진전될 것임을 시사한다.

비록 지금의 상황이 19세기와는 여러모로 다르지만, 독일이 당시 뒤처진 과학기술과 산업을 발전시키기 위해서 정책적으로 새로운 체제의 혁신적인 대학을 육성하여 소기의 목적을 달성했던 것처럼, 이제는 우리도 대다수 국민들이 교육받는 우리 대학들을 국가 차원에서 정책적으로 지원·육성하고 세계적 수준으로 혁신하여 우수한 인재들을 대대적으로 양성하여야 한다.

　이웃한 중국이나 일본과 비교할 때 우리 인구는 매우 또는 상당히 적다. 우리가 단지 그들과 비슷한 수준으로 우리 국민을 교육시킨다면 경쟁에서 뒤처질 것이 뻔하다. 그러므로 우리는 우리의 불타는 교육열을 최대한 활용하여 우리 국민 모두를 원하는 수준까지 우수한 교육을 받게 하여 일당백의 인재들로 키워내야 한다. 이처럼 우수한 인재를 길러내는 좋은 교육체계가 갖춰지면, 세계의 젊은 인재들이 모여드는 선순환이 이루어져 대한민국은 인재 공급의 세계적 메카로 거듭날 것이다.

대학원 교육 및 연구체계의 혁신
— 새천년 과학기술의 허브, 대한민국

우리 스스로의 길을 만들다

21세기는 전문가의 시대라고 한다. 앞으로 시간이 갈수록 일반적인 범용지식에 의한 업무는 컴퓨터나 로봇으로 대체될 것이기에, 그러한 통상적인 지식을 벗어난 전문적인 지식을 가진 전문가들의 역할이 매우 중요해질 것이라는 얘기이다. 이는 다가오는 시대에 대한민국이 앞서 나가고 세계적 인재의 보고가 되려면 국민 다수를 전문가로 육성하여야 함을 시사한다. 이를 위해서는 보다 많은 사람들이 대학원과 같은 전문 교육기관에 진학하여 전문가로 육성되어야 한다. 이들이 과학·산업기술·교육·경영의 다방면에서 전문가로 활동하게 될 때 나라의 과학과 산업 및 교육 수준은 한 단계 더 향상되게 될 것이다.

중세 유럽에서 시작되어 소수의 엘리트만을 대상으로 하던 대학 교육은 20세기 중반 2차 세계대전이 끝난 후 미국이 처음으로 대중화하였고, 이후 미국은 세계의 최강국으로 우뚝 서게 되었다. 대학교육은 이제 세계의 모든 나라에서 보편화되어 가고 있다. 그러나 과학기술과 지식산업을 바탕으로 발전해 가는 21세기 이후의 사회는 심화된 전문적 지식을 갖춘 전문가들을 대거 필요로 하게 되었다. 이러한 각 분야 전문가들은 대부분 대학원 과정 이상의 교육을 통하여 육성된다.

따라서 대한민국이 21세기를 앞서가는 강한 나라가 되려면 대학원 교육의 활성화를 통한 전문가 집단의 육성을 국가 차원에서 이끌어야 한다. 대학원 과정은 전문가를 육성하는 과정이므로 대학 과정처럼 대중화하여 모든 사람들이 이수할 필요는 없다. 그러나 얼마나 많이 우수한 전문가 집단을 확보하느냐는 이제 21세기 국가경쟁력의 원천이 되고 있다.

미국은 현재 대학원 과정의 교육도 세계 최고를 자랑한다. 이는 우리나라뿐 아니라 세계의 우수한 젊은 인재들이 가장 많이 미국으로 유학을 가는 것에서도 알 수 있다. 한편, 우리는 현재 대학진학률에서 세계 최고를 기록하고 있다. 이는 우리에게 아주 좋은 긍정적인 현상이다. 비록 현재의 우리 대학 수준이 세계적 수준에 다소 뒤떨어져 있지만, 어쨌든 우리의 높은 대학교육 이수율에 의하여 우리는 우수한 전문가가 될 수 있는 잠재 후보군을 인구 대비 가장 많이 확보할 수 있기 때문이다. 이제 우리 대학들을 혁신하여 세계적 수준으로 끌어올리면, 충분히 확보된 우리의 잠재 후보군을 대상으로 가능한 한 많이 대학원 과정 이상의 전문분야 교육을 실시하여 각 분야의 우수한 전문가들을 대거 육성할 수 있을 것이다. 이렇게 우수한 전문가 집단을 대거 확보한다면 대한민국은 세계를 앞서가는 우수한 과학기술을 보유할 수 있게 될 것이다.

대한민국이 우수한 전문가 집단을 대거 육성할 수 있게 되면 대한민국은 아시아를 넘어 전 세계적으로 고급 인재를 공급하는 중심지 역할도 하게 될 것이다. 여기서 관건은 대학의 혁신을 통하여 최고 수준의 연구 결과를 낼 수 있는 우수한 대학원 체제를 갖추는 것이다. 대학원은 대학의 학부 과정 위에 얹어진 대학 내의 상위 연구 과정이다. 흔히 대학의 수준이 세계적 수준이라 함은, 해당 대학원의 연구 수준이 세계적 수준임을 뜻한다.

우리는 앞서 대학들의 공공성 확보와 더불어 국가 차원의 대대적인 투자를 통한 대학의 혁신을 얘기하였다. 이러한 대학의 혁신에서 대학의 수준을 좌우하는 핵심 요소라 할 대학원의 수준 향상은 특히 획기적으로 이루어져야 한다. 이는 대한민국을 세계적인 과학기술의 중심지로 우뚝 세우기 위한 중요한 전제 조건이다.

아직은 국경이라는 물리적 경계에 의하여 나라 간 인적 교류가 일부 자유롭지 못한 면이 있지만, 앞으로 국경 개념이 희미해지고 능력 있는 인재들이 자유로이 국경을 넘나들며 일을 하는 시대가 되면 우수한 인재의 양성은 모든 나라의 가장 중요한 정책 목표가 될 것이다. 우리는 이러한 새로운 패러다임에 발맞추어 우리 대학들을 빠르게 혁신하여 세계적 수준으로 끌어올리고, 이를 바탕으로 대학원 교육을 강화하여 전 분야의 우수한 전문가들을 육성하여 앞으로 지구촌을 이끌어 가는 데 대한민국이 앞장설 수 있게 해야 한다.

대학원 교육 혁신과 활성화를 통한 새천년의 리더 대한민국

우리는 지금 고등교육을 이수하는 비율이 세계 최고라는 사실에 자기만족만 하고 있을 순 없다. 만약 우리 과학기술과 산업이 세계적 수준에 뒤처진다면, 고등교육 이수율이 아무리 세계 최고여도 배출된 고등교육 이수자 중 상당수가 일부에서 제기하는 비판처럼 고등실업자 신세를 면치 못할 것이다.

우리는 이제 세계 최고의 고등교육 이수율에서 한 발짝 더 나아가 우리의 대학과 대학원 교육을 혁신하여 세계적 수준으로 끌어올려야 한다. 그렇게 하여 고등교육 이수자들을 세계적 수준의 우수한 인재들로 양성하고 동시에 수준 높은 과학기술을 바탕으로 산업이 세계적 경쟁력을 갖추게 하여, 배출된 우수한 인재들이 연구와 산업의 적재적소에서 각자의 능력을 극대화할 수 있게 해야 한다. 대학원 과정을 통하여 양성된 전문가 집단의 능력을 극대화하는 데 있어서는 국가 연구체계도 혁신하여 이들이 효율적으로 창의성을 발휘할 수 있는 최적의 환경도 함께 마련해 주어야 한다.

이렇게 육성된 우리의 우수한 인재들은 그들이 원한다면 세계 어디에서든 필요한 인재로 환영받을 수 있을 것이다. 그리고 이런 우수한 인재 집단을 보유한 대한민국을 향하여 좋은 인재를 찾는 전 세계의 많은 기업들이 모여들게 될 것이다.

예전에는 나라의 총인구가 그 나라의 부강함을 재는 척도였다. 그러나 이제는 과학기술의 발달로 한 사람이 낼 수 있는 생산성이 수많은 사람들의 생산성을 합한 것과 같거나 더 나을 수도 있다. 따라서 인구수보다는 우수한 인재들이 얼마나 있느냐로 그 나라의 경제력이 결정된다.

여기서 우리가 주목해야 할 점은 우수한 인재의 수는 교육받은 수준(중등이나 고등교육)과 그 질에 의해 결정되므로, 인구의 많고 적음보다 국민들이 어떤 교육을 받느냐에 따라 결정된다는 점이다. 따라서 교육을 통하여 국민들을 얼마나 더 많이 우수한 인재로 육성하느냐가 그 나라의 국력을 결정짓게 된다.

한 나라 산업 인력의 전반적인 지식수준은 대개 대학 학부 과정까지의 교육에 의해 좌우되며, 한 나라의 과학기술 수준은 대학원의 수준과 국가의 연구개발 체계에 의해 결정된다. 진정으로 부강하고 앞선 나라가 되기 위해서는 산업 인력의 수준과 과학기술 수준 모두를 높여야 한다. 이렇게 산업과 과학기술의 수준을 함께 올리려면, 대학을 혁신하여 국민 전체의 지식수준을 끌어올림과 동시에 대학원의 연구 수준을 획기적으로 향상시켜 우수한 전문가 집단을 대거 육성하고 이들을 수용할 국가 연구체계도 함께 혁신하여야 한다.

이처럼 국가 정책적으로 대학과 국가 연구체계의 혁신을 이루고 과학기술을 세계적 수준으로 끌어올리면, 대한민국도 예전 독일이 19세기에 대학을 혁신하고 과학기술을 일으켜 세워 유럽의 새로운 산업 강국으로 거듭났던 것처럼 진정 부강한 나라로 거듭날 수 있을 것이다.

현재 대한민국은 땅과 인구 둘 다 훨씬 크고 많은 중국과 일본 그리고 러시아에 둘러싸여 있다. 그러므로 우리가 단지 그들과 동일한 수준으로 우리 국민을 교육시킨다면 우리 과학기술 수준은 그들을 뛰어넘지 못할 것이다. 그렇게 되면 우리는 항상 그들보다 약한 나라로 남게 될 것이다. 따라서 우리가 지금의 방식을 탈피하지 않는다면, 우리는 지난 천 년 동안 우리 선조들이 생존을 위해 어쩔 수 없이 주변국 눈치나 보며 줄타기 외교를 했던 궁색한 처지를 면치 못할 것이다.

우리 국민 중 일부는 여전히 그러한 방식만이 살길이라고 주장하기도 한다. 그러나 세계는 달라지고 있고, 앞으로 더욱 달라질 것이다. 앞으로 살아갈 미래의 세계에서는 인구의 많고 적음과 나라의 크고 작음이 국가 간의 모든 것을 결정짓는다는, 우리에게 지금까지 익숙해진 그런 생각들이 더 이상 절대 진리가 될 수 없다. 예전에도 칭기즈칸의 몽골은 조그만 부족들의 연맹에서 출발하여 전 세계를 호령한 바 있다. 지금까지의 고정된 틀에 사로잡혀 '우리는 작은 나라이니 본래 어떨 수밖에 없다.'라고 생각하는 것은 이제 우리 스스로 과감히 떨쳐버려야 한다.

이제는 우리도 몽골이 그들 특유의 유목민 특성을 바탕으로 세계 최강의 몽골 기병을 육성하고 인류 역사상 최대의 제국을 건설했던 것처럼, 세계에서 가장 열렬한 우리의 높은 교육열을 바탕으로 우리 국민들을 세계 최고 수준의 인재들로 육성하고 새천년을 앞서가는 지식과 과학기술의 강국으로 우뚝 서야 한다.

현재 세계의 내로라하는 전문가들은 중국이 21세기 내에 세계 최강국으로 부상할 것으로 예측하고 있다. 물론 이러한 예측은 세계 인구의 5분의 1을 점하는 세계 최대의 인구를 가진 중국의 인구수를 감안한 점이 크다. 인구수만큼 큰 시장이 있기에 그만큼 큰 경제를 유지할 것이고, 우수한 인재들 역시 인구수에 비례하여 많을 것이라는 생각 때문이다. 시장의 크기는 대체로 인구수에 비례할 것이다. 그러나 우수한 인재의 수는 그런 비례 관계가 성립하지 않을 수도 있다.

예컨대 불과 600만(유대인)의 인구를 가진 이스라엘이 3억의 인구를 가진 주변 아랍국들에 맞설 수 있는 것은 그들의 과학기술과 산업 수준이 주변국들에 비해 앞서 있고 우수한 인재들의 질은 물론 수도 결코 뒤지지 않기 때문이다. 인재의 질은 물론 수까지 앞설 수 있는 이유는 우수한 인재는 어떤 교육을 하느냐에 따라 육성될 수도 있고 그렇지 않을 수도 있기 때문이다. 즉, 그 나라 과학기술의 수준과 교육 환경이 우수한 인재들의 배출 규모를 결정짓는 것이다. 이스라엘은 그런 면에서 주변의 아랍국들을 압도하고 있다.

일반적으로 인구가 많은 나라는 경제 규모가 커서 과학기술에 더 많은 투자를 할 수 있고 따라서 과학기술 발전에도 더 유리하다고 생각할 수 있다. 그러나 과학기술의 발전에는 국민의 지식수준이 뒷받침 되어야 한다. 국민의 지식수준이 매우 높으면 경제 규모가 더 크지 않더라도 과학기술을 더 잘 발전시킬 수 있다. 이는 땅덩이가 넓고 인구수가 많은 국가가 아니더라도 과학기술이 발전된 더 강한 나라가 될 수 있음을 의미하기도 한다. 이스라엘의 경우는 그 단적인 예라 하겠다.

이처럼 높은 교육 수준과 사회적 환경에 의해 과학기술과 산업이 강해진 경우의 예는 이스라엘뿐 아니라 에스토니아와 핀란드에서도 찾을 수 있다. 인구 130만 명에 불과한 소국 에스토니아와 인구 550만 명 정도인 핀란드는 이스라엘보다도 더 인구가 적지만, 각각 국가 정책적으로 교육을 혁신하고 IT산업 육성에 적합한 사회적 환경을 조성하여 '에스토니아의 마피아'로 불릴 만큼 IT분야에서 두각을 나타내거나, 거대 기업 노키아의 몰락에서 온 국가적 위기를 IT분야에서의 혁신으로 잘 극복해가고 있다.

향후 세계에서 과학기술이 차지하는 비중은 지금의 상상을 초월

할 정도로 커질 것이다. 이미 우리는 국방 분야에서 과학기술의 극명한 위력을 너무도 뚜렷이 보고 있다. 최근 개발되는 레이저 무기는 대륙간탄도탄을 우주에서 눈 깜작할 사이에 파괴할 정도로 강력하다. 이처럼 강력한 레이저 무기에 정확성이 추가된 방어 체계를 갖춘다면 탄도미사일은 무용지물이 될 수 있다. 전자기파를 이용한 강력한 에너지 무기는 상대국 전역에 있는 모든 전자회로들을 파괴하여 일순에 적의 방어 체계를 무력화시킬 수도 있다. 이러한 무기들은 현재 개발 과정에 있지만 머지않아 실전에 쓰이게 될 것이다. 이처럼 과학기술의 발전은 항공기·함정·미사일·전차 등 장비의 규모나 수가 아닌 장비에 적용된 첨단기술의 수준에 따라 군사력의 강약을 결정짓는다. 이는 병력이나 무기의 양적 우세보다 국방 장비에 적용된 과학기술의 수준이 더욱 중요함을 보여준다.

아무리 병력과 장비 면에서 수적으로 월등한 거대한 군사력을 가진 나라라 하더라도 국가 안보에 중요한 정보통신 체계를 안전하게 보호할 수 없다면 작은 군사력을 가진 나라에게도 이제는 승리를 장담할 수 없게 되었다. 그 작은 나라의 군대가 거대한 나라의 군 통신 체계를 무력화시킬 수 있고, 보유한 무기 역시 소수이지만 상대방 무기 체계를 무력화시킬 수 있는 첨단 과학의 고성능 장비라면 거대 군대도 능히 이길 수 있기 때문이다. 우수한 소수가 평범한 다수를 이기는 경우는 꼭 지금에 와서야 가능해진 것은 물론 아니다. 이미 예전 몽골 기병에 의한 칭기즈칸의 세계제국 건설에서도 볼 수 있듯이, 잘 훈련된 우수한 인적 자원이 있으면 항상 가능하다. 다만 다른 점이라면 이제는 과학기술의 엄청난 힘에 의하여 그 가능성이 훨씬 더 커졌다는 점이다.

현대 전쟁의 첨단기술 의존 양상은 근래 미국과 이라크의 전쟁에서도 이미 드러났다. 이라크 군은 탱크나 전투기 등에서 수적으로 우세했지만, 변변한 전투도 하기 전에 미군의 첨단 장비들에 의하여 대부분 무력화되었다. 이는 규모가 작은 군대라도 정보통신과 컴퓨터·로봇·항공로켓 기술 등 첨단 과학기술 장비에서 앞선 정예군이라면 충분히 전쟁에서 이길 수 있음을 보여주었다.

만약 우리가 이러한 과학기술 경쟁력을 갖지 못하게 된다면 어떻게 될까? 이는 원천기술 경쟁에서 우리를 뒤처지게 하여 산업 분야에서 우리가 사용하는 모든 기술에 엄청난 로열티를 지불하게 할 것이며, 대한민국의 산업 경쟁력은 점차 사라져 소멸될 것이다. 이는 곧 대한민국의 쇠퇴를 의미한다.

따라서 우리는 예전 몽골이 세계 최강의 몽골 기병을 육성했던 것처럼 우리 국민을 모두 새천년의 창의적인 인재들로 육성하여 대한민국을 과학과 첨단기술에서 앞서가는 과학기술국가, 그리고 새로운 문화를 창출하는 문화국가로 만들어야 한다.

우리는 이제 대학과 대학원 교육의 일반화 및 보편화가 고등실업자만 양산할 것이라는 구태의연한 사고방식에서 벗어나, 20세기에 미국이 대학교육을 대중화하여 초강대국이 되었던 것처럼 대학과 대학원 교육의 수준을 높이고 활성화하여 고급 전문 인력의 수급을 늘려서 세계의 흐름을 앞서가야 한다.

이웃한 중국이 남·북한을 합한 인구의 거의 20배에 육박하는 현실에서, 우리는 한두 사람만의 천재로 우리가 생존할 수 있으리라는 잘못된 환상은 버려야 한다. 남북 8천만 모두를 정예 인재화 할 때 우리는 비로소 중국과 경쟁할 수 있게 될 것이다. 우리의 유일한 자원은 인적 자원이므로 이를 핀란드처럼 단 한 명도 포기하지 않고 백분 활용하여야 진정한 강국이 될 수 있다.

국경의 개념이 점차 사라져가면서 능력 있는 인재들은 국경을 넘나들며 일하는 시대가 되었다. 이러한 새로운 변화에 발맞춰 우리가 국민 모두를 각자의 개성에 맞는 훌륭한 인재들로 키워내면, 이들은 국내는 물론 세계 어느 곳에서도 그 능력을 발휘할 수 있을 것이다. 대한민국이 이처럼 앞선 과학기술을 가지고 세계적인 인재의 공급지가 되면 지구촌의 앞날도 밝혀갈 수 있을 것이다.

기초과학 투자와 기초 연구 인프라의 확립

그렇다면 어떻게 과학기술에서 앞서갈 수 있을 것인가? 과학기술에서 앞서가려면 기초과학을 육성하고 대학원 교육을 혁신하여 우수한 연구개발 인력을 배출해야 할 뿐 아니라, 이들이 연구를 지속적이고 효율적으로 수행할 수 있는 국가 연구개발 체계를 함께 확립하여야 한다. 대한민국 국가 연구개발 체계의 미흡함은 대한민국에서 김대중 전 대통령의 노벨 평화상 수상 말고는 과학 분야에서 아직까지 단 한 명의 노벨상 수상자도 없다는 사실이 반증하고 있다.

어떤 사람들은 노벨상을 받을 인재들을 범국가적으로 기르자고 주장하기도 한다. 그러나 과학 분야에서 노벨상을 받는 것은 체육 분야에서 국가 대표 선발하듯이 특정인을 선발하여 지원한다고 되는 일이 아니다. 그것은 나라의 기초과학 바탕이 튼튼할 때 저절로 이루어진다. 이웃 일본은 물론이거니와, 비록 일반 산업 분야의 기술 수준은 우리보다 뒤처진다고 여겨지는 인도도 기초과학 분야는 우리보다 훨씬 더 두터운 튼튼한 기반을 갖고 있다. 이를 증명이라도 하듯 인도는 이미 오래 전부터 과학 분야에서 노벨상 수상자를 배출하고 있다. 이제는 우리도 노벨상 수상에 연연하기보다 절로 수상자가 나올 수 있도록 기초과학의 바탕을 다지고 그 수준 향상에 노력하여야 한다.

지금 대한민국의 산업 분야 기술은 통신·전자·조선·자동차·철강 등 상당수 분야에서 거의 세계 최고 수준에 도달해 있다. 때문에 현재의 우리 산업 경쟁력을 계속 유지하고 발전시켜 나가려면, 외국의 과학기술에 의지하지 않고 스스로 새로운 원천기술을 개발할 수 있어야 한다. 이러한 능력을 확실히 확보하기 위해서는 기초과학의 탄탄한 바탕이 필수적이다. 이렇게 기초과학의 바탕을 탄탄하게 다지려면 우리의 연구 환경과 체계를 혁신하고 예산도 전폭적으로 지원하여야 한다. 이는 기초과학의 발전이 노벨상 수상만을 위해서가 아니라 장래 우리의 경제적 생존과도 직결되기 때문이다.

그렇다면 대한민국의 국가 연구개발 체계를 어떻게 혁신하여 기초과학의 발전도 이루고 산업의 기반기술 발전도 이룰 수 있을 것인가?

먼저 주목하여야 할 점은, 기초과학에서의 중요한 학술적 업적들은 중요한 연구 주제로 인정받아 집중적인 지원을 받는 대형 연구 과제가 아닌, 전혀 예상치 않은 분야나 연구자로부터 나오는 경우가 많다는 점이다. 이는 기초과학의 학문적 성격에도 기인한다. 새로운 학문의 발전은 대부분 기존의 학문과 이론을 수정하거나 뒤집는 데서 나온 경우가 다수이다. 이러한 이유 때문에도 기초과학 분야에서는 '선택과 집중'이라는 개념을 도입해서는 안 된다. 그렇게 하겠다는 것은 기존의 학문과 관점에만 매달려 새로 전개될 분야는 무시하겠다는 생각과 다름 아닐 수 있기 때문이다.

그러므로 기초과학의 경우에는 연구 역량을 갖춘 모든 분야의 연구자들에게 적어도 기본적인 연구비는 지속적으로 지원해 주어야 한다. 이러한 기본적인 연구 지원으로 촉망되는 성과를 보이는 연구자들에게는 전문 평가단의 엄정하고 객관적인 심사를 거쳐 더 필요한 만큼의 추가적인 지원을 해주어야 한다. 그렇게 한다면 앞으로 중요해질 학문 분야들이 인위적인 경쟁으로 인하여 도태되거나 발전하지 못하는 불상사를 방지할 수 있다.

기초과학 분야는 서로 독립된 듯이 보이지만 서로 연관된 면이 많다. 예컨대 물리학과 수학은 독립되어 있지만, 수학의 기반이 약하면 훌륭한 물리학 이론이 발전하기 어렵고 물리학 이론이 약한 기반에서 훌륭한 수학자들도 나오기 어렵다. 이는 여러 경우에서 찾아볼 수 있다. 물리학자 뉴턴이 자신의 중력 이론을 천체 관측 결과와 맞춰보기 위하여 현대 수학의 바탕이 되는 미적분을 발명한 일이나, 현대 기하학의 창시자라 할 수 있는 수학자 리만이 리만기하학을 세우고 그로부터 시간과 공간에 대해 이해하려 하였으나 하지 못하고 이후 아인슈타인이 리만기하학을 사용하여 지금 우리가 이해하고 있는 시·공간 개념을 정립한 일 등이 그것이다. 최근에는 수학계에서 난제 중의 난제로 알려졌던 푸앵카레 추측을 러시아의 천재 수학자 그레고리 페렐만이 물리학적 지식을 원용하여 증명하기도 하였다. 이는 물리학과 공학, 그리고 공학과 수학의 관계에서도 마찬가지이고, 물리학과 화학, 그리고 생명과학의 경우에도 동일하게 적용된다. 동일한 분야의 여러 세부 분야의 경우에도 이와 같은 관계는 성립한다. 마치 생태계의 한 축이 소멸되면 나머지 축들도 온전할 수 없음과 마찬가지이다.

이는 우리가 어느 한 분야의 발전을 이루려면 연관된 다른 분야들의 수준도 함께 높여야 함을 뜻한다. 연관된 다른 분야들의 수준이 형편없는데, 어떤 한 분야만 독야청청하기는 매우 어렵다. 이러한 경향은 특히 수학이나 물리학 등 기초 학문 분야로 갈수록 더욱 두드러진다. 이는 우리가 산업기술이나 응용과학 분야에서 앞서간 선진국과의 격차를 많이 좁혔지만, 기초학문 분야에서는 여전히 상당한 격차를 보이고 있는 점에서도 알 수 있다. 기초과학 분야가 전반적으로 여전히 세계적 수준에 미흡한 면이 있는 우리의 상황은 왜 대한민국에서 아직도 과학 분야의 노벨상 수상자가 나오지 못하는지 그 이유를 설명해 준다.

기초과학 분야에서는 대부분의 연구가 주로 국가의 공공 연구비에 의해 수행된다. 따라서 기초과학의 성공적인 육성은 공공 연구비를 얼마나 어떻게 지원하는지에 따라 판가름 난다. 그렇다면 공공 연구비는 어떻게 지원하여야 할까?

대한민국은 아직도 기초 연구 분야 전반의 저변이 두텁지 못하다. 현재 각 학문 분야의 전문 분야들로 들어가면 한두 명의 연구자가 두세 가지 이상의 세부 전문 분야를 포괄하여 커버하고 있는 경우가 상당하다. 하나의 세부 전문 분야에서도 여러 명의 연구자들이 포진하고 있을 때 비로소 그 전문 분야에서 논의가 제대로 이루어질 수 있다는 점을 고려하면, 현재 대한민국의 기초과학 연구에서 저변 확대는 매우 중요한 사안이라고 하겠다.

이웃 일본만 하더라도 거의 모든 세부 전문 분야에까지 연구의 저변 확대가 이루어져 있다. 일본이 거의 모든 세부 분야에 다수의 연구자들이 포진해 있는 여러 겹으로 칠해진 표면과 같다면, 우리는 아직도 대부분의 세부 분야들이 한두 번 칠해질까 말까 한 표면이라 할 수 있다. 그리고 아예 전혀 칠해지지 않은 채 남아 있는 부분들도 종종 있다. 우리에게는 아직도 해당 분야의 진정한 전문가가 없는 구멍 뚫린 부분이 꽤 있다는 얘기이다.

따라서 연구자를 지원하는 데 있어서 모든 세부 전문 분야에서 다수의 전문가들이 있는 미국이나 적어도 서너 명 이상씩 있는 일본과 우리를 아직 평면 비교해서는 안 된다. 만약 연구비 지원에서 그들과 비슷한 비율로 연구 지원 대상자를 선발해서는 현재도 구멍 뚫려 있는 우리의 세부 분야들을 메꾸기보다 오히려 더 늘릴 수도 있다.

예컨대 미국 과학재단의 연구비 지원 선정률이 7~8대 1인데, 우리는 5~6대 1로 선정하였으니 더 낫다고 주장할 수도 있다. 그러나 우리의 경우는 모든 세부 전문 분야에서 연구자들이 겹겹이 존재하지 않으므로 그러한 선정률은 결국 상당수 경우에 서로 다른 세부 전문 분야들을 단순히 논문 수나 파급 효과 등으로 우열을 가려 탈락시킬 수밖에 없게 만든다. 이 경우 연구비 지원 선정에서 탈락한 상당수 세부 전문 분야들은 발전이 한동안 정체될 것이다. 그리고 이러한 일은 대한민국 기초 학문의 탄탄한 발전을 방해할 것이다.

이는 연구 저변의 충분한 확대가 무엇보다도 우선되어야 함을 시사한다. 그러므로 우리는 거의 모든 세부 전문 분야에서 적어도 복수 이상의 연구자들이 존재할 때까지 연구 저변의 확대에 연구지원의 우선순위를 두어야 한다. 이는 서로 다른 세부 전문 분야들의 연구자들을 모두 함께 육성하겠다는 목적 하에 소규모 개별 연구의 지원 규모를 대폭 확대하여 실현할 수 있을 것이다.

현재 대한민국에서 기초학문 분야의 개별 연구자들을 위한 소규모 일반 연구 지원 사업은 지난 수년 동안 조금씩 나아졌다고 하지만 전체 국가 연구비에서 차지하는 비중이 여전히 작다. 이는 연구 지원 당국이 소위 '연구의 수월성'을 모토로 잘하는 사람들에게 더 집중적으로 지원하겠다는 생각의 결과이다. 이러한 당국의 생각은 여러 집단연구 사업에 연구비를 몰아주는 결과도 낳고 있다.

2000년대 이후 새로운 집단연구 사업과 정치 지도자의 소위 페트 프로젝트pet project에는 대규모 예산이 투입되었다. 김대중 정부의 '두뇌한국Brain Korea(BK)21' 사업, 노무현 정부의 누리 사업, 이명박 정부의 세계적 수준 연구중심대학World Class University(WCU) 육성 사업 등은 대통령이나 정치인 출신 장관의 페트 프로젝트로 잘 알려져 있다. 이 페트 프로젝트들에는 매년 수천억 원의 예산이 쏟아 부어졌다. 이러한 사업들에 선정된 소수의 대학들에는 엄청난 연구비가 뿌려졌고 흥청망청 쓰였다. 반면, 소규모 개별 연구 지원의 규모는 주 대상인 대학 교수 수의 증가에도 미치지 못할 정도로 미미하게 증가되어 개별 연구자를 위한 지원 비율은 실질적으로 축소되다시피 했고, 프로젝트에 선정되지 못한 대학들에 속한 다수의 연구자들은 연구비 부족에 허덕이게 되었다. 이런 상황은 아직도 지속되고 있다.

무엇이 문제인가?

BK21 사업의 경우, 소위 경쟁력이 있는 소수의 대학들로 인재 육성을 집중하겠다는 것이 핵심 취지이다. 그렇다면 과연 소수의 우수 대학들에만 전문가 육성을 전담하게 하는 것은 타당한 것인가? 이 사업의 중점 요소인 학과 단위로 지원하는 사업단의 경우, 대략 4~5개 정도의 대학들을 선정하는데, 이는 결국 통칭 SKY(서울대·고대·연대)에 한두 개의 다른 대학을 추가하는 꼴이다. 그러나 선정된 대학들과 선정되지 못한 대학들의 교수진은 규모에 있어서는 차이가 있을 수 있으나 질적인 면까지 큰 차이가 있다고 보기는 어렵다. 더구나 선정된 대학 중 최대 규모의 교수진을 가진 곳이라 하더라도 같은 분야 선진국 유수 대학 동일학과 교수진의 절반 정도에 불과한 것이 현실이다. 그런 상황에서 교육하는 대학원생의 수가 두 배를 웃돌 정도로 많이 선발하게 하는 것이 과연 제대로 된 지도를 가능하게 할 것인가? 이렇게 교수 대비 학생들이 많으면, 연구 활동을 활발하게 하는 몇몇 교수들의 연구실에는 학생들이 넘쳐나서, 나머지 학생들은 상당수가 본인의 희망과 무관한 분야의 연구실로 가게 되어, 학생들을 지도하는 데 충실을 기하기 어렵거나 학생들의 학문에 대한 열의를 꺾기 쉽다.

한편, 이 지원 사업에 선정되지 못한 다수의 대학들에도 선정된 대학의 교수들에 못지않은 우수한 교수들이 많이 존재한다. 그런데 대학원생들이 선정된 대학들로 많이 몰리다보니 이들 교수들은 우수한 대학원생을 확보하기조차 어렵다. 원래 대학원 과정은 자신이 택하고자 하는 세부 전문 분야에서 연구가 활발한 교수를 물색하여, 적합한 교수가 있는 학교를 선택하게 된다. 그런데 BK 사업에서 학교의 명성에 따라 대학원생을 지원하여 줌으로 말미암아, 학생들은 교수보다는 학교를 보고 선택할 수밖에 없게 된다. 이렇게 되면, 선정된 대학에 없는 세부 전문 분야들의 차세대 육성은 더욱 어렵게 된다. 또한 선정된 대학에 있는 분야라도 선정되지 못한 대학들에도 우수한 교수들이 상당수 존재한다. 그런데 이들 모두에게 도매금으로 우수한 대학원생을 받을 기회마저 차단시켜 버리는 것은 국가적으로도 큰 손실이다.

세계적 수준의 연구중심대학 육성을 슬로건으로 내건 WCU 사업 역시 비슷하다. 외국의 유명 연구자를 5년 동안 매년 3개월이나 6개월 정도 잠시 머물게 하면서, 선정된 국내 대학의 교수들과 함께 연구를 하게 하여 해당 분야의 수준을 향상시키겠다는 것이 이 사업의 목적이다. 최고 등급 유치 연구자의 경우 6개월에 인건비 3억, 별도로 실험실 운영에 연 2억이라는 엄청난 지원을 해주고, 본인이 원하는 동료 과학자 2~3인을 비슷한 여건으로 지원하며 데려올 수 있게 하였다. 그리고 선정된 대학에서 참여하는 다수의 국내 연구자들에게도 연 1억씩의 연구비를 지원하였다. 이처럼 연구단 하나에 대략 20~30억의 예산을 사용하였는데, 과연 해당 분야의 지식이 한 단계 더 발전되고 대한민국에 뿌리를 내리게 되었는가?

어느 과학기술 분야가 발전하여 뿌리를 내리는 것은 그 분야에서 후속세대들이 육성되어 지속적으로 그 분야가 유지 발전되어 갈 때이다. 그리고 학문 후속세대의 육성은 연구자가 그 자리에 뿌리를 박고 학문적 후계자를 지속적으로 양성할 때에만 가능하다. 그러나 이들 유치과학자들에게 WCU 사업은 오로지 좋은 조건으로 방학 중 잠시 방문하거나, 잠시 휴가를 내어 방문하는 것에 크게 다르지 않다. 따라서 그들에게 학문적 후계자의 양성을 기대한다는 것은 그 자체가 무리라고 아니할 수 없다. 더구나 5년의 짧은 기간에 학문의 수준을 한 단계 더 끌어올리고 그것을 뒷받침할 후속세대까지 양성하겠다는 자체가 무리수이다. 결국 이 사업도 수천억 원의 아까운 예산만 낭비한 채 일회성 사업으로 끝나게 되었다.

과학기술의 전 분야가 튼튼한 뿌리를 내리고 발전하기 위해서는 학문 후속세대의 대대적인 육성이 매우 중요하다. 그런데 현재 한국연구재단에서 학문 후속세대 육성을 위해 선발하는 박사후연구원의 수는 연 2~3백 명에 불과하여 높은 경쟁률 때문에 탈락하는 사람들이 많다. 그러나 연구의 저변이 좁은 우리나라의 상황을 개선하기 위해서는 적어도 학위 취득 과정에서 연구능력이 입증된 박사학위 취득자들에게는 일단 박사 취득 후 첫 2년 정도 연구를 계속할 수 있는 기회를 주어야 한다. 그리하여 독립적이고 심화된 연구를 통하여 해당 전문 분야의 연속적인 발전에도 도움을 주면서 연구자로서 추가적인 검증도 받을 수 있게 해야 한다. 이의 실현에는 WCU 사업 예산의 절반 정도인 연 1,000억의 예산만 투입하여도 매년 1,000명 정도의 새로운 박사후연구원을 2년 연속 지원할 수 있다. 만약 WCU 사업 예산의 전부를 이와 같이 학문 후속세대 육성에 모두 썼더라면 지난 5년의 기간 동안 우리나라 안에 엄청난 인재풀이 만들어졌을 것이다.

BK21 사업의 투자 적절성에 대해서는 앞에서 잠시 언급하였지만, 귀중한 국가예산의 효율적인 집행을 위해서 이 사업은 하루빨리 재검토되어야 한다.

'수월성'을 모토로 하는 우리 연구지원 당국은 소위 유명 대학의 연구진이 성공할 확률이 더 높을 것이라는 논리로 심사에서 더 높은 점수를 준다. 이는 BK21 사업단의 선정에서 뿐만 아니라 대다수 연구지원 사업의 선정에서 비슷하게 진행된다. 특히 규모가 큰 연구사업의 경우 선정에 따른 비판을 피할 쉬운 방편으로 소위 잘나가는 유명한 사람들을 선호하기도 한다. 이러한 연유로 유명 대학의 다수 연구자들은 여러 가지로 중복 지원을 받는다.

BK21 사업의 핵이라 할 수 있는 특정 학과의 대학원 과정 전체를 지원하는 사업단의 경우, 대략 연 30~40억의 예산이 대학원생 지원 명목으로 학과 전체에 지원된다. 통상 연구비 예산에는 대학원생들의 인건비는 물론 필요한 경우 박사후연구원의 인건비까지 모두 포함되어 있다. 그런데도 이미 대대수 교수들이 개별적 또는 집단적으로 많은 연구비를 지원받고 있는 소위 '유명 대학'의 학과 전체를 대상으로 다시 대학원생 지원 명목으로 엄청난 추가적 지원을 하는 것은 그야말로 전형적인 예산 낭비이자 중복 지원이라고 아니할 수 없다.

연구실적을 내는 면에서도 우수한 대학원생들과 박사후연구원을 많이 데리고 있는 연구비가 많은 유명 대학 소속 교수들의 경우 그렇지 못한 군소 대학 소속 교수들에 비하여 연구 성과를 얻기가 훨씬 더 용이하다. 박사후연구원은 말할 것도 없고 우수한 박사과정 학생들도 지도교수가 적절한 지시만 내리면 많은 경우 그들 스스로 결과까지 도출해 내기 때문이다. 이는 유명 대학 소속 교수들의 연구 결과가 모두 교수 개인의 능력에 의해서 이루어진 것만은 아닐 수 있음을 시사한다.

바로 이러한 이유들 때문에 소위 유명 대학에 적을 두지 못한 많은 교수들이 더 많은 연구비와 더 많은 연구 결과물을 약속하는 유명 대학으로 가기 위해 모든 노력을 경주하는 것이다. 이런 상황에서 어떻게 우리나라 대학들이 하나로 줄 세워지지 않을 수 있겠는가? 어느 대학에 있더라도 연구를 잘할 수 있는 상황을 만들어야만 극심한 사교육의 주요 요인인 우리나라 대학들의 한 줄 세우기도 바로잡을 수 있을 것이다.

우수한 박사과정 학생도 별로 없고 주변 연구 지원 환경도 좋지 않은 군소 대학의 연구자가 큰 대학의 연구자와 비교하여 비슷하거나 약간 뒤처지는 수준의 연구 업적을 내는 경우는 연구 능력이 오히려 더 낫다고 할 수도 있다. 이러한 점을 고려하여 미국 과학재단에서는 연구비 지원 심사에서 연구 환경이 열악한 군소 대학의 연구자들에게 오히려 가산점을 준다고 한다.

이제는 우리 연구비 지원 방식도 단지 유명 대학 소속이나 유명 학자라는 이유로 비효율적인 중복 지원을 퍼붓는, 1960~1970년대의 경제개발 시대에 횡행하던 시대착오적 재벌 육성식 논리에서 벗어나야 한다. 귀중한 국가예산을 낭비하는 이와 같은 불합리한 상황을 개선하려면, 먼저 BK21 사업과 같은 중복성 집단지원 사업은 모두 폐지하여야 한다. 그리고 모든 대학들에 속한 개별 연구자들을 대상으로 공정하고 엄정한 심사를 거쳐 연구비를 확대 지원하여, 군소 대학의 연구자들도 활발하게 연구를 수행할 기회를 충분히 주어야 한다. 그리하여 우리나라의 연구 저변을 확충하여야 한다.

현재 우리나라 고급인력의 대부분은 대학의 교수들이 차지하고 있다. 그들을 제대로 활용하지 않는다면 국가의 귀중한 인적자원을 낭비하는 것이 된다. 이를 방지하기 위해서는 대학에 적을 둔, 연구 능력이 객관적으로 검증된 모든 교수들에게 소속 대학에 상관없이 활발하게 연구 활동을 수행할 수 있도록 소규모 개별 연구 지원을 대폭 늘려야 한다. 그리하여 자질이 우수한 모든 교수들이 대학원생을 지도하고 학문 후속세대를 육성할 수 있게 하여 우리나라의 전체 학문이 지속적으로 발전할 수 있게 해야 한다.

한국판 막스플랑크연구소 체계

현재 대한민국에는 다수의 중·대형 국책 연구소들이 있다. 그리고 이러한 국책 연구소들과 독립적으로 국가의 중·장기 정책 과제들을 위한 많은 수의 대규모 집단연구 프로젝트들이 존재한다. 그런데 이와 같은 지금의 연구 체계는 비효율적인 부분이 많다. 한국연구재단은 기초 분야와 국가적 정책 사업 분야에서 다수의 집단연구 사업들을 벌이고 있다. 기초 분야에서는 선도연구센터 지원 사업이라 하여 이학 분야의 우수연구센터인 SRC와 공학 분야의 우수연구센터인 ERC, 그리고 규모를 배가한 국가핵심연구센터 NCRC 등이 있다. 그리고 그보다 작은 규모로 대학 소속의 연구소들을 지원하는 중점연구소 지원 사업이 있다. 국가적 정책 사업으로는 21세기 프론티어, 나노소재기술 개발, 글로벌 프런티어, 첨단 융합기술 개발, 차세대 정보컴퓨터 개발, 바이오의료기술 개발 사업 등이 있다.

그런데 연구재단의 집단연구 프로젝트들은 한시적으로 존재하기 때문에, 장기간에 걸쳐 지속적인 혁신과 연구 성과가 누적될 때에 가능한 그런 발전은 기대하기 어렵다. 인재 양성의 측면에서도 프로젝트가 사라지면 양성한 인재들이 뿔뿔이 흩어지게 되어 수년간 동일 분야에서 공동 연구를 하며 집단적으로 쌓아온 노하우나 경험 또한 그대로 사라지게 된다. 이는 해당 분야의 집단적 노하우와 인재 양성의 많은 부분을 무위로 돌리는 결과를 초래한다. 이를 방지하려면 기초 분야의 장기적인 과제나 국가 정책상 수행하는 장기적 과제에 대해서는 분야별 전문 연구소들을 만들어서 해당 분야의 경험과 노하우가 지속적으로 이어져 내려가 축적될 수 있게 해야 한다. 이는 각 전문 분야에서 연구의 연속성과 해당 분야 인재 양성의 지속성을 담보하게 할 것이다.

이미 대한민국에는 국책연구소로 기초 분야에 한국과학기술연구원·한국원자력연구원·한국표준과학연구원·한국생명공학연구원·한국항공우주연구원·한국천문연구원·국가핵융합연구소 등 10여 개, 응용 분야에 한국전자통신연구원·한국화학연구원·한국기계연구원 등 10여 개의 연구소가 존재하고 있다. 그리고 이명박 정부에서 국제과학비즈니스벨트 사업의 일환으로 새로이 설립되기 시작한 중이온가속기센터와 기초과학연구원도 있다. 이중 기초과학연구원은 2017년까지 수학·물리·화학·지구과학·생명과학의 기초과학 분야에서 50개의 산하 연구단을 가진 총인원 3천 명, 연 예산 6천5백 억의 대단위 연구소가 될 예정이다.

그런데 문제는 이러한 국책연구소들의 사업과 한국연구재단의 대단위 집단연구 사업들의 분야가 상당 부분 서로 중첩되어 있다는 점이다. 특히 기초과학연구원의 50개 산하 연구단들은 9년간 지원받는 연구재단의 우수연구센터들과 마찬가지로 10년간 지원받는 한시적 프로젝트들이다. 이는 이미 언급한 연구의 연속성과 인재 양성의 문제점을 동일하게 가질 수밖에 없다. 국민의 피와 땀인 귀중한 국가 예산의 낭비를 막기 위해서도 이러한 비효율성은 막아야 한다.

이러한 예산의 비효율적 집행을 막고 대한민국 과학기술의 튼튼한 발전을 위해서는 지금의 국가 연구개발 체계를 더 효율적으로 개선하여야 한다. 국가 연구개발 체계의 개선과 관련하여 연구소들과 대학들을 효율적이고 유기적으로 연계시켜 과학기술과 산업의 발전에 가장 성공적으로 활용하고 있다는 독일의 경우를 살펴보자.

독일에는 크게 세 개의 연구 중심축이 있다. 막스플랑크연구소(연구회)와 프라운호퍼연구소(연구회), 그리고 대학들이다. 막스플랑크는 기초 연구를, 프라운호퍼는 응용 연구를 주로 하며, 대학들은 이 연구소들과 협업을 통하여 연구를 수행한다. 이들 외에도 대형 연구소들을 주관하는 헬름홀츠연구회, 그리고 이상에 속하지 않는 중앙과 지방정부에서 지원하는 연구소의 연합체인 라이프니츠협회 등이 있다.

대형 연구소 모임인 헬름홀츠연구회 산하에는 장기적인 대형 과제들을 수행하는 16개의 국책 연구소들이 있다. 이들 가운데 중이온연구협회GSI·독일암연구센터DKFZ·독일전자싱크로트론연구소DESY·알프레드베게너극지해양연구소 등은 세계적으로도 명성이 높다.

라이프니츠협회 산하에는 80여 개의 인문학·사회학·경제학·생명과학·자연과학 등의 연구소들이 있는데, 독일의 경제정책 수립에 결정적 역할을 담당하는 독일경제연구소·킬세계경제연구소 등 소위 '6대 경제연구소', 그리고 뮌헨의 독일박물관, 열대의학 분야의 베른하르트노흐트연구소, 독일어 발전의 학술적 연구를 수행하는 만하임독일어연구소 등이 이에 속해 있다.

막스플랑크와 프라운호퍼 두 연구소는 모두 독일 정부의 지원을 받는다. 하지만 그 지원 형태는 서로 다르다. 순수 기초 분야 연구를 담당하는 막스플랑크에는 독일 정부가 거의 예산 전액을 지원하며 연구에만 전념하게 하고 있다. 응용기술을 연구하는 프라운호퍼에는 정부가 예산의 3분의 1 정도만 지원하고 나머지 3분의 2는 산업체의 위탁 연구와 공적 자금 지원에 의해 연구를 수행하게 하고 있다. 이는 응용기술 연구의 목적이 산업에 활용하는 것이므로 산-학 협력을 통하여 실질적으로 산업에 도움이 되는 연구를 수행하게 해야 한다는 것이다.

독일 전역의 80여 곳에 골고루 산재해 있는 막스플랑크연구소는 양자역학의 시초를 연 독일의 물리학자 막스 플랑크를 기념하여 그 이름을 붙였다. 산하에는 천체물리학 분야에서 정신분석 분야에 이르기까지 다양한 분야의 전문 연구소들이 있다. 막스플랑크연구소는 수학·물리·화학·생물학과 의학 등의 순수과학 분야, 그리고 공학 분야뿐 아니라 인문·사회과학 분야의 연구도 함께 진행하고 있다. 세계적으로 명성을 날리는 진화인류학연구소 등 20개의 인문·사회과학 분야 연구소도 막스플랑크연구소 산하에 있다. 근래 막스플랑크연구소의 예산은 14억 유로에 달하고, 1만6천여 명의 직원 중 박사급 연구원이 9천 명을 넘는다고 한다. 지금까지 이 연구소 소속의 많은 학자들이 노벨상을 수상하였으며, 지금도 계속적으로 뛰어난 학문적 성과를 내고 있다. 소속 연구소들은 각각 독립적으로 운영되며, 독자적으로 연구 프로젝트를 추진하고 수행한다.

전 세계에서 독일은 기술을 개발하고 이를 곧바로 상품에 접목시키는 데에 가장 뛰어난 능력을 보이는 것으로 정평이 나 있다. 이 과정에서 가장 중요한 역할을 담당하는 기관이 바로 프라운호퍼연구소이다. 독일 전역에 있는 60개 가까운 연구소가 컨소시엄 형태로 운영되고 있다. 규모나 연구 업적 면에서 세계 최고의 응용기술 연구소라 할 수 있는 이 연구소의 근래 예산은 18억 유로에 달하며, 약 1만8천 명의 직원이 있다고 한다. 1949년 설립된 이 연구소는 설립

취지 자체가 산업을 발전시키자는 것이었다. 연구소의 명칭도 사업가로도 명성을 날린 18세기 독일의 물리학자 프라운호퍼에서 따왔다. 스펙트럼 분석의 기초를 다진 프라운호퍼는 광학유리 및 렌즈 산업을 발전시킨 주인공이기도 하였다.

프라운호퍼연구소가 지향하는 바는 응용기술의 산업화지만, 산업의 기반이 되는 기초기술에 대한 연구도 활발히 진행시킨다고 하며, 무선통신·부품소재·마이크로시스템 분야의 기초 기반기술을 개발한 바 있다. 프라운호퍼의 협력 파트너는 독일 기업은 물론 세계 곳곳의 정부와 기업, 그리고 대학을 망라하고 있다. 한국에서도 여러 기업들과 대학·연구소들이 이 연구소와 협력하고 있다.

60개에 가까운 프라운호퍼연구소들은 모두 각각 독립적으로 운영된다. 기술별로 세분화되어 있는 각 연구소는 막스플랑크연구소와 마찬가지로 각각 어떤 파트너와 어떤 연구를 진행할 것인지에 대해 자체적인 결정권을 갖고 있다. 중앙 조직은 단지 이들을 지원하는 역할만 수행하며, 이러한 연구소 독립 운영을 통하여 프라운호퍼연구소는 산업계와 더욱 밀접한 관련 연구를 진행한다고 한다.

독일에서는 대학이나 대학원을 졸업한 대다수 우수한 인재들이 기업체가 아닌 연구소에 먼저 취업한다고 한다. 설문 조사에 의하면 독일의 공대 학생들 중 가장 많은 학생들이 프라운호퍼연구소에 가고 싶어 한다고 한다. 이는 연구소에 들어가 기업들과 프로젝트를 진행하면서 직접 해당 기업의 문화를 체험하고 배울 수 있어, 어떤 기업이 자신에게 맞는지, 어떤 기업에 비전이 있는지를 판단할 수 있기 때문이라고 한다.

우리도 이와 같이 전문 분야 연구소들을 활성화하고 산업계와 밀접하게 연계하여 연구를 하게 한다면, 연구의 성과가 곧바로 산업에 활용되고 유능한 인재들이 연구소와 기업을 넘나들며 활발하게 기술 개발에 임할 수 있을 것이다.

먼저 기초 분야의 경우, 대학의 개별 또는 소그룹 연구를 대폭 확대 지원하고, 한국연구재단에서 지원하는 중·대규모 집단연구와 기초과학연구원의 산하 연구단은 모두 독일의 막스플랑크연구소와 프라운호퍼연구소처럼 기초와 응용으로 이분화 하여 대학과는 독립된 정부 출연의 특화된 전문 연구소들로 만들어 자체적으로 효율적이며 창의적인 운영을 하게 하면 될 것이다.

기존 국책연구소들은 기존의 대단위 연구소 중에서 한국원자력연구원·한국표준과학연구원·한국항공우주연구원·국가핵융합연구소·한국천문연구원, 그리고 설립 중인 중이온가속기센터 등과 같이 특화된 대단위 전문 연구소들은 계속 독립적으로 국가적 장기 연구를 수행하게 하고, 한국과학기술연구원과 같은 종합연구기관은 국가 전략적 관점에서 미래를 위한 다목적 탐색 연구를 수행하게 할 수 있을 것이다.

나머지 국책연구소들은 기초과학연구원의 산하 연구단과 동일하게 전문 분야별로 기초나 응용 분야의 특화된 전문 연구소들로 세분하여 독립적인 운영을 하게 하여 보다 효율적인 연구 수행이 가능하게 해야 한다. 이처럼 전문 분야별로 특화된 한국판 막스플랑크 또는 프라운호퍼 연구소 체계를 만들어 기초 분야와 응용기술 분야 합하여 100여 개의 특화된 전문 연구소들을 전국에 고루 배치한다면, 과학기술의 발전과 함께 국가의 균형적 발전도 함께 이룰 수 있을 것이다.

여기서 전문 연구소들의 지역적 균형 배치는 상당히 중요한 의미를 갖는다. 독일에서는 전문 분야별로 특화된 막스플랑크 또는 프라운호퍼 연구소 체계의 연구소들이 해당 지역의 대학 또는 산업체들과 협력하여 지역의 특정 분야 기술과 산업의 발전에 중추적인 역할을 하며 큰 시너지 효과를 내고 있다. 또한 이러한 전문 연구소들은 해당 지역 대학들과 관련된 전공 분야에서 유기적으로 협력하여 특화된 전문 인재들의 양성에도 커다란 기여를 한다.

　　우리도 국가의 균형적 과학기술 인재 양성을 위해 한국판 막스플랑크연구소 체계에 더하여 전국의 각 권역별로 중추적인 과학기술 인재 종합 육성 기관을 두어야 한다. 예컨대, 전국을 수도권(강원 포함)·충청권·영남권·호남권(제주 포함)의 4개 권역으로 나누어 각 권역에 각각 과학기술 전 분야에 걸쳐 세계적 수준의 연구 기반을 갖춘 중추적 과학기술 대학원을 한 곳씩 중점 육성하는 것이다.

　　권역별 중추 과학기술 대학원과 권역 내의 대학들과 전문 연구소들을 각 전문 분야별로 모두 서로 유기적으로 연계한 권역별 '교육-연구 통합 그물망'을 만들어, 권역 내의 과학기술 인재를 양성하고 권역 내 기업들의 연구개발에 대한 원스톱 연구지원 체계를 갖추도록 한다. 이처럼 각 권역의 중추 과학기술 대학원과 권역 내의 대학들 및 특화된 전문 연구소들 그리고 관련 기업들이 상호 유기적으로 인재 양성과 기술 개발에 협력하면 기업 경쟁력 강화에도 큰 도움이 될 것이다. 특히 전문 연구소들은 관련 분야의 대학들과 협력하여 각기 특화된 전문 분야에서 과학기술 인재를 육성함과 동시에 기술 벤처 창업의 인큐베이터로서 질 좋은 일자리를 창출할 벤처 창업을 활성화시킴으로써 지역의 발전에도 중요한 기여를 하게 될 것이다.

향후 새로운 산업 분야는 더 빠르게 더 많이 생겨날 것이다. 그러한 상황에서 한국판 막스플랑크연구소 체계의 전문 연구소들이 수행할 새로운 벤처 산업의 산파 역할은 그 중요성이 더욱 커질 것이다. 이렇게 통합된 학연산 연구 협업과 벤처 창업 체계를 통하여 대한민국도 근래 이스라엘에서 크게 성공을 거두고 있는 벤처 창업의 붐을 뛰어넘는 새로운 과학기술 창업 붐을 일으킬 수 있을 것이다. 이러한 과학기술 창업의 활성화는 좋은 일자리 창출은 물론 대한민국을 첨단산업 분야의 세계적 리더로 자리매김하게 할 것이다.

우주기술 투자

21세기는 바야흐로 과학기술의 시대가 되었다. 20세기에도 이미 그러한 징후가 나타났지만, 이제는 과학기술에서 앞선 나라만이 모든 면에서 가장 앞선 초일류 국가가 될 수 있다. 이제 모든 선진국들은 자신들의 전체 과학기술 수준을 끌어올리기 위하여 교육과 과학 분야에 가장 중점을 두어 투자하고 있다. 현재 우리나라는 몇몇 산업 분야는 세계 최고 수준에 있으나, 이를 뒷받침할 원천기술이나 전반적인 과학 수준은 여전히 미흡한 편이다. 특히 국가 차원에서 육성해야 하는 기초과학과 기반 기술을 다지는 데에는 대규모 연구 시설들이 필요하다. 예컨대 핵융합 연구, 천문 관측, 입자실험, 물성 시험 등에는 핵융합시험로, 천체망원경, 입자가속기, 방사광가속기와 같은 대단위 시설이 필요하고, 항공·우주 개발 분야에도 실제로 추진체 등을 시험할 수 있는 대단위 연구시설이 필요하다.

특히 우주 개발 분야는 국력의 시험대라 할 정도로 소위 선진 강국 사이에서 가장 각축이 심한 분야이다. 이는 우주 개발에 막대한 예산이 들어갈 뿐만 아니라, 동시에 그 나라 과학기술이 총체적으로 집합되기 때문이다. 우주 개발 과정에서 얻어지는 신기술은 국가의 산업 전체에 대한 파급 효과가 다른 분야와 비교할 수 없을 정도로 크다. 이러한 이유로 많은 국가들이 우주 개발을 범국가적 과제로 지원하고 있다. 특히 근래 일본과 중국을 필두로 한 아시아권의 우주 개발 열풍은 매우 뜨겁다.

일본은 1970년 세계에서 네 번째로 인공위성 발사에 성공한 후, 2007년에는 아시아에서는 첫 번째로 달 탐사 위성을 성공적으로 발사하였다. 2005년에도 빠르게 움직이는 소행성에 위성을 안착시켜 소행성의 암석 표본 채취에 성공함으로써 그 기술력을 자랑한 바 있다. 일본은 지속적으로 달 탐사 프로젝트를 진행하고 있으며, 국제우주정거장 사업에도 참여하는 등 우주기술 개발에 많은 힘을 쏟고 있다.

중국은 1970년 세계에서 다섯 번째로 인공위성 발사에 성공하였고, 이후 2003년에 미국·러시아에 이어 유인 우주선 발사에도 성공하였다. 일본이 달 탐사 위성 발사에 성공한 2007년에는 해를 넘기지 않고 달 탐사 위성 발사에 성공하며 달 탐사 경쟁에 가세하였다. 2011년에는 무인 우주선과 우주정거장의 우주 도킹에도 성공하여 중국이 미국과 러시아에 버금갈만한 우주기술을 보유하고 있음을 과시하였다. 2013년에는 세계에서 세 번째로 우주선을 달 표면에 착륙시키는 데에도 성공하였다. 중국은 현재 독자적인 우주정거장 건설과 화성 탐사를 준비 중에 있다.

인도는 1980년에 처음 자체 로켓에 의한 인공위성 발사에 성공한

뒤, 중국의 우주 개발에 자극받아 2008년에 달 탐사 위성 발사에도 성공하였다. 인도는 2014년 미국·유럽·러시아에 이어 세계에서 네 번째로 화성 궤도에 탐사선을 진입시키는 데 성공하였다.

이처럼 중국과 일본 그리고 인도는 전통적인 우주 강국인 미국과 러시아의 뒤를 잇는 신흥 우주 강국으로 떠오르며, 각각 2020년대에 달에 개발 기지를 건설한다는 야심찬 계획을 세우고 치열하게 경쟁하고 있다.

바야흐로 인류는 지구를 벗어나 우주로 진출하는 길목에 서 있다. 미국은 이미 1960~1970년대부터 금성과 수성 그리고 화성으로 탐사선을 보냈으며, 목성과 토성 등 다른 외행성들도 탐사하고 있다. 최근에는 화성에 탐사선을 착륙시켜 여러 특성들을 조사하고 있으며, 2006년 초에 쏘아올린 명왕성 탐사선은 10년 가까이 날아가 최근에야 태양계의 맨 끝이라 할 수 있는 명왕성에 도달하여 사진 자료들을 보내오고 있다. 우주 개발은 이제 태양계 내의 행성들에 대한 탐사는 물론 소행성들로도 그 탐사의 폭을 넓혀가고 있다. 실제 미국의 민간 업체들은 소행성들을 탐사하여 부존된 자원을 개발하고, 민간인을 대상으로 한 우주여행도 눈앞의 현실로 만들려 하고 있다.

우주 개발은 이미 국가 간 자존심 대결의 장을 넘어 실제적인 자원 개발과 미래 주거 개발의 단계로 진화하고 있다. 실제로 달에서 개발 가능한 자원은 그 경제적 가치가 엄청나다고 한다. 이는 최근 미국이 자신들의 달 탐사선들이 착륙했던 지점들에 대해서 배타적 권리를 주장하고 있는 대목에서도 엿볼 수 있다.

지금 우리나라는 전통적 우주 강국인 미국이나 러시아는 말할 것도 없고, 이웃한 아시아의 중국과 일본에 비해서도 우주 기술에서

30년 정도 뒤처져 있다. 우리는 주 로켓을 러시아에서 들여왔음에도 두 차례의 발사 실패 후 세 번째인 2013년에야 비로소 나로호 인공위성 발사에 성공하였다. 국내의 일부 전문가들은 실패의 원인이 검증되지 않은 러시아의 차세대 엔진을 썼기 때문이며, 우리 스스로 발사체를 개발했어야 한다고 주장한다.

1950년대 후반 소련의 스푸트니크 발사 이후 엄청난 충격을 받은 미국은 1960년대에 아폴로 프로젝트를 수행하여 채 10년이 지나기 전에 달 착륙 탐사를 성공시켰다. 이제는 우리도 나로호의 경험을 바탕 삼아 범국가적 에너지를 모아서 우주기술을 극적으로 향상시켜야 할 때가 되었다. 미국이 했던 것처럼 우리도 10년 정도 범정부적인 노력을 기울인다면 2020년대에는 다른 아시아권 국가와 같이 달 탐사 대열에 합류할 수 있을 것이다. 불과 10년 미만의 짧은 기간에 앞서 있던 소련을 뛰어넘어 인간의 달 착륙을 성공시킨 미국의 NASA 체계를 본떠 우리도 대통령 직속의 개발 기구를 만들고, 과거 NASA가 그랬듯이 이 기구에 우주 개발을 백지 위임하여 강력하게 추진하면 될 것이다.

우주기술 개발은 단순히 우주 탐사에만 그 효과가 국한되지 않는다. 거기에서 파생되는 기술은 산업 전반의 수준을 향상시킨다. 미래에는 항공수송 분야도 대기권 밖으로 확장될 것이다. 그렇게 되면 대기권의 안과 밖을 아우르는 항공기술과 우주기술의 통합적 발전이 크게 요구될 것이다. 이 경우 우주기술 개발은 역으로 우리가 발전시켜야 할 또 다른 분야인 항공기술의 향상에도 큰 도움을 줄 것이다. 또한 고도의 우주기술 개발 과정에서 파생될 새로운 소재 및 전기·전자부품기술, 광학과 통신 및 제어기술 등은 향후 우리 산업 전반 및 국방기술의 경쟁력을 한층 높여줄 것이다.

지금 대한민국은 일반 제조업의 대부분 분야에서 세계적 수준에 올라서 있으나, 첨단 기술의 총체적 집합인 우주기술에서는 상대적으로 매우 뒤떨어져 있다. 우리는 우주기술에 적극 투자하여 뒤떨어진 관련 첨단 기술을 향상시킴으로써 우리의 산업과 과학기술이 모두 세계적 수준에 오를 수 있도록 해야 한다.

이명박 정부는 4대강 사업에 20조가 넘는 막대한 예산을 투자하였다. 만약 우리가 우주 개발에 이 돈을 투자하였다면, 현재 30년이라는 평가를 받고 있는 우리와 이웃 일본 사이의 우주기술 격차는 빠르게 줄어들었을 것이다. 더하여 우주기술 개발에서 파생되는 다수의 신기술과 그에 따른 기술 창업 및 산업화로 4대강 사업에서 기대할 수 없는 많은 양질의 첨단 일자리들이 지속적으로 창출되었을 것이다.

우리는 새천년의 시작이자 21세기 초반인 지금부터 우주항공기술과 로봇기술, 대체에너지기술 등 첨단기술과 친환경 기술에 적극 투자하고 기초과학을 대대적으로 육성하여, 21세기가 가기 전에 대한민국이 세계 과학기술의 선두 대열에 설 수 있게 해야 한다. 그리하여 새로운 대한민국의 토대를 굳건히 다져야 한다.

벤처 창업국가화

케인스와 함께 20세기 경제학의 두 거두로 지칭되던 슘페터는 '혁신만이 경제 발전을 지속시킬 수 있는 요소'라고 주창한 바 있다. 그 뒤에도 노벨상을 수상한 미국의 경제학자 솔로는 '혁신적인 기술이 생산성과 경제 성장의 동인'이라고 주장하였다. 미국 인구조사국의 통계에 의하면 1980년부터 2000년까지 생긴 고용 증가의 대부분은 설립 5년 미만의 회사들이 만들어냈다고 한다. 이는 고용의 성장이 대부분 새로운 창업에 의하여 이루어졌음을 보여준다. 따라서 경제를 침체에서 회복시키고 더욱 발전시키기 위해서는 더욱 많은 수의 창업이 필요 불가결하다.

이스라엘은 지금 인구 비례로 볼 때 세계에서 가장 많은 벤처 창업이 일어나는 국가라고 한다. 2000년대 초반부터 중반까지 이스라엘은 레바논과 두 번에 걸친 전쟁을 겪었고, 종종 강력한 테러 공격도 당했다. 하지만 이런 혼란 속에서도 이스라엘은 전 세계 벤처캐피탈 시장에서 그들이 차지하는 점유율을 15%에서 30% 이상으로 높였으며, 이 기간 동안 이스라엘의 경제 성장률도 다른 개발도상국들보다 훨씬 더 높았다. 이는 지속적인 벤처 창업에 의하여 이스라엘의 성장이 지속되었기 때문이다.

이스라엘 사람들은 강한 자기주장과 당돌하고 도전적인 '후츠파'적인 태도, 비판적이면서 독자적인 사고의 습관이 강한데, 이러한 태도와 그들이 갖고 있는 야심과 비전은 기업가적 정신으로 작용하여 이스라엘이 창업국가가 되게 하는 바탕이 되었다. 2000년대 레바논과의 전쟁으로 인한 혼란의 와중에도 이스라엘의 벤처 창업은 유럽 전체보다도 많았다고 한다. 일례로 그들은 전쟁 중에도 미국의 보수적 투자가 워런 버핏이 미사일이 떨어지는 텔아비브의 한 회사에 45억 달러를 투자하게 만들었다. 당시 버핏은 '이스라엘 사람들의 열정과 창의력에 가득 찬 두뇌에 투자하였다.'고 말하였다. 현재 이스라엘에는 인텔·구글·마이크로소프트·IBM·알카텔루슨트와 같은 세계적 혁신기업들의 핵심 연구소들이 들어 서 있다. 그리고 이 연구소들은 소속한 회사들의 혁신을 선도하는 역할을 하고 있다고 한다.

세계 금융위기에도 아랑곳하지 않고 굳건하게 성장하며 발전하는 이스라엘이지만 그들은 우리와 마찬가지로 천연자원이 거의 없다. 국토의 많은 부분이 사막인 그들은 세계 최고의 농업 기술을 개발하여 농업을 일궜고, 국가 전반적으로는 지식경영을 기치로 성장해가고 있다. 특히 지식정보의 세계에서 중요한 보안 알고리즘 분야에서 이스라엘은 세계를 이끌어 가고 있다.

이스라엘 사람들은 혁신적 아이디어를 바탕으로 새로운 길을 개척하고 새로운 기업을 만드는 창업을 최고로 평가한다고 한다. 심지어 '나라의 미래가 젊은이들에게 어떻게 창업하는지를 가르치는 데에 달려 있다.'고 주장하기도 한다. 어떻게 자원이 전무하고 적대적인 나라들에 포위된 조그만 나라 이스라엘이 불황을 모르는 성장을 이어갈 수 있는가에 대한 답은 지식과 혁신을 열정적으로 추구하고 합리적으로 의사를 결정하는 그들의 정신문화와 생존을 향한 투지에 있을 것이다.

20세기 말, 이미 상당수 미래학자들은 21세기 중반이 되기 전에 대다수 국가의 국민 절반 정도가 마땅한 일자리가 없는 실질적인 실업 상태에 놓일 것이라고 예측한 바 있다. 이러한 예측은 이제 전 세계에서 서서히 현실화되기 시작하고 있다. 그 원인은 쉽게 짐작할 수 있듯이 공장의 자동화와 사무의 전산화 그리고 일처리에서 인공지능의 적용을 들 수 있다. 이미 많은 산업 현장에서 로봇들이 투입되어 근로자들을 몰아내고 공장 자동화를 이끌고 있다.

실제 중국 개혁·개방의 선두주자인 광둥성에서는 근로자를 로봇으로 대체하는 공장 자동화의 진전으로 이미 많은 근로자들이 해고되고 있다고 한다. 중국의 현대화로 근로자의 임금이 지속적으로 상승하자 많은 수의 공장에서 로봇을 대거 도입하기 시작한 것이다. 이로 인하여 광둥성의 제조업 일자리는 이미 절반 이상 사라졌다고 한다. 이러한 현상은 기업의 매출 성장과 일자리 창출의 관계에서도 나타나고 있다.

20세기까지는 기업의 매출 성장과 일자리 창출이 비례하였으나 2000년대 이후 이러한 관계는 깨어졌다. 예컨대 2000년부터 2010년까지의 10년 동안 중국에서 기업들의 성장은 10배 정도에 달하였으나 고용의 성장은 불과 10% 안팎이었다고 한다. 예전과는 달리 기업이 성장하더라도 근로자를 추가로 고용하지 않고 공장 자동화로 인력을 대체하였기 때문이다.

이처럼 기업의 성장, 특히 대기업의 성장은 이제 고용의 증가로 거의 이어지지 않는다. 우리나라에서도 2000년대 이후 대기업들의 전체 매출액이 10배 증가하는 사이 고용은 불과 수 퍼센트 증가에 그쳤다고 한다.

그러나 자동화와 로봇에 의한 고용의 대체는 비단 대기업에만 국한되지 않는다. 예컨대 김이나 고추장을 만들 때도 대규모 공장에서 사람에 의존하던 많은 과정을 기계에 의한 자동화로 대체하고 있다. 심지어 일본의 한 초밥(스시) 전문점에서는 요리사를 전혀 고용하지 않고 기계로만 초밥을 만들어 손님들을 대접한다고 한다. 그럼에도 손님들은 요리사가 만든 초밥과 큰 차이를 느끼지 못한다는 것이다.

고용의 감소는 비단 제조업 분야에만 국한된 것도 아니다. 서비스 분야에서도 업무의 전산화와 인공지능화로 동일한 현상이 일어나고 있다. 은행 업무와 회계 업무, 그리고 증권 업무의 많은 부분이 전산화되고 인공지능화 되어 이러한 과정이 진행될수록 이들 분야에서의 고용은 점차 줄어들고 있다. 많은 수의 은행원, 회계사, 그리고 증권맨들이 사라지거나 사라질 운명에 처해 있다.

2020년을 전후하여 예상되는 무인 조종 자동차의 현실화는 전 세계적으로 수백만에서 수천만에 이르는 택시와 버스 및 트럭 운전기사 그리고 자동차 정비 및 서비스와 관련된 수많은 일자리들을 사라지게 할 것이다. 로봇 산업이 발전한 일본에서는 거동이 불편한 노인을 돌보는 요양사를 대신할 로봇의 개발을 서두르고 있으며 조만간 실생활에 적용할 수 있을 것으로 예상한다고 한다.

이처럼 물품의 제조와 사무적인 업무 그리고 다양한 서비스 분야에 이르기까지 자동화와 인공지능화는 앞으로 우리의 예상을 뛰어넘는 빠른 속도로 진행되어 전 세계적으로 수없이 많은 일자리들을 사라지게 할 것이다. 어떤 예측에 의하면 세계 일자리의 절반 이상이 이로 인해 사라질 것이라고 한다.

이와 같은 일자리의 감소는 결국 새로운 분야에서의 일자리 창출로 이어져야 한다. 이를 가능하게 할 가장 유망한 대안이 바로 벤처 창업에 의한 중소기업의 활성화이다. 이는 대부분의 나라에서 대기업에 의한 고용의 증가보다 새로운 중소기업에 의한 고용의 증가가 훨씬 더 크다는 통계로도 뒷받침되고 있다. 그렇다면 우리는 질 좋은 일자리를 창출할 벤처 기업들의 창업을 어떻게 활성화시키고 또한 성공적으로 육성할 수 있을 것인지 그 방법을 찾아야 한다.

그 방법은 크게 두 가지 방향으로 생각할 수 있다. 한 가지는 나라

안에서 얻어진 연구개발의 결과를 벤처 창업의 디딤돌로 활용하여
질 좋은 일자리를 만들어 낼 기술 벤처 창업을 활성화시키는 것이
다. 나머지 한 가지는 이스라엘처럼 많은 사람들이 벤처 창업에 열
정적으로 나설 수 있게 하고, 실패하더라도 다시 도전할 수 있는 사
회적 환경을 구축하며, 창업한 후에는 성공에 이를 수 있도록 기술
개발이나 경영기법·금융 등에서 국가가 돕는 범국가적 지원 체계를
갖추는 것이다.

국가 내 연구개발의 결과를 벤처 창업의 활성화로 연결시키기 위
해서는 각 권역별 중추 과학기술 대학원을 축으로 대학들과 전문 연
구소들을 연계한 '교육-연구 통합 그물망' 체계를 바탕으로 각 권역
내 '한국판 막스플랑크 체계'의 전문 연구소들이 창업 전이나 창업
후의 연구개발과 관련된 도움을 담당하게 하고, 그 외의 창업 및 운
영과 관련된 제반 애로사항은 '통합 그물망' 내의 원스톱 창업지원
센터를 통하여 도움을 받게 하면 될 것이다.

사람들을 열정적으로 창업에 나서게 하는 기업가적 정신의 함양
과 도전정신의 고취와 같은 사회적 여건의 조성은 이스라엘의 예를
참고할 수 있을 것이다. 특히 이스라엘이 세계를 앞서가는 창업국가
로 우뚝 설 수 있었던 중요한 요인 중 하나는 남녀가 공히 수행하는
의무 군 복무이다. 이스라엘 군에서는 문제 해결 능력을 함양시키는
다양한 교육 또는 훈련을 병사들에게 시킨다. 병사들이 군 복무를
마칠 때쯤이면 독자적 문제 해결 능력도 어느 정도 갖추게 되고, 이
러한 과정을 통하여 창의적 생각도 일깨운다고 한다.

이스라엘 군에서 병사들은 상급자들에게 문제 해결책을 요구하지
않고, 스스로 상황에 맞는 전략을 만들어 적용하는 것을 당연하게

여긴다고 한다. 지휘자는 최소한의 지침만 내리고 나머지 사항은 지휘를 받는 사람이, 비록 명령을 어기게 되는 일이 벌어질지라도 스스로 알아서 처리하도록 교육을 받는다. 이는 적은 수의 병력에 대한 대안으로 이스라엘이 유연한 조직의 군대를 만들어야 했기 때문이다. 즉, 계급 수를 줄이고 하급 지휘관에게 더 많은 권한을 이양하여 병사들에게 다양한 역할을 수행하게 함으로써 인력 수요를 최소화한 것이다.

그런데 이러한 방식은 벤처 창업 시에 요구되는 다양한 독자적 결정 과정과 유사한 경험을 제공함으로써, 병사들이 군 제대 후 창업에 도전하는 일을 쉽게 해주는 산실의 역할을 한다. 병사들은 군 복무 기간 동안 혹독한 자기 개발과 권한 이양 훈련을 통하여 다른 나라의 비슷한 또래들보다 독자적으로 문제를 해결하고 책임을 완수하는 경험을 훨씬 더 많이 쌓게 되는 것이다. 즉 위기 상황에서 스스로 판단하고 스스로 문제를 해결하도록 훈련받음으로써 이스라엘 병사들은 독자적인 문제 해결 능력을 제고시킨다. 이는 군대 내에서 벌써 벤처 정신의 싹을 키우는 것이다.

우리도 우리의 의무 군 복무 제도를 최대한 활용하여 군 복무가 병사들 개개인의 발전 기회가 되게 만들어야 한다. 창업의 씨앗이 될 창의적인 도전정신도 고양시켜야 한다. 우리는 군 복무 중 '국방교육'을 통하여 병사들의 기본 자질을 향상시킴과 아울러 이스라엘 군대처럼 자율적이며 독립적인 병영문화를 조성함으로써, 병사들이 군 복무 기간 동안 기업가적 정신의 바탕이 되는 도전정신과 창의적이고 독자적인 문제 해결 능력을 함양할 수 있도록 해야 한다.

임진왜란 당시 충무공 이순신 장군은 물적·인적 자원이 열악한 가

운데에도 휘하 구성원들의 지식을 최대한 활용한 철저한 분석과 그
들의 지혜를 최대한 모으는 심도 있는 논의를 통하여 백전백승의 전
략을 이끌어내며 왜적들을 물리쳤다. 이는 우리도 이스라엘 사람들
에 못지않게 혁신의 잠재력이 충분함을 보여준다.

이제 대한민국의 많은 젊은이들이 군 복무를 통하여 쌓은 도전정
신과 개척정신으로 '교육-연구 통합 그물망'이 가진 세계적 수준의
과학기술과 '한국판 막스플랑크' 전문 연구소의 지원을 발판삼아, 새
로운 첨단 분야에서 끊임없이 벤처기업을 창업하고 전 세계를 무대
로 활동하여 나간다면 질 좋은 일자리 창출은 물론 나라의 지속적인
발전도 담보할 수 있을 것이다.

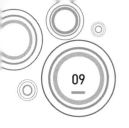

09

국가 보육·교육과 의료
— 복지국가에 이르는 길

2011년 대한민국의 자화상

기획재정부가 발간한 〈2011년 국가경쟁력보고서〉에 의하면 대한민국의 GDP는 1조145억 달러로 경제협력개발기구OECD 회원국 중 10위이다. 총외채 비중은 OECD 회원국 중 가장 낮았고, 외환보유액과 정부의 재정수지도 각각 2위와 4위였다. 특히 제조업 부가가치 비중은 OECD 회원국 중 1위, R&D 지출 비율은 4위*였다. 그리고 인구 100만 명당 특허 출원 수, 노동생산성 증가율도 1위를 기록하였다. 이는 생산 주체인 개인들의 경쟁력이 매우 우수함을 보여주고 있다.

반면, 국내총생산GDP 중 사회 복지 지출 비중은 OECD 회원국 중 33위, 소득 분배 불균형 수치인 지니계수는 20위였다. 청년층 고용률(29위), 임시직 근로자 비율(26위), 여성 고용률(52.6%)도 상당히 낮고, 전체 고용률(63.3%) 역시 21위에 그쳤다. 근로자의 연평균 근로

---

* 2012년 이후 〈국가경쟁력보고서〉는 발표되지 않았다. 이후 추세에 큰 변화는 없어 보이지만, 2012년 R&D 지출 비율은 OECD 1위가 되었다.

시간은 OECD 평균보다 450여 시간 더 많아 매달 37시간 정도 더 일하는 것으로 나타났다. 중산층의 비중은 1990년대에 70%대 중반에 이르렀다가 지금은 60%대 초반으로 10%p(퍼센트포인트) 이상 떨어졌다. 이는 열심히 일했음에도 빈곤층으로 떨어지는 사람들이 늘었음을 보여준다.

이와 같은 상황은 복지 부문의 취약과도 연결된다. 보건과 사회복지 분야의 고용 비중은 4.2%로 OECD 평균인 9.8%의 절반에도 미치지 못하였다. 고령화와 여성의 사회 참여 증가로 노인 요양과 보육 등 사회서비스에 대한 수요는 급증한 데 반하여 공급은 제자리걸음을 했기 때문이다. 인구 천 명당 의사 수 역시 OECD 최하위 수준으로 의료 서비스의 질 역시 낮게 나타났다. GDP 대비 공적연금 지출 수준(1.7%) 역시 최하위 수준이었다.

이상은 산업 생산의 주체인 개별 기업이나 국민 개개인의 경쟁력은 높지만, 나라를 이끌어가는 정치 지도자들의 의식과 사회 전반의 제도는 변화를 따라잡지 못하여 우리나라가 의료복지와 사회제도 등에서 아직도 OECD 회원국 평균보다 뒤처져 있음을 보여준다.

모든 사람이 병을 치료받을 수 있는 사회

진정으로 앞선 밝은 사회라고 한다면 사회의 구성원이 굶주리거나 병마에 시달릴 때 응당 도움을 받을 수 있어야 한다. 노인이나 어린이와 같은 약자를 보살피는 데 있어서도 사회 전체가 함께 책임질 줄 알아야 한다. 또한 교육을 받고 싶어도 돈이 없어 받지 못하는 그런 일은 벌어지지 않아야 한다.

나라가 안정적으로 발전을 지속하려면 국민들이 자신과 가족의 질병 치료, 그리고 자녀의 보육과 교육에 드는 부담에 짓눌리지 않고 안정된 가운데에서 힘껏 능력을 발휘할 수 있는 사회적 환경이 조성되어야 한다. 2011년의 자료에서 보듯이 대한민국은 그러한 환경에 도달하기까지 아직도 상당한 길을 더 가야 한다.

그렇다면 우리는 의료와 고등교육을 포함하여 국가 복지 체계를 어떻게 만들어 나가야 할 것인가?

북유럽 국가들은 복지 체계에 앞선 국가들로 항상 회자된다. 그들의 복지 체계와 상반되는 선진국의 예로는 미국을 생각할 수 있다. 북유럽 국가들과 독일·프랑스는 의료와 보육 그리고 교육을 국가가 책임지고 있으며, 미국을 제외한 대다수 선진국들 역시 이제는 북유럽 국가들을 모델로 따라가고 있다. 미국과 비슷한 방식을 취할 것으로 예상되는 캐나다와 영국에서도 의료는 무상으로 보장된다.

반면에 미국은 의료의 사각지대에 있는 사람들이 전 국민의 4분의 1에 이를 정도로 심각하며, 의료보험을 가지고 있는 사람들의 경우에도 중병에 걸릴 경우 다양한 이유로 보험회사에서 치료비를 보상해 주지 않는 경우가 적지 않게 발생하며, 엄청난 치료비 부담으로 파산하는 일들이 종종 일어난다. 대학교육이 무상인 북유럽 국가들과 달리 미국은 대학교육도 개인 부담이며, 세계 최고 수준의 높은 등록금 때문에 많은 수의 미국 대학생들이 경제적으로 파산지경에 이르고 있다. 이처럼 미국은 유럽의 복지 선진국들과 비교할 때 사회의 중요한 부문인 의료와 교육 모두 심각한 문제에 봉착해 있다.

최근 대한민국에서도 무상 의료 및 보육에 대한 논의가 활발해졌다. 보육은 이제 무상으로 가닥이 잡힌 듯하나, 의료에 대해서는 여전히 갑론을박 중이다. 한편에서는 여전히 무상으로 가면 재정 파탄이 일어나 나라가 망할 것이라는 주장을 제기하고 있다.

북유럽 국가들이나 독일·프랑스·영국 등 유럽의 선진국은 국민 모두에게 경제적 형편에 구애받지 않고 병을 치료받을 수 있는 실질적인 무상 의료 혜택을 제공하고 있다. 그리고 그 중 상당수 국가는 보육과 고등교육 역시 무상으로 제공하고 있다. 그러나 미국은 개척시대부터 내려온 적자생존의 생활 방식과 이를 당연시하는 사고방식이 아직도 많이 남아 있어 그러한 추세에서 비켜나 있다. 어쨌든 지금의 세계적 상황은 국가가 큰 역할을 하는 복지 지향적인 북유럽 국가들과 독일 등이 오히려 미국에 비해 작금의 세계 경제 위기를 더 잘 헤쳐나가고 있음을 보여준다.

북유럽 국가들과 독일·프랑스 등은 국민소득 수준이 매우 높은 선진국이다. 우리는 그들보다 아직도 국민소득 수준이 낮으며, 지금 우리가 그들을 그대로 따라 하는 것은 무리일 수도 있다. 그러나 미국은 그 나라들보다 소득 수준이 높거나 비슷하지만, 사회 복지 체계가 달라 국민들의 상당수가 의료나 고등교육 등의 혜택에서 소외되어 있다. 이는 소득 수준이 높다고 반드시 북유럽 국가들과 같은 사회복지 체계가 갖추어지는 것은 아님을 보여준다. 그 나라들은 상당히 오랜 세월에 걸쳐 그들의 철학에 따라 사회복지 체계를 가꿔왔다. 이제 우리도 우리의 현실을 염두에 두고 미래를 생각하며 우리 스스로의 철학을 세워 복지 체계를 가꾸어 나가야 한다.

여기서 우리가 염두에 두어야 할 점은 교육과 의료, 보육 등은 모두 사회 공공재의 성격을 띠고 있다는 점이다. 사회 공공재라 함은 해당 분야에 대해서는 국가와 사회가 나서서 공공의 이익에 반하여 개인 또는 단체가 사적인 이익을 취하지 못하도록 관리하여야 하는 분야를 뜻한다. 미국이 북유럽이나 독일보다 국민총생산에서 의료비의 절대 액수나 그 차지하는 비중이 훨씬 더 높음에도 불구하고 국민 전체를 대상으로 한 의료 보장의 정도가 훨씬 더 낮은 이유는 미국에서는 사적인 의료보험 회사들이 의료 시장을 장악하고 중간에서 엄청난 이득을 챙기기 때문이다.

우리나라의 복지 관련 제도들 역시 아직 북유럽과 독일 등에 비하여 제대로 갖춰져 있지 않다. 그래서 많은 사람들이 사적인 의료보험에 추가로 가입하고 있으며 이에 많은 비용을 지불하고 있다. 이러한 사적인 의료보험 영역에서는 사적인 보험회사들이 잇속을 챙기고 있음은 미국의 경우와 다를 바가 없다. 만약 우리가 그러한 사적인 의료보험에 투자되는 비용을 모두 공적인 영역으로 돌린다면 지금 투입되는 비용보다 더 적은 비용으로 국민 모두가 지금보다 더 나은 의료 혜택을 누릴 수 있을 것이다.

우리나라를 본떠 1995년 국민의료보험 제도를 도입한 타이완은 이제 우리보다 더 나은 전 국민 의료 보장 체계를 갖추고 있다. 우리보다 경제적으로 더 가난한 쿠바 역시 전 국민을 대상으로 한 의료 보장 체계를 완벽하게 갖추고 있다. 이는 의료 복지가 나라의 경제 형편에 절대적으로 의존하는 문제라기보다 그러한 제도를 어떻게 제대로 만들고 잘 시행할 것인가 하는 그 나라의 사회복지 철학과 정책 시행의 문제임을 보여준다.

그동안 우리 국민들의 생각도 많이 변했다. 우리나라뿐 아니라 머나먼 아프리카나 동남아, 인도 등에 사는 불쌍한 사람들을 돕는 사람들도 상당히 많아졌다. 우리나라에 사는 우리 국민이 가난하여 굶주리거나 병을 치료받지 못하고 죽어가는 것은 이제 우리 국민 절대 다수가 용납하지 않는다. 우리나라도 2000년부터 최저 생계비에 미달하는 소득을 가진 빈곤층에 대해서는 기초생활급여를 지급하여 생계를 유지하게 하고 있다. 지금 우리는 '가난은 나라님도 구제하지 못한다.'던 예전의 우리가 아니다.

우리나라에서 아직 시행되고 있지는 않지만, 우리 국민들은 이미 그 어느 누구라도 단지 가난하다는 이유만으로 치료도 받지 못하고 죽어가는 그런 상황이 있어서는 안 된다고 생각한다. 때문에 이제는 이러한 국민 일반의 생각과 우리의 경제 수준을 반영하여 돈이 있거나 없거나 상관없이 병을 치료받을 수 있는 체계를 만들어야 한다. 중병에 걸렸는데 치료비 때문에 치료를 받지 못한다거나, 치료는 받았지만 과다한 치료비로 파산을 하거나 빈곤의 구렁텅이로 빠지는 경우 등이 생기지 않도록 우리는 우리의 의료복지 체계를 확실하게 개선하여야 한다.

미국 역시 의료 부문에서의 공공성이 부족함을 뒤늦게 깨닫고 의료복지 체계를 고치려 하고 있다. 그러나 국민들이 가지고 있는 기존의 타성적 생각과 사기업들의 이해관계에 얽매여 그 진전이 더디고 사회적 반발이 거세다. 미국의 오바마 대통령은 기존의 사적인 의료보험 제도를 개선하여 공공재적 성격을 갖추게 하려고 새로운 의료보험 제도 도입을 추진하고 있다. 약간의 진척이 있는 듯하지만, 기존의 견고한 이익집단들과 미국 개척 시대부터 면면히 이어온 적자생존의 사고방식 때문에 빠른 진척은 쉽지 않아 보인다. 이와 같이 답답한 미국의 예를 우리는 반면교사로 삼아야 한다. 우리는 북유럽 국가들과 같이 의료와 교육의 공공재적 성격을 강화하여 미국과 같은 상황이 우리나라에서 일어나지 않도록 해야 한다.

우리는 '공공재'라는 개념을 거창하거나 어렵게 생각할 필요는 없다. 우리 민족은 이미 전통적으로 품앗이나 계를 통하여 어려운 일들을 서로 도우면서 해결하여 왔다. 국민 의료보험은 국민 모두가 함께 의료비에 대한 계를 든 것이라고 생각할 수 있다. 다만 돈을 낼 경제적 형편이 안 되거나 자신의 몫만큼 다 낼 수 없는 사람들의 경우에는 정부가 국민에게서 거둔 세금으로 그들이 내야 할 부족한 곗돈의 일부를 내주는 것이라고 생각하면 된다. 동시에 돈을 많이 버는 사람들의 경우에는 자신의 잉여 소득 중 조그만 부분을 의료보험료의 형태로 국가에 더 납부하여 가난한 이웃을 위하여 부족한 재원을 채워주는 상부상조의 정신을 실행하는 것으로 생각하면 된다.

우리의 품앗이 정신이 대한민국 의료와 교육의 공공재적 성격을 구체적으로 어떻게 강화시킬 수 있을까?

먼저 우리 사회에서 의료비가 어떤 방식으로 지출되는지 생각해 보자. 돈이 많은 사람들은 여러 가지 사적인 의료보험을 추가로 들어서 모든 비용을 충당한다. 그렇게 할 수 없는 대다수 일반 사람들은 국민의료보험과 자신의 개인 비용으로 의료비를 충당한다. 이들 중 저축한 돈이 없거나 경제적 여유가 없는 사람들은 암이나 중병에 걸려 과중한 치료비를 부담해야 하는 경우, 치료를 아예 포기하거나, 치료비 마련을 위해 집을 팔거나, 또는 과다한 빚 때문에 파산 지경에 이르러 빈곤의 구렁텅이에 빠지게 된다. 빈곤 계층의 경우는 국민의료보험으로 국가에서 부담하는 아주 기본적인 치료만 받거나 아예 병을 고칠 엄두를 내지 못하고 치료를 포기하게 된다.

이처럼 병에 걸렸을 때 치료를 받지 못하거나, 과중한 치료비 부담으로 경제적 난관에 봉착하여 정상적인 생활을 영위할 수 없게 되는 사람들이 생겨나는 현실을 21세기의 대한민국은 더 이상 방치할 수 없다. 우리 국민의 의식 수준은 이제 그러한 상황이 벌어지는 것을 더 이상 용납하지 않는다.

사실 우리 국민의 이러한 의식 변화는 그리 오래되지 않았다. 우리가 시곗바늘을 수십 년 전으로 되돌려 1950~1960년대 시절로 돌아가 보면, 그 당시는 보릿고개에 굶주리는 사람들이 많았다. 그럼에도 이는 어쩔 수 없는 일로 치부되었고, 국가나 사회는 굶주리는 국민들을 거의 방관하였다. 그러한 상황 인식에서 지금과 같은 생각으로, 참으로 많은 의식의 변화가 우리 사회에 일어났다. 가난은 국가도 어쩔 수 없다던 그러한 인식에서 이제는 가난한 사람들의 생계비는 국가가 지원해주는 것이 당연하다고 생각하게끔 되었다.

조선시대까지 우리는 '가난은 나라님도 구제 못 한다.'고 철두철미 믿어왔다. 미국 사람들 역시 개척시대를 거치며 적자생존의 생활방식을 당연하게 여기게 되었다. 그러나 미국에서는 19세기를 거치며 신흥 산업자본가들이 엄청나게 부를 쌓는 과정에서 시장을 독점하고 노동자들을 인간 이하로 취급하며 착취하는 일이 벌어지자, 20세기 들어오며 반독점법과 근로기준법 등을 통하여 부유한 자본가들의 힘을 통제하고 그들의 횡포에 맞서 소기업과 근로자도 공정한 사회에서 행복하게 살아갈 수 있는 기틀을 마련하였다.

우리나라에서는 기본 인권의 보장 차원에서, 21세기가 시작된 2000년부터 김대중 정부 하에서 우리 역사상 처음으로 가난한 사람들의 생계를 보장하는 '국민기초생활보장법'이 시행되었다. 비록 선진국들에 비해 한참 뒤처지긴 하였지만 빈곤은 국가도 어쩔 수 없다는 오래된 인식의 틀을 깨고 국민의 삶에 대한 국가의 책무를 처음으로 확인한 획기적인 변화였다.

이와 같은 변화처럼, '무상 복지'가 국가 재정을 파탄낼 것이라는 일부의 주장 역시 조만간 시대에 동떨어진 생각으로 여겨질 수 있다. 사실 '무상 복지'는 그 자체가 잘못된 용어라고 할 수 있다. 의료비나 보육비 등을 국가가 부담하고 개인은 비용을 직접 부담하지 않으므로 '무료'라고 주장할 수 있으나 이는 엄연히 국민의 세금이나 국민의료보험료에 의해서 지급되는 것이다. 아무런 대가없이 무상으로 이러한 복지가 실현될 리 없음은 너무나 당연하다. 그것은 의료가 되었든, 보육이나 교육이 되었든, 노후 보장이 되었든, 모두 마찬가지이다.

복지를 시행하기 위해서는 엄청난 재원이 요구되며 이는 전체 국민의 피와 땀에 의한 세금으로 이루어진다. 따라서 복지 체계를 갖추기 위해서는 전 국민적 합의와 지지가 필요하며, 국민들은 상응하는 대가를 치러야 한다. 그 대가는 바로 세금이나 국민의료보험료 등의 인상이다. 그럼에도 국가에 의한 공공복지 체계를 선호하는 이유는 의료나 보육 또는 교육과 같이 국민 모두에게 필수적인 서비스를 개인이나 사적인 단체에 맡겨 일부 사람만이 이익을 취하고 나머지 모든 국민이 손해를 보는 피해를 막기 위해서이다. 이러한 생각은 바로 상부상조하는 우리의 품앗이 정신과도 일맥상통한다. 때에 따라 여유 있는 사람들이 힘든 사람들은 돕는다는 것이 바로 그것이다.

실제로 사적인 이익집단의 관여를 막고 의료 기관들을 공공의 감시 하에 효율적으로 운영하면 국가의 총 의료비용은 훨씬 더 줄어든다. 이를 반증하는 대표적인 예가 바로 현재 미국의 의료체계이다. 개인과 공공의 의료비 지출을 모두 합한 국민 1인당 총 의료비용은 미국이 독일·프랑스·영국 등 유럽의 그 어떤 나라보다도 훨씬 많다 (1.5~2배). 그러나 국민들의 의료 만족 지수나 실질적인 의료 혜택은 오히려 훨씬 뒤떨어진다. 이는 의료의 공공재적 성격을 무시하여 사적인 의료보험 회사와 영리병원의 배만 불리는 미국 의료체계의 문제점을 여실히 보여준다.

북유럽 국가들은 그전의 상식으로는 가능하지 않다고 여겨졌던 사회복지에 대한 여러 생각을 수십 년에 걸쳐 차근차근 실현해 오면서 지금과 같은 튼튼한 복지국가를 건설해 냈다. 그 결과 그들은 작금의 세계 경제 위기도 세계에서 가장 잘 견디어내고 있다. 이는 든든한 사회복지 안전망에 의하여 나락으로 굴러 떨어지는 구성원이 생기지 않게 함으로써 사회와 경제가 안정적인 상태를 유지할 수 있기 때문이다.

우리 국민들은 이제 우리 사회 구성원 중 누구라도 돈이 없어 병을 치료받지 못하고 죽어가는 상황은 용납하지 않는다. 따라서 논의의 초점은 할 것이냐 말 것이냐가 아니라 어떻게 경제적 형편에 상관없이 누구나 병을 치료받을 수 있게 할 것인가에 맞춰져야 한다.

쿠바는 우리보다 훨씬 못사는 나라지만, 전 국민에게 의료는 무료이고 의료의 시혜 수준 또한 높다. 어떤 사람들은 쿠바가 공산주의 사회이기 때문에 그것이 가능하다고 주장할 수 있다. 그러나 공산국가의 의료 체계가 모두 쿠바만큼 잘 되어 있는 것은 물론 아니다. 쿠바는 자신들만의 의료복지 체계를 수십 년의 긴 기간에 걸쳐 꾸준히 만들어 왔다.

쿠바의 예는 아주 잘사는 나라가 아니라도 국가의 정책에 따라 모든 국민에게 양질의 의료 혜택을 누리게 하는 것이 가능함을 시사한다. 우리가 그들의 경우를 참고하여 우리 현실에 맞는 방안을 강구한다면 그들보다 경제적으로 잘사는 우리의 경우 훨씬 더 수월하게 그 방법을 찾을 수 있을 것이다.

쿠바에서는 모든 사람에게 필요한 만큼 치료를 해주며 비용은 국가가 부담한다. 만약 쿠바가 미국과 같은 사설 의료 체계를 가졌다면 전 국민을 대상으로 한 그러한 무상 의료는 엄청난 비용 때문에 불가능할 것이다. 그들은 국가의 의료 수요를 감당할 충분한 수의 수준 높은 의료진을 국가가 나서서 양성하고 그들로 하여금 모든 환자들을 치료하게 하여 의료비용을 최소화하였다. 사적인 의료보험이나 병원 등이 이득을 취할 여지가 전혀 없고 국가에서 양성한 의사들에게 미국처럼 지나치게 높은 보수를 지급하지 않아도 되어 실제 의료비용을 대폭 낮출 수 있었다. 이러한 연유로 쿠바는 나라의 경제적 수준이 미국보다 훨씬 낮음에도, 미국도 하지 못하는 전 국민 무상 의료를 완벽하게 시행할 수 있게 된 것이다.

그들은 의료진을 선발할 때부터 부를 얻는 것이 목적이 아니라 철저히 의료 봉사를 하겠다는 생각을 가진 사람들을 선발하고, 대학 과정은 물론 전문의 과정까지 철저히 교육을 시켜서 배출한다. 높은 경쟁률을 뚫고 선발된 잘 훈련된 우수한 의료 인재들은 히포크라테스 정신에 따라 오지나 국가가 필요로 하는 어떤 곳에서도 주저함이 없이 충실히 근무한다고 한다. 이렇게 육성된 쿠바의 우수한 의료진들은 자국뿐만 아니라 중남미·동남아 등 그들을 필요로 하는 세계

각지의 재해 지역에서도 그 어떤 나라보다 더 활발하게 의료 구호 사업을 한다. 이는 매스컴을 통하여 잘 알려진 사실이다. 다수의 의사 지망생들이 경제적 안락함과 부를 쌓기 위해 그 직을 희망하고, 도시가 아닌 시골에서는 근무하기조차 꺼리는 미국이나 우리의 실정과는 크게 대비된다.

공산 국가가 아닌 우리나라에서 쿠바와 같이 의료의 모든 것을 공공화하기는 쉽지 않을 것이다. 그러나 영국이나 독일, 프랑스 등의 경우도 미국과 달리 모든 국민에게 의료 혜택을 보장하고 있다. 오직 미국만이 의료를 사적인 이익 추구의 장으로 방치하고 있을 뿐이다. 그렇다면 우리는 어떻게 해야 할 것인가?

먼저 의료진의 양성에 있어서, 우리도 의대나 의학전문대학원에 일정 쿼터를 두어 쿠바와 같이 순수한 히포크라테스 정신으로 스스로 봉사하고자 하는 사람들을 국가에서 선발하여 전공의 수련까지 시킨 후 상당한 기간 동안 오지나 벽지에서 근무하게 하는 것이다. 이렇게 되면 높은 등록금 때문에 경제적 여유가 있는 사람들만 의사가 되기 쉬운 지금의 사회적 불평등도 보완할 수 있고 의사들이 가려 하지 않아 의료 취약 지구가 늘어나는 우리의 현실적인 문제도 타개할 수 있을 것이다.

다음으로 의료비용의 문제에서는 의료의 공공재적 성격을 확실히 하여 의료 행위가 사적인 이익 추구의 장이 될 수 없게 해야 한다. 이를 위해서는 국가 의료보험 체계를 북유럽이나 서유럽 국가들과 같이 공공화 하여 사설 보험회사들이 국가의 기반 의료 분야에서 이득을 취하는 일이 없게 만들어야 한다. 의료진에게는 물론 그들이 전문 지식을 획득하기 위하여 투자한 수고와 비용, 그리고 그들의 치료 행위에 대한 정당하고 적정한 보수가 주어져야 한다. 하지만 의료법인이나 의료보험 회사들이 국가 의료체계의 중추적인 부분에 서서 이득을 취하는 일은 막아야 한다.

영국의 경우 사회의 일반적 인식은 미국과 더 가깝다고 여겨지지만, 독일·프랑스·캐나다 등과 마찬가지로 전면적인 '무상' 의료보장 체계를 유지하고 있다. 세금에 의한 국가 재정으로 전 국민의 의료 혜택을 보장하고 있지만, 부유한 사람들의 경우 개별적인 추가 부담을 통하여 민간 의료보험이나 민간 의료 기관을 통한 진료도 가능하다고 한다. 영국의 대다수 의사들은 공공 의료체계에 속해 있는데, 자신의 교육과 훈련에 투자된 시간과 노력에 상응하는 적정한 보상을 받으면서 그들 대부분이 공공 의료체계에 종사하는 것에 만족해하고 있다고 한다.

타이완은 한발 앞서 시작된 한국의 국민의료보험 제도를 벤치마킹하여 1990년대 중반부터 국가 의료보험 제도를 시작하였다. 하지만 지금은 치과와 한방까지 포함한 모든 의료 분야에서 전 국민에게 필요한 의료 혜택을 우리보다 더 잘 보장하고 있다. 물론 이렇게 잘 보장된 의료 혜택을 위하여 타이완 국민들은 우리보다 더 높은 의료보험 부담금을 납부한다. 하지만 타이완 국민들은 자국의 의료보험 제도에 대하여 매우 만족스럽게 생각한다고 한다.

우리도 이러한 사례들을 참고삼아 우리의 제도를 개선할 수 있을 것이다. 빈곤층과 저소득 계층에게는 국가의 재정 부담으로 보험료와 진료 직접부담금을 면제하거나 소득 수준에 맞추어 경감하고, 의료보험료는 적정하게 올리되 치료비 개인 부담 상한선을 정하여 중병의 경우에도 파산이나 빚더미에 앉게 되는 일이 없이 안심하고 치료받을 수 있는 방안을 마련하여야 한다.

이제 우리 주변에서도 많은 사람들이 '나눔'의 정신을 외치고 있다. 우리 사회의 연예인 등 유명 인사들 중에도 우리나라를 뛰어넘어 멀리 아프리카와 인도 등지의 가난한 아이들과 이웃들에게까지 혜택의 손길을 내미는 사람들이 많다. 하물며 함께 생활하며 사는 내 나라의 어려운 이웃에게 도움을 주는 약간의 추가적인 부담은 같은 사회의 구성원이자 더 여유가 있는 사람들이 응당 감내해야 할 사안일 것이다. 이처럼 모두가 서로를 돕는, 우리에게 전래하는 품앗이의 미덕을 발휘할 때 우리의 후손들은 더 좋은 사회에 살게 될 것이다.

모든 사람이 원하는 만큼 배울 수 있는 사회 - 고등교육의 무상화

세계의 대다수 선진국들은 고등학교까지 의무교육을 실시하고 있다. 북유럽 국가들과 독일·프랑스 등은 여기서 한 발 더 나아가 대학 과정 교육도 무상으로 실시하고 있다. 즉 원하는 사람 누구나 수학할 능력이 되면 대학에 무상으로 다니게 하고 있다.

대한민국에서도 고등학교까지의 의무(무상)교육은 그 전면적 시행이 예정되어 있다. 이제 공교육의 비용과 관련되어 남아 있는 문제는 대학(고등교육)의 학비 부담을 어떻게 할 것이냐 하는 것이다. 이 문제는 이미 '반값등록금'으로 우리 사회에서 이슈화 되었다. 국민들의 폭발적인 관심에 따라 2012년 대선에서 정치 지도자들은 너나 할 것 없이 '대학 반값등록금' 정책을 공약으로 제시하였다. 하지만 여전히 제대로 된 실현은 멀어 보인다.

사실 이 문제의 본질은 첫째, 대학의 학비를 '수혜자 부담 원칙'에 따라 국민 개개인의 부담으로 남겨놓을 것인가, 아니면 국가의 인재 양성과 교육의 평등권 차원에서 국가가 부담할 것인가 하는 것이다. 둘째, 국가가 부담한다면 어느 정도까지 부담해야 할 것인가이다.

만약 첫 번째 사안에서 국가가 부담하기로 결정이 나면 두 번째 사안은 당연히 필요 없게 된다. 다만 국가가 재정적으로 당장 모든 부담을 감당할 수 없을 때는 차츰 국가 부담을 높여가는 과정에서 생기는 과도기적 문제가 될 수 있다.

아직까지 우리 국민은 이 문제에 대해 국민적 합의에 이른 바 없다. 하지만 우리 국민의 의사는 이미 대체로 결정되어 있지 않나 싶다. 만약 수혜자 부담 원칙을 따라야 한다면, 개인적인 의사에 따라 다니는 대학의 학비를 정부에서 보조해야 할 이유는 없다. 반면, 지금 국민의 다수와 정치 지도자들 대다수가 '반값등록금'을 지지한다는 사실은 대학의 학비도 상당 부분 국가가 책임져야 한다는 국민적 여망의 반영이라 아니할 수 없다.

사실 이것은 어찌 보면 당연한 일이다. 대한민국에서 대학진학률은 2000년대 들어 80% 대를 뛰어 넘었다가, 근래에 다소 주춤해져 70% 대를 오르내리고 있다. 이는 세계 최고 수준이다. 이러한 높은 대학진학률은 대학교육이 이제 대다수 사람들이 이수하는 교육으로 대한민국에서 일반화되었음을 뜻한다.

어떤 교육과정이 일반화되면, 그때부터는 국가가 나서서 그 교육 과정을 관장해야 한다. 이는 중등교육이 의무교육으로 바뀌는 예에서도 알 수 있다. 예전에는 중학교나 고등학교 모두 개인의 의사에 따라 학비를 내고 학교에 다녔다. 그러나 거의 모든 사람들이 중학교와 고등학교를 다니는 일반화 과정을 거친 후 우리나라에서도 이들 교육과정을 의무(무상)교육으로 전환했거나 전환하는 중이다. 이는 우리나라의 경우 이제는 대학 과정도 국민의 교육 불평등이 없게 국가가 나서야 함을 시사한다.

물론 대학 과정은 의무교육이 아니고 개인의 선택에 따라 자발적으로 다니는 과정이므로 모든 사람이 대학에 가야 할 필요는 없다. 그러나 국민 대다수가 대학에 진학하는 우리나라와 같은 경우에는 대학교육도 초·중등 교육과 마찬가지로 사회의 '공공재'로 생각해야 한다. 이처럼 대학교육이 일반화 단계에 이르러 사회의 '공공재'로 여겨야 할 상황에서는 교육에서의 불평등을 방지하기 위해서도 수학 능력이 되는 사람의 경우 원하는데도 불구하고 경제적인 사유로 대학에 가지 못하는 그러한 일이 생기지 않도록 국가가 그 역할을 다해야 한다.

그렇다면 대학에 가고자 하는 사람들을 어떻게 모두 경제적인 부담 없이 대학에 다니게 할 수 있을 것인가?

이에 대한 해결책은 핀란드나 독일·프랑스 등에서 행해지는 무상 고등교육 체계를 참고할 수 있을 것이다. 핀란드는 본인이 원하면 박사학위 과정까지도 무상으로 이수할 수 있다. 독일에서는 대학이 생겼을 때부터 지금까지 수 세기 동안 한 번도 대학 등록금을 징수한 적이 없다고 한다. 왜 그들은 수백 년 전 처음 대학을 세울 때부터 등록금을 아예 없게 하였을까? 그 이유는 대학교육을 공공재로 생각하여 나라의 인재를 길러내는 일에 국가의 투자는 당연하다고 여겼기 때문이다.

우리도 이처럼 공공재의 관점으로 대학교육을 생각하여 무상화할 수 있겠으나, 우리의 출발점은 그들과 다른 만큼 지금 우리의 상황에서부터 일단 생각해보자.

현재 대한민국의 대학이나 전문대학은 최하위 소득의 사람들을 제외한 모든 사람들이 등록금을 내어 운영된다. 경제적으로 대학 등록금을 내기 어려운 소득 하위 계층의 사람들에게는 국가가 대학 등록금을 지원하고, 나머지 모든 사람들에게는 대학 등록금을 내게 하는 것이다. 이는 등록금을 내는 사람들 모두에게 등록금 대신 국가가 세금을 그만큼 더 받고, 대학교육의 모든 비용을 국가가 전액 부담하는 것과 다를 바 없을 것이다.

이는 결국 대학 등록금을 지원받는 소득 하위 계층을 제외한 전 국민을 대상으로 국가가 대학 운영에 필요한 세금을 더 걷고 대학교육의 모든 비용을 부담해도 재정상 달라질 것은 없음을 의미한다. 만약 국가가 이렇게 등록금을 세금으로 걷고 이러한 일이 매년 되풀이 된다면, 거의 모든 국민이 대상자가 되는 상황에서는* 등록금에 해당하는 세금을 본인이나 자녀가 대학에 다니는 짧은 기간 동안에 모두 몰아서 내지 않고 평생에 걸쳐 나누어 내도 국가 재정에 별다른 영향을 주지 않을 것이다. 반면 이러한 방식은 교육 수요자인 국민 개개인의 부담은 크게 줄여줄 것이다.

이는 마치 국가가 우리 전통적인 계에서의 계주와 같은 역할을 하는 것에 해당한다. 자신이나 가족 또는 친지가 대학에 다닐 때에 대비하여 조금씩 세금으로 적립했다가 실제로 대학에 다닐 때 등록금을 납부하는 것과 같으므로, 평상시 곗돈을 조금씩 넣다가 큰돈이

---

* 본인이 대학에 다니지 않아도, 본인이 학비를 부담하는 자녀나 가족들 대다수가 대학에 진학하는 경우를 포함.

필요할 때 계를 타서 쓰는 우리네 전통의 계와 다를 바 없을 것이다. 물론 이러한 일은 국가가 그 비용을 세금으로 걷어 국가가 고등교육 비용 전체를 관리하게 될 때에 가능하다.

국가 전체의 절대적인 총비용 측면에서도 국가가 고등교육 비용을 모두 세금으로 거두고 국가가 일괄 관리하는 경우 그 비용은 크게 절감될 수 있다. 이는 마치 국가 의료보험 없이 사람들이 개별적으로 의료비를 지불하는 것보다 국가 의료보험 체계를 갖추었을 때 총비용이 훨씬 덜 드는 것이나 마찬가지 이치이다.

예컨대 우리 중등교육 과정을 지금처럼 국가가 나서서 모든 비용을 관리하지 않고 현재의 대학교육 과정처럼 방임하였더라면, 사립 학교들이 많은 우리의 현실에서 중등교육에 들어가는 총비용은 지금보다 훨씬 더 커졌을 것이다. 최근 이슈가 되고 있는 보육의 경우에도 우리나라의 경우 사설 어린이집·유치원이 차지하는 비율이 매우 높다. 이로 인하여 보육비는 매우 비싸지만 보육의 질은 오히려 만족스럽지 못하다. 반면에 대다수 선진국에서는 공공 보육 시설이 주류를 이루고 있어 보육비 부담도 적을 뿐 아니라 부모들의 만족도 또한 높다.

이는 교육이나 보육, 그리고 의료 등 공공재의 운영에 개인이나 사적인 단체가 참여하게 되면 자연히 이익을 목적으로 운영을 하게 되므로 전체 국민이 그에 따르는 피해를 입게 되는 것이다. 따라서 국민 대다수가 고등교육을 받는 경우, 국가가 고등교육 비용을 세금으로 걷고 대신 고등교육을 소위 '무상화' 하는 것은 교육 수요자인 국민 개인이나 교육에 드는 총비용이 절감되는 국가 모두에게 득이 된다.

다만 여기서 총비용의 감소를 실현하기 위해서는 지금 중등교육
과정처럼 고등교육 과정도 국가가 나서서 모든 재정을 관리해야 한
다. 그런데 고등교육 예산의 국가 관리는 우리나라 고등교육의 혁신
을 위해서도 필요한 사안이다.

현재 우리나라 대학생의 80%는 사립대학에 속해 있다. 그런데 현
재 대다수 사립대학들은 학생들이 내는 등록금으로 학교 운영의 거
의 모든 비용을 충당한다. 반면 국립대학들은 학교 운영에 필요한
모든 재정을 국가가 지원하므로 등록금을 더 낮게 책정할 수 있다.
즉, 국립대학들의 경우 국가가 국민들로부터 세금을 걷어서 그 돈으
로 학생들의 학비를 일부 지원해 주는 것이라고 할 수 있다. 사실 이
러한 방식은 우리 정부가 고등학교 과정에도 적용하고 있다.

현재 고등학교 과정은 농·어촌 지역에서 무상이지만, 도시 지역에
서는 아직도 등록금을 내야 한다. 그러나 대학 과정과는 달리 학생
들은 사립학교에 다니든 공립학교에 다니든 모두 같은 액수의 등록
금을 낸다. 물론 학생들이 내는 등록금은 학교를 운영하기에 턱없
이 부족한 액수이므로 사립 고등학교 역시 공립 고등학교와 마찬가
지로 부족한 운영비용 모두를 국고로 지원받고 대신 정부의 관리감
독을 받는다. 이는 비록 우리나라에서 아직 고등학교의 무상 교육이
완전히 실현되지는 않고 있지만, 이미 일반화된 고등학교 과정은 국
가가 나서서 모든 국민에게 평등하게 지원해야 한다는 인식이 사회
저변에 깔려있기 때문이다.

지금 정부가 실현하겠다는 대학의 '반값 등록금' 역시 실제 내용은
학생들이 내야 하는 우리나라 대학 등록금 총액의 절반을 '국가장학
금' 명목으로 학생들에게 지원하여 학생들의 (평균적인) 부담을 반으

로 줄여주겠다는 것이다. 이는 곧 우리나라 대학 전체 등록금에 해당하는 액수의 절반만큼을 국민들에게 세금으로 걷어 대학생들의 학비를 보조해 주겠다는 것이다.

이미 '반값 등록금'은 우리나라 여야 정치권 모두가 지지하는 정책이 되었다. 만약 우리가 그로부터 한 발짝 더 나아가 등록금의 반이 아닌 모두를 세금으로 걷어 정부가 모든 대학의 운영비용을 지원한다면, 국립대학과 사립대학에 다니는 모든 학생들이 등록금을 내지 않아도 된다.

다시 본론으로 돌아가, 국가의 재정을 악화시킬 것이므로 득이 되지 않으리라는 피상적인 인식과 달리, 대학교육의 '무상화'는 앞에서 살펴본 것처럼 국가나 국민 모두에게 재정적으로도 득이 될 수 있다. 여기에 더하여 고등교육의 모든 예산을 정부가 관리하게 되면 우리에게 반드시 필요한 대학의 혁신에 사립대학도 동참시킬 수 있다.

대학의 혁신은 다가오는 새로운 세상에 대비하기 위해 우리에게 반드시 필요하다. 새로운 시대에 부존자원이 없는 우리가 생존을 담보하기 위해서는 우리 국민을 모두 우수한 인재로 길러내야 하는데, 이를 달성하기 위해서는 국민 대다수가 진학하는 대학들의 획기적 수준 향상이 불가피하다. 그런데 우리 대학생의 80%는 사립대학에 속해 있다. 여기서 문제는 재정적인 여력이 없는 대다수 사립대학들을 어떻게 혁신할 것인가이다.

국립대학들은 혁신에 필요한 만큼 국가가 지원을 늘리면 된다. 그러나 대다수 사립대학들은 학생들의 등록금에만 의존하는 독자적인 운영으로 혁신에 필요한 재원을 마련할 방법이 딱히 없다. 결국 우리 대학들의 수준을 향상시키기 위해서는 국가가 나설 수밖에 없다.

사립대학에도 국가가 나서서 혁신에 필요한 예산을 전폭 지원하게 되면, 국립대학과 마찬가지로 운영 예산의 국가 관리감독은 피할 수 없다. 이는 한편으로 사립대학 운영의 투명성을 제고하여 대학 운영의 효율성도 높여줄 것이다. 따라서 대학들의 혁신을 통한 수준 향상과 함께 효율적인 운영으로 고등교육의 전체 비용도 절감하는 일석이조의 효과를 거둘 수 있을 것이다.

여기서 우리가 주목해야 할 점은 고등교육에서 차지하는 사립대학의 비중이다. 선진국 가운데 사립대학의 비중이 가장 높다는 미국의 사립대학 학생 비중은 30% 정도이다. 반면 대한민국의 사립대학 학생 비중은 80%로 높아도 너무 높다. 이는 한편으로 고등교육을 이수하는 국민에 대한 국가의 지원이 우리나라가 다른 선진국들에 비해 턱없이 낮음을 의미한다.

미국의 공립대학은 해당 지자체나 정부로부터 많은 지원을 받아 등록금이 사립대학에 비해 훨씬 낮다. 이는 대한민국에서도 매한가지이다. 그러나 대한민국의 경우 사립대학의 학생 비율이 미국보다 월등히 높으므로 이는 우리 국가나 사회가 미국에 비해 대학생들의 학비를 지원해 주는 정도가 훨씬 낮음을 뜻한다. 이러한 관점에서 보더라도 우리나라의 고등교육에 대한 지원 확대는 불가피하다.

세계적 추세로 되어가는 평생교육의 확산으로 앞으로 고등교육 이수율*은 점점 더 높아질 것이다. 이는 평생교육 체계가 사회 전반에 걸쳐 활성화된 북유럽 국가들의 통계에서도 확인되고 있다. 우리

---

* 고등교육 이수율은 대학 또는 전문대학 과정을 이수한 사람들의 비율이고, 대학진학률은 대학 또는 전문대학에 진학하는 사람들의 비율로 동일한 연령대에서도 서로 다를 수 있다.

나라에서는 평생교육 체계가 아직 크게 활성화되지 않았지만, 우리 사회도 역시 그런 방향으로 나아갈 것이기에 향후 우리나라의 고등 교육 이수율 또한 더 높아질 것이다.

사실 북유럽 국가들이나 독일, 프랑스의 대학진학률은 우리보다도 훨씬 낮다. 그럼에도 그들은 대학은 물론 나라에 따라서는 심지어 대학원 과정까지도 국가에서 무상으로 지원하고 있다. 이는 모두 나라의 인재를 양성한다는 국가적 목적과 교육에서의 기회 평등을 기하기 위해서이다. 따라서 이미 대학교육이 세계에서 가장 먼저 일 반화된 대한민국은 이제부터라도 이들 국가들처럼 고등교육의 비용을 국가가 떠안아 나라의 인재들을 육성함과 동시에 교육에서의 기회 평등을 국민에게 보장하여야 한다.

보육과 노후 그리고 주거 문제가 해결된 사회

사람들에게 지금의 시대정신을 묻는다면 단연 '민주'와 '복지'를 들 것이다. 이제 어느 누구도 국민 다수의 뜻에 의한 민주주의를 부정할 수 없게 되었고, 가난 때문에 굶주리거나 거처할 곳이 없다거나 병을 치료받지 못하고 교육받지 못하는 그러한 일들이 일어나서는 안 된다고 생각하기 때문이다. 이제 사람들은 그에 대한 책임을 국가와 사회 모두가 져야 한다고 생각한다. 민주와 복지라는 이 두 명제는 이제 지구촌 모든 사회의 기본 전제가 되었다고 할 수 있으며 앞으로 시대가 흘러도 변하지 않을 것이다.

대한민국에서도 2000년부터는 '국민기초생활보장법'이 실시되어 빈곤층에 대한 최소한의 생계를 보장하게 되었다. 굶주림에서 벗어날 수 있는 자유를 나라로부터 보장받은 것은 반만년이 넘는 우리 역사에서 처음 있는 매우 획기적이고 대단한 일이었다.

하지만 아직도 대한민국의 국민들 중 상당수는 소득에 비해 턱없이 높은 주택 가격과 임대료로 인하여 주거로 인한 불안과 불편을 겪고 있다. 주거는 사람이 살아가는 데 필요한 세 가지 필수 요소인 의·식·주 중의 하나이다. 우리 헌법이 보장하는 인간다운 삶을 살기 위해서도 안정적인 주거 환경은 반드시 필요하다. 따라서 주거의 문제도 이제는 의료나 교육과 마찬가지로 사회 공공재라는 관점에서 그 해결책을 찾아야 한다.

주거와 관련된 사안이 우리에게 이처럼 사회문제화 된 큰 요인 중 하나로는 한동안 우리 사회에 만연했던 부동산 투기를 들 수 있다. 만약 사람들이 주거 시설을 부를 축적하는 수단으로 여겨 투기의 대상으로 삼게 되면 주택 가격은 상승의 악순환을 일으키고, 대다수 사람들에게 주택의 구입은 더 어려워진다. 이러한 일을 막기 위해서는 적어도 서민들이 거주할 주택에 대해서는 사적인 이득을 얻으려는 개인들의 투기가 끼어들지 못하게 해야 한다.

투기만 막는다고 서민들이 모두 집을 마련할 수 있는 것은 아닐 것이다. 경제적 여유가 없어 주택을 마련하기 어려운 사람들을 위해서는 국가가 지자체나 공공기관으로 하여금 정책적으로 주택을 싼 가격에 서민들에게 공급하고, 구매를 할 수 없는 사람들에게는 장기 임대주택을 공급하는 방법을 고려해야 한다. 물론 이러한 서민용 공공주택의 경우 개인들끼리 임의로 사고팔지 못하도록 국가나 공공기관이 매매를 관장하고, 공공주택을 가지고 개인이 이득을 취하는 일은 없도록 해야 한다. 그렇게 해야 주택이 필요한 다른 실수요자에게 공공주택의 혜택이 돌아갈 수 있다. 싱가포르는 이미 이와 같은 제도를 시행하여 경제적인 여유에 상관없이 모든 국민들이 적어도 주거의 걱정에서는 벗어났다고 한다. 프랑스나 독일 등 유럽의 선진국들 역시 저소득층을 위하여 임대주택을 활성화하고 그 임대료의 상당 부분을 국가에서 지원하여 주거 문제를 해결해 나가고 있다.

이제는 대한민국도 이들 국가들처럼 국가 차원에서 청년이나 저소득 계층처럼 경제적 여유가 없는 사람들을 위하여 공공주택을 늘리고 임대료를 지원하여 국민들의 주거 생활 향상에 나서야 한다. 또한 중산층의 주거 안정을 위해서는 부동산 관련 투기를 엄격히 차단하여 실수요 주택들의 가격에 거품이 끼지 않도록 해야 한다.

토지에 대해서도 후손들이 대대손손 사용할 공공재라는 관점으로 접근하여, 국가의 관리·감독을 통하여 개인 소유라 하더라도 자연 환경을 훼손하거나 무차별 개발하는 일은 철저히 막고 토지에 투기하여 부당한 이득을 얻는 일이 없게 해야 한다. 이렇게 하여 토지 가격이 안정된다면 주택 건설에 필요한 토지 구입 비용이 줄게 되어 공공주택의 공급 가격이 더 낮춰지게 될 것이고, 이는 우리 사회 모든 구성원에게 쾌적한 주거 환경을 제공하는 일을 더 수월하게 만들 것이다.

복지사회를 이루기 위해서는 의식주라는 생활의 필수 요소 외에도 인간다운 삶을 살아가는 데 필요한 의료와 교육에 대한 국가의 지원 체계가 갖추어져야 한다. 진정으로 행복한 복지사회가 되려면 의료와 교육 외에도 성장기의 보육과 노후에 대한 사회적 보장, 그리고 실업이나 실직에 대한 사회안전망 체계를 갖추어야 한다.

북유럽과 독일·프랑스 등의 국가에서는 유아에 대한 보육은 물론 노인들에 대한 요양 역시 그 비용을 거의 전적으로 국가가 부담하고 있다. 이 나라들은 교육과 의료뿐 아니라 보육과 노후도 국가에서 함께 보장하는 소위 요람에서 무덤까지의 인생 전 주기에 걸친 복지를 국가 정책으로 실현하고 있다. 실업이나 실직에 대해서는 취업이나 재취업을 위한 직업훈련 그리고 범국가적 취업연계 지원 체계를 갖추고 실직 수당을 지급하며 생활의 안정을 유지하게 하고 있다.

보육에 대한 지원은 대한민국에서도 이미 사회적 공감대가 상당 부분 이루어진 상황이라 할 수 있다. 대한민국에서 젊은 세대의 2세 보육과 교육에 대한 두려움은 연애·결혼·출산의 세 가지를 포기한다는 소위 '삼포세대'를 만드는 요인 중 하나가 되었기에, 이미 대한민국이 직면해 있는 '초저출산' 문제를 해결하기 위해서도 보육에 대한 범국가적 지원은 필수 불가결해졌다.

노인 복지의 문제 역시 세계에서 가장 빨리 노령화되고 있는 대한민국이 꼭 해결해야 할 문제이다. 대한민국은 2017년에 고령사회, 2026년이면 초고령사회에 진입할 것으로 예상되고 있다. 이미 거동이 불편한 노인들의 요양은 가족의 문제를 벗어나 심각한 사회문제화 되고 있다. 노인 요양에 대한 국가의 지원과 공공 요양 시설의 확대는 보육에서와 마찬가지로 현재 매우 절실히 요구되고 있다.

따라서 보육과 노인 요양에 있어서도 교육이나 의료와 마찬가지로 사회 공공재라는 인식이 선행되어야 한다. 우리는 상부상조하는 우리 전래의 품앗이 정신에 따라 국민 모두가 비용을 함께 부담하고, 공공성에 바탕한 투명하고 효율적인 운영 체계로 비용을 절감하는, 대한민국 특유의 보육과 노후 복지 체계를 마련해야 한다.

　이제 우리가 북유럽 국가 등에서 이미 실현되고 있는 기존의 사례들을 참고하여 범국민적 지혜를 모은다면, 대한민국 역시 인생 전 주기에 걸친 완성된 복지 체계를 가진 행복한 복지국가가 될 수 있을 것이다.

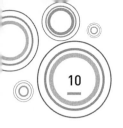

친환경과 자연 보전
─ 친환경이 곧 살길이다

먹거리의 안전 – 친환경 농·수산업과 안전한 식품의 생산

지구는 지금 전체적으로 병들어 가고 있다. 이러한 징조는 바다에서도 뚜렷이 나타난다. 고래나 참치와 같은 바다의 덩치 큰 물고기들은 이제 중금속이 체내에 너무 많이 축적되어 있어 사람들이 그러한 덩치 큰 물고기를 많이 섭취하면 심각한 질병의 위험에 빠지게 됐다. 상황이 이렇게 악화된 데에는 인류가 산업화를 이룬 후 그 폐기물을 바다에 무분별하게 방출하였기 때문이다. 바다로 버려진 폐기물들에 포함된 중금속들이 바닷물에 축적된 결과, 정도의 차이는 있지만 이제는 모든 물고기들이 중금속에 오염되어 있다. 큰 물고기가 작은 물고기를 섭취하는 먹이 사슬에서 먹이 사슬의 위로 올라갈수록 중금속은 더 축적되게 되어, 먹이 사슬의 맨 위에 위치한 덩치큰 물고기들은 중금속 축적도가 매우 높아지게 된 것이다.

실제로 일본의 한 고래잡이 마을에서는 주민들이 포획하는 고래고기를 마을의 초등학교 어린이들의 점심 식재료로 제공하려 하였으나 중금속 오염이 너무 심하여 주민들 스스로 그 결정을 철회하였다고 한다. 전통적으로 고래나 물개 고기를 먹고 살아온 북극권 사람들 역시 이제는 가끔 잡히는 고래가 중금속으로 오염되어 있어 그 고기를 식용으로 섭취하는 것을 자제하고 있다고 한다.

참치 역시 고래보다는 덩치가 작지만 상대적으로 다른 물고기에 비하여 덩치가 크므로 중금속 오염이 심각하다. 미국과 일본에서는 이미 정부가 나서서 임산부들의 경우 참치 섭취를 제한하고 있다. 왜냐하면 임산부의 경우 섭취한 중금속이 태아에게 많이 전이되고, 태아는 몸이 작으므로 적은 양이라도 체내의 중금속 비율이 성인보다 훨씬 높아지게 되어 매우 위험한 처지에 빠지기 때문이다.

우리가 잘 인식하지 못하는 사이에 진행된 바다의 오염은 언제부터인가 우리가 늘 안전하다고 여겨왔던 바다 생선마저도 마음 놓고 섭취할 수 없게 하고 있다. 이처럼 환경오염은 이제 전 지구인의 건강을 위협하고 있다. 환경을 오염시키지 않는 환경 친화적인 산업과 환경 친화적인 생활양식은 앞으로 인류의 건강한 미래를 담보하기 위해 필히 가야 할 길이 되었다.

세계는 지금 식량 수급에 있어서도 심각한 불균형에 빠져 있다. 미국이나 호주·캐나다 등 일부 국가에서는 식량이 남아돌아 문제이고, 아프리카나 중남미 등의 가난한 국가들에서는 식량이 부족하여 문제이다. 미국뿐 아니라 같은 한반도 안에서도 남한은 주식인 쌀이 남아돌아 그 처리에 골치를 앓고 있고, 북한은 식량이 부족하여 전전긍긍하고 있다.

현재 아프리카나 중남미 상당수 나라에서는 자연재해나 내전으로 굶주림에 죽어가는 사람들마저 속출하고 있다. 한편에서는 너무 많이 생산하여 그 처리에 골치를 앓고 있고, 다른 편에서는 제대로 생산을 하지 못하여 굶주리고 있는 것이다. 가난한 국가들에서 빈곤은 무분별한 개간을 불러와 환경의 훼손도 더욱 가속화되고 있다.

인간의 생활에 필요한 의·식·주 중에서도 식량은 가장 중요한 필수 요소이다. 그러한 식량을 단순히 이익 창출의 도구로만 여기고, 온갖 수단을 동원하여 과잉 생산을 하여 가난한 사람들까지도 이득의 대상으로 삼는 것은 문제이다.

농산물을 대량으로 값싸게 생산하여 수출하는 나라들과 농산물의 대량 생산이 어려운 아프리카나 제3세계 나라들을 놓고 볼 때, 농산물 생산의 가격 경쟁력은 비교가 될 수 없다. 그럼에도 세계화라는 획일적인 잣대로 농작물 생산의 가격 경쟁력만 비교하여 후진된 지역 가난한 농민들의 농작물 생산 당위성마저 빼앗는 것은 큰 문제이다. 농작물을 생산해봐야 경제적 타당성이 맞지 않으니 열심히 일해도 보람 있는 결과를 얻기 어렵고 결국 의욕 상실로 이어져 생산 활동도 점점 축소되는 악순환에 빠지게 된다.

따라서 가난한 나라에 대한 원조는 이런 악순환의 고리를 끊고 그들이 스스로 농산물을 자급할 수 있도록 도움을 주는 방식으로 바뀌어야 한다. 즉 고기를 잡아다 주는 것이 아니라 고기를 스스로 잡는 법을 가르쳐주는 원조가 이루어져야 한다. 부자 나라가 싼 가격에 잉여 농산물을 일정 부분 지원하는 것을 단순 반복한다면 그 나라의 농산물 자급 기반은 와해될 수밖에 없기 때문이다. 그들에게 더 나은 농작물 경작 방법을 가르쳐주고, 그들 스스로 작물 재배 환경을 개선할 수 있도록 인력과 기술, 그리고 자금을 제공해 주어야 한다. 식량이 남아돌고, 풍요에 따른 성인병으로 골치를 앓는 선진 제국들이 지구촌의 미래를 위해 긴 안목으로 고민해야 할 대목이다.

일부 국가에서 농·축산물이 넘쳐날 수 있었던 데에는 이익만을 염두에 둔 생산 효율의 극대화가 있었다. 이를 달성하는 데에는 동식물의 원래 생육 환경을 완전히 무시한 공장식 농·축산업factory farm 방식과 농작물의 대량 재배, 그리고 유전자 변형 농작물Genetically Modified Organism(GMO)의 생산이 크게 기여하였다.

인류가 이런 대량 재배나 사육의 방식을 취하지 않고, 오랫동안 유지해 왔던 재래적인 농·축산업의 방식을 유지하였다면, 인류는 광우병과 같은 불행한 질병에도 접하지 않게 되었을 것이다. 더 많은 이익을 남기기 위하여 원래 풀을 먹고 사는 소에게 옥수수와 같은 가격이 싸고 대량 생산된 유전자 변형 곡물을 먹이고, 더 나아가 축산 부산물인 소나 양의 내장이나 육골을 분쇄한 동물성 사료를 섞여 먹임으로써 광우병이 발생하게 되었다. 이후 감염된 소들이 많이 나타나고 사람들이 희생되자 동물성 사료는 대부분의 나라에서 금지하게 되었지만, 사람에게 비만을 일으키는 오메가-6 지방산을 다량 함유한 옥수수는 소를 키우는 공장식 농장에서 여전히 주主사료로 사용하고 있다. 이는 사람들의 건강에도 커다란 위험 요소를 안겨주고 있다.

전문가들의 연구에 의하면, 소공장에서 옥수수 사료로 자라는 소들의 고기나 우유를 섭취할 경우 다량 함유된 오메가-6 지방산이 사람에게 그대로 전이되어 비만을 촉진한다고 한다. 반면에 순전히 풀만 먹고 자라는 소의 고기나 우유는 오메가-6 지방산은 적고 우리 몸에 좋은 오메가-3 지방산이 많이 포함되어 있어 비만을 유발하지 않는다고 한다.

이처럼 환경과 인간의 건강은 이제 따로 떼어 생각할 수 없다. 우리 주변만 보더라도 먹거리가 만들어지는 과정에서부터 식품의 오염이 심각하다. 사람들이 즐겨 먹는 달걀만 하더라도 그 대부분이 소위 '닭공장'이라 불리는 곳에서 생산된다. 닭공장의 닭들은 닭 한 마리 겨우 들어갈 정도인 땅도 아닌 철망 위의 좁은 공간에서 갇혀 지내며, 그저 알만 낳다가 알을 잘 낳지 못하게 되면 폐기처분 된다. 그러니 운동이란 있을 수 없고, 말 그대로 알 낳는 기계에 불과하다. 육류로 소비되는 닭들은 사는 기간도 짧아 그저 한 달 남짓 살다가 도축된다. 이처럼 좁은 공간 안의 철망 위에서 사는 닭들은 심각한 스트레스로 인해 주변의 닭들을 공격하므로 이를 미연에 방지하기 위하여 닭공장의 닭들은 모두 병아리 시절에 부리를 잘리게 된다.

닭공장의 닭들이 부리를 잘리는 것만으로 이 상황은 끝나지 않는다. 엄청난 스트레스를 안고 사는 닭들은 질병에 매우 취약해진다. 때문에 이런 취약성을 보완하기 위해 닭공장에서는 엄청난 양의 항생제를 사료에 섞어 먹이게 된다. 이렇게 생산된 달걀이나 닭고기를 소비하는 일반 소비자들은 자신도 모르게 다량의 항생제 성분을 함께 섭취하게 된다.

동물의 복지나 인간의 건강보다 그저 이익만을 염두에 둔 이와 같은 가축의 밀집 사육은 닭뿐만 아니라 돼지·소에 이르기까지 일반화되어 있다. 미국의 경우도 넓은 들판에서 풀을 먹고 자라는 소가 일부 있지만, 육류로 소비되는 대부분의 소는 소위 '소공장'이라 불리는 곳에서 좁게 구분된 우리 안에서 별 움직일 공간도 없이 밀집 사육된다. 돼지도 많은 경우 열악한 환경에서 밀집 사육된다. 대부분의 밀집 사육되는 가축들은 우리 내의 좁은 틀 안에서 꼼짝 못한 채 지내다가 그들의 생을 마감한다.

운동을 금한 이런 밀집 사육은 소나 돼지들을 더 빨리 성장시키고 더 살찌게 하므로 사육하는 사람에게는 득이 된다. 그러나 좁은 우리 안에서 많은 수를 밀집 사육하므로 이들 동물들도 닭의 경우와 마찬가지로 항생제의 다량 섭취에서 벗어날 수 없다.

그러나 이렇게 인간에게 간접 섭취된 항생제는 항생제에 대한 내성을 높여서 병에 걸렸을 때 항생제 치료를 어렵게 만들 수 있으므로 인간의 건강에도 심각한 위협을 주게 된다. 이제는 동물의 복지 차원이 아니라 인간의 건강을 위해서도 이러한 사육 방식은 지양되어야 한다.

예전과 달리 이렇게 가축을 밀집 사육하게 된 배경에는 20세기 이후 전 세계 인구가 급격하게 증가하고, 생활의 여유로 1인당 육류 소비량마저 함께 증가한 사정이 있다. 급격히 늘어난 육류 소비를 충당하기 위하여 나온 대안이 바로 소공장, 돼지공장, 닭공장 등의 밀집 사육 방식이다.

그러나 밀집 사육은 동물의 복지는 말할 것도 없고 인간의 건강도 위협하므로 이제 유럽의 선진국들은 대체로 가축의 밀집 사육을 법으로 금하고 있다. 유럽의 여러 나라들은 한국의 닭공장처럼 좁은 공간에서 밀집하여 닭을 키우는 것을 허용하지 않으며, 돼지나 소의 경우도 마리당 정해진 최소한의 가축 운동 공간의 확보를 법으로 정해 놓고 있다.

근래 우리나라에서 반복적으로 벌어진 구제역이나 조류독감에 의한 가축의 집단 폐사는 가축의 밀집 사육 방식과도 밀접한 관련이 있다. 운동을 하지 못하고 스트레스만 받으니 면역력이 떨어지고, 가축을 너무 밀집하여 사육하다 보니 한 마리가 감염되면 곧 주변의 모든 가축들도 바로 감염되게 된다.

따라서 이 모든 문제점들을 생각할 때, 이제는 모든 가축의 친환경적인 사육이 불가피하다. 우리는 흔히 돼지를 매우 지저분한 동물로 인식하고 있다. 하지만 우리의 인식과는 달리 돼지는 깨끗한 것을 매우 좋아하는 동물이라고 한다. 돼지에게 충분한 공간의 우리를 제공하면, 배설은 우리 내의 외진 곳을 골라 거기에서만 하고 잠자리는 깨끗하게 유지하는 그들의 습성이 나타난다고 한다. 건강한 육류를 공급받기 위해서 우리는 가축들이 살아가는 동안 최소한의 동물 복지를 실현하는 동물 친화적인 사육 환경을 만들어야 한다.

소비자 선택권의 보호 측면에서도 친환경적으로 사육된 건강한 축산물과 밀집 사육된 축산물은 엄격히 구분할 필요가 있다. 자연환경에 풀어놓고 키우는 닭이나 소, 또는 우리 밖으로 나가 운동을 할 수 있는 환경에서 자라는 돼지 등 친환경적이고 동물 친화적인 환경에서 사육된 가축들과, 우리 안에서 꼼짝 못하고 밀집 사육되면서 항생제에 절어 살아가는 가축들을 확실히 구분하여야 한다. 동물의 사육 환경도 유럽에서처럼 등급을 매겨 모든 정보를 소비자에게 정확하게 알려야 한다. 그렇게 해야 소비자의 선택권도 보장하고, 친환경적이고 건강한 식품을 생산하기 위해 애쓰는 선량한 농업 생산자들의 피해도 막을 수 있다.

바다의 오염에 따른 큰 바다 생선의 중금속 오염도 문제지만, 우리가 소비하는 수산물의 점점 더 많은 부분을 차지하는 양식으로 생산되는 수산물의 오염 또한 심각하다. 수산 양식에서도 가축 사육에서와 비슷한 현상이 벌어지고 있기 때문이다.

수산 양식장인 가두리 안에서 양식되는 물고기의 개체당 활동 공간은 바로 양식의 경제적인 소득과도 연결된다. 물고기 개체당 더 큰 활동 공간을 주려면 더 적은 수의 물고기를 길러야 하지만, 수익을 높이기 위해서는 더 많은 수의 물고기를 길러야 한다. 이 경우 가축 사육에서와 마찬가지로 더 많은 수의 물고기를 수용하는 밀집 양식을 하면 물고기가 질병에 더 취약해져 질병 감염을 막기 위하여 더 많은 항생제를 사료와 함께 투입해야 한다.

이는 가축의 경우와 마찬가지로 밀집 양식에 의한 면역력의 약화로 적조 현상이나 전염병 발생 시 물고기가 더 쉽게 병에 걸리고 더 많은 수가 감염되어 폐사하게 만든다. 그리고 항생제 간접 섭취로 인한 인간의 항생제 내성 증가 역시 피할 수 없게 만든다.

최근에는 일부 어민들이 이와 같은 부작용을 인식하고 가두리당 양식 물고기의 개체 수를 줄여서 양식 환경을 개선하려 시도하고 있다. 물고기의 수는 줄어들지만, 물고기의 질병 저항력을 높여서 최종 생산 수율은 오히려 더 높아질 수 있기 때문이다. 실제로 노르웨이나 스웨덴 등 일부 어업 선진국들은 그간의 경험으로 물고기 밀집 양식의 폐해를 일찌감치 인식하여 이제는 우리나라 가두리 양식 평균 밀도의 절반에 미치지 못하는 낮은 개체 밀도로 물고기를 양식하게 하고 있다. 이러한 저밀도 양식은 물고기 개체가 각각 충분한 수중 공간을 확보하게 하여 더욱 크게 자라게 하고 질병 저항력도 훨씬 증가시켜 더 큰 최종 수익을 내게 한다고 한다.

이러한 예는 우리에게 양식 또는 사육되는 동물에게 되도록 자연과 비슷한 환경을 제공하여 주는 것이 생산자에게도 이득이 되고 소비자에게도 더 건강한 식품을 제공할 수 있음을 알려준다.

대한민국에서는 아직도 식품의 이력이나 생산 환경에 대한 정보가 불분명한 경우가 많아 비록 건강하게 생산된 유기농 식품이라 하더라도 소비자들이 확실히 알 수 없는 경우가 많다. 이를 악용하여 일부 생산자들이 허위로 이력이나 품질을 표시하고 부당 이익을 취하는 사례도 많다. 따라서 부당·허위 표시 행위에 대한 당국의 더욱 철저한 관리·감독이 요구된다.

인류의 과도한 육류 소비는 필연적으로 가축의 대량 밀집 사육을 증가시켜 왔다. 이는 이산화탄소의 배출량을 더 늘어나게 하고 지구 곳곳에서 사막화와 산림 훼손을 더 가속화시켰다. 이러한 지구 황폐화 현상의 진행을 막을 수 있는 가장 효과적인 방법은 지구촌 모든 사람들이 스스로 인식을 바꾸어 육류 소비를 적절히 줄여 나가는 것이다. 실제 육류 소비가 많은 선진국들에서 육류 소비를 줄이자는 각성의 움직임도 차츰 일어나고 있다.

만약 이러한 추세가 전 지구적으로 확산되어 친환경적인 생산 방식으로 육류의 수요와 공급의 균형이 맞추어진다면, 생태계의 파괴도 막고 인류의 건강도 더욱 증진될 것이다. 현재 세계 각국의 의료비에서 가장 큰 부분을 차지하는 것이 성인병이라는 사실을 고려하면, 인류의 조금 더 절제된 생활 방식은 지구 환경도 보호하고 더 건강한 삶도 살아갈 수 있게 할 것이다.

살충제, 단일재배, 유전자 변형 농산물

선진 기법으로 이름 붙여진 일부 선진국에서의 농산물 생산 방식은 현재 상당한 부작용을 야기하고 있다. 그 대표적인 것으로 유전자 변형 농작물과 대단위 단일재배를 들 수 있다.

미국의 상당수 농업 지대에서는 이제 꿀벌 보기가 매우 어려워졌다고 한다. 이는 그 지역에서 꿀벌이 죽어가고 있기 때문이다. 캘리포니아의 평원 한 곳에는 엄청나게 넓은 지역에 피스타치오 경작 농장이 있는데, 이 지역에서 원래 살던 꿀벌들은 다 죽어버렸다고 한다.

꿀벌은 계절마다 달리 피는 여러 종류의 꽃들로부터 꿀을 지속적으로 채취해야 하는데, 이 넓은 농장 지역에서는 오로지 재배하는 농작물 한 종류의 꽃만 짧은 기간 동안에 존재하기 때문에 나머지 긴 기간을 견뎌낼 수 없는 꿀벌들이 굶어죽게 된 것이다. 그런데 이러한 현상이 비단 이 농장뿐 아니라 중부 대평원의 옥수수 재배 등 대단위 단일재배를 하는 미국의 많은 농업 지대에서 벌어지고 있다는 것이다.

인간의 노동 생산성을 높이기 위한 항공방제에 의한 살충제 대량 살포는 주변에 살고 있는 꿀벌들의 생존도 위협한다. 이처럼 대단위 단일재배와 항공방제는 미국의 많은 지역에서 꿀벌의 생존마저 어렵게 만들고 있다. 꿀벌은 새나 곤충과 더불어 과일이나 작물이 열매나 씨를 맺을 수 있게 하는 아주 중요한 역할을 한다. 그러한 꿀벌이 사라지는 환경에서는 새나 곤충 역시 살기 어렵게 된다. 그런 일이 현실화되면 인간이 즐겨 먹는 많은 농작물과 과일 역시 사라지게 될 것이다.

오로지 생산성만을 염두에 둔 농산물 생산 방식에는 대단위 단일재배 말고도 유전자 변형 농작물GMO의 재배도 있다. 수확량을 늘릴 수 있는 유전자 변형 농산물은 계속 늘어나는 인구를 먹여 살리기 위해 필요하다는 주장도 있다. 반면 유전자 변형 농작물에 의한 상당한 부작용도 보고되고 있다.

예컨대 체내 대장균을 죽이는 역할을 하게 된 유전자 변형 옥수수가 포함된 사료를 섭취한 가축들이 장염에 걸려 죽거나, 유전자 변형 농작물을 섭취한 사람들 중에서 화학물질 과민증상이 나타나는 일들이 벌어졌다. 아직 이러한 부작용의 치료법은 알려져 있지 않은데, 직접적인 섭취로 인한 부작용 외에도 유전자 변형 작물은 주변 토종 작물들의 성장에도 많은 영향을 준다고 한다. 유전자 변형 작물들이 재배되는 지역에서 토종 작물들이 사라지고, 슈퍼 잡초가 창궐하여 제초제 사용이 20~30% 증가하였다는 보고도 있다.

인도에서는 해충에 저항성을 갖는 유전자 변형 BT 면화가 보급된 후, 이를 사료로 먹은 양과 염소가 집단으로 폐사하는 일들이 생겼다. 그리고 BT 면화를 재배한 다수의 농부들 역시 종자와 비료 그리고 제초제에 드는 과다한 구입비용으로 많은 빚을 지게 되었지만 광고와는 달리 재배 소득으로는 빚을 감당할 수 없어 파산하는 일들이 벌어졌다. 이로 인하여 인도에서 하루 평균 세 명의 농부가 BT 면화 때문에 자살했다고 한다. 실제 인도 중앙면화연구소는 허용된 유전자 변형 품종들이 초기에는 수확량이 급격히 증가하지만, 점차 생산성이 감소한다는 연구결과를 발표하였다.

남미의 유전자 변형 대두 재배의 경우에도 심각한 사회적 문제가 나타났다. 제초제를 뿌리면 다른 식물은 다 죽고 제초제에 내성을 갖는 유전자 변형 대두만 살아남으므로, 씨를 파종하고 약을 뿌리고 열매를 거두는 과정까지 모든 것이 기계로 가능하게 되었다. 이는 재배 농가의 대농화를 불러와 소농 100여 가구가 경작하던 어떤 마을에서는 대농 1가구가 독점하여 재배하게 되는 경우도 나타났다. 대규모 농사를 짓기 위해서는 각종 기계가 필요하고 많은 비용이 들어가므로 소농은 따라할 수가 없다. 그런데 유전자 변형 종자를 사용하지 않는 소농의 농장에 주변 대규모 농장에서 기계로 살포한 제초제가 날아와 곡물이 말라죽는 사태가 벌어졌다. 이로 인하여 농사를 그만두게 된 소농들이 도시로 나가 도시 빈민층으로 전락하는 일들이 벌어졌다.

유전자 변형 종자는 제초제에 내성을 갖기 때문에 한번 농장 주변에 퍼진 유전자 변형 작물들의 제거는 매우 어렵다고 한다. 유전자 변형 작물 농장에서는 유전자 변형 품종의 연작으로 인한 토양 황폐화가 자주 일어나고, 재배지 주변에서 신종 해충들의 출현도 보고되고 있다. 이처럼 유전자 변형 농작물의 재배는 아직까지 그 안전성이 확실하게 담보되지 않은, 어찌 보면 환경을 볼모로 한 도박이라고도 할 수 있다.

여기서 우리가 중요하게 생각해야 할 점은 아직까지 유전자 변형 농작물이 인간의 몸에 어떤 영향을 끼치는지 정확하게 모른다는 사실이다. 그 영향이 어떨지 모르는 상황에서 유전자 변형 작물을 무작정 확대 생산하는 것은 결코 바람직하다고 할 수 없다. 인간이 임의로 만든 유전자 변형 농작물이 주변 생태계와 인간의 몸에 어떤 영향을 미치는지 정확하게 파악한 후에 그 생산량을 차츰 늘려가도 늦지 않을 것이다.

오로지 생산성 향상만을 최우선으로 생각하는 대단위 단일재배나 살충제와 제초제의 대량 공중 살포, 그리고 유전자 변형 농작물의 확대 재배 등은 앞으로 생태계와 인류의 건강한 삶을 위협할 가능성이 다분히 있다. 그러므로 우리는 철저한 연구와 검증을 통하여 그러한 위협에 대한 확실한 대책이 서기 전까지는 그러한 재배 방식을 유보하고, 가능하면 생태계를 확실하게 보호하며 인류의 건강한 삶을 증진시킬 수 있는 환경 친화적인 농사법을 사용하여야 한다.

폴리페이스라는 미국의 한 농장에서는 농장 밖으로 분뇨와 같은 오염물질을 전혀 배출하지 않는다고 한다. 오염물질을 순환하여 사용할 수 있는 자체적인 처리 체계를 갖추고, 그 처리 능력의 범위 안에서만 소나 돼지 등 가축을 사육한다고 한다. 이는 지속 가능하게 자연을 이용하겠다는 농장주의 신념에 따른 것이다. '내 몸에 이롭고, 사회에 이롭고, 지구에 이로운 일만을 하겠다.'는 폴리페이스 농장의 주인이 했다는 이 말을 우리 모두 귀 기울여 음미해 보아야 할 것이다.

우리는 목전의 이익만 중시하는 근시안적 시각에서 벗어나 이제 자신과 이웃, 그리고 후손을 생각하는 보다 장기적인 관점에서 자연을 보전하며 자연에 순응하는 지속 가능한 식량 생산 방식을 추구해 나가야 한다.

청정한 환경, 건강을 주다

우리의 건강을 위협하는 것은 비단 먹거리의 오염에만 국한되지 않는다. 심각한 환경오염은 동·식물은 물론 인간의 생존마저 위협하고 있다.

예컨대 공업화로 인하여 중국 산둥성 위쪽의 보하이만 내해는 이제 거대한 바다 전체가 썩은 채로 죽어간다. 그 지역의 어부들은 정부의 보상을 받은 후 고기잡이를 포기했고, 고깃배들은 오염된 개펄에 처박혀 썩어가고 있다. 이 문제를 해결하기 위해 중국 정부는 산둥반도를 가로지르는 운하나 관개 터널을 파서 오염되지 않은 바닷물을 끌어들여서 오염된 바닷물을 강제적으로 순환시키는 방안까지 염두에 두고 있다고 한다. 만약 그런 일이 현실화된다면 대한민국의 서해 바다 역시 심하게 오염될 가능성이 크다.

지금 몽골과 중국의 내륙 북부 지방에서는 사막화가 갈수록 심해지고 있다. 초원이 수용 가능한 가축들보다 더 많은 수의 가축들을 초원에 방목하다 보니 풀뿌리까지 가축들이 먹어치워 초원 자체가 황폐화되고 사막화는 더 빠르게 진행되는 것이다. 이는 더 잘살겠다는 인간의 욕망이 자연 생태계가 포용할 수 있는 한계를 넘어섰을 때 어떠한 일이 벌어지는지를 확실히 보여준다.

사막화로 더 심해진 황사는 중국의 공업화에 따른 대기오염과 맞물려 이제 많은 중금속과 오염 물질을 함유하고 중국 북부와 한반도, 그리고 이웃 일본까지 내습하고 있다. 이는 환경오염이 당사국에만 국한되지 않고 주변의 나라들에도 피해를 입히는 단적인 예라고 하겠다.

우리나라에 날아오는 황사에는 '침묵의 살인자'로 불리는 초미세먼지도 많이 포함되어 있다. 초미세먼지는 머리카락 굵기의 20분의 1 정도 되는 아주 작은 크기의 미세한 입자들로 폐암이나 심혈관 질환을 유발하는, 인체에 아주 해로운 위험물질이다. 이를 흡입하게 되면 폐에서 암 발생물질을 형성하거나, 혈관에서 혈전을 형성하여 뇌졸중의 발생 위험을 높인다고 한다. 그리고 세균을 죽이는 역할을 하는 우리 몸의 대식세포를 변형시켜 우리 몸의 면역력을 떨어뜨리며, 임산부들이 흡입하게 되면 인지발달이 저해된 아이를 출산할 확률을 높인다고 한다.

황사에 의한 이처럼 심각한 위험을 줄이기 위해서는 황사 발생지에서의 오염물질 발생을 줄이고, 국내에서 생성되는 대기 오염물질의 배출도 최소화해야 한다. 황사에 포함된 오염물질에는 중국의 산업체나 차량에서 배출된 초미세먼지는 물론 국내에서 운행하는 디젤차의 배기가스나 화석연료를 태우는 발전소에서 배출되는 초미세먼지도 상당량 포함되어 있기 때문이다.

이런 피해를 근본적으로 줄이기 위해서는 중국 그리고 몽골과 유기적 협력을 통하여 초원의 자생력을 복원시켜 사막화 지역을 줄여가고, 국내에서 배출되는 오염물질의 축소는 물론 중국 내의 오염원 축소에도 협력해야 한다.

국내 초미세먼지의 주요 배출원인 디젤차 배기가스는 국민 건강에 매우 심각한 위험 요소다. 2007년 영국 에딘버러대학의 니콜라스 밀스 박사는 디젤차 배기가스가 심혈관질환을 유발시키는 원인이라고 발표하였다. 밀스 박사의 실험에서 건강한 피실험자들도 디젤 차량이 내뿜는 매연가스 근처를 통과할 때 심장박동수가 현저히 증가하는 현상이 관찰되었다. 디젤 매연가스 중의 나노입자들이 심혈관벽을 통과하여 심장 박동에 영향을 주기 때문이라고 한다. 허약한 사람의 경우는 심근경색이나 심장마비까지 일으킨다고 한다.

미국 미시간대학교의 공중보건연구팀도 미세먼지 오염이 심한 도시지역은 그렇지 않은 지역에 비해 경동맥의 두께가 30% 증가한다는 조사결과를 발표하였다. 이 연구는 미세먼지가 경동맥을 더 두껍게 하여 심장마비나 뇌졸중 같은 혈관질환을 유발하고, 다른 새로운 일반 질병들도 더 증가시킨다고 결론지었다. 이러한 연구결과들에 이어 최근 세계보건기구WHO는 디젤엔진의 배출가스를 포괄적인 1급 발암물질로 규정하였다.

대기오염이 아니라도 땅이나 강과 같은 주변 환경이 유독물질에 오염되어 발생하는 공해병도 심각한 위협이 될 수 있다. 오래전 일본에서 발생하여 세계적으로 널리 알려진 미나마타병과 이타이이타이병은 주변 환경의 오염에 의한 공해병의 심각성을 여실하게 보여 준 대표적 사례이다.

1950년대 일본의 구마모토현 미나마타시에서 발생한 미나마타병은 미나마타만 연안 인근의 공장에서 방출된 폐수에 오염된 어패류를 먹은 어민들에게서 발병되었다. 그 증세는 중추신경의 손상으로 인하여 손발의 마비 증상에서부터 언어 장애 및 시각 장애, 그리고 정신 이상 증세까지 다양하였다. 1953년 첫 환자가 발생하였지만, 1956년에야 비로소 인근 비료회사에서 유출된 폐수의 수은이 그 원인임이 밝혀졌다. 이후 수십 년 동안 수천 명에게 발병하여 천 명 이상의 귀중한 인명이 희생되었다. 현재 미나마타병은 공해병의 시초로 알려져 있다.

1910년대에 일본 도야마현 주민들은 허리·팔·다리의 뼈 마디마디가 아프다고 병원을 찾기 시작했지만 그 원인을 몰랐다. 그러다가 1950년대에 다시 그 지역 강기슭에 거주하는 중년 여성들이 전신의 심한 통증을 '이타이, 이타이(아프다, 아프다)'라고 호소하였는데, 역시 그 원인을 몰라 '이타이이타이'병으로 불리게 되었다. 이 병의 원인은 한참 뒤인 1968년에야 강 상류에 있는 아연·납 광산에서 배출되는 폐수에 포함된 중금속인 카드뮴에 의한 중독으로 밝혀졌다. 카드뮴 중독은 전신에 통증을 유발하고, 뼈 속에서 칼슘과 인을 계속 빠져나가게 하여 병적인 골절 현상을 일으킨다. 조금만 몸을 움직이거나 기침을 하여도 골절이 되므로 환자는 심한 통증을 호소하면서 결국 전신쇠약으로 죽게 된다. 산업 선진국인 일본에서 발생했던 이 두 가지 공해병은 환경오염에 의한 중금속 중독이 얼마나 심각한 결과를 초래하는지 극명하게 보여준다.

1984년 인도에서 일어난 보팔 가스 참사는 유독물질의 배출에 의한 또 하나의 비극이었다. 미국의 다국적기업인 유니언카바이드의 인도 공장에서 농약의 원료로 사용되는 유독 가스가 누출되어 당시에만 2,800여 명의 주민이 사망하였고, 20만 명 이상의 피해자가 생겨났다. 그 피해자 중 2만 명이 이후 추가로 사망하였다. 이 사고는 12만 명의 사람에게 실명과 호흡 곤란, 위장 장애 등 만성 질환과, 중추신경계와 면역체계 이상, 그리고 유전자 돌연변이에 의한 증상을 일으켰다. 최종 피해 보상을 청구한 사람의 수는 무려 50만 명이 넘었으며, 사고로 인한 주변의 환경오염도 매우 심각하였다. 공장 부지에서는 허용 기준보다 2만 배에서 600만 배 높은 농도의 수은이 검출되었다. 주변 지역의 사람들이 마시는 지하수에도 미국 환경보호국의 안전 기준치보다 수백 배 높은 수준의 유독물질이 여전히 포함되어 있고, 주변의 토양 또한 매우 심각한 오염 상태에 있다고 한다.

이와 같은 유독물질에 의한 피해는 전장에서도 찾을 수 있다. 베트남전에서 미군이 공중 살포한 고엽제에 의하여 당시 참전 군인들과 지역 주민들이 겪는 심각한 고엽제 후유증이 그 예이다. 미국의 다국적 기업 몬산토가 생산하여 베트남전에서 고엽제로 사용한 '에이전트 오렌지'는 이 약품에 노출된 많은 참전 군인들에게 암과 백혈병을 유발하였고, 피부 괴사로 사지를 절단하게 하는 등의 부작용을 야기하였다. 에이전트 오렌지는 토양에서 분해되지 않아 먹이 사슬을 통하여 사람에게도 흡수되었는데, 그 결과 약품이 살포되었던 베트남의 지역들에서 온갖 기형아들이 출산되는 현상이 나타났다.

이처럼 중금속이나 화학약품에 의한 대기와 토양, 그리고 수질의 오염은 매우 심각한 공해병과 주변 환경의 황폐화를 가져온다.

최근의 일본 대지진과 쓰나미에 의한 후쿠시마 원전 사고에서도 환경 피해의 심각성을 볼 수 있다. 후쿠시마 원전 사고로 인하여 누출된 방사능은 현지 주민들에게 엄청난 피해를 입혔는데, 주민들은 사고 지역에서 30km 범위 밖으로 대피하여야 했고, 20km 이내는 오염이 너무 심하여 사람의 출입마저 통제하였다. 원전 사고 지역에서 60km 떨어진 인근 도시에서도 방사능이 상당히 높은 수준으로 검출되어 주민들이 불안에 떨어야 했다.

후쿠시마 원전 사고는 원자력 발전소의 사고 시 그 피해가 얼마나 엄청날 것인지 너무나 여실하게 보여준다. 이 사고 이전까지 일본은 프랑스와 더불어 원자력 발전에 매우 적극적인 국가였다. 그러나 이 사건으로 국민 여론이 악화되자 일본 정부는 향후 원자력 발전을 포기하겠다고 선언하기까지 하였다.

원자력 발전은 화석연료 발전에 비하여 발전 단가가 낮다. 그러나 30~40년 사용 후 원자력 발전소를 폐기하는 데 드는 비용까지 고려한다면 그 비용은 결코 적지 않다. 오염된 폐원자로를 안전한 수준

으로 폐기 처리하기 위해서는 원자력 발전소를 건설하는 비용의 수
배를 웃도는 엄청난 비용이 소요될 것으로 예상되며 아직까지 폐원
자로를 안전하게 처리한 경험도 없다.

그럼에도 현재 세계의 상당수 나라들이 화석연료를 대체하는 유력
한 대안으로 원자력 발전을 생각하고 있다. 하지만 후쿠시마 원전 사
고에서도 알 수 있듯이 원자력 발전은 수만 년 동안 지속되는 유독성
방사능 물질을 양산하는 매우 치명적인 위험 요소를 갖고 있다.

1986년 구소련의 체르노빌에서 일어난 원자력 발전소 폭발 사고
는 악몽 그 자체였다. 당시 수많은 사람들이 목숨을 잃었고, 훨씬 많
은 수의 사람들이 그 후 후유증으로 사망하였다. 발전소를 중심으로
반경 30km 이내의 모든 주민들은 방사능 오염을 피하여 다른 지역
으로 대피하여야 했고, 그 밖의 많은 지역에도 심각한 방사능 오염
이 있었다. 500km 떨어진 다른 지역 역시 대기의 이동에 의한 방사
능 낙진으로 발전소 인근에 못지않게 오염되기도 하였다. 지금도 방
사능 오염이 심각한 발전소 인근 지역은 사람의 접근이 금지된 채
영구 불모의 땅으로 남아 있다.

원자력 발전은 점차 고갈되어 가는 석유 등의 화석연료에 대한 손
쉬운 대안이 될 수는 있다. 그러나 우리는 체르노빌이나 후쿠시마
원전 사고처럼 한번 사고가 나면 그 주변 지역이 사람이 살 수 없는
영구 불모의 땅이 될 뿐만 아니라, 재산 피해는 물론이고 인명 피해
또한 엄청나다는 사실을 잊어서는 안 된다.

후쿠시마 원전 사고 후 인근 지역의 산업은 마비되었고, 여기서 생
산되는 제품에 의존하는 일부 일본 산업계의 가동이 저하되거나 중
단되어 일본이 한동안 마이너스 성장에 이르기도 하였다. 이 사고

후 피해를 당한 일본 국민들 중 일부는 안전하다고 여겨지는 이웃 한국으로 이주하고자 하는 사람마저 생겨났다고 한다. 이는 경제적 인 풍요나 편리함에 앞서 사람에게는 건강한 삶이 무엇보다도 중요 함을 우리에게 일깨워준다. 우리가 건강한 삶을 살아가기 위해서는 우리가 살아가는 터전인 자연환경을 청정하게 잘 보전해야 한다.

지구 생태계의 보전 - 우리 인류가 사는 길

지구 온난화라는 전대미문의 큰 문제 앞에서 인류는 이제 개별 국 가를 뛰어넘는 생각과 협력을 통하여 해결책을 내놓아야 할 절박 한 처지에 놓여 있다. 이미 태평양의 일부 섬나라는 침수가 시작되 어 수십 년 내에 나라가 통째로 사라질 위기에 처해 있고, 바다와 접 해있는 수많은 국제적 대도시들 역시 조만간 수몰될 위기에 놓여있 다. 지구 온난화에 의해 그린랜드의 빙하만 다 녹아도 세계 해수면 은 6m 높아지게 된다고 한다.

통상 북극점에 가까운 북극해의 얼음은 수년에 걸쳐 생성되고 두 께도 항상 4m 이상이었지만, 지금은 1년 이내에 생성되고 두께도 4 월에는 겨우 60cm 정도이며 여름에는 그나마 녹아버린다고 한다. 1980년과 비교할 때 2007년의 여름에는 북극해의 얼음이 60% 정도 줄어들었는데, 이런 현상이 지속되면 북극해의 얼음은 모두 사라지 게 될 것이다.

북극해의 얼음이 줄어들면 이산화탄소를 용해하여 깊은 바다로 옮겨주는 찬 바닷물의 흐름이 없어져 지구 대기의 이산화탄소 농도 가 예상보다 더 빨리 높아져 이상기후 현상도 가속시킬 것이라고 한다. 이로 인하여 기온이 상승하면 시베리아나 극지방의 동토를 녹여서 지금까지 번창하지 않았던 많은 미생물들을 번성하게 하고, 그런 미생물들이 내뿜는 이산화탄소의 배출로 온난화는 더욱 가속화될 것이라 한다.

극지방 바닷물의 온도 상승에 의한 찬 바닷물의 심해로의 순환 감소는 바다에 용해되는 산소의 심해 공급도 감소시켜 바다의 무산소 현상을 확산시키게 된다. 그리고 대기 중 이산화탄소의 증가는 바다에 녹는 이산화탄소의 양도 증가시켜 바다의 산성화를 가져오게 된다. 바다의 산성화 현상은 갑각류의 껍질마저 녹게 만들어 이미 산호의 20% 정도가 감소되었다고 한다. 바다 무산소 현상의 전 세계적 확대와 산성화는 해양생태계를 파괴하고 어류들의 생존을 위협하고 있다. 예전에 일어났던 바다의 무산소 현상과 산성화로 인한 산호 등과 같은 석회화 생물의 감소, 그리고 이에 따른 바다 생물의 멸종은 바다 생태계를 처음부터 다시 진화하게 하였는데, 그러한 생태계의 회복에는 200만 년 내지 1,000만 년의 기간이 소요되었다고 한다.

현재 대기로 방출되는 이산화탄소의 양은 예전 자연 상태의 10~30배에 이르러 인류가 자연계의 탄소 순환에 직접적으로 개입하고 있음을 보여주고 있다. 그 결과 지금 지구 대기 중 이산화탄소의 농도는 과거 80만 년 동안의 이산화탄소 농도보다 훨씬 더 높은 수준에 있다. 자연계의 탄소 순환에 있어서 이와 같은 인류의 개입이 지난 1만 년 동안 유지되어 왔던 안정적인 지구 기후에 어떤 변화를 줄지는 현재로서는 예측이 어렵지만, 만약 이로 인하여 과거 빙기-간빙기 사이클에서 나타났던 것과 같은 급격하고 격렬한 기후 변동이 일어난다면 인류 문명의 존속은 위협받게 될 것이다.

유엔 후원 기구인 '기후변화에 관한 정부간 패널IPCC'이 위촉한 수백 명의 과학자들은 2014년 보고서에서 지구 온난화 현상은 이론의 여지가 없다고 결론지었다. 이산화탄소의 대기 축적은 산업혁명 이후 40% 증가했는데, 이는 인간의 화석 연료 연소가 주±원인이며, 지구 온난화가 이러한 인간 활동에 의해 초래되었을 가능성은 95%에 이른다고 결론지었다.

지구 온난화는 영화 〈인터스텔라〉에서 묘사된 것과 같은 수십 년 동안 지속되는 극심한 '메가 가뭄mega drought'까지 가져올 것으로 예상된다. 미국 연방항공우주국NASA의 과학자 벤자민 쿡은 21세기말까지 거의 매년 가뭄이 계속될 것이며, 북미 서부지역은 앞으로 가뭄이 더 심해질 것이라고 전망하고 있다. 그의 공동연구자인 토비 올트는 서부와 중부 지역에 35년 이상의 '메가 가뭄'이 올 확률은 80% 이상이라고 예상하였다. 중남미와 아프리카, 호주, 그리고 남부 유럽에서도 메가 가뭄이 나타날 가능성은 80~90%로 무척 높게 나타났으며, 동남아시아와 인도, 중동 지역도 그 후보지에 포함되었다.

이미 지구 온난화로 인하여 북극곰은 지금 멸종 위기에 처해 있고, 극지 생태계의 많은 부분이 교란되어 무너지고 있다. 북극해 주변 섬들에서 얼음이 없어지는 시기는 예년에 비해 한 달 이상 앞당겨졌고, 먹이가 없어 굶어 죽은 북극곰들이 속출하고 있다. 얼음 위에서 새끼를 기르는 북극곰의 습성상 얼음이 사라지면 멸종은 곧 현실이 될 것이다. 지구 온난화로 인한 이런 현상은 북극곰과 같은 직접적인 영향을 받는 생물들의 멸종을 가져올 뿐 아니라 향후 인간의 생존에도 엄청난 위협을 줄 것이다. 지구 온난화 현상이 가속화될수록 이상기후 현상은 더 심해질 것이며, 극심한 자연재해에 인간은 점점 더 대비하기 어려워질 것이다.

지구 생태계를 위협하는 것은 비단 온난화뿐만이 아니다. 인간의 무분별한 개발과 과도한 물 사용은 이제 강이나 거대 호수마저 사라지게 하고 그 주변 지역을 사막화한다. 구소련 시대에 면화 재배를 위하여 아랄해 주변의 강물이 아랄해로 흘러드는 것을 막자, 거대한 아랄해의 물도 40년에 걸쳐 대부분 증발하고 호수 바닥에 소금이 쌓였다. 이렇게 쌓인 소금이 바람에 불려 날려나가면서 근처 500km 떨어진 지역에까지 소금가루가 날리게 되었다. 이는 지역의 기후까지 바꾸어 여름에는 더 덥고 겨울에는 더 추워졌으며, 주변의 땅들은 황무지가 되었다. 이 지역에 존재하던 수많은 물고기와 육상동물들은 거의 사라졌으며, 현재 조금 남아있는 호수는 그 수위가 예전에 비해 수십 미터나 낮아졌다.

그 비슷한 일이 미국 남서부의 콜로라도강 유역에서도 일어났다. 콜로라도강은 미국 남서부의 그랜드케니언을 지나 멕시코 북서부를 가로질러 태평양의 코르테즈만(캘리포니아만)으로 흘러들어 간다. 그런데 미국에서 소비되는 채소의 80%를 재배하는 강 유역의 농장들은 콜로라도 강물을 끌어다 쓴다. 이 강에 거대한 후버댐을 막아 건조한 미국 서부 지역에 물을 공급하는데 이렇게 멕시코로 흘러들어 갈 때쯤이면 강물의 90%가 소비된다. 미국과의 협약에 따라 멕시코는 남아있는 10%의 강물을 쓴다. 멕시코는 남아있는 강물을 쓰기 위해 모랄레스댐Morelos Dam을 막았다. 그 결과 이 댐 이후부터는 강물이 말라붙어 강 자체가 사라져 버렸다.

거대한 후버댐도 채우는 풍부한 콜로라도 강물이 바다로는 하나도 흘러가지 않게 된 것이다. 이 결과 코르테즈만 연안에 존재하던 8,000㎢의 거대한 늪지대가 사라져 버렸다. 주변 생태계의 파괴는 더 말할 나위도 없었다. 이후 환경보호론자들의 끈질긴 노력에 의하여 결국 미국이 콜로라도 강물을 멕시코로 더 흘려보내게 되었고, 비록 적은 양이지만 콜로라도 강물이 다시 10년 만에 바다로 흘러가게 되었다.

이상의 두 사례는 늘어난 인구를 부양하기 위하여 자연을 무분별하게 개발하고 사용할 때, 생태계가 얼마나 쉽게 파괴될 수 있는지를 극명하게 보여준다.

인류 역사에서 인구가 처음 10억 명에 도달한 것은 18세기 초반으로, 이 규모에 이르기까지 거의 현생인류의 역사라 할 수 있는 20만 년이 소요되었다. 그러나 그 수가 배증된 것은 불과 한 세기 정도 소요된 1920년대 말이었다. 그리고 그로부터 채 100년도 지나지 않은 2011년에 세계 인구는 그 배증된 수의 3배가 넘는 70억 명으로 증가하였다.* 지금도 세계 인구는 매년 8천만 명 정도씩 증가하고 있다.

20세기 들어와 기하급수적으로 증가한 인구를 더 높은 생활수준으로 먹여 살리기 위해 지구 생태계는 점점 더 혹독하게 혹사당하게 되었다. 식량과 육류의 더 많은 수요에 따라 수많은 삼림이 사라져 농경지와 초지가 되었고, 농경지의 무분별한 확대와 가축의 과다 사육으로 물 부족과 사막화 현상은 지금 지구 전역을 강타하고 있다. 육류 소비를 위해 사육되는 수십억 마리의 가축들로 인하여 배출되는 메탄가스는 이제 지구 온난화마저 더욱 가속시키고 있다. 인류

---

* 20세기 동안에만 세계 인구는 15억 명에서 60억 명으로 4배 증가하였다.

역사상 유례없는 이 같은 인구의 급격한 증가는 이제 지구 생태계를 생태계가 스스로 유지될 수 없는 수준으로 몰아붙이고 있다.

이스라엘을 포함한 옛 팔레스타인 지역의 폭발적인 인구 증가는 인구 폭증의 부작용을 적나라하게 보여주는 한 예이다. 이 회랑 지역의 인구는 현재 1,200만 명을 넘어섰는데, 이스라엘이 독립하기 전 이 지역을 통치했던 영국은 사막이 대부분인 이 지역에서 기껏해야 250만 명 정도 살 수 있을 것으로 예측했다고 한다. 이스라엘의 초대 수상이 되었던 벤구리온은 그보다 더 낙관적으로 최대 600만 명 정도 살 수 있을 것으로 예상했다고 한다. 그러나 지금은 그 낙관적인 최대 예상치의 두 배를 넘어섰다. 그 결과는 전형적인 생태계의 파괴로 나타나고 있다. 호수와 강물이 말라가고 오염된 하수가 유입된 하천은 썩어가고 있다. 지하수 층까지 고갈되어 가고 있으며, 가속되는 사막화로 물 부족은 최악의 상황으로 치닫고 있다.

이처럼 생태계 파괴의 가장 큰 원인은 생태계의 수용 한계를 넘어서는 인구의 과도한 증가라고 할 수 있다. 생태학자들에 의하면 지구 생태계가 온전히 유지 보전될 수 있는 적정 인구는 20세기 중반의 인구인 30억 명* 정도라고 한다.

한편, 지금 우리나라나 일본 그리고 다수의 선진국들은 저출산의 늪에 빠져 머지않은 장래에 다가올 인구 감소를 걱정하고 있다. 세계 최대의 인구를 가진 중국 역시 지난 수십 년 동안 실시한 '1가구 1자녀 정책'으로 빠르게 고령화되고 있어 저출산을 심각하게 우려하고 있다.

이러한 세계적인 저출산 추세는 언젠가 세계 인구를 자연 감소시

---

* 세계 인구가 30억에 도달한 때는 1960년이다.

켜 적정 인구에 이르게 할 수도 있을 것이다. 그러나 인구 증가라는 지금까지의 관성은 세계 인구를 조만간 80억 명에 이르게 할 것이며, 21세기 내에 100억 명에 이르게 할 것이라고 한다. 여기서 문제는 인구가 감소하기 시작할 때까지 엄청나게 증가한 인구에 필요한 식량을 어떻게 조달할 것이며, 동시에 생태계 파괴와 지구 온난화의 가속화를 어떻게 최소화 할 것인가이다.

사실 지구 온난화는 환경에 미치는 영향을 생각하지 않고 '편의'와 '발전'만을 위해 인류가 무분별하게 에너지를 소비한 결과라고 할 수 있다. 인류가 일궈온 현대 문명은 산업혁명 이후 지금까지 에너지를 더 많이 소비하는 방향으로 발전하여 왔으며, 에너지는 현대 문명에서 생명줄이나 마찬가지다. 그런데 인류는 아직도 대부분의 에너지를 온실가스의 주범인 화석연료에 의존하고 있다.

지구 온난화 현상은 지금 당장 온실가스 배출을 모두 중단한다 하여도 한동안 그 추세가 지속될 것이다. 그런데도 감축의 기미마저 별로 없이 화석연료를 지속적으로 사용하는 것은 참으로 큰 문제라 아니할 수 없다.

지금 우리가 할 수 있는 최선의 방법은 가급적 이산화탄소와 같은 온실가스의 배출량을 최대한 줄여나가는 것이다. '진인사 대천명'의 자세로 인류의 모든 활동 영역에서 온실가스를 배출하지 않는 대체 에너지의 사용을 최대한 늘려야 한다.

이제 인류는 더 이상 눈앞의 자국 이익에만 급급해서는 안 될 것이다. 발등의 불이 된 지구 온난화에 대한 대책을 찾아 국경을 초월하여 전 인류의 지혜를 모으고 그 해결책을 찾아야 한다. 아울러 원시림이나 열대우림의 파괴를 막아 지구 허파의 손상을 방지하고, 쓰레기와 폐기물의 바다 방출을 통제하여 더 이상의 대양 오염도 막아야 한다. 앞으로 온 인류가 머리를 맞대고 협력하여 지구 온난화를 완화시키고 지구 생태계를 보전해 나간다면 인류의 건강한 삶도 지속될 수 있을 것이다.

친환경 녹색산업, 부를 주다 - 환경기술, 21세기의 경쟁력

대기오염이나 바다오염과 같은 환경 훼손은 인간의 건강에도 나쁜 영향을 주지만, 크게는 인류의 생존 자체를 위협하고 있다. 따라서 '친환경'은 필연적으로 '민주'와 '복지'에 이어 새로운 시대의 시대정신이 될 것이다.

우리는 디젤차의 배기가스가 심장질환과 암을 유발시키며, 화석연료의 사용이 지구 온난화를 가속시켜 인류의 생존마저 위협한다는 것을 알고 있다. 만약 우리 모두가 전기차를 사용하고 필요한 전력도 모두 태양광이나 풍력 발전으로 생산한다면, 대기오염과 지구 온난화의 문제도 크게 개선될 것이다.

그러나 지금 당장은 전기차의 가격이 화석연료를 사용하는 일반차에 비해 비싸고, 한번 충전으로 운행할 수 있는 거리가 짧아 장거리 운행도 어렵다. 태양광이나 풍력 발전에 의한 전력 생산 역시 채산성의 문제에 걸려 있다.

만약 어떤 개인이나 기업이 남보다 앞서 경제적으로 채산성이 있는 이런 기술들을 확보하고 생산에 나선다면 경제적으로 엄청난 부를 얻게 될 것이다.

누군가는 결국 그런 혁신을 이루어낼 것이며, 인류는 조만간 전기차나 수소차처럼 오염원을 배출하지 않는 친환경차를 사용하게 될 것이다. 따라서 대한민국이 노력하여 이런 추세에서 앞서 나간다면, 국민 건강의 보호는 물론 새로운 산업분야도 발전시켜 나갈 수 있을 것이다.

여기서 요체는 어떻게 이런 기술 혁신에서 앞서나갈 것인가이다. 이 문제는 얼핏 닭이 먼저냐 달걀이 먼저냐 하는 문제와 비슷하다. 즉, 혁신적인 기술이 나타나서 관련 산업이 발전할 수도 있고, 국가가 관련 산업을 지원하여 기술 발전을 이끌어낼 수도 있다.

예컨대 19세기와 20세기에 걸친 미국의 석유, 철강, 전기, 그리고 자동차 산업 발전은 혁신적인 기업가와 발명가들이 이끌어낸 새로운 기술과 생산방식에 의한 것이었다.

현재 세계의 많은 나라들에서 시행하는 친환경차 구입 보조금 지급과 태양광이나 풍력 발전으로 생산된 전력의 국가 구매는 정부가 정책적으로 관련 제품이나 시설의 민간 구매나 설치를 촉진하여 관련 산업을 발전시키고자 하는 것이다. 그 이유는 이처럼 적극적인 지원을 통하여 기술이 발전하고 대중화가 이루어지면, 관련 산업에서도 앞서갈 수 있고 친환경적인 생활도 구현할 수 있기 때문이다.

만약 국가적 지원에 힘입어 새로운 기술이 개발되어 한번 충전으로 500km 이상 주행할 수 있고 가격도 대폭 낮은 배터리가 생산되면, 전기차의 가격은 크게 낮아질 것이고, 전기차는 급속하게 보급될 것이다. 이는 전기차의 대중화와 관련 산업의 발전을 뜻한다.

마찬가지로 효율은 높이고 가격은 획기적으로 낮춘 새로운 태양전지가 개발된다면, 태양광 발전의 생산 단가는 대폭 낮아지게 될 것이다. 이는 발전 산업의 획기적인 패러다임 변화를 불러와 발전의 화석연료 의존도를 크게 낮출 것이다.

고성능 저가격의 배터리와 낮은 단가의 고효율 태양전지 개발 경쟁은 이미 세계적으로 불이 붙었다. 아직 상용화에 이르지는 않았지만 실험실에서는 후보로 될 만한 다양한 기술들이 개발되고 있으며, 세계 유수의 연구기관과 기업들이 이의 개발과 상용화에 적극 나서고 있다. 만약 대한민국이 이런 기술 개발에서 앞서 간다면 대한민국은 이 새로운 산업 분야들을 선점하여 많은 새로운 일자리와 엄청난 부를 창출할 수 있을 것이다.

독일은 덴마크 등과 더불어 유럽에서도 앞서가는 재생 가능 대체에너지 개발의 선진국이다. 독일은 2000년에 대체에너지 개발을 보다 강력하게 지원할 '대체에너지 지원법'을 제정하였고 이를 바탕으로 대체에너지 개발을 범국가적으로 지원하고 있다. 태양광 발전이 전체 에너지 생산에서 차지하는 비율이 20%에 이를 정도로 다른 선진국들에 비해서도 높다. 독일은 다수의 대학과 관련 연구소들이 태양광 기술 개발에 전념하여 태양광 기술에서 가장 앞서 있으며, 태양광 산업에 관련된 고용자 수도 수십만 명에 이른다.

중국 역시 범국가적으로 태양광 발전의 확충에 총력을 기울이며 태양광 산업에서 독일을 바짝 추격하고 있다. 그리고 전기차의 빠른 보급을 위해 국가 차원에서 전기차의 개발과 보급에도 전폭적인 지원을 하고 있다. 이를 통해 뒤처진 자동차 산업이 전기차 시대에는 앞서갈 수 있도록 노력을 경주하고 있다.

북유럽의 덴마크는 자신들의 국토를 강타하는 거센 바람을 이용하여 일찍부터 풍력 발전에 범국가적 노력을 기울여왔다. 그 결과 현재 전 세계 풍력 발전 시장을 이끌어가고 있으며, 자국 전체 에너지 생산의 20% 이상을 풍력 발전으로 충당하고 있다. 덴마크는 이 비율을 2020년까지 40%로 끌어올릴 계획이다. 이러한 배경을 바탕으로 덴마크의 회사 '베스타스'는 세계 풍력발전기 시장에서 남보다 앞선 기술력으로 1위 자리를 차지하고 있다.

가축 사육에 따른 환경오염 역시 매우 심각한 문제이다. 가축이 배출하는 온실가스의 양도 문제지만, 제대로 처리되지 않은 가축 분뇨 등의 축산 폐기물은 주변 환경을 심하게 오염시킨다. 특히 수질 오염의 문제는 심각하다. 이런 가축 분뇨와 같은 축산 폐기물을 모두 바이오 에너지로 전환하여 활용한다면, 환경오염도 막고 경제적인 혜택도 누리는 일석이조의 이득을 보게 될 것이다. 이러한 기술은 이미 현실화되었지만, 여러 이유로 아직 광범위하게 활용되지 못하고 있다.

이산화탄소를 배출하지 않거나 더 적게 배출하는 제품이나 공장을 만드는 기술은 이제 산업 경쟁력의 핵심이 되었다. 내연기관 자동차의 경우도 이산화탄소 배출량에 대한 규제는 시간이 갈수록 점점 더 강화되고 있다. 이런 규제를 만족하는 제품을 생산하지 못하는 회사는 향후 도태될 수밖에 없다. 이는 선박의 경우도 마찬가지이며, 제철소와 같은 생산 공장이나 화력 발전소의 경우도 예외가 아니다. 친환경 기술은 이제 21세기 기술 경쟁력의 근간이 되고 있다.

만약 모두가 전기차를 사용하고 필요한 전기도 모두 태양광이나 풍력 발전으로 생산한다면, 현재 차량이나 발전소에서 배출되는 엄청난 양의 이산화탄소와 다른 유해 물질도 다 사라질 것이다. 집집마다 태양광 발전 패널을 설치하고, 산업체들도 태양광이나 기타 재생에너지를 최대한 활용한다면, 이산화탄소 배출은 획기적으로 줄어들 것이다.

에너지 소비와 이산화탄소의 배출을 크게 줄일 수 있는 또 다른 분야는 건축이다. 개인집이나 사무실에서 사용하는 전기량의 합은 산업용의 합에 뒤지지 않을 정도로 크다. 따라서 친환경 건축으로 에너지를 절약하고 화석연료 사용을 줄인다면 가정이나 회사의 비용이 절감되고 지구 온난화의 완화에도 크게 기여할 것이다.

환경오염 정화 기술의 개발 역시 매우 시급하다. 예컨대 유조선의 원유 유출 사고나 중화학 공장 주변의 오염된 토양 복원에 이런 기술은 크게 유용할 것이다. 만약 원유를 바닷물과 쉽게 분리해 낼 수 있는 장비를 개발하거나, 중금속 같은 오염물질을 쉽게 분리해 내는 기술을 개발한다면, 보하이만과 같이 중금속으로 오염된 바다도 정화해 나갈 수 있을 것이고, 오염된 토양의 복원도 수월해질 것이다. 환경오염 정화 분야에서 앞선 기술력을 가진 회사는 관련 장비의 판매와 기술력의 대가로 큰 이득을 얻을 것이다.

친환경 기술은 먹거리와 자연환경에 대한 오염을 방지하여 인류의 건강을 지켜주고 삶의 질도 함께 향상시킬 것이다. 예컨대 태양광 발전 분야에서 페인트처럼 표면에 뿌리거나 칠할 수 있는 염료형 태양전지 기술이 진전된다면, 아프리카나 중남미·인도 등지의 개발에서 소외된 수많은 빈곤층 사람들에게도 저렴한 비용으로 전기의 혜택을 누릴 수 있게 하여 삶의 질을 높여줄 것이다.

전 지구적인 환경오염의 방지, 태양광과 풍력 발전 등 친환경 에너지의 사용, 그리고 에너지 사용 자체를 줄이는 친환경 건축의 활성화는 이제 인류가 반드시 실천해야 할 명제가 되었다. 전 세계적으로 이런 친환경 기술 분야들은 새로운 일자리를 창출할 차세대 산업으로 떠오르고 있다.

친환경 기술은 우리에게 깨끗한 환경은 물론 경제적 이득도 함께 안겨줄 것이다. 앞으로 환경기술에서 앞선 나라는 경제적으로 더 부강해지고 국민들은 더 건강한 삶을 누리게 될 것이다. 또한 향후 인류 생존에 필요한 지구 환경의 보전에도 앞장서게 되어 세계를 이끌어 가는 역할을 하게 될 것이다.

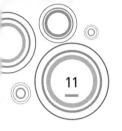

소비자와 농민, 중소상공인을 위한 협동조합과 공동브랜드의 활성화

농산물의 국제 교역이 활발해지면서, 노임이 싸거나 대단위 농업과 기계화로 농작물의 생산 가격이 낮은 국가들과의 경쟁에서 우리 농촌은 생존마저 보장할 수 없는 처지에 놓여 있다. 제조업 분야의 우리 중소기업들 역시 대기업의 자금력과 기술력, 그리고 판매력에서 경쟁 상대가 되지 못하여 도태되는 일이 속출하고 있다. 도시의 중소 상인들도 예외는 아니다. 재래시장이나 동네 가게들은 대형 할인점과 대규모 유통 기업에서 운영하는 기업형 슈퍼마켓SSM과의 경쟁에서 그 설 자리를 잃어가고 있으며, 동네 빵집들 또한 대형 프랜차이즈 업체와의 경쟁에서 밀려나 하나둘 차례로 문을 닫고 있다.

우리나라 중산층의 한 축을 이루어야 할 농민과 중소 상인들이 이렇게 문을 닫고 망해 가는 것을 이제 더 이상 방치할 수는 없을 것이다. 이에 대처하는 방안으로는 적절한 경쟁은 허용하면서 농민과 중소상공인의 경쟁력이 높아지도록 지원하는 방안을 생각할 수 있다. 이의 핵심은 공정하고 조화된 경쟁 환경을 어떻게 조성하고, 중소업체나 농민들의 경쟁력을 어떻게 높이느냐일 것이다.

이를 위해서 첫째, 대기업들이 불공정 경쟁을 하면 엄청난 대가를 치르도록 법제화하여 불공정 행위 자체를 할 수 없게 하고, 둘째, 기존에 중소기업들이 잘 운영하고 있는 '중소기업 적합분야'에는 대기업들이 침투하는 것을 막아 불공정 경쟁을 미연에 방지하며, 셋째, 중소기업들이 대기업이나 프랜차이즈에 맞설 정도의 경쟁력을 가질 수 있도록 국가의 정책적 지원 체계가 마련되어야 한다.

우리가 시선을 잠시 돌려보면, 치열한 경쟁에서도 굳건히 뿌리를 내리고 살아남은 농민과 중소기업의 사례를 상당수 찾을 수 있다. 바로 협동조합이나 공동브랜드를 통하여 협력하며 경쟁력을 키운 경우들이다. 여기에 소비자들도 생활협동조합을 만들어 상대적으로 싼 가격에 제품이나 농산물을 협동 구매하고, 동시에 농민이나 중소기업에게는 안정적인 수요처를 제공하여 도움을 줄 수 있다.

실제로 스위스나 이탈리아·스페인·독일 등 유럽의 여러 나라에서는 협동조합 운동과 공동브랜드 사용으로 농민과 중소 제조업자, 그리고 도시 중소 상인들이 강한 경쟁력을 갖게 된 경우가 많다. 이 중에는 협동조합 자체가 큰 대기업으로 성장한 예도 상당수 있다. 근래 세계 금융위기 상황에서도 이들 나라의 협동조합들이 속해 있는 지역사회는 실직 사태도 막고 경제의 활성화도 유지하였다. 불경기 국면에서 협동조합이 사회 안정의 중요한 지지대 역할을 한 것이다.

중소기업을 위한 공동브랜드의 활성화

일본의 이마바리시는 타월 생산으로 유명한 도시였다. 그러나 1990년대 말 외국의 값싼 수입품들이 밀려들자 500여 업체가 300

여 업체로 축소되는 줄도산 사태가 벌어졌다. 상당수 업체들이 도산한 후, 남은 업자들은 자구책으로 공동브랜드를 만들고 자체적으로 엄격한 품질 검사를 시작하였다. 이를 시작으로 이 업체들의 공동브랜드는 소비자들로부터 품질을 인정받게 되었고, 이후 일본의 타월 산업을 대표하는 고가 명품 브랜드로 인식되게 되었다. 명품 타월로 소비자들에게 각인된 현재에는 고가의 다양한 타월을 공급하며 타월 시장에서 독보적 위치를 유지하고 있다.

독일의 '바이오랜드'는 처음 16개 농가에서 시작하여 지금은 5천여 농가가 가입한 친환경 농산물 브랜드이다. 이들은 독일의 국가 친환경 기준보다 더 엄격한 자체 기준을 만들어 자신들의 생산품을 스스로 철저하게 검사함으로써 소비자들의 무한 신뢰를 받는 세계적 유기농 식품 브랜드로 자리 잡게 되었다. 이탈리아 북부의 300여 치즈 공장들도 자체 치즈 공동브랜드를 만들었는데, 엄격한 검사 기준을 적용하여 소비자의 신뢰를 얻음으로써 세계적 명품 브랜드가 되었다.

대한민국에서도 공동브랜드를 활용한 몇 가지 성공 사례들이 있다. 한국펌프공업협동조합에서는 2009년 '펌프로' 브랜드를 만들어 수십 개 업체가 공동브랜드 사업에 참여하였다. 품질은 우수하지만 브랜드 인지도가 낮은 중소 펌프 제조업체들의 제품 인지도를 높이기 위하여 만들어진 '펌프로' 브랜드 제품은 조합이 그 품질을 보증하고 제품의 수리 서비스도 조합이 책임진다. 이는 구매자가 안심하고 구매할 수 있게 하여, 참여 기업들의 매출이 공동브랜드 구성 전보다 서너 배 늘어났다. 펌프공업협동조합은 이후 인도네시아와 '펌프로' 제품 판매 협약을 체결하였고, 베트남과 필리핀 등 다른 동남아 국가들에도 진출하였다.

유통·판매 분야의 경우에도 '코사마트'라는 공동브랜드가 운영되고 있다. 1990년 51개의 지역 슈퍼마켓들로 창설된 한국슈퍼마켓협동조합연합회는 1993년 '코사마트'라는 공동브랜드를 도입하였다. 현재 수십 개의 지역조합과 수만 명의 조합원을 가지고 현대식 중소 물류센터들을 운영하며 공동구매와 공동배송을 통하여 가격 경쟁력을 높이고 있다. 자체 브랜드 상품도 지속적으로 확대하여 우수한 상품을 더 싸게 공급하고자 하고 있으며, 최종적으로는 기업형 슈퍼마켓SSM에 밀리지 않는 경쟁력을 목표로 하고 있다.

공동브랜드의 결성은 개별 제조업체나 유통판매업체가 달성하기 어려운 브랜드 인지도의 향상과 제품의 홍보에서 많은 이점을 가진다. 서로 보완되는 품목들이 결합하는 경우 다양한 품목들로 판매에서도 유리한 위치를 점할 수 있다. 구매에서도 공동구매로 대기업에 못지않은 경쟁력을 가질 수 있다. 그러나 개별 업체들이 스스로 이런 조직을 결성하는 데에는 상당한 어려움이 있으므로 국가에서 원스톱 전담지원기구를 설치하여 포괄적인 지원을 제공하여야 한다.

유럽 대안경제의 힘, 협동조합 기업

이탈리아 북부의 에밀리아로마냐 지역은 근래의 세계적 금융위기에서도 한발 비켜나 있었다고 한다. 이 지역의 중소기업들 8천여 개가 협동조합 운영을 통하여 해고 사태 없이 금융위기를 잘 극복하였기 때문이다. 이 지역에는 변변한 대기업도 없지만, 협동조합 운동을 통하여 성장과 고용 안정의 기적을 이루었다. 1950년대까지 이탈리아에서 가장 못살았던 인구 400여 만의 이 지역은 현재는 1인당 소득이 유럽에서도 손꼽히는 부유한 지역이 되었다. 지역의 중소기업들과 협동조합들은 서로 협력하며 신뢰경제의 토대를 만들었다.

에밀리아로마냐주 생산의 30%는 협동조합 기업들에서 창출된다고 한다. 협동조합들끼리 컨소시엄을 구성하여 중소기업 능력 밖이라 할 자본도 조달하며, 위기 상황에서 소비자 생활협동조합은 다른 협동조합 생산품들의 판로로서 역할을 한다. 부득이 폐쇄되는 협동조합의 직원들은 다른 협동조합들에서 고용하는 방식으로 위기도 극복한다.

예컨대 교육과 사회서비스를 제공하는 노동자 협동조합과 시공을 맡은 건축 협동조합, 단체급식을 제공하는 협동조합이 함께 컨소시엄을 구성하여 열 개가 넘는 어린이집을 만들어 운영한다고 한다. 노동자 협동조합은 교사와 사회서비스 전문가들이 만들었다. 단체급식 협동조합의 경우에는 직원들 급여도 줄 수 없는 위기를 맞이한 적이 있었지만, 식재료를 공급하던 다른 협동조합으로부터 신용이나 싼값으로 공급받아 위기를 극복할 수 있었다. 이후 다른 협동조합과 회사들을 인수하여 현재는 직원 8천 명이 넘는 이탈리아 최대의 급식 업체로 성장하였다고 한다.

생활협동조합 기업인 '쿱COOP'은 볼로냐 소매시장에서 1위를 차지하고 있는데, '쿱' 표시 상품들을 많이 판매하고 있다. 이곳 사람들은 '쿱' 표시가 붙은 상품을 더 신뢰한다고 한다. 홍보나 판매 역량이 다소 뒤지는 제조·생산자 협동조합들에게 생활협동조합들은 매우 중요하고 든든한 판로가 되고 있다.

2008년의 금융위기를 겪는 동안에도 에밀리아로마냐의 협동조합들은 단 한 명도 해고하지 않았는데, 이는 협동조합연합회의 역할 때문이었다. 협동조합연합회는 회원 협동조합들로부터 매년 수익금의 3%를 받아 적립하였다가 고용 안정 또는 사업 확대 자금으로 공급한다. 협동조합들은 이를 바탕으로 컨소시엄을 만들어 대규모 사업도 진행한다고 한다. 가히 신뢰경제의 표본이라 할 만하다.

농민을 위한 생산자 협동조합

세계 최대의 낙농 수출 기업인 '폰테라'와 세계적인 키위 판매 회사 '제스프리'는 뉴질랜드의 대표적 농업 생산자 협동조합들이다.

폰테라는 2001년에 당시 뉴질랜드 최대 협동조합 2개가 합병하여 만들어진, 뉴질랜드 낙농가 90% 이상이 가입한 총매출 100억 달러가 넘는 거대 협동조합 기업이다. 폰테라는 뉴질랜드 수출의 25%를 차지하고 있으며, 세계 140여 국가에 유제품을 공급하는 세계 최대의 낙농 수출 기업이다. 폰테라는 1만여 명의 회원 낙농가들이 지분 100%를 보유하고 있고, 한 해 1억 달러 이상을 연구개발에 투자하여 신제품 혁신 역량도 확보하고 있다.

제스프리 역시 2,700여 키위 생산 농가들이 100% 지분을 보유한 협동조합 기업이다. 2000년 창립 첫 해 4억 달러 정도에 불과하던 수출액은 2009년 10억 달러를 돌파하였다. 물량으로는 전 세계 키위 수출의 40%, 금액으로는 70% 이상을 점하고 있다. 키위 생산 농가들의 힘을 제스프리라는 판매 전담 회사에 모아서 기술 혁신을 이루고 수출 역량을 키워 높은 가격을 받고 있는 것이다. 이 협동조합은 제스프리 외에도 선별·포장·운송을 위한 자회사들을 두어 소득의 극대화를 꾀하고 있다.

뉴질랜드에서 이와 같은 세계적 브랜드들이 나오기까지는 협동조합 육성을 위한 뉴질랜드 정부의 적극적인 농업 지원 정책이 있었다고 한다. 뉴질랜드 정부는 1999년에 키위 수출 창구를 단일화하는 법을 제정하여 제스프리가 만들어 질 수 있게 하였다. 이는 품목별 협동조합 기업을 장려하려는 강력한 국가 정책의 산물이었다. 이는 최고의 품질 관리와 농민 소득의 안정적 보장을 위해서 단일 협동조합 기업이 필요하다는 정부 당국의 판단에 따른 것이었다.

현재 대한민국에도 거대 조직인 '농업협동조합'이 있다. 그러나 생산자이자 조합원인 농민들과는 실질적으로 유리되다시피 한, 거의 소속 임직원들만을 위한 조직으로 여겨질 만큼 중앙집권화된 공룡 조직이다. 이 조합의 발전을 위해서는 농민들이 실질적인 구성원으로서 능동적으로 역할을 할 수 있는 품목별 단위조합이나 지역 생산 조합의 진정한 연합체로 다시 태어나야 한다. 조직이 진정한 생산자 협동조합으로 다시 태어날 때 대한민국 농협도 뉴질랜드의 제스프리나 폰테라처럼 활성화될 수 있을 것이다.

농협이 진정한 농업 생산자 협동조합으로 환골탈태하고, 도시 소비자들과 유기적 공생 관계를 만들면 농산품의 판로 확보도 이루어지고, 소비자들도 안심하고 구매할 수 있을 것이다. 수협이나 축협도 마찬가지 경우라고 할 수 있다. 모든 생산자 조합원들이 진정한 주인으로 거듭나는 농협·축협·수협을 만들어야 한다.

농업 생산자뿐 아니라 제조업과 유통 분야의 중소상공인들도 자신들에게 적합한 협동조합을 결성하여 구매력과 홍보력을 높이고 판매에서 경쟁력을 갖게 되면 자신들에게 이득이 됨은 물론 국가 경제의 안정과 활성화에도 도움이 될 것이다. 중소 제조업체들의 경우 분야별 협동조합 구성과 더불어 연구개발 면에서 '한국판 막스플랑크 체계'의 관련 분야 전문 연구소와의 협력을 통하여 혁신적인 제품을 개발하고 세계를 상대로 시장을 넓혀가야 할 것이다.

생산자와 소비자를 잇는 소비자 생활협동조합의 유기적 구성

소비자들이 자발적으로 만드는 생활협동조합은 생활에 필요한 물건들을 질은 좋고 값은 싸게 공급받고자 함이 그 목적이다. 소비자 협동조합은 경제적으로 약자인 소비자들이 기업의 독점에 맞서기 위해 만든 사업체이기 때문에, 대부분의 나라에서 비영리 기업으로 간주하여 독점 규제 등에서 일정 부분 예외를 인정하고 있다.

스위스 최대의 소매 기업인 '미그로'는 협동조합 기업이다. 스위스 국민의 30% 정도가 미그로의 조합원이고 시장 점유율은 20%에 육박한다. 미그로는 8만여 명을 고용하는 스위스 최대의 고용자이기도 하다. 미그로는 '사회에 대한 책임'을 모토로 창립 이래 한결같이 사회와 환경을 생각하는 기업으로 활동하여 왔다. 협동조합적 가치를 바탕으로 지속 가능한 기업으로 성장하는 것을 목표로 삼고 있는데, 실제로 미그로는 세계에서 가장 지속 가능한 기업으로 꼽히고 있다. 매출의 1% 정도는 사회적 책임 사업에 쓰고 있으며, 지금까지 사회에 환원한 금액이 무려 30억 스위스프랑을 넘는다고 한다.

미그로는 백화점에서부터 주유소·은행·여행사까지 여러 사업 분야를 운영하고 있다. 조합원들이 이익의 확대보다는 가격 인하를 원하므로, 주주 중심으로 이익을 최대화하는 것과 같은 기업적 행태는 보이지 않는다. 의사 결정은 11개 지역 협동조합들로 이루어진 위원회를 통해 이루어진다. 위험한 사업이나 투자는 벌이지 않고, 조합원과 고객이 모두 스위스 사람이므로 해외 사업영역 확장 또한 고려하지 않는다. 미그로의 가장 강력한 경쟁자는 스위스의 또 다른 협동조합 기업인 쿱COOP이며, 이 두 협동조합의 스위스 소매 시장 점유율은 40%에 이른다고 한다.

대한민국의 대표적 소비자 생활협동조합으로는 '한살림'과 '아이쿱'을 들 수 있다. 이들은 친환경 식품, 유전자 식품 배제, 우리밀 지키기, 공정무역 등과 같은 친환경과 윤리적 소비를 기치로 내걸고 있다.

1988년 1천 세대의 이용자들이 모여 한살림공동체소비자협동조합으로 시작한 한살림은 2002년에 다시 20여 개의 단체가 모여 한살림사업연합으로 재출발하였다. 한살림은 생산 농가들도 회원으로 참여하여 친환경적이고 안전한 농·축·수산물을 생산하고, 생산자와 소비자 사이의 직거래를 목적으로 하고 있다. 이러한 직거래를 통하여 농업과 환경을 살리고 생태계도 보전하는 도·농 생활공동체를 지향한다. 한살림은 30만이 넘는 소비자 회원과 생산자 회원들로 이루어져 있으며, 직거래를 통한 친환경 농산물의 유통을 위주로 하고, 식품 가공공장과 물류센터를 갖추고 자체적인 태양광 발전도 하고 있다.

1997년에 경인 지역 6개 생활협동조합들의 연대로 출발하여 2008년 현재의 이름으로 바꾼 아이쿱은 조합원 수가 20만이 넘고, 매출액이 5,000억에 육박하는, 매출 규모로는 국내 최대의 생활협동조합이다. '자연드림'이라는 자체 브랜드를 가지고 다수의 자체 매장들에서 물품을 판매하는 아이쿱은 '나와 이웃과 지구를 살리는 윤리적 소비'를 모토로 상품의 안전성, 순환성, 생물다양성, 지속가능성 등을 지향한다. 농작물은 계약재배를 통하여 구입하며, 국내 최초로 친환경 식품클러스터인 식품공방, 물류센터, 영화관 등을 한데 모은 친환경 복합문화단지를 조성하였다. 그리고 친환경 식품가공업체들이 입주하는 대규모 친환경 유기농산물 가공단지를 추가적으로 조성하고 있다. 아이쿱은 장기적으로 국내의 대형 유통업체에 못지않게 규모를 키워 그 경쟁력을 높이고자 하고 있다.

이제는 정부도 협동조합 운동이 꽃을 피워 소비자 생활협동조합, 농민과 중소 제조기업의 생산자 협동조합, 그리고 유통 판매 분야의 소상인 협동조합 운동이 튼튼하게 뿌리를 내릴 수 있도록 체계적인 지원 체계를 갖추어야 한다. 협동조합들이 연합체를 구성하여 서로 상생하며 유기적으로 협력한다면, 유럽의 협동조합 성공 사례에서처럼 경제적 위기 시에도 굳건히 버티는 사회 안전판의 역할을 할 것이다.

중소기업 육성 체계의 확립과 중소기업·대기업 상생협력

현재 대한민국 직장인의 85% 이상이 중소기업에 재직하고 있다고 한다. 이는 대한민국의 일자리 창출에 있어서 중소기업의 역할이 절대적임을 보여준다. 이처럼 국민 절대다수를 먹여 살리는 중소기업들이 튼튼하고 안정적일 때 국민들의 삶도 안정될 수 있다. 그런데 대한민국에서 20년 이상 지속되는 중소기업은 열에 하나 정도라고 한다. 중소기업이 대한민국에서 생존하기가 참으로 어려움을 웅변한다.

정부는 줄곧 대기업이 잘되면 낙수효과로 인하여 중소기업도 잘되고 그에 따라 고용도 늘어날 것이라고 하였다. 대기업들의 투자는 일부 늘어났지만, 기대하던 낙수효과는 거의 일어나지 않았다. 시대의 조류를 정부가 제대로 보지 못했기 때문이다. 이제는 대기업이 많은 이익을 내도 생산 원가가 저렴한 해외에 더 많이 투자하고, 국내에 투자하더라도 더욱 자동화되고 전산화된 방식을 택하여 새로운 인력 수요는 크지 않다. 결국 나라의 일자리를 늘리고 안정시키려면, 중소기업들의 일자리를 늘리고 안정시켜야 한다. 이를 위해서는 중소기업이 안정적으로 운영될 수 있고, 창업이 쉽고 뿌리내리기도 쉬운 사회적 여건을 만들어야 한다.

그렇지만 대한민국의 현실은 대기업과 중소기업 사이의 불공정 거래 관행들로 중소기업의 생존이 매우 어렵다. 요인은 크게 두 가지다. 하나는 대기업이 중소기업과 거래할 때 나타나는 부당 거래의 강요이며, 다른 하나는 대기업이 중소기업과 경쟁할 때 나타나는 불공정 경쟁 행위다.

첫 번째 유형의 예로는 중소기업이 대기업에 납품을 하거나 하청을 하는 경우, 대기업의 우월한 지위를 이용하여 부당하게 납품 단가를 인하하게 하거나, 설계 변경 등과 같은 일로 피해가 발생했을 때 그 책임을 중소기업에 전가하는 사례를 들 수 있다. 그리고 하청업자들이 어렵게 개발한 기술을 부당하게 빼앗거나 복사하여 하청업자들의 기술 개발 성과를 착취하는 행위 등을 들 수 있다.

두 번째 유형의 대표적 예로는 대기업이나 그 산하 회사들이 중소기업과 경쟁할 때, 자금력과 규모를 앞세워 경쟁 상대 중소기업을 고사시키는 전략을 취하는 것이다. 예컨대 대기업이 자금력을 이용하여 가격을 터무니없이 낮추어 경쟁 중소기업이 수지타산을 맞출 수 없게 하여 문을 닫게 만드는 수법이다. 그리고 대기업이 영향력을 발휘하여 중소기업이 사업을 영위하기 어려운 환경을 만들 수도 있다. 대기업 프랜차이즈 소속 빵집이 동네 주민들의 사랑을 받아온 기존의 오래된 동네 빵집과의 경쟁에서 밀리자, 동네 빵집의 건물주에게 임대료를 대폭 올려주겠다고 하여 동네 빵집을 쫓아낸 사례가 이에 속한다.

이와 같은 대기업과 중소기업 사이의 불공정한 부당 거래 행위는 우리나라 중소기업의 안정적 생존을 크게 위협한다. 타이완에서는 대기업이 중소기업 영역에 진출하지 않는 것을 하나의 불문율로 지키고 있으며, 대기업이 중소기업에게 납품가 할인의 강요와 같은 부당한 요구는 하지 않는다고 한다. 타이완의 대기업들은 중소기업과의 상생 발전을 위해 적극 노력하며, 타이완 정부도 중소기업에 대한 적극적인 지원 체계를 갖추고 중소기업 육성에 주력하고 있다. 이러한 여건에 힘입어 타이완의 수출에서 중소기업이 차지하는 비중은 무려 70%에 달한다.

반면, 대한민국의 수출에서 중소기업이 차지하는 비중은 30%에 불과하다. 일본에서도 타이완과 마찬가지로 대기업의 중소기업 영역 침범이나, 하청 업체에 대한 납품가 인하 강요 등의 불공정한 부당 거래는 찾기 어렵다고 한다. 납품 업체들의 발전이 자신들이 만드는 제품의 질도 향상시킨다고 생각하므로 납품 업체들에게 어려움을 강요하지는 않는다는 것이다.

현재 대한민국에서 대기업, 특히 재벌기업들의 큰 문제로 재벌 후손들의 먹거리 마련을 위한 중소기업 분야 무차별 진출과 일감 몰아주기를 들 수 있다. 이는 중소상공인을 벼랑으로 내몰고, IT 등 전문기업의 성장에 큰 장애가 되고 있다. 이스라엘에서도 1990년대에 형성된 재벌기업들의 국가경제에서 차지하는 비중이 2000년대 이후 급격히 늘어나 세계 최고로 높아졌다고 한다. 그러나 이의 부작용을 인지한 이스라엘 국회에서는 2013년 만장일치로 재벌개혁법을 만들었다. 주요 내용은 재벌의 피라미드식 사업구조 즉 3~4단계 이상에 걸친 자회사들을 2단계까지만 허용하여, 중소기업이나 창업 분야에서 대기업 계열회사들에 의해 만들어지는 진입 장벽을 줄이고 중소기업과 스타트업의 성장을 촉진하자는 것이다. 대한민국도 이스라엘의 사례를 참조하여 중소기업과 스타트업의 성장을 가로막는 재벌의 무분별한 사업 영역 확장과 일감 몰아주기를 막아 중소기업의 성장 가능성을 높여야 한다.

　　중소기업을 육성하기 위해서는 대기업과 중소기업 사이의 공정한 거래 관행의 확립은 물론, 자금이 부족하고 경영 노하우가 부족한 중소기업을 위하여 기업의 기술력이나 사업 전망을 바탕으로 자금을 대여해주는 금융 지원과 경영 노하우에 대한 지원을 하는 원스톱 지원체계를 갖추어야 한다. 중소 제조업체들을 위해서는 대학과 연구소, 산업체를 연계하는 효율적인 '학-연-산' 연구개발 체계를 구축하여야 한다. 그리하여 기업에 필요한 기술 인재들의 양성과 기술 개발에서 관련 분야 대학과 전문연구소의 협력을 쉽게 받을 수 있게 해야 한다. 중소기업들이 경쟁력 넘치는 튼튼한 기업들로 우뚝 설 때 우리나라의 경제도 더욱 강해질 것이다.

제3부

레테르를 붙이지 않는 방책의 이점
— 인재 육성의 다원화

사람에게 레테르를 붙이지 않는 사회

현재 대한민국에서는 레테르를 너무 많이 붙인다. 교육에서도 그렇고 군대에서도 그렇다. 고등학교는 과학고·영재고·외국어고 등 특목고와 자립형사립고, 대학은 SKY(서울대·고대·연대)·KAIST·포항공대 출신 등으로 레테르*가 붙는다.

군대는 어떤가? 육군사관학교를 나온 사람과 그렇지 않은 사람은 장교 진급 경쟁에서 완전히 다르게 취급을 받는다. 미국처럼 일반병으로 들어간 사람도 원하면 장교가 되는 것이 어렵지 않고, 고급 장교로 되는 길도 터주어야 한다. 미국의 합참의장과 국무장관을 지낸 콜린 파월은 ROTC 출신이다. 그러나 대한민국에서는 3군 사관학교, 특히 육사 출신이 아니면 국방부장관이나 합참의장 되기가 매우 어렵다.

대한민국의 현실에서는 레테르가 없는 사람은 레테르를 붙이고

---

* 우리가 흔히 쓰는 레테르는 네덜란드어 letter인데 이는 영어 letter와 같은 단어다. 우리가 사용하는 의미로는 영어 label에 해당하지만, 글자(letter)를 써붙여 라벨(label)을 표시한다는 의미로 이해할 수도 있다.

있는 사람에 비하여 훨씬 더 어려운 경쟁을 해야 한다. 대학은 그렇다 치더라도, 고등학교 때부터 이처럼 레테르를 붙여 차별하는 것이 과연 국력의 신장에 도움이 될까? 고등학교 입학 시의 성적이 그 사람이 갖고 있는 능력의 절대 지표가 될 수 있는가?

대한민국의 교육 당국은 영재고나 과학고에 진학한 학생들에 대해서는 마치 엄청난 천재들을 대하는 양 과도한 지원을 하는 반면, 일반계 고등학교의 절대다수 학생들에 대해서는 별다른 육성 의지를 갖고 있지 않아 보인다. '한 명의 천재가 수만 명을 먹여 살린다.'는 어느 재벌 회장의 생각에 우리 교육 당국이 공감하고 있는 듯하다. 하지만 일반고에 진학하는 학생들 속에 대한민국 인재의 대부분이 포함되어 있다면 잘못된 판단일까?

수능 성적이 좋은 학생들의 능력이 그렇지 못한 학생들의 능력보다 반드시 더 낫다고 할 수는 없다. 학생들이 모두 자신의 능력을 제대로 발휘하여 수능 시험을 보았다 할지라도, 수능 성적은 상당 부분 학생이 처한 환경에 따라 좌우된다.

실제로 2005년부터 2008년까지 서울대학교에서 추적 조사한 결과에 의하면 입학 시에 수능 성적이 다른 학생들에 비해 뒤처졌던, 지역균형선발로 입학한 학생들의 대학에서의 학업 성적은 특목고 출신들을 포함한 다른 어떤 군의 학생들보다 학년이 올라갈수록 더 나아졌다. 이는 농어촌 지역에서 주로 자기 주도적으로 학습해 온 우수한 학생들이 학원이나 과외를 통해 타율적으로 시험에 대비한 훈련을 받아온 도시 학생들에 비해 수능 시험에서는 비록 뒤처졌으나 자율적인 학습을 해야 하는 대학 과정이 진행될수록 더 좋은 성적을 거두었음을 보여준다.

군대에서나 교육 현장에서나, 어떻게 보면 주어진 환경에 의해 정해질 가능성이 높은 수능 시험과 같은 그러한 평가에 의한 서열을 우리는 마치 그 사람의 타고난 능력에 따른 서열로 착각하는 경우가 많다. 이러한 착시 현상을 그대로 믿게 되면 우리는 잠재 능력이 뛰어난 미래의 유능한 인재들을 사장시키는 우를 범할 수밖에 없다. 서울대학교의 사례에서 나타나듯이 지역균형선발 제도가 없었다면 잠재 능력이 더 뛰어난 학생들이 상당수 탈락되었을 것이다.

　우리가 어떤 사람의 능력을 평가할 때는 충분한 시간에 걸쳐 능력을 발휘할 충분한 기회를 주어야 한다. 따라서 능력을 제대로 평가하기 위해서는 모두에게 평등하고 충분한 기회를 주어야 한다. 핀란드는 그러한 철학을 바탕으로 단 한 명의 학생도 낙오시키지 않겠다는 결연한 각오로 학생들을 교육하여 비록 아이들이 수학에 투자하는 평균 공부 시간이 우리 아이들의 절반에 불과함에도 PISA의 수학 평가에서는 항상 우리에게 뒤지지 않는 우수한 성적을 거두고 있다.

　미래의 유능한 인재들을 사장시키는 우를 범하지 않기 위해서는 레테르를 붙이기보다 인재 등용의 문을 항상 열어 놓고, 열심히 노력하는 사람이 다음 단계에서 보다 나은 위치로 올라설 수 있는 사회적 환경을 만들어야 한다. 그렇게 할 때에 우리는 귀중한 인재를 단 한 명도 사장시키지 않고 모두 활용하여 나라를 더욱 발전시킬 수 있다.

　예컨대 중학 시절 심적인 방황이나 주변 환경에 의하여 학업 성적이 뒤처지게 된 학생도 고등학교에 가서는 뛰어난 능력을 발휘할 수 있다. 이는 고등학교에서 대학교로 진학할 때에도 마찬가지이다. 따라서 일반고의 학생이라도 수학이나 과학 등에서 자질이 뛰어난 학생에게는 해당 분야에 맞는 속진교육advanced learning을 받게 하여 그 분야에서 능력을 키울 수 있게 해야 한다.

지식정보산업의 시대가 된 21세기 이후 우리가 앞서 나갈 수 있는 길은 우리가 가진 유일한 자산인 귀중한 인재들을 한 명이라도 더 잘 육성하는 것이다. 거대한 인구를 가진 중국처럼 우리는 소수 정예의 육성만을 내세우는 그런 여유를 부릴 수 없다. 그렇게 했을 때 그들과의 경쟁에서 앞설 가능성은 매우 희박하다. 그들은 우리보다 30배나 더 정제된 사람들을 뽑을 수 있기 때문이다.

이스라엘에서는 100명의 학생들에게 동일한 질문을 하여도 각기 다른 답을 내는 것을 기대한다고 한다. 사람들은 모두 생각이 다르고 발휘하는 능력이 다르다고 생각하기 때문이다. 그처럼 모두를 존중하고 개성 있는 인재들로 길러내는 교육을 할 때에, 한 사람 한 사람 모두가 훌륭한 인재가 될 수 있는 것이다. 이러한 특성 있는 교육에 의하여 이스라엘은 나라 전체가 거대한 지식연구단지화하고 있다. 이스라엘은 그와 같은 사회적 인식을 바탕으로 나라 전체가 벤처 창업으로 뜨거운 창업국가가 되어 발전을 이어가고 있다.

대한민국도 국민 한 사람 한 사람을 모두 특성 있는 인재들로 교육하여 이스라엘에 못지않은 지식산업과 벤처 창업의 융합로로 나라를 탈바꿈시켜야 한다. 이를 위해서는 특목고 등 레테르가 붙은 소수의 학교에만 울타리를 치고 그 울타리 밖의 대다수 학생들에 대해서는 '나 몰라라' 하는 당국의 교육 철학부터 바꿔야 한다. 우리는 레테르를 떼어내고 모든 고등학교를 과학고·영재고 수준으로 격상시켜 교육해야 한다. 이런 혁신을 위해서는 국민적 합의와 과감한 예산 지원이 필요하다.

군대에서도 일반 사병이 군대에 계속 남아 자신의 능력을 발휘하고자 한다면 그에 맞추어 장교나 부사관으로 쉽게 진출할 수 있는 길을 터놓아야 한다. 그리하여 그들이 하고자 하는 바에 따라 그 능력을 발휘할 수 있게 해야 한다. 또한 이렇게 장교로 임관된 사람들에 대해서는 임관 이후에 사관학교 출신들과 어떤 차별을 두어서도 안 될 것이다. 만약 필요로 하는 지식이나 업무에서 미흡한 부분이 있다면 필요한 만큼의 교육을 받게 하면 될 것이다.

이처럼 학교나 군에서 대한민국의 모든 인재들이 단 한 명도 부당하게 또는 부주의로 탈락되는 일이 없도록 국가의 체제를 혁신하여, 국민 한 사람 한 사람이 모두 적소에서 활용되고 저마다의 능력을 유감없이 발휘할 때 대한민국은 앞서가는 국가로 거듭날 것이다.

대한민국 군대에서 계급의 차이는 매우 엄격하다. 사병끼리도 계급에 따라 그 차이가 크다. 반면 미군의 경우 사병들 사이에서 고참 행세는 별로 없고 동등한 전우로서 우의를 다진다고 한다. 이스라엘에서는 하급자인 병사나 장교가 상급자가 잘못한 점이 있는 경우 이를 지적하며 자신의 의견도 제시한다고 한다. 군대에서도 틀에 박히지 않은 독립적이고 비판적인 생각이 허용되어야 한다는 사람들의 생각이 이스라엘을 벤처의 천국인 창업국가로 만들었다. 이스라엘도 자원이라고는 사람밖에 없다. 그들은 국민을 창의성 있고 도전적인 특성 있는 인재들로 육성하여 세계를 앞서가는 기술 혁신을 이끌고 있다.

우리도 국민들을 다양한 특성 있는 인재들로 육성하려면, 레테르를 붙여 사람을 구분하는 사회적 풍토를 일신하여야 한다. 대한민국 사회의 전 분야에서 누구나 열심히 노력을 하여 자신의 능력을 한 단계 더 향상시키면 더 높은 단계로 나아갈 수 있는 그런 유연하고 공정한 환경을 만들어야 한다.

늦깎이에게도 열린 사회

누군가 말했다. 대다수 미국 어머니들은 자녀가 행복하기를 바라고, 대다수 일본 어머니들은 자녀가 성공하기를 바란다고. 그러나 한국의 어머니들은 지금 자녀의 성공을 보장할 명문학교 입학을 가장 바랄 것이다.

미국의 어머니들이 외형적인 평가보다 자녀의 행복을 우선시하는 풍토의 이면에는, 성장기에 일시 잘못하여 좋은 학교나 좋은 직장에 다니지 못하더라도 언제든 다시 노력하여 도전하면 성공이 가능한 사회적 환경이 존재한다. 그들이 한국의 어머니들처럼 자녀를 명문학교에 입학시키지 않아도 자녀에게 다음 기회가 존재하기 때문이다.

미국에서는 고등학교 시절 공부를 제대로 하지 않아 한국의 전문대학 격인 커뮤니티칼리지에 진학하였다가, 거기서 열심히 공부를 하여 더 나은 정규 대학으로 편입하는 경우가 흔하다. 박사까지 취득하는 경우에는 비 명문대학을 다녔더라도 학부 과정에서 좋은 성적을 받으면 자신의 전공 분야에서 우수한 대학원으로 진학할 수 있다. 우수한 대학원에서 박사 학위를 취득하면 학부 출신 대학에 상관없이 최종 학위에 의해 전공 실력을 인정받을 수 있다. 박사 학위를 받은 후에는 연구 실적에 의해 모든 것이 결정되므로 좋은 연구업적을 내면 최종 학위 취득 학교의 유·무명에 따른 불이익도 받을 이유가 없다.

이러한 사회적 환경은 고등학교나 대학에서의 일시적인 방황을 차후 본인의 생각과 노력 여하에 따라 얼마든지 만회할 수 있게 하고 있다. 오바마 미국 대통령이 고교 시절에 방황을 했지만 그 후 열심히 노력하여 성공을 이룬 것이 하나의 단적인 예이다. 이처럼 미국에서는 어떤 단계에서 잘하지 못하더라도 나중에 스스로 열심히 노력하면 다음 단계에서 잘할 수 있는 기회가 단계마다 충분히 주어진다.

그렇다면 대한민국의 경우는 어떠한가? 학교 성적이 안 좋고 수능 성적이 나쁘다고 자살을 하는 학생들이 생겨나고, 취업을 하지 못해, 또는 좋은 직장에 다니지 못해 스스로 연애·결혼·출산의 세 가지를 포기한다는 삼포세대 젊은이들이 나타나는 이유는 무엇인가? 그들에게 다시 만회할 다음 기회는 없다고 암시하는 듯한 절벽처럼 느껴지는 대한민국의 현실에 대한 절망 때문은 아닐까?

현재 대한민국에서는 특목고에 들어가면 소위 명문대에 입학하기가 쉽고, 명문대를 졸업하면 인생에 성공할 가능성이 더 높다는 인식이 팽배해 있다. 이 때문에 한국에서는 모두가 기를 쓰고 특목고·명문대에 들어가고자 노력한다. 많은 학부모들은 자녀를 특목고에 보내기 위하여 초등학교 때부터 학원이나 과외에 보낸다.

반면, 미국은 어떤 단계에서 한동안 뒤처지더라도 본인이 각성하여 다음 단계에서 열심히 하면 더 나은 위치로 얼마든지 진입이 가능한 사회적 환경을 갖추고 있다. 우리와 비교하면 가히 늦깎이의 낙원이라 할 만하다.

미국의 합참의장과 국무장관을 역임한 콜린 파월은 사관학교나 명문대가 아닌 일반 대학의 ROTC 출신이다. 일반 대학의 ROTC 출신이 군의 참모총장이나 합참의장이 되기 매우 어려운 대한민국의 현실과 대비된다. 미국은 커뮤니티칼리지나 비 명문대 학부를 거친 후 명문대학원에서 학위를 받아 자신의 전문 분야에서 크게 성공하는 경우도 드물지 않다.

한국에서도 미국과 같이 재도전이 상시 가능한 사회적 환경을 조성하여, 한국의 부모들 역시 더 이상 자녀의 학교 성적에 모든 것을 걸지 않도록 해야 한다. 그렇게 되면 부모들이 자녀들을 과도하게 사교육에 얽매이게 할 필요가 없을 것이다. 학생들 역시 명문대 졸업이라는 외적인 표시보다 자신의 능력을 실질적으로 향상시킬 수 있는 내적 충실을 이루기 위해 더 노력할 것이다.

늦깎이들은 뒤늦게 자신의 능력 향상을 위해 노력하는 사람들이 대부분이다. 따라서 대체로 스스로 깨닫고 생각하는 바가 있어 독자적인 창의성과 통찰력에서 더 큰 가능성이 있을 수 있다. 늦깎이들은 또한 지속적으로 노력하는 면이 많기에 더 큰 진전도 보일 수 있다. 늦깎이들이 갖는 이러한 능력을 사회가 충분히 활용한다면 우리 사회는 더욱 활력을 얻게 될 것이다.

대한민국도 이제는 늦깎이들도 새로운 인생을 마음껏 설계할 수 있는 유연한 사회 환경을 만들어야 한다. 그리하여 누구든지 인생의 모든 단계에서 자신의 능력을 마음껏 키우고 발휘할 수 있는 전천후 인재 개발 체제를 갖추어야 한다. 그렇게 단 한 명도 빠뜨림이 없이 모두가 자신의 능력을 마음껏 발휘할 수 있는 그런 유연한 사회를 만들 때 대한민국은 능력사회로 탈바꿈하게 될 것이다.

특목고와 우열반, 그리고 속진반

대학 입시에 대비하여 대다수 고등학교에서 도입한 제도가 소위 '우열반' 분리 편성이다. 이는 고등학교 고학년 과정에서 상위권 학생들은 소위 '우반'으로, 나머지 학생들은 소위 '열반'으로 편성하여, 상위권 학생들을 좀 더 집중적으로 학습시켜서 소위 명문대 진학률을 높이기 위해서이다. 물론 이 제도 자체만을 놓고 보면, '열반'의 성적이 뒤처진 학생들에게 추가적인 보충 교육도 할 수 있고, '우반'의 잘하는 학생들에게 좀 더 정도가 높은 상급 과정을 교육할 수도 있는 이점이 있을 수 있다.

그러나 우리 현실에서 우반과 열반은 서로 다른 교과 과정이 아니라 동일한 교과 과정을 배우되, 다만 어려운 문제들을 위주로 공부하느냐 아니면 쉬운 문제들을 위주로 공부하느냐로만 구분된다. 대학 과정을 앞당겨 공부하는 미국의 AP_{Advanced Placement} 과정과 같은 소위 속진반_{advanced course}의 개념이 아니다. 특목고와 일반고를 나눈 것처럼 동일한 과정인데 단순히 성적이 높은 학생과 낮은 학생으로 나누어 놓은 것에 불과하다.

여기서 문제는 공부 잘하는 학생들을 모아서 일부러 비비 꼬아 어렵게 만들어 놓은 문제들을 잘 풀게 하는 연습을 시킨다고 하여 진짜 실력이 향상되지는 않는다는 점이다. 이는 문제 푸는 기술만을 연마시킬 뿐, 실제로 그 분야에서 아직 풀리지 않는 문제를 풀기 위한 논리적 사고와 창의적으로 생각하는 힘을 길러주지는 않는다. 잘하는 학생들을 그 분야의 인재로 키우기 위해서는 진정한 의미의 속진반이 필요하다. 잘하는 수준에 맞추어, 새로운 개념의 상급 과정을 앞당겨 배우게 하고 생각하는 힘을 키우게 하는 것이다.

예컨대 수학의 경우, 학생이 두각을 나타내는 정도에 따라 중학 과정을 1년이나 2년 과정에 배우고 남은 기간에는 고등학교 과정을 배우게 하는 것이다. 고등학교 과정에서도 이와 비슷하게 두각을 나타내는 학생에게 앞당겨 대학수학 과정을 이수할 수 있게 한다. 여기서 중점은 새로운 개념의 철저한 이해에 두어, 그런 개념이 왜 필요하며 어떻게 도입되게 되었는지, 그리고 문제 해결에는 어떤 도움을 주는지 생각하게 해야 한다.

실제로 수학이라는 학문 분야에서 새로운 업적을 내는 것은 수많은 심오한 개념들과 복잡한 정의들의 의미에 익숙해져 이러한 기본 개념들을 자유자재로 활용할 때에 가능하다. 따라서 수학에 소질이 있는 학생들에게는, 하위 개념들을 복잡하게 꼬아 어렵게 만들어 놓은 문제들만 풀게 하기보다, 다음 단계의 고급 개념을 배우게 하여 복잡하고 난해한 여러 수학 개념들에 더 빨리 익숙해지도록 훈련을 시켜야 한다. 구소련에서는 뛰어난 인재들에게 이미 중·고교와 대학 과정에서 각각 대학이나 대학원 수준에 해당하는 어렵고도 앞선 수학 개념을 익히게 하여 일찍 박사과정까지 마치게 하였다. 그렇게 훈련된 혈기왕성한 젊은 학자들은 어려운 난제들에 도전하여 마침내 풀어내는 성과도 거뒀다. 100년에 걸쳐 난제 중의 난제로 불리던 푸앵카레 추측Poincaré conjecture을 증명한 천재 수학자 그레고리 페렐만이 대표적인 예이다.

반면, 우리 현실은 단순히 공부 잘하는 학생과 그렇지 않은 학생으로 구분하여 소위 명문학교 진학의 발판으로만 사용하고 있다. 이러한 구분은 크게 두 갈래로 나뉘어 진행되는데, 하나는 중학교에서 고등학교로 진학할 때 특목고와 일반고로 나누어 레테르를 붙이는 것이고, 다른 하나는 일반고 내에서 우열반을 나누어 구분하는 것이다. 그러나 지금과 같은 레테르 구분 방식은 그 부작용 때문에 득보다 실이 더 크다.

예컨대 중학교에서 전교 수위권을 달리던 학생들이 과학고나 외고에 가서 중위권 이하로 처질 경우 심각한 자신감의 상실로 방황하게 되어 점점 더 낙오되는 경우들이 나온다. 이는 인재를 키우기보다 경쟁심만 증폭시켜 귀중한 인재의 손실을 가져오는 예라 하겠다. 이들이 일반고에 진학하였다면 소위 좋은 대학에 진학하여 우수한 인재들로 충분히 성장했을 것이다. 고등학교에서의 우열반 역시 지루한 문제풀이 쳇바퀴만 돌리게 하여, 논리적으로 생각하는 힘을 키우는 대신 문제 잘 푸는 기교만 늘리는 시간 낭비를 시키고 있다. 이는 국가적으로도 큰 손실이다.

이러한 부작용을 없애고 우수한 인재들을 사장시키지 않으려면 모든 학생들에게 각자 맞는 맞춤형 교육을 실시하여야 한다. 과학고나 외고와 같은 특목고는 폐지하고 학생들은 각자의 수준에 맞추어 수업을 듣도록 하는 것이다. 잘하는 학생들은 잘하는 대로 앞서 나가게 하고, 못하는 학생들에게는 교사의 별도 보충수업을 통하여 부족한 부분을 따라가게 한다. 이렇게 되면 특목고에 가기 위해 벌어지는 초등학교와 중학교에서의 때 이른 입시 경쟁도 완화될 것이며, 학생 전체의 수준도 끌어올릴 수 있게 될 것이다.

현재 대한민국에는 과학 분야에서의 노벨상, 수학 분야에서의 필즈상을 받은 수상자가 단 한 명도 없다. 이는 기초과학 분야의 기반이 아직도 확고하게 다져져 있지 않은 우리의 실상을 반영하고 있다. 이제부터라도 피상적인 레테르에만 집착하고 환호하는 어리석음에서 벗어나, 진정한 실력을 갖춘 실질적인 인재들을 육성할 수 있도록 유연하고 자유로운 전천후 맞춤교육 제도를 정착시켜야 한다.

모두가 자신에 맞추어 능력을 더 빨리 발전시킬 수 있을 때, 수학과 과학 분야에서의 진정한 천재 학자들도 나타나게 될 것이다. 우리는 비단 학문 분야뿐 아니라 사회 전반에 걸쳐 개인이 자신의 특성과 능력을 살려 발전할 수 있는 환경을 조성하여, 어떤 단계나 과정에서도 스스로 힘써 노력하면 더 나은 위치로 올라설 수 있는 전천후 열린사회를 만들어야 한다.

레테르를 붙이지 않는 히딩크 감독의 리더십

2002년 이전까지 월드컵 16강에 한 번도 들지 못했던 대한민국 축구를 월드컵 4강 대열에 올려놓은 히딩크 감독은 선수들을 단련시키고 최상의 전략을 짜내는 데 있어 예전의 감독들과는 크게 다른 방식을 사용하였다.

히딩크 감독은 우선 선수 선발에 있어서도 소위 유명세와 상관없이 오로지 현재의 실력과 상태만을 중시하였다. 비록 능력이 있다 하더라도 불성실하거나 현재 부진한 선수에게는 가차 없이 엄격한 기준을 적용하였다. 그는 최종 선발 선수 명단도 미리 발표하지 않아 선수들이 끝까지 자신의 잠재능력을 최대한 발휘하도록 유도하였다.

이를 교육의 경우와 비교하여 보면, 선수의 유명세에 연연하는 것은 어떤 학교 출신이냐는 레테르에 연연하는 것과 같으며, 끝까지 선수 명단 발표를 유보하는 것은 미리 과학고나 영재고 출신이라 못

박지 않고 끝까지 열심히 노력하게 하는 것과 같다고 할 수 있다. 수학이나 과학의 영역에서 박사학위는 겨우 시작에 불과하다. 그런데 한참 어린 나이에 '잘한다 잘한다'는 소리만 들으면 진정으로 어려운 일에 도전할 수 있는 강인하고 끈질긴 정신은 갖게 어렵게 된다. 그저 온실 속의 화초가 되는 것이다. 지금까지 대한민국에서 소위 천재들이라고 떠들썩했던 서울대학교의 수석 입학자들이나 올림피아드 메달 수상자들 중 아직도 세계적으로 뛰어난 학자가 배출되지 않은 이유는 그들을 너무 일찍 너무 많이 올려주어 자신과의 경쟁에서 이기기 어렵게 만들었기 때문일 수 있다.

훌륭한 과학자가 되려면 자신과의 경쟁에서 자신을 극복하는 끈질기고 강인한 정신력이 뒷받침되어야 한다. 최고의 수준에 올라선 과학자는 이미 다른 누구와 경쟁하는 것이 아니라 자기 자신과의 경쟁을 해야 한다. 예컨대 아인슈타인은 10년에 걸친 긴 시간 동안 일반상대성이론을 완성하기 위해 자신과의 고독한 싸움을 벌여 마침내 희대의 중력이론을 완성하였다. 이 과정을 아인슈타인은 아주 캄캄한 암흑의 동굴 속에서 한 줄기 빛을 찾아 헤매는 심정에 비유하였다. 무려 10년을 그렇게 암흑 속에서 자신과 싸웠던 것이다.

근래 수학에서 300년 묵은 난제인 페르마정리를 증명한 프린스턴 대학의 앤드류 와일즈 역시 7년 동안을 은둔하다시피(학교 강의 외에는 집에 틀어박혀) 자신을 스스로 가두고 연구에만 몰두하여 그 결과를 얻었다고 고백하였다. 이와 같은 일화들은 그들이 그 오랜 기간 동안 얼마나 많은 실패와 좌절을 겪었을 것인지를 말해준다. 일반인이라면 풀리지 않는 문제를 가지고 한 달을 물고 늘어지는 것도 어렵다. 그런데 수년 이상의 오랜 세월을 풀리지 않는 문제와 씨름한다는 것은 참으로 그 자체만으로도 놀라운 것이다. 그러니 주변에서 늘 '잘한다 잘한다'는 소리만 듣고 살아온 우리의 천재들은 성공으로 일관해 온 그들 앞에 닥칠지 모를 실패를 결코 감당할 수 없어, 그저 자신이 잘할 수 있는 일만 찾아 하는 온실 속의 화초가 되어버린 것이다.

히딩크 감독은 기본을 가장 중시하였다고 한다. 그는 대한민국 선수들이 투지는 좋지만 기본 체력이 약하고, 도전의식과 책임감, 그리고 선수들 사이의 의사소통이 부족한 점이 큰 문제라고 생각하였다. 이는 기존의 대표단 감독들이 선수들의 기술 부족을 가장 큰 문제로 꼽았던 점과 크게 대비된다.

히딩크 감독은 조직 내의 의사소통을 개선하기 위하여 모든 선수들에게 감독이나 선배 불문하고 묻고 따지라고 하였다고 한다. 이는 이스라엘 병사들이 지위를 따지지 않고 논의와 토론을 통하여 잘잘못을 분석하는 과정과 매우 유사하기도 하다. 이렇게 하여 경기장 내에서의 위치에 따라 선·후배가 서로 간에 서로의 역할을 조언할 수 있도록 하였다. 이는 엄격하게 선·후배 간 위계질서를 따지던 그 이전에는 상상조차 하기 어려웠던 일로, 모두가 팀을 위하여 주저함이 없이 서로 간에 의사를 표현할 수 있게 선·후배라는 서열 레테르를 과감하게 떼어버리게 함으로써 가능하였다.

그는 원칙에 예외를 두지 않고 팀의 전체적인 조직력을 강화하는 데 주력하였다. 그는 무명 선수들도 과감히 기용하여 기존의 명성과 관록에 의존하지 않았다. 이처럼 그는 선수들에게 붙어 있던 기존 인식의 레테르를 과감하게 떼어버리고 철저하게 선수가 현재 발휘하는 능력에 따라 기용하였다.

히딩크 감독은 그 이전까지 선수들이 왜 하는지 알지도 못하면서 감독이 시키는 대로 수동적으로 따라 하던 훈련 방식을 버리고, 무엇을 위해 왜 하는지 분명히 이해하도록 하였다. 이로써 선수들이 스스로 뚜렷한 목적의식과 자신감을 갖고 적극적으로 경기에 참여하게 하였다. 왜 하는지에 대한 이해를 바탕으로 선수들은 스스로 보다 창의적인 게임을 할 수 있게 되었다.

기본을 매우 중요시한 히딩크 감독은 특히 체력을 중요하게 생각하였다. 체력이 뒷받침되지 않으면 기술 역시 발휘될 수 없다고 생각했기 때문이다. 지칠 줄 모르는 체력을 위하여 그는 선수들의 다리에 쥐가 날 정도로 체력 훈련을 시켰다고 한다. 이처럼 강한 체력 강화 훈련의 결과 선수들의 체력은 영국이나 프랑스 팀에 맞설 정도로 개선되었다고 한다. 그는 또한 선수들이 골 결정력과 패스 등 대부분의 기본기에서 기준 미달이라고 판단하였다. 그래서 그는 선수들의 결점을 자세히 파악한 후 이를 개선시킬 강화 훈련을 진행하였다. 이렇게 체력과 기본기를 끌어올림으로써 그는 선수들의 경기력을 향상시킬 수 있었다.

히딩크 감독의 이러한 철학은 교육에서도 그대로 적용될 수 있다. 기본을 중시한다는 이야기는 난이도 높은 어려운 문제들을 만들어 학생의 우열을 가리는 것보다 기본 개념을 충실히 이해하게 하는 것이 더 중요하다는 것과 같다. 개념의 이해는 기본이 중요한 수학과 물리학의 학습에서 매우 필수적이다. 그리고 소위 현란한 기술보다는 기본기를 충실히 한다는 이야기는 필요한 분야의 기초를 튼튼히 닦는 학문 연마에 견줄 수 있다. 튼튼한 체력은 자기 자신과의 싸움에서 이길 수 있는 강인한 정신력을 의미한다고 할 수 있다. 불굴의 정신력이 있을 때 위대한 업적도 나올 수 있기 때문이다. 이처럼 기초가 튼튼하고 끈질긴 불굴의 정신력으로 무장한 학자들이 있을 때, 우리 과학계에서도 노벨상 수상자가 나오게 될 것이다.

현재의 실력과 능력으로 선수들을 평가하는 히딩크 감독의 투명한 선발 방식은 신인 선수들에게 더 많은 기회를 가져다주었다. 그에게는 예전의 실력이나 명성보다 현재의 실력과 발전 가능성만이 중요하였다. 따라서 그는 규율을 지키지 않거나 자만심에 젖은 선수는 자신의 원칙에 따라 가차 없이 도태시켰다. 그는 온갖 레테르에 얽매여 있던 기존 한국 축구계의 관습을 타파하고, 철저하게 레테르를 떼어버린 상태에서 선수들을 투명하게 기용하여 대한민국 축구팀을 강팀으로 변모시킬 수 있었다.

지금도 대한민국 체육계는 일부 선수만을 선발하여 엘리트라는 레테르를 붙인 후 태릉선수촌에 합숙시키며 기계와 같이 훈련을 시키고 있다. 이처럼 레테르를 붙이는 과정의 존재는 파벌과 인맥에 의한 선택이라는 잡음을 만들어내는 큰 요인일 수 있다. 미국이나 일본 등 소위 선진 외국에서는 수많은 자발적 훈련자들 중에서 잘하는 사람을 투명하게 뽑아서 선수단을 구성한다. 때문에 그들은 한둘의 우수 선수에 의존하지 않는 두툼한 선수층을 갖는 반면, 우리는 레테르를 붙인 소수의 선수들만으로 운영하여 이들에게 문제가 생기는 경우 바로 무장 해제가 되는 처지에 놓일 수밖에 없다. 히딩크 감독은 레테르를 떼어버린 상태에서 팀원들의 기본기를 다지고 팀 전체의 조직력을 강화시켜 그 이전의 어떤 감독도 이루지 못했던 대단한 업적을 이루었다.

우리는 이로부터 다음과 같은 교훈을 얻을 수 있다. 전체 구성원들의 능력을 극대화시키고, 그들 중에서 잘하는 사람을 투명한 절차를 거쳐 뽑게 되면 더욱 강한 팀이 구성된다는 것이다. 이는 학교 교육이나 군대나 체육계에서도 모두 마찬가지이다. 콜린 파월 전 미 합참의장은 미국 육사 출신이 아닌 ROTC 출신이지만, 매우 훌륭한 합참의장으로 평가받았고 국무장관까지 역임하였다. 꼭 어디 출신만이 잘할 수 있다는 그러한 레테르에 중독된 생각은 이제 버려야 한다. 이제는 우리도 핀란드처럼 학교 교육과 군과 사회, 어디에서든 잘하는 사람이 생기면 언제든지 더 윗단계로 올라갈 수 있는 전천후 인재 육성 체계를 만들어, 단 한 명의 귀중한 인재도 사장되는 일이 없게 해야 한다.

H-프로젝트
― 한 줄을 여러 줄로, 엘리트 대학교육의 다원화

대학의 다양화 - 한 줄을 여러 줄로

대한민국의 교육은 너무나 한 줄로 세워져 있다. 소위 SKY로 일컬어지는 서울대·연대·고대가 맨 앞에 서 있고, 그 다음 역시 입학 시의 수능성적 순으로 줄이 세워져 있다. 특히 S로 표시되는 서울대는 대다수 사람들에게 항상 맨 앞에 위치한다고 생각되고 있다. 이공 계통의 경우, 서울대·KAIST·포항공대 등이 맨 위에 정립하고 있는 듯 보이지만, 여전히 다수의 사람들에게 서울대는 최고 선호 대학이다. 이처럼 대학들이 한 줄로 세워져 있는 경우는 우리나라 외에는 찾아보기 힘들다.

이웃 일본만 해도 대한민국과 거의 비슷해 보이지만, 적어도 이공 분야에서는 도쿄대학과 교토대학이 서로 쌍벽을 이룬다. 예컨대 노벨상 수상자는 교토대학 출신들이 많은 수를 점하고 있으며, 저명한 과학자 중에도 교토대학 출신들이 많다. 영국을 보더라도 케임브리지와 옥스퍼드가 서로 경쟁하고 있어 누가 더 우월하다고 얘기하기 어렵다. 우리보다 훨씬 작은 규모의 이스라엘도 와이즈만 연구소·히

브리대학·텔아비브대학·테크니온공대 등이 서로 호각세를 이루고 있다. 미국의 경우는 더욱 다양하여 하버드·프린스턴·MIT·예일 등 동부의 명문대학과 칼텍·스탠퍼드·UC버클리 등 서부의 명문대학이 제각각 그 우수함을 자랑한다. 학문적인 면에서는 더욱 그러하다.

한편 대학들이 한 줄로 세워져 있는 우리 상황에서 대학의 다양성을 추구하기는 쉽지 않다. 각 대학이 갖는 독특한 특성보다는 입학 수능성적에 따라 대학의 순위가 결정되어 있기 때문에, 대다수 사람들에게 다양성이란 측면은 크게 고려의 대상이 되기 어렵다. 한 줄로 매겨져 있는 대학들의 순위는 국민들로 하여금 조금이라도 더 높은 순위의 대학에 가고자 온갖 노력을 기울이게 하고 있다.

지금 우리나라 교육에서 가장 큰 문제점으로 생각되는 사교육의 문제도 바로 이러한 한 줄로 세워진 대학들의 서열 구조에서 비롯되었다고 할 수 있다. 대학의 서열이 한 줄이 아니라 미국처럼 여러 갈래로 다양화되고 선택지가 여러 장이라면 경쟁의 치열함은 훨씬 덜할 것이다.

대학 서열의 문제는 대학 입시에만 국한되지 않는다. 대학의 서열화는 교수나 연구원 등 대학에 소속된 사람들의 능력도 한 줄로 나란히 세워 소속 대학의 순위와 동일시하는 잘못된 사회적 인식을 확산시키고 있다. 이러한 인식은 나라의 정책을 결정하는 경우에도 그대로 적용되어 많은 국가 정책들이 소위 상위권 대학의 소수 교수들에게 의존되고 있다. 이처럼 한쪽으로 치우친 정책 결정 과정은 국가 정책의 균형 잡힌 입안도 어렵게 할 수밖에 없다.

입시에서의 과열 경쟁과 사회적 서열 인식의 문제와 같은 부작용 때문에 일부에서는 서울대학을 아예 없애야 한다는 주장도 한다. 그렇다고 하여 한 줄로 묶여 있는 대학들이 저절로 여러 줄로 서게 될까? 아마도 대다수 사람들이 짐작하듯이 1위만 새로운 대학으로 바뀐 채 여전히 한 줄로 묶여 있을 것이다.

그렇다면 이렇게 한 줄로 묶여 있는 대학들을 어떻게 다양화시킬 것인가? 이를 위해서는 서울대와 비교하여 아무런 망설임도 없이 선택할 수 있는 그런 대학들이 서넛은 존재해야 한다. 예컨대 대학에 입학하는 미국 학생들에게 있어 하버드나 프린스턴·칼텍 등은 개인의 선호에 따라 선택하는 것이지 어느 곳이 다른 곳보다 절대적으로 우월하다고 할 수는 없다. 각 대학 나름대로의 특성이 있기 때문이다.

불행하게도 우리나라에서는 인문·사회 분야는 물론이거니와, 이공 계통의 경우도 얼핏 서울대·KAIST·포항공대 등이 정립하고 있는 듯하여 선택의 여지가 있어 보이지만, 실제 대다수 수험생과 거의 모든 지도교사와 부모에게는 이미 순위가 일렬로 정해져 있다.

학문적인 업적 면에서 서로 비슷하다 하더라도 서울에 위치하느냐 그렇지 않으냐에 따라 대학 서열의 순위도 달라진다. 예컨대 KAIST가 서울에 위치하고 있었다면 서울대와 겨루어 어렵지 않게 학생들을 유치할 수 있었겠지만, 수도권에서 벗어난 관계로 현실에서는 서울대와의 학생 유치 경쟁에서 더 어려움을 겪고 있다. 이제는 서울과학고 출신의 대다수가 서울대로 진학하는 것이 현실이다. 우리 대학들은 이처럼 아직도 공고하게 일렬로 줄 세워져 있다.

만약 전 국토에 우수 대학들과 연구소들이 고루 분포되어 있다면 어떻게 될까? 그리고 지역의 대학과 연구소들이 서로 유기적으로 연계된 '학-연' 연구협력 체계를 형성하여 그 수준이 세계적 수준으로 올라서 있다면 어떨 것인가? 대학에 진학하는 학생의 입장에서는 만약 자기 지역의 이러한 '학-연' 연구체계의 수준이 다른 지역에 비해 뒤지지 않는다면 구태여 다른 지역으로 가기 위해 애쓰지 않아도 될 것이다.

우리는 여기서 'H-프로젝트'를 제안한다. 약간 한적한 H시에 서울대에 필적하는 우수한 대학을 새로 하나 만드는 것이다. 수도권으로의 집중이 염려된다면 서울과 멀리 떨어진 지방의 한적한 시골에 모든 것을 자족하는 기능을 갖춘 진정한 세계적 수준의 대학을 만드는 것이다. 수도권이 아닌 지방에 세계적 수준의 대학을 만들기 위해서는 세계적 수준의 학자 유치가 선행되어야 한다.

포항공대의 경우를 살펴보면, 엄청난 지원을 통하여 처음부터 우수한 학생들을 끌어들이는 데는 성공하였지만 세계적인 학자들의 유치에는 그다지 성공적이지 못했다. 이미 존재하는 서울이라는 벽을 넘어서기가 매우 어려웠다. 이는 처음 그 대학으로 갔던 교수들 상당수가 서울 소재 대학으로 탈출하는 현실이 말해주고 있다. 반면 서울의 상위 대학들에서 역으로 유입한 사례는 찾기가 매우 어렵다.

반면, 대전으로 옮겨간 KAIST는 기존의 주변 연구단지와 함께 교육과 연구개발에서 국제적 수준의 '학-연' 클러스터를 형성함으로써 경쟁력을 이어가고 있다. 물론 대전이 서울에 더 가까운 이점도 있지만, 클러스터로서 자생력을 갖춘 면도 크다. 따라서 새로운 대학이 위치하는 지역에 우수한 연구소들을 함께 배치하여 '학-연' 클러스터를 만들면 우수 인재들의 유치와 유지가 가능할 것이다.

그렇다면 왜 기존의 대학들 중에서 하나를 선택하여 그와 같은 역할을 하게 할 수 없는 것인가? 이유는 그런 일이 현실적으로 거의 불가능하기 때문이다. 수도권에서 서울대 다음 순위의 대학들은 아마도 서울대를 넘어서겠다는 생각보다는 확실한 2위만을 생각하며 이제까지 그 규모를 키워왔다. 그러나 커진 규모가 이제는 그 대학들의 혁신과 발전에 장애가 되고 있다. 서울대 다음 순위를 차지하는 대학들이 서울대의 명성과 기득권을 뛰어넘어 학생 유치 경쟁에서 지지 않으려면 막대한 투자가 필요하게 된다.

예컨대 학생 한 명당 적어도 포항공대 수준의 투자를 하여야만 서울대에 가려는 학생들을 유치할 수 있는 환경을 조성할 수 있을 것이다. 그러나 기존 수도권의 서울대 다음 순위 대학들은 덩치가 포항공대보다 열 배 이상 크기 때문에 대학 전체에 걸쳐 포항공대처럼 투자하려면 그야말로 천문학적 돈이 필요하다.

포항공대의 설립에는 포항제철이라는 막대한 자금원이 있었다. 그런데 그 열 배를 투자한다는 것은 사립대학 자체로는 불가능하다. 가능한 방법은 어떤 특정 분야를 특화하여 육성하는 수밖에 없다. 그러나 그러한 특화는 첫째는 내부적으로 의견의 일치를 보기 어렵고(어떤 분야를 육성하고 어떤 분야를 버릴 것인가? 쉽지 않은 선택이며 논란이 치열할 수밖에 없다), 둘째로 설혹 그렇게 일부 분야만 육성하여 그 분야가 높은 수준에 도달한다 하더라도 전체의 10분의 1 정도만이 우수하게 되어 외부에서는 그 대학 전체를 우수하게 인식하지 않을 것이다. 이는 학생 유치 경쟁에서의 실패를 뜻한다.

우리가 생각하는 새로운 대학의 규모(학생 수)는 포항공대 규모 또는 그 두세 배 이내가 되어야 한다. 포항공대 규모로 서로 다른 분야로 특화된 두세 개 대학들을 생각할 수도 있다. 이공 분야, 인문·사회 분야 등. 그렇다면 이에 필요한 재원은 어떻게 조달할 것인가?

이미 우리나라에는 서울대 폐교를 주장하는 사람들에서부터 시작하여 자신이 일생 동안 일구어온 귀중한 재산을 자신과 전혀 관련이 없는 KAIST 등에 기부하는 이들, 그리고 자신이 살아가는 지역의 인근 대학에 기부하는 이들 등 적지 않은 사람들이 대학에 기부하고 있다. 한 줄로 세워진 대학 교육을 바로잡고 새로운 교육 풍토를 이루어가는 일에 많은 시민들이 십시일반으로 동참하고, 산학 협력과 지역 발전을 이끌 한국판 실리콘밸리 실현을 염두에 두고 연관 기업들과 지방자치단체까지 협력한다면 새로운 세계적 수준의 혁신대학 설립도 가능할 것이다.

H-프로젝트가 성공적으로 수행되어 학생 유치 경쟁뿐 아니라 여러 면에서 서울대를 능가할 만한 대학이 나오게 되면 기존의 한 줄로 된 서열이 풀려 KAIST나 포항공대 역시 서울대의 그늘에서 벗어나 지금보다 더 독자적인 위치를 갖게 될 것이다. 이렇게 된다면 여러 갈래의 줄이 만들어져 지금처럼 획일적인 하나의 줄에만 매달리는 풍경은 사라지게 될 것이다. 그리고 대학들은 비로소 서로 간에 다양성의 경쟁을 하게 될 것이다.

이러한 구상이 실현되면 대학 입학의 통로가 여러 줄로 다양화될 것이며, 다양한 통로의 등장은 현재의 획일적인 대학 서열에 대한 사회적 인식을 바꾸어 치열한 입시 경쟁을 누그러뜨리고 사교육의 필요성 또한 감소시킬 것이다.

대학의 연구개발과 산업의 접목 : 한국판 실리콘밸리

이제 그런 우수한 대학을 어떻게 만들 수 있을 것인지 생각해 보

자. 이미 외국에는 대학의 연구개발 능력과 산업이 시너지 효과를 내는 곳이 많다. 대표적으로 미국의 실리콘밸리는 주변의 스탠퍼드 대학과 UC버클리대학 등의 우수한 연구 인력에 힘입어 첨단 기술의 벤처기업들이 성장하면서 이루어졌다. 우리나라의 경우도 이처럼 실리콘밸리와 같은 환경을 대대적으로 조성한다면, 최첨단 연구를 하는 우수한 연구진과 그로부터 우수한 인재들의 공급, 그리고 기술 자문과 교류 등이 일어날 것이며, 이는 기업들의 대학에 대한 선투 자도 가능하게 할 것이다. 그리고 대학에 필요한 인프라 시설은 산- 학 협동의 결과로 혜택을 받게 될 지방자치단체에서 지원할 수 있을 것이다.

유감스럽게도 아직까지 우리나라에서는 대학의 연구개발 능력과 수많은 신생업체들의 노력이 대단위 스케일에서 서로 어우러진 경우가 없어, 실리콘밸리에서와 같은 창의성 있는 다양한 인재들과 대학의 최첨단 연구결과들이 어우러져 내는 시너지 효과를 찾아보기 어렵다. 그러나 현재 한국의 많은 벤처기업들과 중소기업들은 우수한 인재와 연구개발에서의 도움에 무척 목말라하고 있다. 따라서 우수한 인재도 공급받고 연구개발에서의 협력과 지원도 원활히 받을 수 있는 세계적 수준의 대학과 전문 연구소들이 존재하며, 기업들이 쓸 시설과 공간 역시 충분히 갖춘 대단위 학-연-산 클러스터의 구축은 절실히 필요하다.

이를 위해서 지방자치단체와 대학이 함께 연구소들을 유치하고 대단위 연구-창업 단지를 만들어 교육·의료·문화 시설 등이 완비된 문화도시를 만들면 우수한 인재의 유치와 유지가 가능할 것이다. 이런 환경에 목말라 있는 기존 기업들과 새로 창업하는 벤처기업들이 몰려들어 첨단기술 학-연-산 클러스터가 성공적으로 형성되면, 미국의 실리콘밸리와 마찬가지로 엄청난 부가가치를 창출할 수 있을 것이며, 국가 경제와 산업 발전에 큰 기여를 할 것이다.

여러 줄의 수준을 높이고 차이는 줄이기

비록 선택할 수 있는 줄이 여럿 되어 다양한 선택을 할 수 있게 되어도, 만약 각각의 줄마다 순위가 뚜렷하고 상위와 하위 사이의 차이가 크다면 여전히 상위권 대학에 가려는 경쟁은 치열할 것이다. 더구나 현재 우리나라에서처럼 출신 학교를 따지는 풍조가 계속 유지되는 한 이런 치열한 경쟁은 사교육의 열기를 식히기 어렵게 만들 것이다. 그러므로 여러 줄로 다원화시킨 다음에도 위와 아래 순위 사이의 차이를 실질적으로 줄여주어야 한다. 그렇게 되면 출신 학교를 덜 따지게 될 것이며, 조금 더 높은 순위의 대학에 가기 위해서 그렇게 전력투구하지는 않을 것이다. 다른 대학에 들어가더라도 열심히 하여 원래 가고자 했던 대학에서 성취할 수 있는 정도나 그 이상을 성취할 수 있게 되면, 사람들은 조금 더 상위권 대학에 가기 위하여 그렇게 불필요한 노력을 하지는 않을 것이기 때문이다.

그렇다면 어떻게 하여 여러 줄로 다원화된 대학들의 차이를 줄일 수 있을까? 이를 위해서는 전체 대학의 수준 향상과 함께 아래 순위 대학들의 수준을 향상시켜 상위권 대학들 수준에 버금가게 해야 한다. 그렇게 하여 전체적으로 모든 대학들이 상향평준화되면, 여러 가지 다양한 선택이 가능하게 될 것이다. 그렇다면 기존 중·하위권 대학들의 상향평준화를 어떻게 실현할 것인가?

우리는 기존의 예에서 그 가능성을 찾아볼 수 있다. 포항공대는 1980년대에 우리나라 남동쪽의 한 항구 도시에서 갑자기 생겨난 대학이었다. 그런데 이 대학은 10년도 채 되지 않는 기간에 이공 계통의 최상위권 대학으로 발돋움하였다. 어떻게 그런 일이 가능하였을까? 핵심은 완벽한 시설과 넉넉한 장학금, 그리고 훌륭한 교수진의 확보였다. 더하여 대학 경영의 투명성과 건전성이 뒷받침되었다.

따라서 앞으로 국립대학들은 물론 전체 대학생의 80%를 수용하는 사립대학들에 대해서도 교육 시설의 개선과 우수 교수진의 보강, 그리고 국가장학금의 확대 등에 국가가 재정 지원을 크게 늘려야 한다. 이러한 국가 지원의 확대와 더불어 대학의 재정운영에 대한 당국의 철저한 관리·감독으로 투명하고 효율적인 학교 운영을 정착시켜야 한다. 국가의 지원 아래 모든 대학들이 대대적인 혁신을 이루어 세계적 수준의 대학들로 거듭날 때 상향평준화는 이루어질 것이다. 이러한 상향평준화가 실현되면 대한민국 대학 입시에서의 한 줄 서기는 절로 사라질 것이다.

현재 청년 세대의 대다수가 이수하는 우리 대학교육의 전반적 수준을 대폭 향상시키기 위해서는 이처럼 국가 예산에서의 고등교육 재정을 대폭 늘려야 한다. 현재 우리의 고등교육 재정은 국내총생산 GDP 대비 선진국의 절반 정도에 불과하다고 한다. 따라서 앞으로 확대될 우리 고등교육 예산의 상당 부분을 중·하위권 대학들의 혁신에 투자하면, 해당 대학들의 대폭적인 수준 향상이 가능할 것이다. 이렇게 대학들의 수준이 상향평준화되고 제2, 제3의 포항공대들이 줄을 잇는다면 현재의 한 줄로 늘어선 우리 대학들의 공고한 서열 구조도 사라질 것이다.

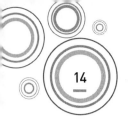

나라와 조직에 있어서
지도자의 역할

나라나 조직에 있어서 지도자의 역할은 매우 중요하다. 이의 단적인 예로는 조선 초 한글을 창제한 세종대왕과 조선 중기 임진왜란 시의 이순신 장군을 들 수 있다. 해외로 눈을 돌리면, 근래 나라를 빈곤으로부터 이끌어낸 브라질의 룰라 대통령을 들 수 있겠다. 이들은 공통적으로 자신의 비전을 바탕으로 이러한 일들을 이루어냈다. 지도자가 가지는 비전의 중요성을 말해 주는 대목이다. 나라를 이끌어가는 데 있어 이처럼 중요한 지도자의 비전에 대해서 생각해 보자.

지도자의 비전

지도자의 역할은 매우 중요하다. 특히 지도자가 어떤 비전을 갖고 있느냐에 따라 그 나라나 조직의 운명은 바뀌게 된다. 현재 미국의 오바마 대통령은 매우 똑똑한 사람이고 나름대로의 비전도 가지고 있다고 여겨진다. 그렇다면 과연 그는 향후 미국을 다시 일으켜 세울 만한 확실한 비전을 가지고 있는가?

대통령으로서 오바마는 미국의 현실에 대한 바른 인식은 가지고 있어 보이지만, 향후 과학기술과 산업의 발전에 대한 비전은 별로 없어 보인다. 물론 미국이 현재 세계의 과학기술을 이끌고 있고, 첨단 IT기술의 산실 역할을 하고 있으니 크게 생각할 필요가 없다고 여길 수도 있다. 그러나 대체로 미국이 2000년대 이후 완만하긴 하지만 경제적인 내리막길을 걷고 있다는 점을 생각하면, 미국 지도자의 과학기술과 미래 산업에 대한 비전의 부재는 향후 미국의 최강국 지위 유지나 부흥의 관점에서 그다지 긍정적이라고 생각되지는 않는다.

그렇다면 과학기술과 산업에 대한 지도자의 비전은 필수적인가? 미국은 조지 부시 대통령의 8년 재임 기간 동안 나라가 엄청난 타격을 입었다. 이라크와 아프간에 엄청난 전비(매년 2000억 달러 정도)를 쏟아 붓게 되어 그만큼 교육과 과학기술에 대한 투자가 줄 수밖에 없었고, 이는 곧 관련 분야의 경쟁력 약화로 이어졌다. 또한 환경 규제를 완화하여 환경기술 개발과 관련 산업에서 뒤처지게 되었다.

만약 조지 부시 대신, 환경에 대한 나름의 확고한 비전을 갖고 있었던 앨 고어가 미국 대통령이 되었다면 멕시코만 연안의 BP 원유 유출 사고도 일어나지 않았을 가능성이 크다. 이는 BP 원유 유출 사고의 원인이 경제적 이득을 위한 환경 규제의 완화와 환경 안전을 도외시하고 비용 절감에만 골몰했던 BP의 정책이 합하여 일어난 사건으로 판단된다는 점에서 더욱 그러하다. 만약 앨 고어가 대통령이 되었다면 환경 규제를 더 강화하였을 것이고, BP의 안전사고에 대한 불감증도 미연에 방지되었을 확률이 높다. 동시에 환경 관련 기술과 산업, 그리고 교육과 과학에 대한 미국의 더 많은 투자가 이루어졌을 것이다. 이는 환경과 과학기술에서 지금보다 앞섰을 미국을 의미한다.

이러한 사례는 최고 지도자가 자기 자신의 생각으로 어떤 이니셔티브initiative를 취할 만큼의 비전이 없다면, 주변 참모들의 의견에 의해서 어떤 획기적인 일이 성취되기는 매우 어렵다는 것을 보여준다. 이러한 예는 우리나라에서도 찾을 수 있다.

과거 우리는 여러 왕조에 걸쳐 수많은 왕들이 있었지만, 그 누구도 스스로 독자적인 우리 문자를 만들려고 하지는 않았다. 그러나 세종은 스스로 그 필요성을 절감하여 주위의 엄청난 반대를 무릅쓰면서 오랜 기간에 걸쳐 거의 비밀리에 관련 분야 인재들을 양성하고 연구를 독려하여 한글을 창제하였다. 세종대왕 스스로의 확신이 없었더라면, 주변 신하들의 건의에 의해 그런 일이 이루어질 수 없었을 것이라는 점은 너무나 명백하다.

거북선의 경우는 어떠한가? 이순신 장군 이전에도 거북선은 이미 조선 초에 그 비슷한 형태로 만들어진 적이 있었다고 한다. 그리고 당시 조선에는 이순신 장군 외에도 여러 명의 수사(해군 제독)가 있었고, 이순신 장군은 그 중 한 명이었을 뿐이다. 그러나 오직 이순신 장군만이 일본의 침입에 대비하여 휘하 군관인 나대용으로 하여금 거북선을 건조하게 하였고, 이는 임진왜란의 해전에서 그 효용을 십분 발휘하였다.

근래 우리의 남·북 관계도 마찬가지이다. 최초의 문민정부라는 김영삼 정부 시절에도 남·북은 전쟁 일보 직전인 일촉즉발의 상황까지 간 적이 있었다. 이는 김영삼 대통령 스스로 대북 강경 대결 태세를 취하고 있었기 때문이었다. 이 위기는 외부인인 미국의 전 대통령

카터의 방북을 통한 중재에 의하여 가까스로 모면되었다. 당시 방송들은 상당수 국민이 전쟁이 일어날까 두려워하며 라면 등을 사재기했다는 뉴스를 보도하였다.

그 후 김대중 정부는 대통령의 주도하에 정주영 현대 회장의 소떼 방북으로 시작되는 남·북 경협과 금강산 관광의 물꼬를 텄다. 그리고 50여 년 만의 남·북 정상회담을 통하여 평화에 대한 합의를 이끌어냈다. 이 역시 김대중 대통령 스스로 통일과 남·북 화해에 대한 비전을 가지고 있지 않았다면 불가능했을 것이다. 참모들의 건의에 의해 그런 일이 이루어지기는 매우 어렵기 때문이다.

이명박·박근혜 정부 하의 남·북 관계 역시 마찬가지다. 잘못한 북한을 벌주어야 한다는 이명박 정부의 생각은 이전 정부 10년간의 화해 모드를 크게 망가뜨렸다. 임기 동안 금강산 관광 중단과 천안함 침몰 사고 등으로 남·북 관계는 점점 더 긴장되었고 이산가족 상봉과 대북 협력, 그리고 민간 교류까지 전면 중단되었다. 북에 대해 같은 생각을 가진 박근혜 정부에서도 상황은 개선되지 않아, 비슷한 남·북 대치 관계가 지속되고 있다. 대통령이 강경한 태도를 견지하고 있으니 참모들이 나서서 남·북 관계의 진전과 화해를 이루게 할 수 없음은 자명하다.

나라의 발전이 지도자의 비전에 의해 크게 좌우될 수 있음을 보여주는 또 다른 사례는 '4대강 사업'이다. 이명박 정부는 공약으로 제시했던 한반도 대운하 사업과 상당히 유사한 4대강 사업에 당초 대운하 사업에 투자하려고 한 액수에 비견하는 20조 원 이상의 막대한 국가 예산을 투입하였다.

막대한 천문학적 예산이 투입되었지만, 일회성 토목사업이었기 때문에 이로 인한 산업의 발전이나 지속적인 일자리 창출은 처음부터 기대하기 어려웠다. 만약 이 막대한 예산을 기초과학과 친환경 기술, 그리고 항공우주 기술에 투자하였다면 어떻게 되었을까? 가능한 일로 친환경 대체에너지 기술의 최선진국 진입과 달나라에 갈 수 있는 로켓 추진체 기술의 조기 확보, 그리고 노벨상을 바라보는 기초과학의 진흥을 들 수 있을 것이다.

아시아의 이웃 일본과 중국이 달나라 기지 건설을 계획하고 있을 만큼 우주기술 개발은 중요하다. 1950년대 말에 소련이 세계 최초로 스푸트니크 인공위성을 쏘아 올리자, 미국은 1960년대 초에 케네디 대통령이 10년 내에 달나라에 인간을 보내겠다는 선언을 하고 채 10년이 안 된 1969년에 마침내 인간을 달에 착륙시켰다. 케네디 대통령 선언 당시 미국은 소련에 비해 로켓 기술이 상당히 뒤져 있었다. 하지만 거국적인 힘을 모아 소련보다 더 강력한 로켓을 개발하고 10년이 안 되는 짧은 기간에 달 착륙을 성공시켰다.

이처럼 지도자가 어떤 비전을 갖고 어떤 이니셔티브를 취하느냐에 따라 나라는 그 발전의 궤도가 달라지게 된다. 만약 우리가 4대강 사업에 들어간 막대한 돈을 과학기술 개발에 투자하였다면, 미래의 우리 먹거리를 창출할 새로운 기술을 개발하여 연관된 신산업 분야에서도 앞서 가게 되었을 것이다.

21세기인 현재는 물론 앞으로 시간이 갈수록 한 나라의 명운은 그 나라가 가진 과학기술 수준에 따라 더 좌우되게 될 것이다. 따라서 과학기술과 그에 따른 미래 산업의 추세를 꿰뚫는 비전을 가진 지도자가 있다면, 그 나라는 다른 나라들보다 앞서 갈 수 있는 방향으로 정책을 시행하여 나라의 경쟁력을 더 강화시킬 수 있을 것이다. 이제는 과학기술과 미래 산업에 대한 바른 인식이 사회 전반에 대한 바른 인식과 더불어 나라를 이끌어 가는 지도자의 필수 요건이 되었다고 하겠다.

의견 조율의 제왕 세종대왕 – 전 구성원의 지혜를 모으다

세종대왕은 스스로의 비전을 가지고 그에 대한 구성원들의 의견을 모아서 최선을 다하여 그 비전을 실현한 매우 드문 뛰어난 지도자였다. 한글 창제의 경우, 그는 밖으로는 중국과 안으로는 사대주의에 사로잡힌 일부 신하들의 압력을 피하기 위하여 수십 년 동안을 비밀로 부치는 마음의 고초를 겪으면서까지 초지일관하며 일을 완수하였다. 이는 백성을 위한 그의 굳건한 의지를 보여준다. 보통의 왕들 같았으면 백성을 위하여 그러한 고난의 길을 구태여 택하려 하지는 않았을 것이다. 그는 한자에 능통하였으므로 자신을 위해서 구태여 새로운 글자가 필요하지는 않았다. 그럼에도 그는 글을 모르는 백성들의 안타까움을 해소해 주기 위하여 배우기 쉽고 사용하기 쉬운 우리말에 맞는 글을 직접 만들고자 하였던 것이다. 그리고 온갖 역경을 무릅쓰고 드디어 완성해 내었다. 그는 우리 겨레 자손만대의 고귀한 자산으로 과학적이고 체계적인 새로운 문자를 선사하였다.

세종대왕은 세금을 개혁하는 데 있어서도 양반들의 반대가 심한 가운데 관리를 파견하여 통계를 조사하는 등 민심을 수렴하며 일을 추진하였다. 이처럼 통계 조사와 민심 수렴을 바탕으로 온 신하들과 격심한 논쟁까지 해가며 신하들을 설득하였고, 마침내 조선 왕조 오백 년의 토대가 된 튼튼한 제도를 마련하였다.

그는 사람을 쓰는 데 있어서도 이념에 치우치지 않고 실력이 있는 사람을 두루 찾아 썼다. 약간의 허물이 있더라도 그 능력이 나라를 위한 쓰임새에 합당하다고 판단되면 그 허물을 덮고 중용하였다. 이는 잘못에 대한 책임과 나라의 발전에 기여할 능력 가운데 어떤 것을 더 중요시하는 것이 진정 나라를 위한 일인지 심각한 고민 끝에 내린 결정들이었으므로 그의 고민 역시 컸을 것이다. 그는 스스로 공부도 열심히 하여 집현전 학자들의 모범이 될 정도였고, 그러한 자신의 해박한 지식을 바탕으로 여러 신하들과 토론하면서 모든 구성원의 지혜를 함께 모았던 참으로 지혜로운 임금이었다.

이처럼 세종대왕은 백성과 나라를 먼저 생각하고 모든 것을 논의와 설득을 통하여 결정하였다. 그는 참으로 훌륭한 자질을 갖춘, 예나 지금이나 찾기 어려운 매우 뛰어난 지도자였다. 그의 치세 동안에는 세종이 어진 정치를 편다는 소문이 주변국까지 널리 퍼져, 조선에 살고 싶다며 들어오는 주변국 사람들의 집단 귀화 현상까지 나타났다. 북방의 여진족과 남쪽의 왜인들뿐 아니라 명나라 사람들까지도 조선에 귀화하고자 하였다. 당시 명나라 조정은 조선으로 귀화하는 중국인들이 늘어나자 혹시 세종 치하의 조선이 자국을 침략할까봐 노심초사하였다고 한다. 이러한 세종의 훌륭한 통치 행위는 명나라 영락제가 죽었을 때 중국 조정이 다음과 같은 평가까지 하게 하였다.

조선국은 임금이 어질어서 중국 다음갈 만하다. (… 중략 …) 옛날에는 요동의 동쪽이 조선에 속했는데, 이제 만일 조선이 요동을 얻는다면 중국도 막기 어려울 것이다.

세종은 신하들의 의견을 두루 듣고자 하였으며, 직언을 장려하였다. 그는 신하들의 적극적인 참여를 유도하여 최상의 정보를 얻고 다양한 생각을 들음으로써 사안에 대하여 충분히 이해하고자 하였다. 그는 주어진 사안에 대한 충분한 이해가 지도자로서 최선의 판단을 위해 필수적이라고 생각하였다. 세종은 중요한 국사에 관해 신료들의 생각을 묻는 것을 관행화하였으며, 이는 그의 통치 방식이 되었다.

　그는 어려운 일이 생기면 여러 사람들에게 물어 그 사정을 잘 알고 난 후에 무슨 결정이든 하는 것이 지혜로운 결정의 첫째 요건이라고 생각하였다. 때문에 그는 모든 사안에 대해 먼저 조정 신료들이 충분히 논의를 하게 하였다. 신하들은 스스로 이런 논의에서 좋은 의견을 내기 위하여 항상 맡은 바 업무에 정통하고자 하였다. 그리고 자신이 낸 의견에 대해서는 책임을 져야 했으므로, 모든 사안에 대해 허투루 함이 없이 신중하게 접근하였다.

　조선의 북방을 공고히 했던 4군6진 개척의 단초가 되었던 '파저강 토벌' 사건은 이러한 세종의 성품과 정책 결정 과정을 잘 보여준다. 세종 14년(1432년) 12월, 파저강 근처에 있던 여진의 한 부족이 압록강 중류의 조선 지역을 침범하여 사람과 가축을 붙잡아 가는 사건이 발생하였다. 조정은 즉시 이 일에 대해 논의를 시작하였고, 세종 자신도 참여한 10여 일의 논의 끝에 이를 중국에 알리기로 결정하였다. 1월에는 침범한 여진족에 대한 대책을 다시 열흘 정도 논의하고 최윤덕을 토벌의 총책임자로 임명하였다. 2월에는 토벌을 위한 구체적인 논의를 진행하였다. 이 논의에는 의정부와 육조는 물론 삼군 소속의 인사까지 모두 의견을 제시하게 하였다. 따라서 논의의 시간은 길어졌지만 토벌 시 발생할 수 있는 다수의 문제점을 파악하게 되었고 이에 대한 대비책도 함께 마련하였다.

이처럼 세종은 충분한 논의에 의한 예방적 효과를 염두에 두고, 중요한 문제에 대해서는 반드시 여러 사람들이 의견을 제시하게 하였고, 제안된 의견들의 여러 측면을 다시 되짚어보는 숙의의 과정을 반드시 거치게 하였다.

토벌은 얼음이 어는 시기를 기다려서 하자는 의견과 여름에 큰비가 내리니 4월이 좋다는 의견으로 갈렸다. 풀이 무성한 4월에 공격하는 것이 마땅하다고 생각한 세종은 후자를 채택하였다. 세종은 이처럼 토론을 통하여 여러 의견들을 내게 한 후, 그 중 자신의 판단에 가장 부합하는 안을 선택하여 거기에 힘을 실었다.

여기서 우리가 주목해야 할 점은, 제안된 안들이 서로 다를 경우 그 결정은 결국 지도자의 몫이라는 사실이다. 때문에 비록 숙의의 과정을 거치더라도 결정적인 단계에서 의견들이 상충될 때는 지도자의 사리 분별 능력이 매우 중요하다. 이는 사리를 밝게 분별할 줄 아는 능력은 지도자가 필히 지녀야 할 가장 중요한 덕목임을 일깨워준다.

주어진 상황을 충분히 이해한 후 어떤 안이 더 나은 것인지 판단할 줄 아는 사리 분별력이 뛰어났기 때문에 세종은 항상 훌륭한 결정을 이끌어낼 수 있었다. 반면 1990년대 말 대한민국에 절체절명의 경제적 위기를 안겨주었던 IMF 사태는 당시 대통령이 스스로의 판단보다 참모들의 판단에 너무 의존하였고, 참모들도 빈번히 교체하여 국가를 이끄는 대통령직의 수행에서 합리적인 판단과 일관성이 결여되었기에 초래된 바가 크다고 하겠다.

모든 일에는 항상 찬·반 양론이 있게 마련이며, 소위 전문가들도 보는 눈이 제각각이다. 따라서 지도자는 그런 상충되는 의견들 중에서 정말로 좋은 의견이 무엇인지 가려낼 수 있는 사리 분별력을 스스로 갖추고 있어야 한다.

세종은 파저강 토벌과 관련하여 적들이 정벌에 이미 대비하고 있을 가능성에도 대비하여 적들이 마음을 놓고 방비를 느슨하게 할 방책까지도 스스로 마련하였다. 이를 위해 토벌이 결정되고 난 후, 자신을 포함하여 온 왕실이 한 달간 충청도로 온천을 다녀왔다. 그런데 조정의 많은 신하들은 왕의 행차에 숨은 뜻을 알지 못하고 '전쟁을 앞두고 불가한 일'이라며 반대하였다고 한다. 토벌은 왕의 행차 동안 성공적으로 수행되어 왕은 환궁 이틀 후에 승전을 보고 받았다.

이후 세종은 토벌의 성공에 만족하지 않고 그 지역을 지속적으로 안전하게 지킬 방안에 대해서 다시 신하들과 논의하였다. 그 결과 압록강 중류에 서북 4군을 설치하고 함길도 북방에 동북 6진을 구축하게 하였다. 그리고 새로운 국경의 안정을 위하여 이곳에 남쪽의 백성들을 이주시켜 정착하게 하였다. 세종은 백두산도 조선의 강역에 포함시키기 위하여 노력하였고, 이후 백두산은 우리 강역에 포함되게 되었다.

세종은 국가 발전에 필요한 인재들을 육성하기 위하여 유명무실하던 집현전을 확대 개편하였다. 그는 오랫동안 숙성되고 정제된 지식이 나라에 큰 쓸모가 있다고 판단하여 집현전 학사들이 다른 관청으로 옮기는 것도 막았다. 그리하여 '학술에 전념하여 종신토록 정진할 것'을 집현전 학사들에게 바랐다. 세종은 집현전의 젊고 똑똑한 인재들을 모아 한글 창제 작업을 시작하였다. 비록 같은 집현전의 학사였던 최만리가 사대주의를 앞세워 반대도 하였지만, 백성들의 편리함을 더 중하게 여겨 끝내 훈민정음을 완성하고 반포하였다. 그는 배우기 쉽고 쓰기 쉬운 우리글을 앞장서 창제함으로써 당대의 백성뿐 아니라 자손만대 후손까지 크나큰 혜택을 누릴 수 있게 하였다.

세종은 외형이나 격식보다 실제와 맞고 편한 것을 취하여, 백성에게 편안하고 나라에 득이 되는 방향으로 모든 일을 결정하였다. 서얼 출신의 황희를 중용하고, 천출의 장영실을 등용한 것은 그의 이런 실질적인 사고방식에 의한 것이었다. 그는 능력이 있는 인재는 문벌과 신분의 고하를 뛰어넘어 등용하였다. 황희는 초기에 매관매직까지 한 부패한 관리로 기록되어 있으나, 그가 강원도 관찰사로 있으면서 강원도 백성들을 대기근에서 구해내자 그의 능력을 인정하여 18년 동안 정승으로 중용하였다. 그렇게 하여 황희는 재상으로서 자신의 능력을 마음껏 펼칠 수 있게 되었고, 조정에 뛰어난 인재들을 천거하여 세종 시대의 주춧돌을 놓는 데 기여하였다.

세종은 나라의 가장 중요한 보배가 인재라고 생각하여, 인재를 찾아 쓰는 것을 나라를 운영하는 지침으로 삼았다. 관노 장영실을 관직에 임명하고 부패한 관리로 지목되었던 황희를 중용한 것은, 단점을 버리고 장점을 취하여 무엇이 더 나라에 득이 될 것인지를 더 중하게 생각하였기 때문이다.

세종은 시대에 앞선 평등의식으로 모든 백성을 고르게 다스리려고 하였다. 그는 '진정 차별 없이 만물을 다스려야 할 임금이 어찌 양민과 천민을 구별해 다스려야 하겠는가?'라고 하였다.

한 집현전 학사의 집에서 안주인이 질투심에 겨워 여종 한 명을 굶겨가면서 아주 잔인하게 학대 행위를 저지른 사건이 있었다. 당시 조정의 신료들은 노비의 신분으로 목숨을 건졌으니 그것만으로도 충분하다고 하였으나, 사건의 전말을 보고 받은 세종은 매우 가슴 아파 하였다고 한다.

이 사건의 조사 과정에서 종이 주인을 고소하거나 그런 일을 당국이 조사할 수 없다는 '부민고소금지법'이 문제가 되었는데, 이 사건이 종의 문제로 주인을 조사해야 했었기 때문이다. 이 사건을 계기로 이 법에 대한 개정 논의가 시작되었는데, 처음에 신하들이 법 개정을 반대하여 2년에 걸친 토론과 숙의 끝에 겨우 절충안이 마련되었다고 한다. 세종은 아랫사람들의 뜻도 통하게 하는 것이 정치의 도리라 생각하여 '정치의 도리'가 당시 나라의 기강이라 할 '상·하의 분별'에 못지않게 중요하다고 여겼다. 이는 백성들의 눈높이에서 생각하였던 세종의 어진 마음을 보여준다. 이 사건의 처리 과정에서도 지도자인 세종은 자신의 생각에 반대하는 조정 신료들의 의견을 무시하지 않고 지속적인 논의 끝에 설득하여 합의를 이끌어냈다.

세종은 기근이 들었을 때 백성을 구제하는 데 있어서도 다음과 같이 배려를 하게 했다고 한다.

첫째, 기민 구휼의 장소를 남자와 여자, 노약자 등으로 구분하여 설치한다. 그들의 체면을 지켜주고 그들의 마음을 편안하게 해주어야 한다.

둘째, 출신지를 묻지 않는다. 고향을 떠나 돌아다니는 그들의 자취를 캐물으면 굶주려도 오는 것을 꺼려할 수 있다.

셋째, …

세종은 떠돌아다니는 가난한 기민에 대해서도 인간으로서의 존엄성과 인권을 최대한 존중하여 주고자 했던 것이다. 그는 나라의 재정으로 가능한 최대한의 구제를 하고자 하였으니, 참으로 백성을 사랑하는 큰마음이 있었음을 알 수 있다.

기근을 막기 위하여 세종은 식량 증산에도 남다른 관심과 노력을 기울였다. 조선의 실정에 맞는 농사짓는 방법을 기술한 『농사직설』을 세종 11년 전국에 반포하였고, 각 지역의 수령들로 하여금 그 내용을 농민들에게 힘껏 가르치게 하여 백성들이 농사를 잘 짓게끔 유도하였다. 세종은 좋은 종자도 시험하여 알려주는 등 백성이 굶주리지 않도록 많은 노력을 쏟았다.

세종 때에 이루어진 제도와 법규는 이후 조선을 떠받치는 주춧돌이 되었다. 정조는 이를 다음과 같이 예찬하기도 하였다.

우리나라의 예악과 문물은 모두 세종의 제도가 아닌 것이 없다.
그 큰 규모의 제도와 법이 지금까지 준수되니 어찌 성대하지 아니한가?

세종은 최대한 의견을 수렴한 후, 충분한 숙의를 거쳐 나라의 정책이 잘못될 소지를 줄였고, 반대자들도 설득하려고 노력하였다. 이처럼 세종은 충분한 논의에 의한 예방적 효과를 극대화하여 정책의 시행착오를 줄였으며, 합의 과정을 통하여 구성원 모두의 지혜와 힘을 모았다.

나라나 조직에서 지도자의 역할은 매우 중요하다. 이의 두 극단에 서 있는 단적인 예로는 임진왜란 당시의 이순신과 원균을 들 수 있을 것이다.

왜의 침입을 예견한 이순신은 전라좌수사로 임명되자 임명 초부터 모든 것을 처음부터 시작한다는 생각으로 전라좌수영의 군사들을 조련하고 전략물자를 비축하며 함선들을 건조하였다. 그리하여 임진왜란이 발발할 즈음에는 어느 정도 전투력 있는 선단을 갖추게 되었다. 그러나 왜군의 막강한 함대에 비해서는 여전히 약세였으므로 처음에는 직접적인 교전을 피하고 소규모의 접전을 통하여 왜의 능력을 시험하였다. 그리고 모든 전투에 앞서 철저히 준비함으로써 한 치의 소홀함도 없도록 하였다. 그는 잠을 잘 때에도 갑옷을 벗지 않고 유사시에 대비하였다. 해전에 대비하여 주변 해역에 밝은 그 고장 사람들과 어부들의 지식을 최대한 활용하여 자신의 전략에 이용하였고, 휘하 부하들의 의견을 철저히 수렴하여 가장 좋은 대책이 나오도록 노력하였다. 그렇게 함으로써 그는 왜 수군과의 모든 전투에서 승리할 수 있었다.

이순신이 왜 수군을 한산도 해전에서 대파한 후 왜의 수괴 도요토미 히데요시는 이순신 함대를 만나면 피하라는 명령을 왜 함대에 내렸다. 이순신은 그리하여 남해 바다를 장악하게 되었다. 왜의 침입이 이루어지지 않았던 전라 해역에서 더 나아가 경상도 일부 해역까지 왜의 준동을 저지할 수 있게 되었던 것이다. 이순신은 임진왜란에서 정유재란 전까지 수년 동안 쉼 없이 수군의 함선을 보강하고 함포와 탄약 등 무기를 정비하였다. 그리하여 왜 수군이 감히 넘볼 수 없는 막강한 해군력을 갖추게 되었다.

왜군은 이순신의 조선 함대에 맞설 수 없게 되자 그를 무력화시키려고 이간계에 온 힘을 기울였다. 무능한 조선의 왕과 조정은 그러한 그들의 이간계에 걸려 허망하게 넘어갔고, 결국 이순신은 감옥에 갇히게 되었다. 참으로 우리에게는 원통한 일이었으며, 당시 조선의 지도자였던 선조의 무능함이 더욱 뚜렷이 드러나는 대목이다.

그렇다면 이순신을 모함하는 데 앞장섰고 이순신의 후임으로 삼도수군통제사가 되었던 원균은 이순신이 온 힘을 기울여 구축해 놓은 막강한 조선 함대를 인수받아 과연 어찌하였는가? 이전에 원균은 '이순신이 불충하여 적의 함대를 궤멸하라는 임금의 교지도 따르지 않았다.'고 주장하였지만, 막상 자신이 수군통제사가 되자 왜 함대를 겁내어 교전에 나서기를 망설였다.

그러나 왜의 이간계에 의한 허위 정보에 매몰되어 있던 당시 조정은 원균 역시도 교전을 하지 않자 이간계에 의한 정보만을 철석같이 믿고 도원수 권율로 하여금 원균을 벌주게 하였다. 임무를 등한시하였다고 곤장을 맞게 된 원균은 매우 화가 나 술을 마신 후 아무런 준비도 하지 않은 채 무작정 왜 함대가 지배하던 수역으로 출전 명령을 내렸다. 아무런 전략도 없이 출전한 원균의 조선 함대는 이러한 정보를 접하고 미리 칠천량 해역에 대기하고 있던 왜 함대에게 철저히 격파되었다. 이 패전 이후 조선 수군에 남겨진 함선은 경상우수사 배설이 미리 도망가면서 전라도의 한 구석에 숨겨놓은 오직 열두 척의 전선이 전부였다.

이순신 장군이 삼도수군통제사에서 파직되면서 원균에게 넘겨준 조선 수군의 전력은 대략 전선 약 200척, 총통(대포)은 전선에 설치된 것 외에도 약 300문, 군량미 약 1만 석, 화약 약 4천 근 등이었다. 참으로 이순신은 거의 맨손으로 막강한 조선 함대를 만들어 냈던 것이다. 이순신 지휘 하에서는 도요토미마저 교전을 피하라 명했을 만큼 그런 막강한 조선 수군이었는데 원균의 지휘 하에서는 단 한 번의 교전으로 궤멸당하는 처지가 되었던 것이다.

삼도 수군 200척을 자랑하던 무적의 조선 함대는 거제도 인근의 칠천량 해역에서 단 하룻밤 사이에 160여 척이 왜 수군에게 격파되었고, 통제사 원균은 배를 버리고 부근의 섬으로 달아났으나 왜군에 의해 죽임을 당했다. 왜 수군은 한산도 일대와 고성 일대에 남겨진 조선 수군의 배를 모조리 찾아내 불태워 버렸다. 이순신이 수년에 걸쳐 심혈을 기울여 일구었던 조선의 막강한 함대, 임진왜란 기간 동안 단 한 번도 패한 적이 없었던 이순신의 무적함대가 원균의 지휘 하에 들어가자마자 단 한 번의 전투에서 궤멸 당했던 것이다. 참으로 지도자의 역할이 얼마나 중요한지 보여주는 극명한 사례이다.

칠천량의 참패가 있은 후 다시 삼도수군통제사에 임명된 이순신은 경상우수사 배설이 도망가며 숨겨놓은 열두 척의 함선을 찾아내어 정비한 후, 왜 수군의 서해 진출을 울돌목 근처의 해역에서 막아내고자 하였다. 그러나 치욕의 칠천량 참패 이후 조선 수군의 처지는 이미 모든 사람의 눈에 궤멸 상태와 크게 다를 바 없다고 여겨졌다. 오죽하면 임금인 선조까지 이순신에게 해전을 포기하고 육군에 합류하라고 명하였겠는가? 당시 왜 수군은 조선 서해로 진출하여 바로 수도인 한양을 침공하고자 노리고 있었다. 당시 울돌목 해역으로 향했던 왜 수군의 전선은 무려 400척이 넘었다고 한다. 그러니 선조가 그러한 명령을 내린 것도 무리가 아니었다.

이순신은 그러한 임금의 명령에 대하여 지금 우리에게 너무나 잘 알려진 다음과 같은 상소를 하였다.

지금 신에게는 아직도 열두 척의 전선이 남아 있습니다. 신이 죽지 않는 한 적들은 감히 저희를 업신여기지 못할 것입니다.

그는 상소를 통하여, 설령 죽게 된다 하더라도 끝까지 조선 서해를 왜 수군으로부터 막겠다는 뜻을 분명히 하였다.

자신이 온 심혈을 다 바쳐 이루었던 막강 200척의 무적 조선 함대를 모두 잃고 겨우 열두 척의 남은 전선으로 감히 대적할 엄두조차 내기 어려운 수백 척의 적 함대에 결연히 맞서고자 한 것이다. 조국의 숨통을 조여오는 적을 스스로 죽음을 각오하고 끝까지 막고자 했던 이순신의 마음은 오죽하였겠는가? 그 상황을 생각하면 오직 눈물이 날 뿐이다. 참으로 이순신 자신 또한 임진·정유의 왜란 당시 홀로 얼마나 많은 눈물을 흘렸겠는가? 그가 쓴 『난중일기』의 여러 군데에는 아직도 눈물로 얼룩진 부분이 남아 있다 하니, 참으로 가슴이 저밀 뿐이다.

울돌목 해전의 출전에 앞서 이순신은 그 유명한 '필사즉생 필생즉사必死則生 必生則死'의 훈시를 통하여 오직 죽는 것만이 사는 것이라는 비장한 각오를 휘하 전사들에게 심어주고 전투에 임하였다. 그는 죽을 각오만 했던 것은 아니었다. 혼신의 생각으로 전략을 짜서 전투에 임하였으니, 조류가 순조로울 때에 수많은 왜 수군의 함선들이 좁은 울돌목 수역으로 들어오게 하여 그 앞을 막아서 지키다가, 조류가 바뀌어 왜군 함선들이 앞으로 나오지도 못하고 뒤로 갈 수도 없어 서로 부딪치며 우왕좌왕하는 가운데 그들을 공격하여 적 함대를 대파하였다.

이는 참으로 천우신조의 기적이라고 할 수밖에 없었다. 그 당시 울돌목 수역에 진입한 왜 함대의 전선은 133척이 넘었다고 하며, 미처 들어오지 못하고 울돌목 근처 수역에서 지켜보고 있던 왜군의 함선들까지 합하면 무려 400척이 넘었다고 한다. 반면 이순신의 함대는 경상우수사 배설이 칠천량 해전 당시 도망가며 숨겨놓았던 열두 척에 더하여 나중에 한 척을 추가한 단 열세 척뿐이었다. 무려 수십 배에 이르는 엄청난 규모의 적을 상대로 싸운 전투였던 것이다. 이순신 스스로도 이기리라 생각하지 않았다고 전해지니, 가히 당시의 상황을 짐작할 만하다.

끝까지 희망의 끈을 놓지 않고 혼신을 기울여 전략을 생각하고 궁리에 궁리를 거듭하여 필승의 전략을 수립하고, 도저히 불가능하다고 여겨졌던 전투를 죽음을 각오하고 승리로 이끌었던 것이다. 세계 해전사에서 기적으로 밖에는 이해되지 않는 참으로 빛나는 승리였다.

당시 왜 수군은 이순신 함대의 빈약함을 알고 그에 대비되는 자신들의 막강함을 인지하고 있었기에 이순신의 함대가 패주할 것을 당연시하였다고 한다. 이순신 휘하의 장수들 역시 그 누구도 승리는 예상하지 않았기에, 밀려오는 적 함선들에 맞서서 이순신이 맨 앞에서 기함을 이끌고 싸울 때에도 멀찌감치 떨어져서 지켜보기만 하였다. 이렇게 휘하 장수들이 전투에 적극적으로 참여하지 않자, 이순신은 궁여지책으로 그중 한 명을 지적하여 군율로 다스리겠다고 위협하며 전투에 참여하게 하였고, 그제야 비로소 휘하의 다른 함선들도 전투에 참여하였다고 한다.

참으로 조선에게는 절체절명의 위급한 순간이었다. 만약 그 당시 이순신의 조선 함대가 무너졌다면 그 이후의 조선은 결코 존재할 수 없었을 것이다. 따라서 지금의 대한민국 역시 존재하지 않게 되었을 것이다. 아무튼 이러한 혼신을 다한 이순신의 분투에 의하여 울돌목 해전은 승리라는 기적으로 끝이 났고, 조선은 멸망의 구렁텅이에서 벗어날 수 있게 되었다.

여기서 우리는 지도자의 마음가짐과 노력이 그 조직이나 나라에 엄청나게 다른 결과를 가져온다는 것을 알 수 있다. 지도자의 방심과 자만은 조직을 망치고, 지도자의 깨어 있는 마음과 열의, 최선을 다하는 노력은 조직이 빛을 발하게 한다.

룰라 대통령 - 포용과 통합으로 브라질을 빈곤에서 끌어내다

수년 전 퇴임한 남미 역사상 가장 성공한 대통령이었다는 브라질의 룰라 대통령은 어떻게 그런 성공을 거둘 수 있었을까?

2003년 대통령이 된 룰라는 첫 번째 각료 회의에서 자신의 (첫 번째) 임기 말에는 모든 브라질 사람들이 하루 세 끼를 먹게 만들겠다고 공언하였다. 그리고 '기아 제로' 프로젝트에 쓸 돈이 필요하다며 전투기 열두 대의 구매를 유보하였다. 이는 서민을 확실히 챙기겠다는 그의 약속을 실현하겠다는 제스처였다. 그렇다고 그는 반시장 정책을 취하지도 않았다. 그는 낙선했던 과거 세 차례의 대선에서 국제통화기금IMF을 비난하며 채무불이행default 선언 가능성도 내비쳤다. 그러나 그는 실제 집권하고 나서는 복지 프로그램을 적극 시행하면서도 그 몇 배에 달하는 산업 지원책과 감세 정책을 함께 폈다.

전임 정권으로부터는 저주받은 유산만 받았다고 주장했던 룰라였지만, 전임 대통령의 정책을 유지해 인플레이션을 억제하였고, 전임 정권에서 만들어진 복지 프로그램들도 확대 개편하였다. 이렇게 되자 그의 지지자들 중 일부는 '룰라는 더 이상 좌파가 아니다.'라며 룰라가 속한 노동자당을 떠나기도 하였다. 자신의 퇴임을 앞두고 행한 언론 인터뷰에서 룰라는 '사회주의를 하더라도 분배해 줄 무언가가 있어야 한다.'며 자신은 다중 이데올로기를 지닌 사람이라고 스스로를 칭하며 친시장 정책을 옹호하기도 하였다.

룰라는 이처럼 이념에 집착하지 않고, 복지를 적극 시행하면서도 산업에 대한 지원도 확대하여 브라질의 경제를 일으켜 세웠다. 그는 유능한 인재라면 예전의 적대 세력이라도 기용하는 포용과 화합의 정책을 썼다. 그는 8년의 임기 동안에 브라질의 빈곤층을 절반 가까이 감소시키는 큰일을 해냈다.

룰라의 대통령 집권기인 2003~2008년에 브라질의 빈곤층은 43%나 줄었고, 인구 1억9천여만 명 중 빈곤층에 속하던 3,200만 명이 '신중산층'에 합류했다. 그리고 집권 첫해에 12.3%였던 실업률은 6%대로 내려갔다. 국내총생산GDP에서 세계 8위로 부상한 브라질은 앞으로도 지속적인 성장이 예상되고 있다.

그가 8년의 임기를 마치고 퇴임할 때, 그의 지지율은 무려 80%에 달했다. 룰라에 대한 국민들의 높은 지지는 야당의 대통령 후보까지도 자신과 룰라의 사진을 함께 보여주며 룰라의 지지를 얻은 것과 같은 광고를 하게 만들었다. 이와 같은 브라질 국민들의 열렬한 지지는 대통령으로서 그가 견실한 경제 성장과 빈곤 해소를 이끌고 대외적으로 국가의 위상을 높인 데 따른 것이었다.

　이러한 업적의 성취는 자신의 이데올로기에 구애받지 않고 진정 서민과 나라를 위한 일이 무엇인가를 고민하고, 국민적 합의를 이끌 어내는 통합의 정치를 실현한 룰라의 리더십에 의한 바가 컸다.

정의가 물 흐르듯이

정의란 무엇인가?

의義란 한자로 마땅함을 뜻한다 하니, 정의正義란 바른 마땅함을 의미할 것이다. 그렇다. 모든 것이 마땅히 되어야 할 대로 바르게 되게 하는 것이 정의일 것이다. 정의가 물 흐르듯 하는 사회를 만든다고 함은 사회의 모든 것을 바로 세워 순리적이고 공정한 사회를 만드는 것일 것이다.

누군가는 정의사회가 힘이 없는 사람도 힘이 있는 사람과 동등한 발언권을 갖는 사회라고 말했다. 그렇다면 적어도 법 앞에서는 누구나 동등하게, 그리고 경제나 권력 등 어떤 종류의 힘이든 간에 힘이 없는 사람도 힘이 있는 사람과 동등한 발언권을 인정받으며 대우받는 그러한 사회가 정의가 살아 있는 사회일 것이다.

이러한 관점에서 본다면, 정의사회의 실현은 법질서와 연관된 것을 포함하여 우리 사회의 모든 분야에서 마땅히 그리 되어야 할 순리를 구현하는 일이 될 것이다. 이러한 정의로운 사회를 실현하기 위해서 우리는 법 집행의 면뿐 아니라 사회의 모든 면에 걸쳐서 부정과 부조리를 유발하는 잘못된 관행들을 바로잡아야 한다.

모두에게 공평하고 정의로운 사회

1) 법 집행의 형평성

현재 우리나라 법 집행에 대한 국민의 인식은 '유·전무죄 무전유죄'라는 말에 농축되어 있다. 이는 돈과 권력이 있는 사람들은 법을 위반하여도 처벌을 받지 않고, 그렇지 못한 사람들은 더 엄격하게 또는 억울하게 법 집행을 당한다는 뜻일 것이다. 근래 이와 관련되어 화제가 된 사건이 있었다. 2007년에 일어난 김명호 전 성균관대 수학과 교수의 소위 석궁 사건이다.

쟁점은 석궁 사건이 터지면서부터 시작된다. 석궁 사건 직후, 대법원장은 '사법부에 대한 중대한 도전'이라는 내용의 성명을 발표하였다. 법원의 최고 수장인 대법원장이 사건의 성격을 미리 단정하고 엄중히 처벌할 것임을 대내외적으로 선언한 것이다. 이러한 대법원장의 사건에 대한 성격 규정은 과연 제대로 된 심리가 가능할 것인가 하는 의구심을 처음부터 많은 사람들에게 심어주었다.

석궁 사건은 대학 본고사의 수학 문제가 잘못되었다고 지적한 김명호 교수를 대학 측이 재임용에서 탈락시킨 데 대한 김 교수의 법정 투쟁으로 시작되었다. 김 교수는 법원의 2심 결과에 대하여 재판 진행이 공정하지 않았다는 점을 항의하려고 2심 재판장 판사의 집으로 석궁을 들고 갔다. 김 교수는 석궁으로 위협을 가하는 도중 몸싸움 끝에 화살이 발사되었다고 하였고, 피해자로 나온 2심 재판장 판사는 피 묻은 옷이 증거라며 테러를 당했다고 주장하였다. 여기서 의문점들이 몇 나타났는데, 당시 판결의 결정적 증거가 되어야 했던 부러졌다는 화살은 제시되지 않았고, 피해자가 조끼와 내복 사이에 입었다는 와이셔츠에서도 혈흔이 나타나지 않았다. 담당 재판부는 김 교수가 화살을 쏘았다는 이유로 4년형을 선고하였다.

이러한 점들 때문에 이 판결은 판사를 공격한 데 대한 보복성 판결이라는 비판에 직면하게 되었다. 이후 이 사건에 대한 스토리는 『부러진 화살 : 대한민국 사법부를 향해 석궁을 쏘다』라는 제목의 책으로 출판되었고, 〈부러진 화살〉로 영화화도 되었다.

4년의 형 집행 후 만기 출소한 김 교수는 한 신문과의 인터뷰에서 '법을 엄격히 지켜야 할 판·검사들이 오히려 사법고시에 붙는 순간부터 법을 위반할 자격증을 얻었다고 생각한다.'고 비판하였다. 그는 '판사들이 재판 결과를 결정해 놓고 결과에 맞춰서 법이나 판례를 끌어다 붙이기만 하는 것이 문제'라고도 주장하였다.

모든 판·검사가 김 교수의 주장처럼 행동하지는 않을 것이다. 하지만 근래 '스폰서 검사들'이나 '벤츠 여검사'의 사례에서처럼 전·현직 판·검사들이 저지른 금품이나 향응의 수수는 김 교수의 그런 인식이 크게 잘못된 것이 아닐 수도 있다는 생각을 일반 국민들에게 심어주었다.

또 다른 사례로 현직 판사가 공항에서 불법 외화밀반출 행위로 적발된 적이 있었다. 하지만 그는 아무런 죄의식이나 자책감도 없이 그저 일과성 착오라고 변명하였다. 그리고 그에겐 어떤 조처도 취해지지 않았다. 만약 평범한 일반인이 착오라고 주장하였다면 당국이 그 말을 그대로 인정하여 위법행위가 아닌 듯 그렇게 넘어갔을까? 아직도 없어지지 않은 판·검사 출신에 대한 전관예우의 관행, 재벌가의 범법 행위들에 대한 솜방망이 처벌 등 우리 사회에서 법 집행의 현실은 여전히 '유전무죄 무전유죄'의 상황을 벗어나지 못하고 있다.

사법부는 근래 재벌 회장들에 의한 천문학적 액수의 횡령과 배임에 대해서도 3년 이하의 징역이나 5년 이하의 집행유예를 선고하였고, 이들은 다시 대통령에 의하여 3~4개월 정도 지나 사면을 받았다. 반면 일반인들은 100만 원 이하를 횡령한 사람도 징역 8월 내지 10월 정도의 실형을 선고받았다. 참으로 대한민국 사회의 '유전무죄 무전유죄' 현실을 극명하게 보여주는 사례라고 하겠다. 그렇다면 자본주의 국가의 대명사라 할 미국에서는 어떠할까? 횡령 혐의로 피소된 엔론의 최고경영자는 무려 20년 이상의 실형을 선고받아 여전히 복역 중에 있다.

이명박·박근혜 정부에서는 불법 위장전입을 수차례 하여 현행법 위반을 스스로 인정한 사람들을 법무부장관, 검찰총장, 그리고 경찰청장에 임명하는 일들이 벌어졌다. 이들은 각각 나라의 법 집행과 범법 행위의 단속, 그리고 범법 행위자들을 처벌하는 국가 핵심중추 기관들의 최고 책임자들이다. 가장 준법의 모범을 보여야 할 자리에 위법행위를 대단치 않게 여기는 사람을 임명해도 괜찮다는 생각을 어떻게 할 수 있단 말인가? 과연 국민들에게는 나라의 법을 잘 지키라고 할 수 있겠는가?

여기서 문제는 그들이 저지른 것과 동일한 위법행위인 위장전입으로 적발된 수많은 일반 국민들은 그전부터 지금까지도 여전히 법의 처벌을 받고 있다는 점이다. 국민에 대한 이 무슨 차별인가? 이는 재력이나 권력을 가진 사람이 법의 처벌을 피한다는 '유전무죄 무전유죄'의 또 다른 전형이라고 하겠다.

우리 사회가 제대로 된 밝은 사회가 되기 위해서는 법 집행에서의 모든 잘못된 관행들은 한 점 예외 없이 뿌리 뽑아야 한다. 법 집행을 담당하는 법원과 검찰 모두가 특권의식이 아닌 진정한 공복의식으로 거듭나야 하며, 전 국민적 논의와 합의를 거쳐 관련된 모든 제도를 철저히 정비하여 잘못된 관행들이 다시는 되풀이되지 않게 해야 한다.

2) 사회의 공정성

공정한 사회는 법 집행의 면뿐만 아니라 사회의 모든 면에서 구현되어야 한다. 이와 관련된 사회 이슈로 대기업과 중소기업의 상생은 근래 정부나 언론에서 자주 논하는 주제의 하나가 되었다. 사실 우리나라의 거의 모든 중소기업들은 대기업들의 '갑질'에서 벗어나 진정으로 공정한 거래를 할 수 있기를 바랄 것이다. 우리 사회에서 소위 '갑질'로 일컬어지는 강자의 약자에 대한 횡포는 대기업-중소기업의 관계에서 뿐만 아니라 지금 우리 사회의 모든 영역에서 기승을 부리고 있다.

소위 갑과 을로 불리는, 힘이 세고 약한 두 상대를 공정하게 경쟁하게 만드는 것은 우리 사회를 바로 세우는 데 있어서 핵심이라 할 수 있다. 예컨대 대기업-중소기업의 관계에서도, 대기업이 하청 중소기업에게 부당하게 납품가 인하를 요구한다든가, 불공정 계약을 요구한다든가 하는 것을 국가 정책으로 엄격히 막는 법제화 방법도 있을 수 있다. 중소기업이 부당한 거래를 당했을 때 대기업이나 강자에게 자신의 신분을 노출시키지 않고 익명으로 고발하고, 그런 고발을 받아들여 즉시 시정 조처를 취하는 독립적인 원스톱 감시·감독 기관이 존재하여 공정거래를 정착시킬 수도 있을 것이다.

우리가 강력한 의지를 갖고 제도와 체제를 정비한다면, 대기업과 중소기업이 공정한 거래를 하고, 강자의 약자에 대한 '갑질'이 발붙이기 어려운 사회적 환경이 조성되어 공정사회는 이루어질 수 있을 것이다. 중소기업이 대기업과 동등한 위치에서 공정한 거래를 할 수 있을 때, 중소기업의 적정한 이익도 보장될 수 있고 중소 업체의 지속적 기술 개발도 가능해질 수 있다. 중소기업이 우리나라 전체 고용의 대부분을 담당하고 있는 현실에 비추어 볼 때, 공정사회는 우리 모두가 함께 잘사는 사회를 만드는 바탕이 될 것이다.

사회 정의의 관점에서 세금의 공정한 징수 또한 매우 중요하다. 세금 징수에서의 공정성 역시 법 집행에 못지않게 사회의 정의를 바로 세우는 데 있어서 중요하다. 요즈음 세계적으로 1%의 부자들이 99%의 보통 사람들을 착취한다는 말이 회자되고 있다. 이는 소득이 훨씬 많은 부자들이 법정 비율보다 훨씬 더 낮은 비율로 세금을 부담하는 데서도 나타난다. 상속세 회피를 위한 편법 증여, 여러 가지 추가적인 혜택에 의한 세금 감면 등에 의하여 수입이 훨씬 많은 부자들이 소득이 더 적은 사람들보다 오히려 조세 부담률이 더 낮아지는 모순을 낳은 것이다. 부자들에 대한 부당한 세금 감면의 축소, 대기업의 중소기업 업종 침범 금지, 대기업과 중소기업 간의 공정 거래 확립은 사회의 공정성을 확립하면서 중소기업도 살리는 방안이 될 것이다.

사회 공정성의 상당 부분은 많은 결정 권한을 쥐고 있는 공직자들의 부정과 부패 여하에 따라 좌우된다. 따라서 공직에 있는 사람들의 부정부패를 방지하고 이들에 대한 청탁을 막는 것은 공정한 사회를 만드는 또 하나의 중요한 요소이다. 선진국일수록 공직자들의 부패지수가 낮고 후진국일수록 부패지수가 높은 것은 이러한 점을 보여주는 것이다. 여기서 우리는 선진국일수록 엄격한 부패방지법을 매우 강력하게 시행하여 공직자들이 부패할 소지를 없애고 있다는 점을 눈여겨봐야 한다. 아직도 우리 사회에 남아 있는 청탁과 봐주기 등을 청산하기 위해서는 우리도 강력한 부패방지법을 만들고 시행하여 공직사회의 부패를 막고 사회의 모든 과정들이 투명하게 진행되도록 해야 한다.

3) 국가 정책의 균형과 사회적 합의

국가의 균형적 발전은 모든 나라가 추구한다. 나라가 고루 발전하지 못하고 일부 지역으로 치우쳐 발전하면, 장차 가장 중요해질 인적 자원을 필두로 나라의 모든 자원을 제대로 100% 활용할 수 없게 된다. 더구나 뒤처진 지역에 사는 주민들은 자신들의 여건을 불만족스럽게 여기므로 행복감과 국민 통합에 따른 범국가적 시너지 효과도 얻기 어렵다. 각 지역의 균형 잡힌 발전은 헌법상 보장된 누구에게나 동등한 국민의 행복추구권을 보장하고 긴 안목에서 나라의 발전을 기하기 위한 중요한 조건이다.

대한민국에서는 1960~1970년대의 경제개발 시대에 적은 예산으로 새로운 산업을 육성하기 위해서 집중적인 개발이 필요하다는 논리에 따라 국가 정책적으로 동남부 지역에 치우친 개발이 이루어졌다. 이후 동남부 지역에는 환경오염을 심각하게 걱정할 정도로 많은 산업지대가 들어섰고, 반면 서남부 지역에는 지역민들이 마땅한 일자리를 찾을 곳이 없을 정도로 산업화 측면에서 뒤처지게 되었다.

이제 국가 균형 발전의 관점에서 이러한 불균형을 시정하기 위해서는 발전이 뒤처진 지역에 대한 국가의 정책적인 육성과 지원이 필요하다. 현재의 관점에서 경쟁력이나 경제성의 관점으로만 보게 되면 뒤처진 지역은 더욱 뒤처지는 부익부 빈익빈의 현상이 벌어질 수밖에 없고 지역적 격차는 더 커지게 된다. 따라서 기존에 집중적으로 투자된 지역에 대해서는 기존 산업의 발전을 심화시켜 경쟁력을 더 강화하는 방향으로 나아가고, 아직까지 발전이 미진한 지역에 대해서는 새로운 산업 분야에서 투자가 이루어지게 하여 국가의 균형적 발전을 기해야 한다.

우리 사회에 만연한 '유전무죄 무전유죄', '전관예우'나 '봐주기' 등의 풍조는 공정함보다는 적자생존과 약육강식이라는 힘의 논리에 따른 것이다. 이는 일제 식민 통치에 이어 다시 30년 가까이 우리 사회를 지배했던 군대식 문화의 잔재라고 할 수 있다. 그러나 이런 약육강식의 문화는 우리 사회를 더욱 각박하게 하고 힘없는 대다수 사람들의 희생을 강요하므로 더 이상 방치해서는 안 된다. 대한민국은 이제 그러한 낡은 옷을 벗고 공정하고 균형 잡힌 투명한 사회라는 새로운 옷을 입어야 한다.

현재 대한민국은 공공정책의 결정 과정에서 나타나는 다양하고 심각한 갈등으로 인하여 많은 어려움을 겪고 있다. 관민 간, 민민 간, 그리고 지역 간의 갈등이 예사롭지 않다. 예컨대 원자력 발전소나 방사성 폐기물 처리장의 건설은 항상 첨예한 갈등을 불러일으키고, 사회보장이나 노동 관련 입법에는 격렬한 찬반 논쟁이 뒤따른다.

조금 더 스케일을 낮춰보면, 고압송전선이나 장애인 재활시설과 같은 공공이나 사회적 약자를 위한 시설의 건설에도 지역민들과의 갈등이 심하다. 이러한 갈등을 최소화하기 위해서는 가능한 한 최대한으로 찬반 의견과 대안을 수렴하고, 공정하고 투명한 논의를 통하여 사회적 합의를 이루어야 한다. 사회 공공의 이익과 사적인 이해가 충돌할 때에는 사적인 피해에 대해 최대한의 배려와 설득으로 합의를 이끌어야 한다. 이와 같이 충분한 사회적 합의를 통하여 국가와 사회의 중요한 사안을 결정해 나간다면, 일방적인 결정에 따른 반발과 갈등은 최소화될 것이다.

우리나라의 대표적 고질병 가운데 하나인 지역감정은 나라의 권력을 차지하기 위하여 패거리 의식으로 지역 간 갈등을 조장한 일부 정치인들에게 많은 책임이 있다. 그러나 한편으로 이러한 세태에 편승하여, 인구가 더 많고 경제적으로 부유한 지역의 사람들이 인구가 더 적고 경제적으로 열악한 지역의 사람들에게 지원해야 할 부분마저 기득권을 앞세워 빼앗은 부분은 없는지 살펴보아야 한다. 앞서 개발된 지역에 인구가 더 많고 더 좋은 인프라가 갖추어진 것은 국가의 자원이 더 많이 우선 투자되었기 때문에 그런 것이다. 그런데 그렇게 갖추어진 현재의 우월한 여건에 따른 경쟁력만을 앞세워 지속적으로 국가의 지원을 독차지하려 한다면, 나라 전체의 균형 발전은 이루어질 수 없을 것이다. 나라의 균형적 발전이 기존의 발전 지역까지 포함하여 나라 전체의 발전에 더 큰 추진력을 낼 것임을 생각하면, 국민 모두가 자발적으로 나라의 균형적 발전에 힘을 모을 때 나라는 더욱 좋아질 것이다.

어떤 이유에서건 국가의 혜택이 일부 사람들이나 지역에만 치우치는 경우, 나태와 비효율이 들어서게 마련이며, 불공정하고 불투명한 정책의 시행과 마찬가지로 나라의 효율적 발전이 가로막힌다. 사회 공정성의 면에서도 열악한 처지에 있는 사람이나 지역을 더 지원하여 균형 잡힌 사회를 이룰 때 공정사회는 더 빨리 실현될 수 있다. 그리고 사회의 공정함은 국민의 편안함과 행복감을 배가시켜 국민통합의 시너지로 나라의 발전에 큰 기여를 할 것이다.

먹거리와 주변 환경이 건강한 사회

우리는 불량 식품이나 유해 식품과 관련된 뉴스를 자주 접한다. 예컨대, 폐기된 된장을 수거하여 다른 된장과 섞은 후 재래식 된장으로 속여 팔아 수십억을 챙겼다든가, 아스팔트에 들어가는 인체에 유해한 독성 물질을 색깔이 비슷한 도토리묵에 넣은 사건, 유통기한이 지난 닭고기 군납 사건 등 장소와 대상을 불문한 불량·유해 식품과 관련된 뉴스가 끊임없이 이어지고 있다.

우리 국민이 즐기는 수산물의 경우에도 냉동상태로 판매 시에 소비자를 속이는 일이 많다고 한다. 대표적인 사례가 양잿물로 잘 알려진 유독물질인 가성소다를 탄 물에 수산물을 넣었다가 다시 얼려 소위 '물코팅'을 함으로써 수산물의 무게와 크기를 부풀려 폭리를 취하는 수법이다.

그러나 앞서가는 대한민국이 되기 위해서는 이처럼 식품을 가지고 농간을 부리는 행위를 더 이상 용납해서는 안 된다. 이러한 행위는 국민의 건강을 위협하는 중범죄이므로 농간을 부릴 생각마저 할 수 없을 정도로 엄하게 처벌해야 한다.

국민 건강을 좀먹는 이와 같은 식품과 관련된 농간이 지금도 여전히 반복되는 이면에는 식품의 안전을 관리·감독하는 정부 당국의 무관심과 무책임이 자리 잡고 있다고 하겠다. 국민의 건강을 위하여 필요한 법들을 미리미리 철저히 정비하고, 엄격하게 법을 적용하여 그러한 일들이 일어나지 않게 하는 것이 마땅함에도, 관련 당국의 관심 부족으로 필요한 법과 제도가 제대로 정비되지 않았고, 감시·감독도 소홀했다고 볼 수 있기 때문이다. 일부 악덕 식품 업자들은 이러한 틈을 노려 전 국민을 대상으로 농간을 부리고 있는 것이다. 항상 당국은 사건이 터져서 전 국민의 분노가 커진 뒤에야 마지못해 미적지근한 처벌만을 되풀이해 왔다.

　이런 일이 지속하여 발생하는 이유는 위반에 따른 처벌이 그다지 겁나지 않기 때문이다. 대부분의 선진국에서는 대다수 소비자들에게 불이익을 주는 담합 행위나 국민의 건강을 위협하는 불량·유해 식품 제조 또는 판매 업자들을 매우 엄중하게 처벌하고 있다. 우리도 불특정 다수의 국민을 대상으로 국민의 건강을 위협하는 이러한 불법 행위는 엄중 처벌하여, 절대 용납되지 않는다는 인식을 관련 업자들에게 각인시켜서 그러한 행위를 할 엄두 자체를 내지 못하게 해야 한다.

　수년 전에는 농수산부 산하 기관에서 농작물을 수입하면서 수백억 원이 넘는 물량을 대행업자에게 불공정 배정한 것도 모자라, 썩고 오염된 고추의 수입을 방치한 사건이 일어났다. 직무를 유기한 모든 관계자들에 대한 철저한 조사와 엄중한 처벌이 있어야 했지만, 시간만 보내며 흐지부지되어 버렸다. 이제는 정부 차원에서 모든 관리·감독 당국자들에게 철저한 책임 의식을 각인시켜 다시는 이런 일이 반복되지 않게 해야 한다.

환경오염의 경우에도, 비가 많이 올 때 독성 물질이 포함된 폐수를 정화시키지 않고 배출하는 일들이 나라 곳곳에서 벌어지고 있다. 이 역시 불량·유해 식품의 경우와 마찬가지로 미비한 제도와 관련 당국자의 책임 의식 부족, 그리고 솜방망이 처벌이 그 원인이라고 할 수 있다.

'침묵의 살인자'라 불리는 초미세먼지의 경우 아직 우리나라는 규제 기준마저 없고, 미세먼지의 경우도 국제보건기구WHO나 미국·일본 규제 기준의 두 배를 넘는 수준이라고 한다. 여기서 문제는 관련 당국자들의 인식이다. 선진국과 같은 기준으로 규제하는 것이 우리나라에서는 무리라는 생각이 그것이다. 아직도 대한민국을 스스로 후진적인 나라로 여겨 선진국과 똑같이 해서는 큰일이 날 것처럼 생각하는 잘못된 사고방식에 사로잡혀 있다. 대한민국이 앞서가는 나라로 거듭나기 위해서는 '아직 선진국이 아니니까 약간 나쁘고 부족해도 괜찮다.'는 식의 잘못된 생각은 깨끗이 버려야 한다. 대한민국이 지금의 선진국들을 뛰어넘는 앞선 국가로 거듭나기 위해서는 먼저 우리 스스로 최선의 엄격한 기준을 세워 사회의 모든 환경을 개선해 나가야 한다.

이제는 정치 지도자들도 인식을 대폭 전환하여 국민 건강을 위협하는 불량·유해 식품과 환경오염에 더 깊은 관심을 기울이고 유해한 요소를 철저히 차단하겠다는 굳센 의지로 행동에 나서야 한다. 정부가 국민 건강을 최우선으로 여겨 철저하게 법과 제도를 정비하고 식품의 안전과 환경오염의 방지에 최선을 다할 때, 대한민국은 건강하고 살기 좋은 나라로 거듭날 것이다.

생활의 안전

정치적인 면에서 대한민국의 절차적 민주주의는 이제 정착되었다고 할 수 있다. 그러나 나라를 운영하는 정치 지도자들의 사회의식적인 측면은 여전히 국민의 눈높이를 따라오지 못하고 있다.

1990년대 김영삼 정부 시절 일어난 성수대교 붕괴와 삼풍백화점 붕괴, 그리고 그 후 2003년에 일어난 대구 지하철 화재 참사와 2014년 전 국민을 슬픔으로 몰아넣은 세월호 참사. 이 엄청난 참사들은 안전사고에 대한 대한민국 행정 체계의 미비함을 그대로 반영하고 있다. 그런 엄청난 사건들이 일어났는데도 왜 '안전 제도'는 여전히 미비한 채로 남아 있을까?

이는 국가를 이끄는 정치 지도자들이 국민의 안전에 대한 관심과 개념이 거의 없기 때문이라고 할 수밖에 없다. 성수대교나 삼풍백화점의 붕괴와 같은 대형 안전사고가 일어난 후에 정부 당국은 법체계를 철저히 정비하여 다시는 그런 일이 일어나지 않도록 했어야 했다. 그러나 그저 땜질 수준의 처방만을 하고 덮는 데 급급하였으니 개선될 리 만무하였다. 이는 그 후 190여 명의 귀중한 인명을 앗아간 대구 지하철 화재 참사를 불렀고, 그래도 교훈을 얻지 못한 대한민국에는 다시 300여 명의 아까운 생명이 희생된 세월호의 비극이 일어났다.

현재 아시아의 최선진국이라는 싱가포르는 1970년대까지만 해도 당시 한국과 거의 다름없는 후진국이었다. 그러나 지도자인 리콴유 수상의 개혁 드라이브로 이 모든 것을 일신하고 불과 20년 안팎의 짧은 기간에 선진국 체제를 갖추었다. 싱가포르에서도 성수대교 붕괴와 비슷한 후진적 안전사고로 인한 참사가 일어났지만, 당시 리콴유 정부는 이후로는 그런 후진적 참사가 다시 일어나지 않게끔 소방법과 건축법 등 관련법을 철저하게 고쳤다.

반면, 성수대교 및 삼풍백화점 붕괴 사고들이 일어났던 대한민국의 김영삼 정부는 임기 중 두 번에 걸쳐 벌어진 엄청난 참사에도 불구하고 그저 땜질 처방 수준으로 관련법을 정비하는 시늉만 하였다. 그리하여 다시 대구 지하철 사고와 같은 참사가 반복되게 되었다. 그 이후에도 대한민국에서 비슷한 성격의 크고 작은 사건들이 수차 반복되었지만 소방법이나 관련 건축법 등에 대한 철저한 정비는 여전히 정치 지도자들의 관심 밖 사안이었다. 정치 지도자들은 오직 '정치'에만 관심을 가졌을 뿐, 국민의 안전과 같은 나라의 기본적인 틀을 정비하는 데에는 무관심하였다.

왜 우리 정치 지도자들과 행정 당국의 책임자들은 그런 엄청난 참사들을 겪고도 교훈을 얻지 못하는 것일까? 지난해 벌어진 세월호 참사에 대해서는 1년이 더 지난 지금까지도 철저한 원인 규명마저 없이 유야무야하고 있다. 특히 책임이 있는 정치 지도자와 당국자들이 사건의 실체적 진실을 규명하는 데 오히려 소극적인 태도마저 보이고 있다. 사회 안전체계는 온 국민의 안전과 관련된 매우 중대한 사안임에도 최고 정치 지도자부터 책임 의식도 없고 별다른 관심을 보이지 않으니, 힘없는 실무자 외에는 그 누구도 책임을 지지 않으며, 땜질 처방으로 일관될 수밖에 없는 것이다.

혹자는 담당 책임자나 관련 부서의 장관이 잘 처리하면 되지 않겠는가 생각할 수도 있을 것이다. 그러나 제대로 된 규정을 강제한다는 것은 엄청난 이익집단들과 싸움을 벌여야 한다. 그런데 지금의 사회 현실에서 그 막강한 이익단체(건설업자들이나 재벌)와 로비스트들을 대상으로 담당 책임자나 '하루살이' 장관이 어떻게 강한 의지로 제재를 할 수 있겠는가? 우리 사회가 좀 더 선진화되고 시스템화 되어 있다면 가능한 일일 수도 있다. 그러나 아직도 윗사람의 지시에 따라 움직이는 우리 행정체계에서 최고 지도자부터 관심을 보이지 않는 사안에 실무 책임자가 나서서 강력한 개혁이나 제재를 할 수 없음은 명약관화하다. 바로 그런 이유로 싱가포르의 경우 최고 지도자의 강력한 개혁 드라이브에 따라 관련된 모든 제도가 철저하게 정비될 수 있었던 것이다.

최고 정치 지도자가 나서서 잘못된 관련법과 제도를 방치한 장관 또는 고위 담당자들의 책임을 엄중히 묻는다면, 모든 관련 공무원들은 스스로 자신의 업무와 관련된 분야에서 다시는 그러한 일이 반복되지 않도록 철저한 법적·제도적 보완과 조처를 하게 될 것이다. 반면, 국민의 생활과 필수적으로 연관된 안전이나 환경오염 등 사회 환경에 대한 최고 정치 지도자의 무지나 무관심은 곧 관련 행정에서의 안일과 방만으로 이어진다. 따라서 최고 지도자는 자신의 책임이라는 각오로 국민의 안전하고 건강한 생활과 관련된 제반 사회 환경의 정비에 큰 관심을 기울여 관련된 법적·제도적 정비가 철저히 이루어지도록 해야 한다.

아폴로 13호와 우주왕복선 컬럼비아호 폭발 사고의 교훈

미국 항공우주국NASA이 겪은 두 개의 유인 우주선 사건인 아폴로 13호 사고와 컬럼비아호 폭발 사고는 사고를 대처하는 면에서 서로 크게 대조를 이룬다.

최초의 인간 달 착륙으로부터 채 1년이 지나기 전에 일어난 1970년의 아폴로 13호 사고는 영화로도 만들어져 우리에게 잘 알려져 있다. 아폴로 13호의 미션 수행 이틀째, 시속 2000마일로 우주를 비행하던 우주선의 1차 산소탱크가 폭발하였다. 이로 인해 두 명이 겨우 이틀을 쓸 수 있는 자원만이 남았지만, 그들이 지구로 무사히 귀환하기 위해서는 세 명이 나흘 동안 지내야 했다. 때문에 NASA는 불가능한 일을 가능하게 만드는 방안을 마련하지 않으면 안 되었다. 이때 NASA의 위기관리 책임자는 발사 전에 행해진 위기 타개 훈련을 바탕으로 그 방면의 전문가들을 총동원하여 그 방법을 찾아내고자 하였다. 그들은 마침내 방법을 찾아내었고, 아폴로 13호를 무사히 지구로 귀한시켰다. 참으로 영웅적인 업무 수행이었다.

　　반면, 2003년 2월 임무 수행을 마친 후 대기권으로 재돌입하던 우주왕복선 컬럼비아호는 폭발하여 산산조각이 났다. 이는 컬럼비아호가 이륙할 때 단열재 한 조각이 우주선 외부의 연료탱크에서 떨어져 나갔기 때문이었다. 그 당시 NASA의 책임자는 이에 관한 보고를 받았었다. 그러나 그는 이전에도 단열재가 떨어져 나간 적이 있었으나 한 번도 사고가 난 적이 없었으니 이 사건 역시 단순 정비 문제라고 일축하였다. 그렇지만 관련 전문가들은 떨어져 나간 단열재 조각이 지금까지의 것들 중 가장 컸다며, 다른 궤도의 인공위성을 통하여 구멍 난 날개에 대한 추가적인 사진 촬영을 요청하였다. 덧붙여 우주선 승무원들의 우주 유영을 통하여 손상을 점검하고 결과에 따라서는 귀환 전 수리를 하도록 2차로 다시 요청하였다. 그러나 NASA의 책임자는 관련 전문가들의 이러한 건의마저 무시하였고, 결과는 끔찍한 비극으로 끝이 났다.

이 사건들을 연구한 사람들은 이 두 사건이, 하나는 '실험실 모델'로, 다른 하나는 '표준화 모델'로 운영되었다고 분석하였다. 전자는 연구개발센터처럼 매일 모든 사건을 새로운 정보로 평가하고 논의하여 운영하는 방식이고, 후자는 모든 업무가 일상적 기계적으로 처리되고 정해진 체계에 따라 모든 것이 결정되는 방식이다.

그리고 연구자들은 이 두 사건에 대해 다음과 같이 분석하였다. 아폴로 13호의 위기 극복은 NASA가 아직 탐험적인 '실험실 모델' 체계로 운영되는 문화를 가지고 있을 때 일어났고, 컬럼비아호 사고는 NASA의 운영 방식이 일상적인 '표준화 모델'로 변화된 후에 일어났다는 것이다.

컬럼비아호 사고 당시 NASA는 우주왕복선을 다시 쓸 수 있으며 쉽게 착륙하는 747여객기 정도로 여겼다고 한다. 그러나 우주여행은 기술 혁신이나 마찬가지로 근본적으로 매우 실험적인 시도이기 때문에 항상 실험적인 자세로 운영되어야 한다고 전문가들은 주장한다. 우주 비행 하나하나가 중요한 시험이고 새로운 자료의 근원이며, 과거 연습한 틀에 따라 반복 적용될 수 있는 단순한 작업이 아니라는 것이다. 만약 NASA가 원래의 탐험 정신을 유지하였더라면 단열재 유실에 의한 문제는 충분히 극복할 수 있었고, 컬럼비아호 참사는 막을 수 있었다는 것이다.

이처럼 어떤 조직에 비판적 생각이 존재하지 않고 집단 순응적인 생각만이 팽배하게 될 때, 그 조직은 엄청난 실수를 범할 수 있다. 따라서 어떤 사건이 발생했을 때 그 해결책을 찾고자 한다면, 우리는 그 사건에 대한 철저한 연구와 비판적인 되짚어보기, 그리고 실험적인 문제 해결 정신을 결코 잊지 말아야 한다.

대한민국은 현재 전체 일자리에서 비정규직이 차지하는 비율이 크게 늘어나 사회의 불안정성이 크게 증가한 상태다. 우리나라도 일부 유럽 국가들처럼 '동일노동 동일임금'의 원칙이 적용되고, 실업수당과 재취업 훈련 및 알선 제도와 같은 사회보장 제도가 잘 갖춰져 있다면 그리 큰 문제가 안 될 수도 있다. 그러나 우리의 현실은 비정규직 임금이 정규직 임금에 한참 미치지 못하고, 사회보장 장치 또한 제대로 갖추어져 있지 않아 심각한 문제가 되는 것이다. 비정규직의 문제는 이제 우리 사회 전체의 문제가 되었다.

실업과 정리해고 등에 의한 근로자의 생존권 상실은 건전하고 안정적인 사회를 만드는 데 큰 걸림돌이 된다. 이런 문제들을 최소화하기 위해서는 사회안전망을 우선적으로 구축하여 그들의 생존권을 보장해줘야 한다. 즉, 실업자나 정리해고를 당한 근로자들이 직장을 구할 때까지 나라에서 최소한의 생계를 보장하면서, 직업 재훈련과 전국적인 취업 알선 체계를 갖추어 좀 더 쉽게 새로운 직장을 찾을 수 있게 해야 한다. 이렇게 될 때 어려움에 처한 기업이 회생할 수 있는 선택지도 더 많아지고, 사회 전체가 경제적 위기에 더 유연하게 대처할 수 있게 된다.

우리 사회가 정규직과 비정규직 또는 시간제 근로에 차별을 두지 않는 '동일노동 동일임금'이라는 근로 평등의 원칙을 확립하고, 사회보장 체계를 제대로 갖춘다면, 기업의 입장에서도 사회보장 체계에 의하여 기업이 어려울 때 감원이 가능하고, 비정규직을 썼을 때 경제적 이득이 없으므로 비정규직의 필요성을 크게 감소시킬 것이다. 시간제나 계약제의 비정규직 근로자도 이처럼 정규직과 차별 없는

'동일노동 동일임금'의 보수를 받게 되면, 근로의 융통성이 크게 향상되어 많은 개인들이 자신에게 맞는 근무 여건을 택하는 생활의 편의를 누릴 수 있을 것이다. 그리고 기업의 입장에서는 고용의 유연성을 확보할 수 있을 것이다. 우리도 이제는 비정규직과 실업 문제를 나라 전체의 사회 안정성을 강화하는 관점에서 풀어나가야 한다.

대한민국도 이제 고령사회가 되었다. 고령사회에서 나타나는 노인실업과 노인빈곤의 문제는 대한민국이 풀어야 할 또 하나의 숙제이다. 현재 대한민국의 노인빈곤율은 50% 가까이 되며, OECD 국가 중 최하위이다. 급격한 고령화로 노인 인구는 급증하는데, 연금과 같은 노후 대책은 빈약하기 때문이다. 장기적으로는 연금제도를 보완하여 해결해야 할 것이나, 당장의 노인빈곤을 해결하기 위해서는 청년실업 문제와 더불어 노인실업의 문제 또한 국가 차원에서 그 해결책을 찾아야 한다. 이를 위해서는 노년층의 직업 재교육과 재취업에 대해서도 범국가적 지원 체계를 구축하여 노인들이 빈곤으로부터 벗어나는 것을 도와주어야 한다.

사회 안정성의 또 다른 축은 구성원의 주거에 대한 안정성이다. 주거의 안정은 삶의 안정과 직결된다. 이제 우리도 싱가포르처럼 저소득층에게 정부에서 싼 가격에 아파트를 공급하거나 임대하여 저소득층도 주거할 곳을 마련해 주어야 한다. 임대아파트의 경우도 공공기관 또는 그에 준하는 사회적 기관에서 짓고 운영하게 하여 소득이 낮거나 없는 사람들의 경우에도 자신이 부담할 수 있는 실비 또는 정부 지원으로 거주할 수 있게 하여야 한다. 그리하여 수입이 적은 청년 학생층과 노년층, 그리고 저소득층도 주거의 안정을 이룰 수 있게 해야 한다.

깨진 유리창이 없는 사회 - 범죄로부터의 안전성

미국의 뉴욕시는 1980년대까지 엄청나게 높았던 도시 범죄율을 소위 '깨진 유리창broken windows' 이론에 따른 '불관용zero tolerance' 정책을 시행하여 크게 줄일 수 있었다. 이는 시 당국이 어떤 사소한 범죄도 결코 좌시하지 않겠다는 정책을 실행에 옮긴 것으로, 어떤 건물에 깨진 유리창이 있으면 주변에도 깨진 유리창이 늘어나고 반대로 깨진 유리창이 없으면 주변에도 깨진 유리창이 생기지 않는다는 '깨진 유리창' 이론에 따른 것이다.

이는 범죄뿐만 아니라 쓰레기에도 적용되는데, 쓰레기 수집 장소가 아닌 멀쩡한 곳에 한두 사람이 쓰레기를 버리기 시작하면 다른 사람들도 거기에 쓰레기를 버려서 곧 쓰레기장처럼 되어 버리는 것이 그 예이다.

따라서 범죄율을 줄이기 위해서는 사소한 범죄도 예외 없이 처벌한다는 것이 바로 '불관용' 정책이다. 실제로 과거 뉴욕시의 지하철 범죄율이 엄청나게 높을 때는 시민들이 마음 놓고 지하철을 이용하기 두려워하였으나, 지하철역과 열차에 그려져 있는 많은 낙서들을 지우고 무임승차와 같은 사소한 일까지 엄중 단속한 결과 뉴욕의 지하철은 훨씬 안전하고 깨끗하게 되었다. 그리고 뉴욕시의 전체 강력 범죄율도 하향 감소하였다.

현재 한국에서 문제가 되고 있는 학원폭력 역시 어린 학생들의 치기 어린 장난 정도로 간주하고 방치하여 소위 '일진'의 대물림 현상까지 나타나고 있다. 그리고 근래 검거된 폭력 조직원의 대다수가 초·중등학교에서 '일진'으로 활동하였다는 현상마저 나타났다. 따라서 우리는 사소한 범죄도 방치하지 말고, 확실하게 대처하여 그런 일이 쉽게 다시 벌어질 수 없는 사회 환경을 조성하여 대한민국을 더 안전한 사회로 만들어야 한다.

모든 국민이 법을 준수하게 하려면 '불관용' 정책을 돈이 많거나 권력을 가진 특권층의 사람에게도 예외 없이 모두 똑같이 적용해야 한다. 판·검사나 고위 공직자, 그리고 재벌 등 소위 특권층의 비위에 대해서 엄격한 잣대로 추상같이 '불관용' 정책을 적용할 때 준법정신이 살아 숨 쉬는 건강한 대한민국이 될 것이다.

국내 거주 외국인에게도 공평함을 - 자녀 교육, 의료, 근로 조건에서의 형평성

대한민국 국민이 외국인과 결혼하는 다문화 결혼의 비율은 이제 10%대에 이르고, 국내 거주 외국인의 수도 2014년 말 현재 180만 명에 이르렀다. 여기에 더하여 미등록 불법 체류자의 수는 약 20만 명 정도로 추산된다. 이처럼 지금 대한민국 거주 외국인의 수는 200만 명에 육박하고 있다. 아직 전체 인구의 5%에는 미치지 못하지만, 10년 전과 비교하면 엄청나게 늘었다. 앞으로 외국인 이주민의 수는 계속 더 늘어나게 될 것으로 예상되어 이제 대한민국도 외국인 이주민에 대한 인식의 틀을 바꾸어야 할 때가 되었다.

북유럽의 노르웨이는 외국 태생의 인구가 전체 인구의 약 12% 정도가 되며, 외국 태생 주민의 자녀까지 합하면 약 15% 정도가 된다고 한다. 이와 같이 이제 세계는 점차 민족 위주의 국가에서 사람들의 이주에 의한 다문화·다민족 국가로 변해가고 있다.

한국의 농어촌도 이제는 외국인 근로자들이 있어야 현상을 유지할 수 있게 되었다. 근래 정부 당국이 외국인 농촌 근로자 쿼터를 1

만 명으로 결정하자, 외국인 근로자를 필요로 하는 우리 농민들이 밤을 새워가며 외국인 근로자 배정을 신청하는 상황이 벌어졌다. 농민들이 필요로 하는 외국인 근로자의 수보다 배정된 쿼터가 훨씬 적었기 때문이다. 현재 많은 중소기업들 역시 외국인 근로자가 없이는 생산 활동을 계속할 수 없는 상황에 처해 있다.

이처럼 산업 현장이나 농촌에서 외국인 근로자와 다문화 결혼은 이제 피할 수 없는 현실이 되었다. 때문에 우리가 그들과 어떻게 잘 융화하며 조화롭게 살 수 있을 것인지 그 길을 찾아야 한다.

외국인 이주민과 조화로운 사회를 만들기 위해서는 먼저 외국인 이주민의 자녀들이 대한민국 국민의 자녀들과 동등하게 교육을 받게 해야 한다. 한국말을 부모의 모국어보다 더 잘하는 아이들이 앞으로 가장 잘살 수 있는 곳은 한국이며, 이미 한국식으로 살아가고 있고 그들 대다수가 한국인으로 살기를 원하므로 우리는 그들을 한국의 인재들로 키워야 한다. 더구나 우리는 저출산으로 인하여 인력을 계속 수입해야 될 처지에 있음에야 더 말할 나위가 없다.

만약 그들을 방치하여 교육도 제대로 못 받은 능력 없는 사람으로 키운다면, 독립적인 사회인으로 역할하기 힘든 그들은 결국 대한민국의 빈곤 계층으로 전락하여 사회의 부담을 가중시킬 것이다. 따라서 우리는 그들에 대한 적절한 보육과 교육을 대한민국 국민과 동등하게 실시하여 우리의 미래 인재풀로서 그들이 사회를 더 풍성하게 하는 데 이바지할 수 있게 해야 한다.

외국인 근로자를 다루는 정책도 국내에 오래 거주하여 한국말에 익숙하고 종사하는 분야에 능통해진 사람은 거주 기간 연장이나 귀화를 쉽게 하여 대한민국의 인재풀을 늘리도록 해야 한다. 대한민국의 노동력 부족은 이미 발등 위에 떨어진 불이 되었다. 이제는 외국인 근로자가 일자리를 빼앗는다는 기존의 단순한 생각에서 벗어나 외국인 근로자들에게도 근로 조건과 의료 지원에서 동등한 대우를 하고, 그들이 국가 발전의 동력으로서 더 많은 기여를 할 수 있게 해야 한다.

점차 하나로 되어가는 지구촌에서 어느 나라가 세계의 인재를 더 유인할 수 있느냐는 이제 그 나라 발전의 중요한 가늠자가 되고 있다. 20세기 미국은 세계의 인재들을 블랙홀처럼 끌어 모으며 세계 최강국으로 우뚝 섰다. 이제 우리도 이를 타산지석으로 삼아 외국인 근로자에게도 대한민국 근로자와 동등한 근로 및 사회 환경을 만들어 세계의 인재들이 대한민국으로 모여들 수 있게 해야 한다.

국가의 공공정책과 자유무역협정

대한민국은 현재 칠레·싱가포르·아세안·미국·인도·유럽연합·중국 등 많은 나라들과 자유무역협정FTA을 체결하였다. 이는 우리가 세계 주요 시장의 대부분에 우리 상품을 자유롭게 수출할 수 있게 되었음을 뜻한다. 그러나 현재 국내에서는 이에 대해, 특히 미국과의 FTA에 대해 비판적인 여론이 많다.

사실 대한민국처럼 자체적인 시장이 크지 않은 나라에게 FTA는 자국 산업의 시장을 쉽게 확대할 수 있는 매우 좋은 방편이다. 자국 시장도 상대 국가에 개방해야 한다는 점이 있긴 하지만, 무역에 크게 의존하고 있는 나라로서 더 자유로운 거래가 가능한 시장을 넓히는 것은 매우 중요하다. 그럼에도 한·미 FTA를 비판하는 논리의 핵심은 독립 국가로서 대한민국의 사법주권마저 포기하는 요소가 있다는 것이다.

그렇다면 그러한 요소는 왜 포함되게 되었을까? 사람들은 그 이유가 협상에 임한 사람들이 국익을 끝까지 철저하게 생각하지 않고 적당히 타협하였기 때문이라고 생각한다. 협상 담당자들이 우리 국민의 감정이나 나라의 정책 방향을 상대방에게 확실하게 알리고 설득하였다면 상대 역시 무리한 요구는 할 수 없었을 것으로 생각되기 때문이다.

국가 간 협정을 담당하는 사람들은 국익을 다각도에서 철저하게 분석하고, 상대의 자주권을 넘지 않는 선에서 최대한 서로에게 득이 되도록 협상을 해야 한다. 이를 위해서는 협상의 제 관점들에 대한 유·불리를 철저하게 연구하고 그에 대한 제대로 된 대응 논리를 갖추어야만 한다. 그러나 지금 논란이 되고 있는 한·미 FTA의 경우 과연 정부 당국이 우리의 입장을 그렇게 철저하게 관철시키려는 노력을 하였는지 많은 국민들이 의아해하고 있는 것이다.

훌륭한 외교적 협상의 사례는 우리 역사에서도 찾아볼 수 있다. 고려 초에 침입한 거란(요나라)의 80만 대군을 물리친 서희의 외교 담판이 좋은 예이다. 서희는 당시의 전장 상황, 그리고 남쪽에 위치한 송나라와 북쪽 요나라 사이에서 고려의 역할을 철저히 분석한 후 이를 적장 소손녕과의 담판에서 최대한 활용하여 적들이 스스로 철수하게 함과 동시에 압록강 동쪽의 강동6주까지도 양도받는 큰 업적을 이루었다.

당시 고려의 중신들 대다수는 적장 소손녕의 항복 요구를 받아들여 서경 이북의 땅을 요나라에 내어주고 절령 이남으로 경계를 삼자는 자국 영토의 이양마저 주장하였다. 임금인 성종 또한 그러한 견해에 찬성하고 있었다. 그러나 강직하고 올곧은 서희는 '적군의 병력 많은 것만 보고 서경 이북의 땅을 내어주는 것은 결코 올바른 계책이 아니다.'라며 그 의견에 반대하였다. 더구나 고구려의 옛 땅을 찾는다는 명분을 내세우는 요나라의 주장을 인정하게 되면 삼각산 이북의 고려 영토마저 안전할 수 없기 때문에, 요나라에 굴복하여 영토를 내어주는 것은 자손만대의 치욕이 될 것이라고 주장하였다. 이러한 서희의 의견에 이후 성종도 동조하였고, 서희는 스스로 적장과의 담판을 자원하였다.

서희는 거란 침입의 본래 목적이 자국에 대한 고려의 도전을 제압하고 고려와의 관계를 안정화하여 남쪽의 송나라를 견제하는 데 있음을 간파하였다. 그는 이러한 배경을 적장과의 협상에서 십분 활용하였다. 협상의 결과 고려는 요나라로부터 고구려 계승권을 인정받고, 압록강 동쪽 280리에 이르는 강동6주를 얻어냈다. 그리하여 고려는 건국 후 처음으로 그 국경이 압록강까지 이르게 되었다. 반면 요나라는 형식적이긴 하지만 고려를 복속시켰고, 고려와 송나라의 외교 관계를 단절시키는 데 성공하는 성과를 거두었다. 이는 국익에 투철한 의식과 철저한 연구에 의한 협상이 나라에 득이 되는 결과를 가져옴을 보여준다.

한·미 FTA에서 가장 논란이 되고 있는 부분은 투자자-국가 소송제ISD이다. 이 규정은 투자자가 상대국 정부를 국제투자분쟁해결센터ICSID에 제소할 수 있게 하고 있다. 투자자가 상대국 정부를 제소하더라도 ISD에 따른 조정 절차는 강제적이지 않다. 그러나 유독 한·미 FTA에서 문제가 되는 이유는, 제소가 되면 자동적으로 동의해야 하는 '자동 동의 조항'이 추가되어 있기 때문이다.

예컨대 어떤 국가가 환경이나 보건·의료 등 공공성과 관련된 정책을 내놓았을 때, 외국의 투자 기업이 지적재산권의 침해에서부터 영업 이익의 손실까지 다양한 구실로 ISD를 이용하여 제동을 걸면 그 국가는 거액을 배상해야 될 수도 있다. 일단 ISD로 제소되어 내려진 판정에 불복하는 경우 국가 간 분쟁 해결 절차를 거치겠지만, 보복 관세 등과 같은 무역 제한을 받을 여지가 커진다. 때문에 기본적으로 제소되지 않거나 소송에 응하지 않는 것이 가장 좋은 대응책이 된다.

그런데 한·미 FTA에서처럼 소송이 제기되면 자동으로 받아들이겠다는 것은 자국에 심각한 불이익을 초래할 수 있다. 소송에 응하지 않는 것 자체가 '자동 동의 조항' 때문에 불가능하기 때문이다. 이로 인하여 국가의 공공정책과 외국 투자자의 이해가 상충될 때 국가가 공공정책을 접어야 하는 결과가 초래될 수 있다. 이는 우리의 자주적인 입법권을 제약하면서 외국 기업들에게는 더 많은 권한과 이득을 안겨주는 결과를 가져올 수 있다.

이러한 이유로 근래 호주 정부는 외국과의 자유무역협정에서 ISD에 대한 반대 입장을 분명히 하고 있다. 호주 정부는 이에 대한 이유로 외국 기업이나 국내 기업 모두가 법적으로 평등하게 다루어져야 한다는 원칙에 동의하지만, 국내 기업에게 적용되는 것 이상으로 외국 기업에게 더 많은 법적 권한을 주는 조항은 지지할 수 없기 때문이라고 하였다. 그리고 법률을 입법함에 있어서 호주 정부의 권한을 제약하는 조항들도 지지할 수 없기 때문이라고 하였다.

우리도 우리가 취하고자 하는 공공정책을 가로막을 그런 협정을 맺어서는 안 된다. 자주 국가로서 독립적인 권한을 포기해서는 안 되기 때문이다. 서희의 담판에서 볼 수 있는 것처럼, 우리도 상대국에게 우리나라가 국가 정책적으로 필요한 부분은 결코 양보할 수 없음을 이해시키고 협상을 해야 한다.

우리의 경제 영토를 넓혀갈 때에도 우리는 자주 국가로서 우리가 취할 바를 확실하게 밝히고 그에 대한 상대국의 이해를 구해야 한다. 경제 영토를 넓히는 것은 서로에게 득이 되므로 어떤 나라도 협상 상대국의 주권까지 침해하면서 협상을 깨뜨리려 하지는 않을 것이기 때문이다. 우리는 자유무역협정에 의하여 피해를 받을 국내 산업에 대해서도 철저하게 분석하여 피해를 최소화시키는 방안을 찾고, 우리의 자주적 권한을 유지하는 방안도 철저하게 연구하며 협상에 임해야 한다. 그렇게 함으로써 우리의 자주적 주권에 대한 손상 없이 자유무역협정을 통하여 우리의 경제적 영토를 더 넓혀갈 수 있을 것이다.

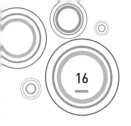

16

해외 동포들에게
조국의 품과 긍지를

조선말인 19세기경부터 피폐되고 억압받는 조국을 떠나 북간도나 연해주로 이주하는 사람들이 많아졌다. 그들은 거기서 마을과 농장을 만들었다. 일제에게 주권을 빼앗긴 20세기에 들어서자 사람들은 자유와 일거리를 찾아 캘리포니아의 건설 노동자나 하와이의 사탕수수 농장 노동자 등으로 미주 지역으로도 이주하기 시작하였다.

일제 치하의 조선에서도 많은 사람들이 먹고살 거리를 찾기 위해 일본으로 건너갔다. 해방이 된 후 그들 중 상당수는 귀국하였지만, 일본에 그대로 남은 사람들도 많았다. 일본으로 귀화한 사람들을 빼고도 현재 재일동포의 수는 대략 100만에 달한다.

해방 이후, 특히 1960년대 이후에는 새로운 삶을 꿈꾸며 미국으로 이민을 간 사람들이 많았다. 이렇게 해외로 떠나가 살고 있는 우리 동포의 수는 현재 700만이 넘는다. 현재 재외 동포가 가장 많이 살고 있는 나라는 중국으로 270만 명이 넘는다. 이들은 북간도로 이주해 간 농민들이나 항일 독립투사들의 후손들로, 주로 중국의 동북 3성에 많이 살고 있다. 20세기 후반 들어 주류를 이뤘던 미국으로의 이민도 꾸준히 지속되어, 현재 재미 동포의 수는 200만이 훌쩍 넘었다.

　미국 등 서구로 이민을 간 우리 동포들은 열심히 노력한 결과 나름 대로 풍족하고 행복한 생활을 누리고 있다. 그러나 독립 투쟁이나 가 족들의 생계를 위하여 북간도나 연해주로 옮겨간 동포들의 후손들 은 여전히 적잖은 어려움을 겪고 있다고 한다. 예전 조국이 궁핍한 처지에 빠져 있어서 그들은 부득이 이민을 가야 하게 되었지만, 그 이후 잘살게 된 지금까지도 조국은 그들에게 딱히 해준 것이 없다.

　핍박을 받으며 구소련 지역에 살게 된 고려인이나 차별과 천대에 힘들어 했던 재일 동포들, 그리고 어려운 가운데서도 독립 투쟁을 지원하면서 개척정신으로 강인하게 삶을 헤쳐 온 재중 동포들에게, 우리 대한민국은 조국으로서 그들의 고단했던 삶을 어루만져 주었 던 적이 있었던가? 아직도 조국을 마음속에 간직하며 사는 수많은 재외 동포들에게 대한민국은 과연 무엇이란 말인가?

　수년 전 한 TV에서 전파를 탔던 고려인의 삶에 대한 특집 방송은 구소련에서 힘들게 살아온 우리 동포들의 모질었던 삶을 그대로 보 여주었다. 카자흐스탄에서 알마티합창단을 지휘하면서 작곡가로 살 아가는 고려인 3세 한야꼬브는 거의 노인이 다 된 지금도 필생의 사 업으로 고려인들이 부르는 옛 노래들을 채집하고 있었다. 얼핏 3세 라는 단어가 주는 느낌과 달리, 그는 우리말도 곧잘 하였다. 더욱 놀 라운 사실은 그가 만나는 나이 든 한인 1·2세대들이 모두 우리말을 아주 잘한다는 점이었다. 그들은 우리네 시골의 할머니·할아버지들 과 똑같이 얘기하고 생각하며 예전의 우리 풍습을 그대로 이어서 살 아가고자 노력하고 있었다. 그들이 일찍이 한국에서 태어났다 하더라도 아주 어릴 적에 현재 살고 있는 중앙아시아 지역으로 옮겨갔을 터인데, 거기에서 오랜 세월을 살아온 점을 감안하면 참으로 뜻밖이었다.

고려인이라 이름 붙여진 그들은 피폐한 조국과 일제 식민 통치를 피하여 연해주에 이주해 살아가던 우리 동포들이었다. 그런데 1937년, 소련의 독재자 스탈린은 당시 적대적 관계에 있던 일본에게 도움을 줄 소지가 있다는 이유만으로 모든 고려인들을 연해주로부터 중앙아시아로 강제 이주시켰다. 그 일을 소련 당국은 참으로 무지막지하게 추진하였다. 그들은 아무런 준비할 여유도 주지 않은 채 우리 동포들을 거의 맨손으로 기차에 태워 중앙아시아의 황량한 들판 한가운데에 덜컥 내려놓았다. 황량하고 낯선 땅 중앙아시아에 버려져 고려인이라 이름 붙여진 우리 동포들.

당시 우리 동포들은 찬바람을 피하기 위하여 황량한 들판의 둔덕 아래 우묵한 곳에 토굴을 파고 그 위에 갈대를 덮어 한기를 피하며 생활을 시작했다고 한다. 방송 카메라에 잡힌 그 황량한 들판에는 당시 고려인들의 희생을 증명이라도 하듯 수많은 고려인들의 묘가 모여 있었다. 황무지 한 가운데 위치한, 쓸쓸하게 생을 마감했던 수많은 고려인들의 묘는 참으로 눈물 나는 광경이었다.

스탈린의 명령으로 약 30만의 고려인을 이주시켰는데 그 중 10만 정도만 생존하였다니, 그 모진 정도를 짐작할 수 있다. 그런 모진 억압과 엄청난 희생을 당하면서도 우리 동포들은 역경에 굴하지 않고 그 황량한 황무지를 개간하기 시작하였다. 한민족의 저력을 발휘하여 밭을 일구고 논을 만들면서 생활을 영위해 나갔다.

우리 동포들은 그 어려운 환경에서도 얼마나 노력하였던지, 당시 농업 부문에서 고려인이 전 소련 영웅 칭호의 3분의 1 정도를 휩쓸었다고 한다. 당시 소련 당국에 대한 불평불만은 전혀 용납되지 않았으며, 우리말의 사용도 금지하였다고 한다. 따라서 고려인들은 심신의 고통과 외로움을 오직 노래로 위로할 수밖에 없었다.

그러한 노래들을 보존하기 위하여 한야꼬브는 나이 든 고려인들을 찾아서 5년 동안 중앙아시아의 황량한 벌판을 누비며 녹음을 하고 다녔다. 강제로 고향을 등지고 오랫동안 고향과 조국을 잃고 떠돈 고려인들의 애환이 서린 슬프고 구성진 우리말 노래가 황량하고 차가운 중앙아시아의 들판에 잔잔히 흘러퍼졌다. 한야꼬브와 동료 고려인이 노력한 결과, 그 노래들이 작은 녹음기에 담기고 다시 두 권의 책이 되어 나왔다. 전체 고려인의 수많은 염원과 한이 응집되어 나온 것이다.

고려인들의 집에서는 현재 한국의 시골 농가에서도 보기 어려운 디딜방아가 아직도 그대로 쓰이고 있었다. 그들은 우리의 전통을 그대로 면면히 이어오고 있었던 것이다. 우리말 역시 그대로 여전히 쓰고 있었다. 그 어려운 환경에서도 끈질기게 이어온 이러한 조국과 전통에 대한 애착과 자긍심을 우리는 어떻게 이해해야 할 것인가?

이제 시선을 일본으로 돌려보자. 한국이 일본에 병합된 후, 일본으로는 가장 많은 우리 동포들이 건너갔다. 조센징이라며 온갖 수모와 핍박을 받아왔던 우리 동포들은 아직도 일본에 많이 살고 있다.

연전에 국내의 한 방송에서는 한국 냉면으로 일본에서 성공한 재일 동포 이야기를 방영한 적이 있다. 그 이전, 일본의 한 TV 쇼에서는 일본에서 인기 있는 한 한국 냉면과 일본에서 가장 맛있다는 우동을 비교한 적이 있었다. 그 쇼에서 이 한국 냉면은 8대 2 정도로 압도적인 인기를 얻었다. 국내 방송에 소개된 이야기는 재일 동포 2세가 개발하여 일본에서 히트를 친 이 한국 냉면, '모리오카 냉면'에 관한 것이었다.

모리오카 냉면은 1960년대에 한 재일 교포 1세가 일본 혼슈의 북부에 위치한 모리오카라는 한적한 도시에서 평양냉면 집을 열면서부터 시작되었다. 그 재일 교포는 평양 출신의 일본 유학생이었는데, 일본 여인과 결혼하면서 집안과는 단절하게 되었고 그곳에 남아서 살게 되었다. 그는 자신의 고향 맛을 스스로 지키고자 평양냉면 집을 그곳에 냈다. 처음에는 인기를 얻지 못하였지만 연구 끝에 흰색의 질긴 냉면을 개발하면서 차츰 인기를 얻게 되었다.

원래 모리오카에는 광산이 있어서 조선인들이 징용으로 많이 끌려왔으며, 해방 이후에도 조국에 돌아가지 못한 조선인들이 많이 모여 살고 있었다. 그런데 이처럼 평양냉면이 인기를 끌기 시작하자 주변의 다른 동포들도 차츰 냉면집을 열기 시작하였고, 이후 300여 개의 냉면집이 모리오카에 들어서게 되었다. 이는 '모리오카 냉면'으로 전 일본에 알려지게 되었다. 그 중 1980년대에 모리오카에서 냉면 집을 개업한 재일 교포 2세 변용웅은 모리오카 냉면 집을 도쿄의 긴자에도 내었고, 일본의 TV 쇼에서 방영된 것처럼 큰 히트를 쳤다.

예전 모리오카의 재일 동포들은 생활이 매우 궁핍하여 일본인들이 버린 육류의 내장들을 쓰레기더미에서 주워서 씻어 먹었다고 한다. 일본인들은 그러한 조선인들을 천대하며 신체적 핍박까지 가했다. 그러한 천대와 핍박 속에서도 원조 평양냉면 집을 낸 재일 교포 1세나, 변용웅의 아버지는 항상 조국을 잊지 말아야 한다고 자식들에게 당부하였다고 한다.

변용웅도 한국말은 잘할 줄 모르지만, 자신의 이름은 물론 자식들의 이름까지 모두 한국식으로 짓고 그 발음도 한국식으로 하도록 했다. 그렇지만 그들은 항시 조선인이라고 천시와 핍박을 받았으며, 굶주린 배를 감싸고 스스로를 추슬러 가며 오로지 생존을 위해 처절하게 살아왔다.

이처럼 재일 동포나 고려인 같은 우리 동포들은 왜 자기 자신도 감내하기 힘든 어려운 상황에서 굳이 조국과 뿌리를 잊지 않겠다고 그렇게 애썼던 것일까? 그들에게 조국은 과연 무엇인가? 이제는 대한민국이 핍박과 고난 속에서 힘든 세월을 지내온 재외 동포들에게 그동안 조국으로서 어떤 도움도 주지 못했음을 진정으로 미안해하고, 조국의 따뜻한 품을 그들이 느낄 수 있게 해야 한다.

전 세계의 한인에게 자긍심을

대한민국은 지금 세계 10위권에 육박하는 경제 대국이다. 예전 조국이 가난하고 힘들던 때에는 어쩔 수 없었다 하더라도, 이제는 힘겹게 살아온 우리 동포들을 따뜻하게 끌어안고 필요하다면 도움의 손길도 내밀어야 한다.

오래전 쇠잔해 가는 조국을 뒤로 하고 호구지책을 위해서, 그리고 조국 독립을 위해서, 만주나 연해주 그리고 하와이 등지로 뿔뿔이 흩어져서 살아야 했던 우리 동포들. 그들은 조국을 그리면서 우리의 전통을 지키고 조국의 독립을 위해 애를 썼다. 그들은 여전히 한국을 마음의 조국으로 생각하고 있다.

그런데 역대 대한민국 지도자 누구라도 그들의 아픔과 피해에 대해 연민하고 위로하며 고마움을 표시한 적이 있었던가? 조국 대한민국은 아직 그들에게 해준 것이 없다. 오히려 중국 동포인 조선족들이나 구소련의 고려인들에 대해서는 국적을 이유로 입국마저 제한하고 있다. 이런 대우는 도리에 맞지 않는다.

이스라엘의 경우 2000년 전에 조국을 떠나 모국어를 전혀 모르는 에티오피아 유대인들과 구소련 붕괴 후 소련을 떠나야 했던 100만에 달하는 유대계 구소련 사람들을 모두 적극적으로 환영하며 이민으로 받아들였다. 이처럼 이스라엘은 자국어를 전혀 할 줄 몰라도 유대인이라고 확인이 되는 경우 전혀 제한을 두지 않고 받아들이고, 입국과 동시에 이스라엘 국적을 주고 있다.

그러나 우리는 어떠한가? 구소련 지역의 고려인이나 중국 동북 3성의 조선족, 그리고 재일 동포들 상당수는 여전히 우리말을 사용하고 우리 전통의 많은 부분을 면면히 이어 내려오고 있다. 우리는 그들이 조선에서 이주해 간 사람들의 후손이라는 사실도 잘 알고 있다. 그럼에도 단순히 현재 그들의 국적이 대한민국이 아니라 하여 방문 비자를 내주는 것마저 까다롭게 굴고 있다.

그들 재외 동포들이 대한민국 국적을 갖지 못한 것은 그들의 잘못이라고 할 수 없다. 대한민국은 조국으로서 원하는 경우 그들의 국적 회복을 도와주어야 할 책무가 있다. 그럼에도 외국인 취급을 하며 제삼국에서 온 취업방문자와 동급으로 취급해서야 되겠는가? 우리 동포임이 분명하고 그들의 뿌리가 조선임이 분명한데, 우리가 그들을 모르는 척 해서야 되겠는가?

이제는 우리도 이스라엘처럼 그들이 원한다면 대한민국 국적을 부여하고, 적어도 조국인 대한민국으로의 자유로운 왕래는 제한 없이 허용해야 한다. 그들이 비록 일거리를 찾아서 온다 한들 무엇이 달라지는가? 재외 동포들이 궁핍하여 도움을 원하면 냉대하고, 성공하여 윤택한 삶을 누리고 있으면 환영할 것인가?

조국은 동포들이 가난하고 궁핍할수록 더 끌어안고 도움을 주어야 진정한 조국이라 할 수 있다. 비록 그들의 처지가 현재 곤궁하고 어렵다 하여도 무시하고 백안시 해서는 결코 안 될 것이다. 만약 그들이 어떠한 사유로 지금 그들이 가진 국적을 유지하고자 할 때도, 우리는 그들을 우리 동포로서 따뜻하게 대우하여야 한다.

이미 초저출산 국가가 된 대한민국은 나라의 지속적인 유지를 위해서도 인구의 유입이 필요하다. 하물며 같은 민족이며 같은 문화를 가진 동포들임에야 더 말할 나위가 없다. 우리는 그들에게 자유로운 왕래나 취업, 그리고 국적 취득을 권장해야 한다. 이미 우리는 문화적으로나 혈연적으로 아무런 관련이 없는 외국 사람들까지도 데려와 활용해야 할 처지에 있다. 때문에 다문화 국가를 향하여 간다는 이정표까지 세워놓았다. 이럴 때 동일한 문화적 배경을 가진 재외동포들은 인력 충원 시 사회적 편입 비용이 거의 들지 않는 경제적으로도 최선의 선택이 된다. 우리는 재외 동포들을 잘 보듬어 안고 겨레의 소중한 자산으로 보호해야 한다.

이제 대한민국은 추호의 망설임도 없이 조국의 따뜻함과 넓은 가슴으로 모든 재외 동포들을 차별 없이 포용하여야 한다. 한민족은 현재 전 세계 거의 모든 곳에 살고 있지 않은 곳이 거의 없을 정도로 퍼져 나가 있다. 하나의 지구촌이 되어 가는 지금의 세계에서 재외동포들은 우리의 문화를 가장 앞장서 몸소 전파할 수 있는 사람들이다. 우리는 해외 동포들이 조국에 대해 긍지를 갖고, 대한민국의 국위를 선양하는 우리 문화의 전도사들로 활약할 수 있게 뒷받침해주어야 한다.

바야흐로 세계의 으뜸을 향하여 그 기세를 뻗어나가려는 대한민국은 우리 재외 동포들이 이제껏 겪었던 아픔을 감싸주고 그들이 세계의 으뜸을 향해 가는 조국 대한민국에 그 뿌리를 두고 있음을 자랑스럽게 여길 수 있게 해야 한다. 우리의 재외 동포들이 조국 대한민국을 스스로 온 세계에 자랑스러워하고, 빛나는 우리 문화를 전파하는 첨병의 역할을 자임할 때, 대한민국은 더욱 빛을 발하는 나라가 될 것이다.

대한민국의 뉴 프런티어, 북한
― 남·북한 상생과 통일을 위하여

긴장과 상호 도발의 장을 평화 공존과 협력 상생의 장으로

근래 정부는 이전 정부에서 시행하던 햇볕정책에 반대하며 북한과의 긴장 관계를 높여왔다. 이러한 대북 강경 정책은 결국 남·북한 사이를 더 소원하게 만들었고 적대감을 증폭시켜 급기야 천안함 사태와 연평도 사태가 일어나게 되었다. 이후 남과 북의 긴장과 대치 국면은 지속되고 있다.

국민의 안전을 확실하게 보장하는 대책도 없이 강경 일변도의 대결 정책만을 추구하는 것은 참으로 우려스러운 일이다. 조선 중기 청나라가 침입하기 전까지 인조는 아무런 대책도 없이 명에 대한 충성과 사대주의만을 고집하였다. 그리하여 바로 전 임금이었던 광해군의 등거리 외교 정책을 폐기하며 청을 자극하였다. 인조의 그러한 무분별한 정책은 결국 청의 침략을 불러왔고, 국토와 백성이 처절하게 유린당하는 참담한 결과로 이어졌다. 인조 자신 또한 일국의 왕으로서 머리를 땅에 찧으며 절을 하는 씻을 수 없는 굴욕을 당해야했다. 병자호란과 삼전도의 굴욕이다. 지금의 대북 정책 역시 확실한 대책 없이 감정적으로 전개되는 양상을 띠는 것은 문제라고 아니할 수 없다.

현재 대한민국의 수도권 지역은 북한의 장사정포 공격에 그대로 노출되어 있다. 심각한 점은 이에 대한 뾰족한 방비책이 없다는 사실이다. 근래 민방공 훈련에서는 북한의 포격이 실제 상황으로 벌어질 경우 시민들에게 지하철로 대피하기를 권하기도 하였다. 그러나 서울의 전 시민들이 어느 틈에 모두 지하철까지 대피할 수 있겠는가? 그럼에도 지하철역 대피 외에 북한의 장사정포 공격으로부터 시민을 보호할 뾰족한 방법은 없어 보인다.

이러한 상황 때문에 우리 정부당국자는 북한의 공격 징후가 보일 경우 선제공격을 하겠다고 선언하기도 하였다. 그러나 이러한 전략은 문제점이 많다. 첫째는 선제공격으로 북한을 무력화하려면 거의 북한 전역을 초토화해야 한다. 왜냐하면 그들은 장거리 미사일도 대량 보유하여 곳곳에 보관하고 있기 때문이다. 둘째는 선제공격이 올바른 판단에 의한 것인가의 문제이다. 미국의 이라크 공격도 대량살상 무기를 없앤다는 잘못된 판단으로 드러났다.

그런데 선제공격의 판단이 잘못되었고, 더하여 북한을 무력화시키는데도 실패했다면 어찌 될 것인가? 이는 그야말로 우리 민족의 재앙이 될 것이다.

아무리 우리의 정보가 믿을 만하고 우리의 무기 성능이 뛰어나다 하더라도 지하 벙커 깊숙이 숨어 있거나 이동하는 북한의 장사정포와 미사일 모두를 무력화하는 것은 불가능에 가깝다. 우리가 선제공격을 하여도 그들의 주요 무기를 모두 무력화할 수 없다면 그 다음 상황은 불문가지이다. 남·북한은 전면전 상태로 치닫게 될 것이다.

북한은 현재 수도권을 겨냥한 장사정포뿐 아니라, 북한 곳곳에 남한 전역을 타격할 수 있는 많은 수의 미사일을 보유하고 있다. 반면, 단군 이래 가장 풍요를 누리고 있다는 대한민국은 이러한 북한의 미사일 공격으로부터 주요 산업 시설들과 사람들을 보호할 뚜렷한 대비책이 없다. 어차피 모든 시설을 지하에 건설하지 않는 한 미사일 공격에 대해 안전한 대책을 세우기는 사실상 어렵다. 따라서 주요 산업 시설들이 모두 노출되어 있고 사람들이 안전하게 피신할 방공 시설마저 태부족한 대한민국에서 전면전이 일어날 경우 그 피해는 상상을 초월할 것이다.

만약 6·25 때처럼 온 나라가 초토화된다면 대한민국은 다시금 1950~1960년대의 가난하고 힘들었던 시대로 돌아가야 한다. 강력하고 엄청난 살상력을 가진 무기가 사용되는 현대전의 특성상 한반도에서 전면전이 벌어질 경우 그 사상자 수는 천만을 넘어설 것으로 군사 전문가들은 예측하고 있다. 엄청난 수의 국민이 죽거나 불구가 되고, 나라의 기간시설이 다 초토화되어 대한민국이 다시 가난한 제3세계 국가로 전락한다면 전쟁에서 이긴들 무슨 의미가 있을 것인가?

이와 관련하여 연평도 사태는 우리에게 시사하는 바가 크다. 군과 정부당국은 언제나 철통같은 안보를 주장했지만, 사태 당시 연평도 주민들은 실제 생명의 위협 앞에 엄청나게 불안한 시간을 보내며 큰 고통을 당했다. 그때 대다수 연평도 주민들은 집과 생업까지 뿌리치고 타향인 인천에서 고달픈 찜질방 생활을 오랫동안 감수하였다. 이유는 명백하다. 비록 우리 군이 전력 면에서 북한을 압도하더라도 북한의 포격 시에 안전이 보장되지는 않기 때문이다. 이는 생명의 안전이 당장의 생계보다 훨씬 더 중요하고 급박함을 다시 한 번 일깨워준다.

단기간의 전쟁에도 남한은 노출된 주요 산업 시설들이 대거 파손될 수 있으며, 외국 자본의 전면 철수가 일어나면 경제가 마비 상태에 이를 수도 있다. 이스라엘의 경우에는 아파트 건물마다 지하에 견고한 방공호와 폭격에 대비한 비상용품까지 준비해 두고 있다. 이스라엘은 화생방 공격에도 대비하여 모든 개인에게 지급할 가스 마스크까지 준비하여 두고 있다. 그러나 남한은 이 중 어떤 것도 준비된 것이 없다. 이처럼 전쟁에 대해 전혀 준비되어 있지 않은 남한 사회에서 갑작스럽게 전쟁이 일어날 경우 비록 단기간의 전쟁이 된다 하더라도 그 경제적 타격과 사회적 혼란은 인명 피해를 논외로 하여도 짐작하기조차 어렵다.

이기고 지는 것을 떠나서 전쟁이 일어나면 소중한 인명의 피해가 불가피하다. 연평도 주민들은 인천이라는 안전지대로 피난이라도 할 수 있었지만, 북한의 장거리 미사일은 남한의 모든 지역을 타격할 수 있으므로 외국으로 떠나지 않는 한 안전지대는 없다. 이는 모든 국민들에게 불안하고 고달픈 삶을 강요할 것이다.

전쟁이 일어나 무수한 인명이 살상되고 우리의 금수강산이 초토화된다면 승리란 다만 속 빈 강정에 지나지 않을 것이다. 우리는 병자호란이 명분만을 앞세우고 나라와 백성에 무책임했던 지도자에 의해 일어났던 점을 기억해야 한다.

국민이 주인인 이 시대에 국민의 안전보다 더 중요한 사안은 없다. 또한 우리의 지속적인 발전과 안전을 위한 방책으로 전쟁을 방지하는 것보다 더 나은 대안은 없다. 지도자가 무분별한 대북 강경책으로 혹시라도 한반도에 전쟁의 참화가 일어나게 한다면 대한민국 국민에게 그보다 더 큰 죄를 짓는 일은 없을 것이다.

근래 KBS 방송이 실시한 북한 주민 설문 조사에 의하면, 우리가 북한의 남침 위협에 대하여 피해의식을 갖고 있듯이, 북한 주민들도 남쪽의 군사 훈련을 북침을 위한 훈련으로 생각하여 피해의식을 갖고 있다고 한다.

그들은 남한과 미국의 합동 군사 훈련 시 방공호 대피와 같은 방공 훈련을 수시로 받는다고 한다. 그렇기 때문에, 그렇지 않아도 굶주림에 허기진 그들로서는 한미 합동 군사 훈련이 그들을 더욱 피곤하고 지치게 만든다고 여긴다는 것이다. 그래서 북한의 한 주민은 인터뷰에서 '제발 전쟁의 위협에서 벗어났으면 하는 소원을 남측이 이루어주었으면 좋겠다.'라고 말하였다. 요컨대 그들은 먹을 것도 없이 굶주리고 있으니, 제발 전쟁놀음을 그만두고 남·북 간에 화해하여 긴장하지 않고 살게 해달라는 것이었다. 덧붙여 그들은 '남조선은 잘살고 있으니 (어려운 처지의) 자신들에게 도움을 주었으면 좋겠다.'고도 하였다.

우리가 북한 동포들의 그런 애틋한 바람을 들어주지 못할 이유는 없다. 지금 남한에서는 쌀이 넘쳐 저장된 묵은 쌀들을 어떻게 처리할지 난감해 하고 있다. 만약 북한이 붕괴되어 갑자기 통일이 된다면, 우리는 상상도 못할 엄청난 비용을 써야 한다. 그렇게 들어갈 막대한 통일 자금을 미리 조금씩 사용하여 북한의 사정이 조금씩 나아지도록 유도하고 주민들 삶의 질도 조금씩 향상시켜 나간다면, 북한 당국과 북한 주민들은 조금 더 쉽게 외부의 자유 시장 질서에 융화될 수 있을 것이다. 우리가 북한의 주민들을 상생 협력의 정신으로

도울 때, 8000만 남·북한은 함께 통일 국가로 나아가는 지름길을 더 빨리 더 순조롭게 만들 수 있을 것이다.

북한은 적이라기보다 우리가 보호하고 개척하여야 할 우리의 보고이다

앞으로 남·북한이 상호 협력하게 되면, 북한은 남한 경제의 새로운 프런티어 역할을 할 것이다. 마치 개척 시절 미국의 서부 지역처럼. 현재 북한은 현대화를 위하여 많은 사회간접자본 시설 투자를 필요로 하고 있다. 반면에 그동안 남한에서 사회간접자본 시설 투자를 위해 쓰였던 많은 인프라 건설 장비들은 지금 갈 곳을 잃고 쉬어야 할 지경이다. 이제 남한의 어지간한 인프라 시설들, 예를 들면 고속도로·발전소·학교·병원 등은 이미 지을 만큼 거의 다 지었다. 이러한 상황에서 남한의 유휴 장비를 활용하여 북한의 새로운 인프라 시설들을 건설한다면 이는 매우 효율성이 높고 윈윈win-win하는 투자가 될 것이다.

남·북 통일이 되면 북한의 사회간접자본 시설 현대화 사업은 필히 이루어져야 할 사업들이다. 북한에 필요한 이러한 사회간접자본 시설 업그레이드를 남·북한이 협력 상생의 정신을 바탕으로 통일을 내다보고 미리 계획을 세워 여유 있게 진행한다면 부담도 덜하고 그에 따른 효과도 미리 볼 수 있을 것이다.

일본은 1990년대에 이미 충분히 개발된 사회였다. 하지만 경기 부양을 위하여 그다지 경제적 필요성이 크지 않다고 판단되는 교량이나 도로 등에 대해서도 무리하게 투자를 진행하였고, 그 결과 투자의 효율은 매우 낮게 나타났다. 대규모 재정 적자까지 무릅쓰며 했던 투자의 경제적 효율이 낮으니 경기 부양이나 일자리 창출에도 성공적이지 못했다. 이는 결국 잃어버린 10년으로 불리는 장기적인 불황으로 이어졌다. 지금의 남한 역시 1990년대의 일본과 상황이 크게 다르지 않다. 이미 어지간한 사회간접자본의 시설 투자는 마무리된 상태이다. 따라서 대규모 재정 투자에 따른 효율은 그리 크지 않다.

그러나 북한은 경제 발전과 현대 사회에 필수적인 많은 사회간접자본 시설들이 아직 미비하므로, 이에 대한 투자의 효율이 매우 높을 것이다. 남·북 화해·협력은 남한의 자본과 기술에 효율적인 투자처를 마련해 주고, 북한의 경제를 지금의 파탄 상태에서 회복시켜, 장차 통일에 필요한 비용도 낮추어 줄 것이다. 이는 결국 우리 국민이 감당하여야 할 통일 부담을 줄여주는 선순환을 이룰 것이다.

통일 이전에도 잘 교육받은 북한의 노동력과 남한의 기업이 결합된다면, 북한 경제의 숨통을 트여주고 남한의 기업들에게 새로운 출구와 희망을 줄 것이다. 그리고 통일이 이루어지면 우리 시장이 확대되고 북한 지역의 사회간접자본과 산업시설 건설을 위한 새로운 투자들이 이루어져 정체되어 가는 남한의 경제에도 새로운 활기를 불어넣을 것이다.

혹자는 남·북한 상생 협력이 그런 이득을 줄 수 있다 하더라도 결국 북한 경제의 발전은 북한 군사력의 강화로 이어져 우리에게 해가 되는 일방적인 퍼주기에 지나지 않을 것이라고 주장할 수도 있다.

하지만 남한은 인구·경제력·군사력의 모든 면에서 이미 북한을 압도하고 있다. 그들은 재래식 무장에서의 현저한 열세를 만회하기 위하여 핵무장에 모든 것을 걸고 있는 상황이다. 전투기, 해군의 함정, 전차 등 장거리 미사일을 제외한 모든 면에서 우리가 그들을 앞서

지 않은 것은 없다. 더구나 군사력의 바탕이 되는 경제력에서 북한은 남한과 비교조차 불가할 정도로 열세이다. 앞에서 언급한 KBS 방송의 북한 주민 설문 조사에서도 나타나듯이, 오죽하면 북한의 일반 주민들조차 못사는 그들에게 잘사는 남한이 도움을 주었으면 좋겠다고 생각하겠는가?

우리가 근시안적 생각으로 북한을 적으로만 생각하여 북한 사람들이 지금 당하고 있는 고통을 백안시한다면, 장차 통일을 하여 같은 국민으로 살아가려고 할 때 무슨 말을 할 수 있겠는가? 북한의 많은 어린이들이 영양실조에 걸려 제대로 발육되지도 교육받지도 못하는 현재의 상황을 방치한다면, 우리는 미래 통일 한국의 유능한 인재들을 스스로 유기하는 꼴이 될 것이다. 그들에게 먹을 것을 공급하고 교육을 제대로 받게 하는 것은 통일을 바라보는 같은 동포로서 남한이 당연히 해야 할 책무의 하나이다.

우리는 현재의 북한 지도층이 마음에 들지 않는다고 하여 북한 주민들까지 함께 적대시하는 우를 범해서는 안 된다. 북한의 지도층은 잠시이지만, 북한의 주민들은 영원히 우리의 동포이자 통일 한국의 같은 국민이 될 것이기 때문이다. 우리는 북한의 아이들도 남한과 같은 좋은 교육을 받을 수 있게 하여 장차 통일 한국의 우수한 인재들이 되게 해야 한다.

우리가 북한을 적대시하여 계속하여 나쁜 관계를 유지한다면, 이는 주변의 중국에만 좋을 일이 될 것이다. 잘 알다시피 남한에는 쓸만한 천연자원이 거의 없다. 그러나 북한에는 유용한 천연자원이 상당히 많다. 알려진 바에 의하면 북한에 매장되어 있는 천연자원의 가치는 수백에서 수천억 달러에 달한다고 한다. 이미 중국은 북한의 이러한 막대한 천연자원에 잔뜩 눈독을 들이고 있다. 자본과 기술이 부족한 북한으로서는 이런 천연자원의 개발에 외국의 도움이 필요한 처지이고, 게다가 북한은 지금 당장 절실하게 돈이 필요한 상황이다.

북한은 현재 여러 면에서 중국에 크게 의존하고 있고, 중국은 북한에 막강한 영향력을 가지고 있다. 그런데 남한과의 관계가 나쁜 상태로 지속된다면 북한은 결국 가까운 중국에게 손을 내밀게 될 것이고, 중국은 쉽게 개발을 독차지하게 될 것이다. 그 결과는 결국 통일 한국의 귀중한 자원을 중국에 값싸게 양도하는 것에 다름 아닐 것이다. 우리가 지금까지 북한에 지원한 비용과 앞으로 예상되는 북한과의 자원 협력에 필요한 비용은 모두 다 합한다 하더라도 북한 천연자원이 지닌 막대한 가치와 그 자원이 우리 산업에 줄 효용성에 비하면 그저 소소하게 여겨질 것이다. 근시안적이고 맹목적인 북한과의 적대는 경제적으로도 우리에게 큰 손해만 안길 것이다.

따라서 앞으로 우리는 남·북한 사이의 적대 관계를 뒤로 하고 상호 협력 관계로 나아가야 한다. 많은 부분에서 북한은 우리가 보살펴주고 이끌어주어야 할 통일 한국의 소중한 한 부분이라 할 수 있다. 그러므로 우리는 되도록 갈등은 피하고 유대를 강화시켜, 갈등이 생길 경우에도 서로 이해하며 넘어갈 수 있는 그러한 환경을 조성하여야 한다. 그렇게 하여 북한 사람들 스스로 차츰차츰 민주적 사회를 만들어갈 수 있는 발판을 마련하도록 도와주어야 한다. 이는 통일 대한민국의 사회적 통합에 들어갈 비용과 시간도 줄여줄 것이다.

통일은 어떻게

현재 북한의 세습 독재 체제는 쉽게 무너질 기미가 보이지 않는다. 설혹 무너진다고 하여도 보통 문제가 아니다. 만약 북한 체제가 일시에 무너져서 북한 사회가 혼란에 빠지고 주민들의 생계가 어려워진다면, 우리는 독일 통일의 경우보다 훨씬 더 비싼 경제적 대가를 치러야 할 것이다.

이런 어려움을 피하는 방법으로는 북한의 체제가 점진적으로 변화해 경제적으로 자립할 수 있는 환경을 만드는 것을 생각할 수 있다. 이 경우에는 그러한 환경이 조성되는 동안 북한 주민들이 서서히 외부 환경에 적응할 수 있는 기회도 가질 수 있을 것이다.

이러한 환경을 조성하기 위해서 우리는 북한과 여러 분야에서 교류하고 협력해야 하며, 북한이 그러한 방향으로 나아가도록 먼저 유도하고 필요하면 도움도 주어야 한다. 독일 통일의 경우에도 통일을 가능하게 만들었던 가장 큰 요소가 동·서독 사이의 지속적인 교류였다. 통일 이전에도 동독의 대다수 주민들은 서독의 방송을 볼 수 있었고, 서독의 주민들은 동독의 친지들을 방문할 수 있었다. 따라서 우리도 활발한 남북교류가 가능한 환경을 조성하고, 통일이 될 때까지 어떤 상황에서도 상호 교류를 꾸준히 이어가도록 해야 한다.

2011년 KBS가 조사한 바에 의하면, 북한 주민들 대다수가 일단은 지금의 사회주의 체제가 유지되는 것을 바란다고 한다. 그 이유는 충분히 짐작할 수 있다. 일단 자본주의 사회의 무한경쟁 체제에 대하여 익숙하지 않으므로, 자본주의 체제 하에서의 치열한 생존경쟁에 대하여 두렵고 확신이 없으므로 공포심도 가질 수 있기 때문이다. 따라서 북한 주민들은 비록 생활의 질이 다소 떨어진다 하더라도 국가가 삶의 기본적인 필요 요소들을 제공해주는, 자신들이 익숙한 사회주의 체제에 더 친근감을 가질 것이다. 어쨌든 그들은 급격한 체제의 변화보다는 자신들이 익숙한 지금의 체제가 유지될 수 있는 연방제 통일을 더 원한다고 한다.

남한이 북한의 대다수 주민이 반대하는 흡수 통일을 구태여 원하지 않는다면 (흡수 통일은 독일의 경우에서 보듯이 남한에게도 사회적·경제적 재앙이 될 수 있다), 북한 주민들 다수가 원한다는 연방제를 10년 정도 시행하여 그들이 자본주의 체제나 외부 환경에 중국과 비슷한 수준으로 익숙해졌을 때 진정한 통합을 이루는 것도 좋은 방법일 것이다.

만약 10년 정도의 시간을 두고 북한 사회 전반에서 북한 주민들 스스로 민주화를 이루고, 교육·의료 및 사회간접자본 시설을 정비하도록 우리가 도와준다면, 북한 주민들은 집단 혹은 개인적으로 열린 사회에 대한 적응력을 상당 수준 갖추게 될 것이다. 그러는 동안 개성공단 사업과 같은 남·북 협력 사업을 통하여 그들의 생활 여건과 산업 인프라를 개선하고, 농업에 대한 지원을 확대하여 농산물 수확도 증대시킬 수 있을 것이다. 그와 같은 방법으로 그들이 현재 시행하는 협업 제도를 잘 개선해 나간다면 자유 시장 체제에서의 협동조합처럼 어느 정도 경쟁력도 갖출 수 있을 것이다.

이처럼 남과 북이 서로 상생 협력하여 서서히 통일 과정을 진전시켜 나간다면, 북한 사회가 일시에 붕괴되어 독일의 통일에서처럼 북한 주민들 대다수가 순전히 남한의 원조에 의지해 살아가야 하는 최악의 경우를 피할 수 있을 것이다. 이러한 상생 협력을 통한 점진적인 통일은 남한의 경제적 부담을 크게 덜어줄 것이며, 북한 주민들의 자립 의지와 자긍심도 북돋울 것이다.

통일 과정에서 우리는 북한 주민들의 재산권이나 권리를 현재의 상태 그대로 인정해야 할 필요성이 있다. 공산주의 국가는 개인 소유의 토지가 없기 때문에 북한 주민들이 집단으로 운영하는 농지나 공장에 대한 권리도 그대로 인정해 주어야 할 것이다. 만약 그렇게 하지 않아 그들 모두가 갑자기 빈털터리로 전락하고, 평소 생업의 현장에서 쫓겨나게 된다면 앞서의 점진적 방안들은 모두 실행 불가능하게 될 것이다. 따라서 통일이 되어도 북한 주민들의 기존 권리가 모두 그대로 인정되도록 국가 차원에서 제도를 마련하여, 남·북의 구성원들 사이에 법적 분쟁이 일어나지 않도록 해야 한다.

실제로 독일에서는 아무런 준비도 없이 통일을 맞이하여, 동독의 한 마을에서는 예전 재산권자의 소유권 행사로 인하여 마을에 살던 주민들이 모두 그들의 터전에서 일거에 쫓겨나는 참담한 일이 벌어졌다고 한다. 어차피 통일이 되지 않았다면 소유권을 주장할 수도 없었을 터인데, 통일이 되었다고 하여 그 터전에서 이미 수십 년 이상 뿌리내리고 살아온 실질적 소유주들을 일거에 몰아낸다는 것은 있을 수 없는 일이다. 북한의 주민들 역시 그 체제에 의해 그렇게 살게끔 강요된 사람들이며, 어찌 보면 체제의 희생양임을 우리는 망각하지 말아야 한다. 따라서 개인들의 예전 권리에 대한 주장에 대해서는 국가 차원에서 별도의 적절한 보상책을 마련하여 대처하면 될 것이다.

우리는 조국의 통일이라는 대국적인 관점에서 남·북한의 상황을 현실 그대로 인정하고, 거기에서부터 출발하여 상황을 개선시키는 노력을 해야 한다. 반세기도 훨씬 더 지나 이미 돌이킬 수 없는 처지로 변화된 상황을 모두 다시 원상태로 바꾸겠다는 생각은 혁명으로

나 실현 가능할 것이다. 성공적인 통일을 위해서는 무엇보다도 혼란을 최소화해야 그 비용과 부작용을 최소화할 수 있다. 우리는 혼란만을 조성할 불필요한 혁명적 상황의 발생을 막기 위해서도, 북한 주민들의 생업에 사용하는 재산이나 토지는 현재 사용하는 사람들에게 단체 또는 개별적으로 양여하여 지금까지의 생업을 그대로 유지할 수 있게 해주어야 한다.

맺는 말

밝은 누리로
나아가기

첫 번째 단계 :
밝은 누리 십만 대군의 으뜸 대한민국 터 닦기

현재 전 세계의 많은 사람들이 중국이 머지않아 미국을 추월하여 세계 최강국이 될 것으로 예상하고 있다. 이러한 예상에 대해서는 두 가지의 관점이 존재하는 듯하다. 하나는 중국이 지금의 제도를 아무 탈 없이 잘 유지 발전시켜 그렇게 될 것이라는 관점과, 다른 하나는 경제적 발전으로 시민들의 민주주의에 대한 욕구가 높아져 그 실현을 둘러싸고 중국 사회가 혼란에 빠질 수 있다는 관점이다.

전자는 중국의 상황이 서구와 달라 서구식 민주주의의 실현 과정을 거치지 않아도 지금의 공산당 일당 체제가 아무 문제없이 계속 유지될 것이라는 관점이다. 부강한 조국을 바라는 중국 사람들의 애국심이 혼란을 부추길 서구식 민주주의의 실현에 대한 욕구를 제어할 수 있을 것이라는 판단이다.

반면 후자는 중국의 경제가 발전되어 생활수준이 높아질수록 서구식 민주주의의 실현에 대한 욕구는 더 커지고, 지금의 공산당 일당 체제로는 그 욕구를 수용하기 어려울 것이라고 판단한다. 서구식 민주주의의 실현은 현 체제의 변화를 의미하는데, 체제의 변화는 혼란을 야기할 가능성이 크기 때문이다. 후자의 경우에도 만약 중국의 현 집권 세력이 대중의 눈높이에 맞춰 스스로 지금의 공산당 일당 체제를 미리미리 민주적인 다당 체제로 변화시켜 나간다면 그러한 예상은 빗나갈 것이다. 하지만 구소련의 예는 그러한 자체적인 변혁이 매우 어려울 것임을 예고한다.

현재의 중국처럼 공산당 일당 체제였던 구소련은 '페레스트로이카' 개혁의 와중에 붕괴되어 러시아와 여러 나라들로 해체되었다. 더구나 지금의 중국에서 구소련의 페레스트로이카와 같은 개혁은 기대하기 어려워 보인다. 중국 당국은 천안문 사태와 같은 일의 재발을 우려하고 있으며, 체제의 변화와 관련된 어떤 시위도 용납하지 않겠다는 듯이 보이기 때문이다.

사실 고르바초프의 페레스트로이카를 전후하여 구소련의 핵심적인 국가비밀을 관장하는 위치에 있었던 인사들이 서방측에 소련의 1급비밀과 서방에 있는 이중간첩들에 관한 정보를 대가 없이 제공해 준 엄청난 사건들이 일어났다. 이들은 조국이 망하는 것을 미연에 막고 미리 체제 개혁을 유도하기 위해 스스로 그러한 일을 벌였다고 한다. 페레스트로이카 이전의 소련은 겉보기에는 굉장히 강한 상태였고 미국과도 많은 분야에서 막상막하로 보였다. 그러나 소련의 국가 핵심 정보에 접하고 있었던 그들은 반대자들을 잔혹하게 탄압하며 시민들의 자유는 크게 억압하는 소련의 당-국가 체제party-state system가 조국을 안으로부터 허물어져 가게 하는 것을 더 이상 보고만 있을 수는 없다고 생각하였다 한다. 조국의 몰락을 예방하기 위해서, 잘못된 체제에 대한 경각심을 일깨워 개혁을 유도하기 위한 고육지책으로 그러한 일을 벌였다는 것이다.

고르바초프 자신도 집권 전에 당시 소련 체제의 그러한 환부를 인식하고 있었다고 한다. 그리하여 그는 페레스트로이카를 제창하고 개혁을 실시하였다. 그러나 그 개혁의 부작용으로 소련은 해체되었고, 이를 계승한 러시아는 많은 어려움과 시행착오를 겪은 후에야 비로소 민주주의 체제를 세울 수 있었다.

러시아는 현재 비록 공정성에 의문이 제기되고 있기는 하나, 많은 어려움과 시행착오를 거쳐서 국민의 직접 선거에 의한 지도자의 민주적 선출 체제를 갖추었다. 그러나 중국은 민주적인 선거로 직접 지도자를 선출하는 민주적인 선출 체제로의 변화에 대한 논의 자체도 아직은 불가한 상황이다.

이러한 관점에서 대한민국은 러시아나 중국과 견주어볼 때, 갖가지 시행착오와 시민들의 희생을 통하여 이들보다 앞서 민주주의 체제가 확고하게 뿌리를 내렸다고 할 수 있다. 민주주의에 대한 대한민국 국민들의 의식은 이제 매우 확고하며, 거의 모든 사회 구성원들이 민주주의 제도를 당연하게 여기고 있다. 유럽과 미국에서 이삼백 년에 걸쳐 어렵게 이룩한 민주적 사회 체계를, 아직 일부 미진한 점이 있다고 하지만 대한민국은 4·19 혁명과 5·18 광주민주화운동, 그리고 6·10 민주항쟁과 같은 범국민적 투쟁과 희생을 통하여 반세기 만에 압축적으로 확실하게 다져왔기 때문이다.

이와 같은 민주적인 사회 체제의 확립은 사회 발전의 관점에서 대한민국을 그러한 경험이 부족한 러시아나 중국, 그리고 스스로 민주주의를 쟁취한 경험이 없는 일본에 비해서 보다 더 유리한 위치에 있게 한다고 할 수 있다. 아직도 상당수 나라에서 민주주의 체제를 시행하다가 실패하여 막대한 사회적 대가를 치른 후 다시 민주주의 체제로 복귀하는 일이 생기는 것을 볼 때, 민주주의 사회 체제의 안정성은 그 자체가 매우 중요한 사회적 자산임을 알 수 있다. 역사는 우리에게 시민들의 민주주의에 대한 의식이 확고해지고 민주 체제를 뒷받침할 경제적 발전이 함께 이루어질 때 비로소 민주주의 체제가 정착될 수 있음을 알려준다.

대한민국 국민들의 잘살겠다는 열의와 노력은 세계에서도 손꼽힐 정도이다. 따라서 안정된 사회 체계를 바탕으로 높은 교육열과 잘살아보겠다는 열정을 잘 이끌어내어 나라의 발전으로 승화시킨다면, 대한민국은 현재의 수준을 훌쩍 뛰어넘어 세계를 앞서가는 나라가 될 수 있을 것이다.

여기에서 관건은, 국민들의 잘살고자 하는 욕구를 어떻게 조화롭게 이끌어내어 국가의 발전으로 유도할 것인가이다. 예컨대 경제 규모가 커져서 자동차가 많이 늘었는데 도로망이 정비가 안 되어 있다면 병목현상과 정체 등 많은 사회·경제적 낭비가 초래될 것이다. 이때 도로 체계를 잘 정비하여 병목현상이 생기지 않게 하고 모든 도로에서 소통이 원활하게 되도록 만든다면 경제는 더욱 발전하게 될 것이다. 이와 마찬가지로 국가 차원에서 국민들의 잘살고자 하는 의지와 높은 교육열이 서로 상충되고 부딪쳐 마찰을 일으키며 소모되게끔 버려두지 않고, 국민 모두가 자신이 가진 재능을 마음껏 발휘할 수 있는 사회 환경을 조성하여 서로 협력하면서 더욱 잘살 수 있는 신명나는 사회를 만들면 나라의 발전은 절로 이루어질 것이다.

하지만 지금 대한민국은 치열한 경쟁 위주의 사회 풍조가 교육에까지 번져, 오직 경쟁에서 살아남는 것만을 목적으로 하는 지식 주입식 사교육만 횡행하고 있다. 그런데 정해진 답만 알아가는 이러한 주입식 교육으로는 자신만의 생각을 가지고 비판적으로 논리적인 사고를 하는 창의성 있는 인재를 기르기 어렵다.

따라서 다가오는 미래 사회에서 필요한 '생각하는 힘'과 '협력하여 문제를 풀어가는 능력'을 기르게 하기 위해서는 대한민국 교육의 획기적인 개혁이 필요하다. 사교육의 돌풍을 잠재우고 생각하는 힘을 기르게 할 공교육의 혁신과 과학기술과 산업의 경쟁력을 제고시킬 고등교육의 혁신은 이제 대한민국의 퇴보를 막기 위한 최우선 과제가 되었다고 할 수 있다.

미국에서는 1980~1990년대 한때, 미국이 머지않아 일본에 의해 추월되어 2류 국가가 될 것이라는 사회적 우려가 팽배했었다. 그러한 우려를 떨쳐버리고 마이크로소프트·애플·구글 등으로 대표되는 미국의 새로운 정보기술산업이 나타났고, 이들은 다시금 일본을 멀찌감치 따돌려버렸다. 반면 일본은 그들이 과거 미국을 위협했던 동일한 산업 분야들에서 이제 한국에 의해 위협받는 처지가 되었다.

전문가들은 이러한 변화의 이면에 획일적이고 집단적인 사고방식에 익숙한 일본식 문화와 자유롭고 개인적인 사고방식에 익숙한 미국식 문화가 자리 잡고 있다고 생각한다. 왜 미국에서 지금의 세계를 이끌어가는 첨단 분야, 즉 컴퓨터 중앙처리장치(인텔), 컴퓨터 운영체제(마이크로소프트), 스마트 기기(애플), 검색 엔진과 소프트웨어(구글) 등에서 타의 추종을 불허하는 독보적인 우위를 갖는 새로운 기업들이 생겨나게 되었을까? 자유롭고 유연한 그들의 사고방식이 창의적인 생각과 사고의 빠른 전환을 가능하게 했기 때문이라는 것이다. 이제는 우리도 교육을 혁신하여 사교육과 경쟁 교육의 갇힌 틀에서 벗어나야 한다. 자유롭고 감성을 함양하는 교육을 통하여 서로 협력하며 스스로 문제를 해결해 낼 수 있는, 감성이 풍부하고 비판적인 사고를 하는 창의적인 인재들을 길러내야 한다.

점점 전문화되어 가고 있는 현대 세계에서 범용 일반직은 이제 점차 그 설 자리를 잃어가고 있다. 컴퓨터와 로봇의 발달로 업무의 전산화·자동화가 이루어져 일반적인 업무와 단순 반복노동에는 인간이 간여할 필요가 크게 줄어들고 있다. 이처럼 자동화·인공지능화하는 새로운 작업 환경에서도 이러한 개념을 발전시키고, 설계하고, 이상 유무를 점검할 전문가들은 더욱 필요해질 것이며, 그들은 과학기술과 산업의 발전에 더욱 핵심적인 요소가 될 것이다. 때문에 미래 과학기술 지식기반 사회에서 각 분야의 훌륭한 학자와 전문가의 육성은 나라 발전의 초석이 될 것이다. 우리는 필요한 전문가들을 육성하고 과학기술을 발전시키기 위해서 대학원 과정을 포함한 대학 교육과 국가 연구체계를 대폭 혁신하여야 한다.

범용 일반직이 점차 사라지는 상황에서 중소상공인들과 농·어민의 생존 가능성은 사회 안정의 중요한 지표 역할을 할 것이다. 미래에도 이들은 여전히 사회의 중요한 축을 이룰 것이다. 따라서 이들의 생업을 안정적으로 유지시켜 사회의 안정성을 높이는 방안을 국가는 적극적으로 모색해야 한다. 이를 위해서는 협동조합의 활성화 등을 통해 이들의 경쟁력을 강화하고, 중소 제조업 및 농·수산업 분야의 새로운 기술과 방법을 산-학-연 협력을 통하여 중소기업과 농어민에게 지원하는 범국가적 지원 체계를 확립하여야 한다.

벤처 창업가들은 새로운 일자리를 만들 신산업 분야에서 핵심 역할을 할 것이므로, 벤처 창업의 토대가 될 신기술이나 신개념을 이끌어낼 원천기술의 육성은 매우 중요하다. 이를 위해서 대학과 전문 연구소, 그리고 기업 간의 밀접한 협력체계를 만들어 새로운 기술에 대한 연구개발에서의 협력이 자유롭게 이루어질 수 있는 환경을 조성해야 한다. 물론 이러한 학-연-산 협력 체제는 기존 대기업들과도 원활히 하게 함으로써 기존 산업의 경쟁력도 기술 혁신을 통하여 제고시켜야 한다.

혹자는 주변 강국들 사이에서 적절한 균형 외교로 생존을 보장받고, 지정학적 위치를 활용하여 물류 허브로 성공하는 것과 같이 외적인 요소를 잘 활용하여 강소국이 되는 것이 대한민국의 가야 할 길이라고 주장하기도 한다. 그러나 외부의 압력에 흔들리지 않고 우리의 의지대로 나아갈 수 있는 진정한 독립 국가가 되기 위해서는 내적으로 스스로의 실력을 길러야 한다. 그것이 바로 앞으로 대한민국이 나아갈 길이다.

생각해보라. 13세기 중국 북쪽 변방의 한 구석에서 한 번도 통일된 적이 없이 분열되어 살아왔던 부족국가 몽골이 채 한 세기도 지나기 전에 통일된 나라를 이루고, 나아가 전 세계를 제패하며 세계 최대의 제국을 건설하리라 그 누가 상상이나 하였었는가? 그들은 그 모든 과정을 스스로의 의지로 헤쳐 나갔었다.

이제 세계는 모든 나라들이 따라가고 싶어 하는 과학기술과 문화, 그리고 사회 체제를 갖춘 나라가 이끌어 가게 될 것이다. 따라서 우리는 어떻게 세계 최고 수준의 과학기술과 문화, 그리고 그에 걸맞은 사회를 만들 수 있을지 고민해야 한다.

이를 위해서 우리는 대학들을 세계적 수준으로 끌어올려 세계를 앞서가는 과학기술을 일구고, 신산업에서 세계적인 경쟁력을 가져야 한다. 현존 산업의 경쟁력은 제고시켜 제조업 강국으로서의 위치도 확고히 하고, 교육의 혁신을 통하여 국민 모두를 세계적 수준의 인재들로 키워 인재 육성의 세계적 허브가 되어야 한다.

　북유럽의 맹주로 군림하던 덴마크는 1864년 프로이센과의 전쟁에 패하면서 유틀란트반도의 3분의 1에 상당하는 남쪽의 기름진 곡창지역을 프로이센 제국에 빼앗겼다. 이 때문에 패전 이후 덴마크는 북유럽의 소국으로 전락하는 신세가 되었다. 남쪽의 기름진 땅을 잃고 작은 나라가 된 덴마크에게 유틀란트반도는 국토의 대부분이었다. 그러나 유틀란트반도 서쪽의 대부분 지역은 북해에서 불어오는 거센 해풍에 의해 모래만 날리고 풀 한 포기 나무 한 그루 자라지 않는 사막이나 다름없는 황무지였다.

　이때 덴마크의 사상가 그룬트비는 '밖에서 잃은 땅을 안에서 찾아 새로운 덴마크를 건설하자!'며 버려진 황무지를 농지로 개간할 것을 주창하였다. 여기에 달가스는 유틀란트반도의 넓은 황무지를 개간하여 농토로 바꾼다면, 덴마크는 다시 부유한 나라가 될 것이라고 생각하였다. 그는 먼저 해안에 나무를 심어 방풍림을 만들고자 하였다. 방풍림이 만들어지면 안쪽의 황무지는 목장이나 농장으로 개간할 수 있을 것이기 때문이다.

　심한 모래바람에도 불구하고 달가스는 매일 손에 전나무 묘목과 삽을 들고 바닷가에 나가 나무를 심었다. 심어놓은 대다수 묘목들은 거센 해풍에 시들어 죽어갔다. 그러나 달가스는 단념하지 않았다. 거센 해풍이 불어오는 해변 모래땅을 숲으로 만들겠다는 거의 불가능해 보이는 일에 달가스는 끈질기게 도전하였다. 그러한 달가스의 열정에 감동한 덴마크 국민들도 차츰 방풍림 조성 사업에 동참하였고,

해변에는 차츰 숲이 조성되기 시작하였다.

상당한 기간이 지나 울창한 숲으로 조성된 방풍림의 안쪽 황무지는 모두 녹색의 기름진 땅으로 바뀌었다. 이는 덴마크 부흥의 기틀이 되었다. 달가스가 앞장서 개간한 황무지 지역에는 낙농 중심의 농업이 활성화되었고, 협동조합 운동을 통하여 경쟁력까지 높인 덴마크의 농업은 이후 세계 최고의 수준에 올라서게 되었다.

덴마크가 세계 제일의 농업 국가로 부흥할 수 있었던 데에는, 대다수가 불가능하다고 여겼던 황무지의 개간이 가능하다고 굳게 믿었던 개척자 달가스와 그의 비전을 공유하면서 그 실현에 함께 최선을 다했던 덴마크 국민들이 있었다.

우리가 칭기즈칸의 몽골이 이룩한 세계제국이나 세계 최고의 농업국이 된 덴마크의 경우에서 보듯이 대한민국이 새천년의 세상을 앞서가는 으뜸이 될 것인지의 여부는 대한민국 국민들이 그에 대해 얼마나 굳은 신념을 갖느냐에 달려 있을 것이다.

지금 대한민국은 세계 최고가 되는 위치의 바로 밑에 와 있다. 선진 제국이 2~3세기에 걸쳐 이룩한 민주주의를 단 반세기에 확립하였고, 고등교육 이수율도 세계 최고로 끌어올렸다. 분단된 상태에서도 맨바닥에서 시작하여 철강·자동차·조선·전자·석유화학 등 일반 제조업의 많은 분야에서 거의 세계 최고 수준에 올라서 있다. 문화적인 면에서도 한류가 바야흐로 아시아를 거쳐 세계 전역으로 뻗어나가려 하고 있다.

그러나 우리의 공교육은 혼돈 상태이고, 고등교육 역시 세계적 수준에 미흡하여 우리의 발목을 잡고 있다. 그리고 복지제도는 사회적 갈등 속에 아직도 미완으로 남아 있다. 우리는 교육을 혁신하고 과학기술을 발전시켜 국가경쟁력을 끌어올리고, 국민 모두가 행복한 복지사회를 만들어야 한다.

　이렇게 밝고 앞선 대한민국을 이루려는 신념에 찬 10만의 일꾼들이 함께 일어나 힘을 모을 때, 새천년의 으뜸가는 대한민국을 향한 힘찬 발걸음은 시작될 것이다. 그 힘찬 발걸음이 이 땅에서 울려 퍼질 때 대한민국의 새로운 기틀도 닦이기 시작할 것이다.

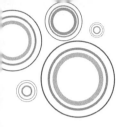

두 번째 단계 :
밝은 누리 백만 대군을 시작으로, 세계로 미래로

밝은 누리 10만의 일꾼들이 모여 으뜸 대한민국의 터를 닦는 첫 번째 단계가 시작되고, 더 많은 동참이 이루어져 100만의 일꾼들이 힘을 합하게 될 때, 새천년의 으뜸가는 밝고 앞선 대한민국을 세우는 두 번째 단계가 시작될 것이다. 이 두 번째 단계에서 대한민국은 새로운 천년의 세상에서 앞선 교육과 학문, 그리고 사회의 틀을 확실하게 다질 것이다. 나라의 교육 및 과학기술 체계를 혁신하여 인재 육성의 바탕을 튼튼히 하고, 앞선 과학기술을 바탕으로 새로운 산업의 기반과 창업국가의 틀을 다질 것이다.

앞으로 민주·복지·환경은 새로운 천년의 시대정신이 될 것이다. 중세의 암흑기 이후 지난 수세기 동안, 인류는 민주주의를 실현하기 위하여 부단히 노력하여 왔다. 그 결과 지난 20세기 말까지 세상의 많은 나라들에서 민주주의가 실현되게 되었다.

민주주의를 일찍 실현한 선진 제국들은 제2차 세계대전이 끝난 이후 복지사회를 만들기 위해 노력하였고, 마침내 몇몇 나라들은 지난 세기 말에 이미 나머지 모든 세계인들이 부러워하는 복지국가 체계를 구축하였다. 그러나 대한민국을 포함한 대다수 나라들은 아직도 복지사회를 구현하기 위한 과정 중에 있다.

산업혁명 이후 급격하게 늘어난 인류의 에너지 소비는 지난 세기 후반부터는 지구 생태계를 뿌리째 뒤흔들 심각한 지구 온난화 현상을 야기하고 있다. 그리고 지구 온난화에 의한 전 지구 생태계의 변화는 인류 문명의 존속까지 위협하고 있다. 지금까지 밝혀진 관측 결과들은 향후 인류 문명의 존속이 지구 생태계의 변화에 대한 인류의 대처 여하에 달려있음을 시사하고 있다.

인류가 이때껏 민주적인 복지사회를 이루기 위하여 개별 국가 차원에서 노력해 왔다면, 앞으로 인류가 지구 온난화와 같은 전 지구적 문제를 해결하기 위해서는 전 세계 모든 나라들이 함께 노력해야만 한다. 환경은 더 이상 좋고 나쁨의 문제가 아니라 인류의 생존을 담보하기 위한 인류 전체의 절박한 현안이 된 것이다.

대한민국은 지난 세기 말까지 노력하여 민주주의를 실현하였고, 지금은 복지사회의 실현을 위하여 노력하고 있다. 그러나 지금부터는 대한민국 역시 인류 공통의 현안이 된 전 지구적 환경 문제의 해결에도 힘을 쏟아야 한다. 대한민국이 복지사회를 이룩하고 전 지구적 환경 문제의 해결에도 앞장서기 위해서는 다음의 세 가지 사항을 먼저 실현하여 스스로의 실력을 길러야 한다.

첫째, 공교육을 혁신하여 자유롭고 감성이 풍부한 창의적인 인재들을 기르고,

둘째, 대학(대학원) 교육과 국가 연구체계를 혁신하여 과학기술의 수준을 높이고 산업을 발전시켜 국력을 튼튼히 하고,

셋째, 튼튼한 국력을 바탕으로 사회를 재정비하여 공정하고 민주적인 복지사회, 깨끗하고 건강한 친환경 사회를 만들어야 한다.

이 중에서도 우리가 가장 시급히 우선적으로 개선해야 할 사안은 교육을 바로 세우는 일이라고 할 수 있다. 교육을 바로 세워야 나라의 경쟁력도 키우고 국력을 증강시켜 민주적인 복지사회도 이룰 수 있기 때문이다.

지금 대한민국은 무너져 내린 공교육 위에 사교육의 광풍이 휩쓸어, 중·고등학생은 물론 초등학교에 다니는 어린 학생들까지 하루 종일 과외나 학원에서 주입식 교육을 받으며 고달픈 삶을 살고 있다. 우리는 이 상황을 바꾸어 자유로운 감성으로 생각하는 힘을 기른 창의적인 사고력을 가진 인재들을 양성해야 한다. 앞으로 창의적인 인재들을 양성하지 못하면 대한민국의 미래도 없을 것이기 때문이다.

대학(대학원)은 국민 각자가 자신의 분야에서 전문지식을 높이는 고등교육higher education의 장으로 국가의 인재들을 양성한다. 특히, 앞으로 국가경쟁력을 결정지을 과학기술의 수준은 대학(대학원)의 수준에 달려있다. 따라서 우리는 국가 차원에서 대학(대학원)을 대대적으로 혁신하여 그 수준을 획기적으로 향상시켜야 한다. 그렇지 못하여 과학기술에서 뒤처진다면, 산업의 경쟁력 또한 사라질 것이기 때문이다.

고등학교 졸업생의 대다수가 대학에 진학하는 대한민국에서 고등교육은 이제 일반화되었다고 할 수 있다. 따라서 이제는 국민 모두에게 교육 기회의 평등을 보장하기 위해서, 누구나 경제적 능력에 구애받지 않고 고등교육을 이수할 수 있게 해야 한다. 이를 위해서는 대한민국도 북유럽 국가들이나 독일·프랑스처럼 고등교육을 무상화해야 한다. 이는 또한 무한 경쟁의 세계에서 나라의 우수한 인재들을 확보하는 지름길이 될 것이다.

세계 최상위권을 달리는 대한민국의 대학진학률은 우리 국민의 교육에 대한 높은 열망을 나타낸다. 이러한 교육에 대한 높은 열망은 우리가 미래에 필요로 하는 각 분야의 전문가들을 더 많이 양성할 수 있게 할 것이다.

1960년대의 '우골탑' 이야기처럼 시골집의 소를 팔아서까지 등록금을 마련하여 대학 교육을 받았던 대한민국의 젊은이들은 이후 대한민국의 경제 부흥을 이끌었다. 이와 마찬가지로 지금의 높은 대학진학률은 앞으로 대한민국을 새로운 시대의 선두로 이끌 각 분야의 우수한 전문가 집단을 더 많이 양성할 수 있는 좋은 토대가 될 것이다. 우리는 이러한 토대를 잘 활용하여 혁신을 통해 그 수준이 향상된 우리의 대학과 대학원에서 과학기술 각 분야의 우수한 전문가 집단을 대거 양성해야 한다. 그리하여 우리의 과학기술이 세계를 앞서가는 수준으로 향상되게 해야 한다.

바야흐로 세계의 국가 간 경계는 점점 희미해져 가고 있다. 대한민국에서 세계적 수준의 우수한 인재들을 많이 양성하게 되면 그들은 대한민국뿐 아니라 세계 곳곳에서 부름을 받게 될 것이다. 그렇게 되면 대한민국은 인재 육성의 세계적 허브로 서게 될 것이며, 세계의 기업들은 그러한 우수 인재들을 활용하려고 대한민국으로 모여들게 될 것이다. 이는 대한민국의 새로운 도약을 가능하게 할 것이다.

과학기술의 수준을 높이려면, 대학원의 수준 향상과 함께 효율적인 국가 연구체계를 갖추어야 한다. 효율적인 국가 연구체계는 기초 및 응용과학의 여러 분야에서 각각 자율적이고 독립적인 전문 연구소들로 구성된 '연구 기본망'을 구성하고, 이들과 대형 국책과제를 수행하는 대형 연구소들, 그리고 대학들이 서로 유기적으로 협력하는 체제를 만들어 확립한다. 이러한 전 연구기관의 유기적 협력을 바탕으로 과학기술의 새로운 혁신을 이끌어내고, 연구기관들과 산업계의 직접적인 협력을 통하여 과학기술 혁신의 결과를 기존 산업에 신기술로 적용하거나, 새로운 분야에서의 벤처 창업으로 활용해야 한다. 이처럼 범국가 차원에서 기존 산업의 경쟁력은 강화시키고 새로운 분야에서의 벤처 창업을 활성화시켜 '과학기술 창업국가' 체계를 갖춘다면, 우리는 미래의 치열한 경쟁에서도 앞서 나갈 수 있게 될 것이다.

청년실업의 문제는 비단 대한민국뿐 아니라 전 세계적인 문제가 되었다. 기업들이 임금이 더 낮은 나라를 찾아 공장을 이전하여 감으로써 일자리가 없어지고, 또는 경비 절감을 위해 자동화를 통하여 인력을 줄이기 때문이다. 이러한 업무의 자동화는 기존 산업에서의 고용 수요를 줄이고, 기업의 신규 투자 시에도 고용이 예전처럼 증가하지 않게 하고 있다. 따라서 벤처 창업의 활성화와 기존 산업의 경쟁력 강화는 새로운 일자리를 만들고, 기존 일자리의 감소를 막아 청년실업 문제의 해결에 필요한 최선의 방책이 될 것이다.

이제 친환경은 길게는 인류의 생존, 가까이는 인류의 건강한 삶과 직결되어 있다. 친환경 기술은 경제적인 면에서도 경쟁력을 갖추기 위한 필수 요소가 되어 가고 있다. 인류는 이미 친환경 농업, 친환경 건축, 친환경 에너지 등 다양한 분야에서 지속 가능한 친환경적인 방법을 찾기 위해 고심하고 있으며, 친환경 분야에 대한 관심의 폭발은 친환경 분야에서의 기술 혁신을 이끌며 새로운 산업 분야까지 만들어 내고 있다. 태양광 발전과 풍력 발전, 그리고 연료전지나 전기자동차 관련 분야는 이미 대표적인 친환경 산업으로 부상하였다.

이러한 친환경 기술을 빨리 진전시키기 위해서는 대부분의 경우 국가적 차원에서 대대적인 육성과 지원이 필요하다. 아직도 비용 면에서 기존의 방식이 더 경제적이라는 인식이 팽배해 있기 때문이다. 일례로 화석연료 발전이나 원자력 발전이 태양광 발전보다 비용이 더 적게 든다는 주장이 그것이다.

외견상 화석연료나 원자력에 의한 발전 비용은 태양광이나 풍력 같은 친환경 에너지에 의한 발전 비용보다 전력 생산을 위해 필요한 건설비용과 연료비나 운영비 등 직접 투입되는 비용만 고려할 경우 아직까지는 조금 더 적게 든다고 할 수 있다. 그러나 문제는 친환경적이 아닌 화석연료나 원자력에 의한 발전에는 부수되는 사회적 비용이 매우 크다는 점이다.

예컨대 석탄이나 석유와 같은 화석연료를 사용할 때 나오는 온실가스와 초미세 먼지 등 유독물질은 지구 온난화에 끼치는 악영향은 물론 대기를 오염시켜 인간의 건강에도 심각한 피해를 준다. 원자력 발전의 경우에도 발전소를 건설하고 운영하는 데 드는 비용만 따지면 화석연료보다도 경제성이 더 높다고 할 수 있지만, 30~40년 정도 운영 후 발전소를 폐기하는 데 드는 막대한 비용과 방사성 폐기물 처리 비용까지 모두 고려한다면 그 비용이 친환경 에너지에 의한 비용보다 결코 더 적지 않다.

이러한 추가 비용은 결국 환경오염으로 인한 질병을 치료하기 위한 무고한 시민들의 개인적인 지출로 이어지거나, 오염 물질의 제거와 정화를 위해 또는 피해 보상에 국가 예산을 투입하는 것으로 이어진다. 이는 결국 원인 제공자인 기존 방식의 발전사업자가 부담하여야 할 비용을 국민 전체에게 전가하는 꼴밖에 되지 않는다. 따라서 국민 전체가 부담하게 되는 기존 방식의 사회적 비용까지 고려하면 친환경 방식이 결코 더 비싸다고 할 수 없다. 더구나 원자력 발전의 경우 엄청난 원전 폐기 비용이 다음 세대에 이전되므로, 현 세대가 사용하는 전력의 생산에 요구되는 전체 비용의 상당 부분을 다음세대에게 떠넘기는 것에 지나지 않게 된다.

독일은 이미 원자력 발전의 이러한 부분을 염두에 두고, 원자력 발전소를 더 이상 건설하지 않고 기존의 원자력 발전소도 앞으로 모두폐기하겠다는 결정을 내린 바 있다. 그리고 친환경 에너지 사용을늘리기 위해 태양광 발전과 같은 친환경 에너지 생산에 많은 보조금을 지급하고 있으며, 앞으로 2050년까지 친환경 에너지의 비중을 적어도 60%까지 올리겠다고 하고 있다.

환경오염의 경우도 마찬가지이다. 상품의 제조 과정이나 광물 채굴과 같이 산업 활동 과정에서 생성되는 유해물질이 외부로 배출되지 않게 하기 위해서는 생성된 유해물질들을 철저히 수거하거나 무해물질로 변환하여 배출해야 한다. 그런데 거기에 드는 비용을 아끼거나 줄이기 위하여 종종 제대로 수거하지 않거나 그대로 배출하는경우가 많다. 그 경우 결국 주변 환경이 오염되고 주변 주민들의 건강을 해쳐 그들에게 신체적 경제적 피해를 주게 된다. 그리고 오염물질을 제거하기 위한 환경 정화에 들어가는 비용은 고스란히 국민 전체의 몫이 된다.

사람이 살기 부적합한 수준에 이르렀다고 중국 당국마저 스스로 인정한 중국 수도 베이징의 악명 높은 대기오염은 주변 공업지역과 베이징시의 차량에서 내뿜는 유해물질에 의한 것이다. 주변 공업지역에서 제품의 생산원가를 줄이기 위하여 오염물질을 제한 기준치보다 더 많이 배출하고, 값싼 석탄을 에너지원으로 대량 사용하여 온실가스와 유해물질을 대거 배출시키는 것인데, 이는 생산 제품의 가격 경쟁력은 높일지 모르지만 주변 지역의 수많은 사람들에게 엄청난 피해를 입히고 있는 것이다. 사람들의 외출까지 금해야 하는 최악의 상황이 자주 벌어지자, 결국 중국 정부가 나서서 대기오염 개선에 수조 원이 넘는 엄청난 자금을 투입한다고 하지만, 그로 인한 개선 효과는 거의 미미한 실정이다. 반면 극심한 대기오염은 주민들의 건강에 지속적으로 엄청난 피해를 끼치고 있다.

이는 오염물질을 생성하는 오염원에서 오염물질을 원천적으로 제거하는 것이 나중에 오염 피해에 따른 비용과 오염의 정화에 드는 비용의 합보다 훨씬 더 적음을 보여준다. 결국 환경오염의 경우에도 그 피해 보상과 환경 정화에 드는 비용이 오염을 유발시키는 생산비용의 절감액보다 훨씬 더 크다.

따라서 우리는 앞으로 사회적 비용을 수반하는 경제적 활동의 경우, 그 비용을 따질 때 처음부터 그러한 사회적 비용까지 계산에 넣은 후 경제성을 따져봐야 한다. 더구나 국제 무역에서도 친환경 인증 제품에 대해서는 혜택을 주고, 환경에 피해를 주는 제품에 대해서는 벌칙을 강화하는 방향으로 나아가는 세계적인 친환경 무역의 추세까지 고려한다면 친환경적인 방식의 생활화는 더욱 요구된다.

인류의 에너지 소비에서 큰 축을 차지하는 집이나 빌딩과 같은 건축물의 에너지 손실을 막고 친환경 에너지 생산에도 일조하는 친환경 건축, 그리고 주변 자연환경을 보전하고 인간의 건강을 담보하는 친환경 농업 기술 등은 이제 인류가 에너지의 과다 소비를 줄이고, 지구 온난화에 대처해 나가는 주요 분야가 되고 있다. 이 분야들은 친환경 분야 미래 고용 창출의 새로운 원천으로도 그 역할을 담당할 것이다.

세계의 거의 모든 나라에서 일자리의 대부분은 중소기업들로부터 나온다. 대한민국의 경우에도 전체 근로자의 8할 이상이 중소기업에 속해 있다. 이는 대한민국 고용의 안정과 일자리의 지속적 창출이 중소기업들의 경쟁력이 강화되어 안정적으로 발전할 때 가능할 것임을 시사한다. 이처럼 중요한 중소기업들이 건강하게 발전하게 하기 위해서는 대기업에 의한 불공정 행위를 엄격히 제한하고, 더 나아가 대기업과 중소기업이 서로 도우며 상생하는 사회적 풍토를 만들어 가야 한다.

복지는 현재 대한민국이 당면한 또 하나의 중요한 현안이다. 수년째 세계 최저를 달리는 대한민국의 저출산율을 높이기 위해서는 자녀의 양육과 교육에서 국가의 전면 지원이 필요하다. 취약한 보육 환경 개선을 위해 국가가 어린이집과 유치원에 대한 공공 지원을 강화하고, 과중한 사교육비 부담을 없애기 위해서 공교육을 정상화해야 한다. 이미 일반화된 고등교육에 대해서는 북유럽, 독일, 프랑스처럼 고등교육의 무상화로 학비 부담을 없애고, 나라의 인재들로 육성해야 한다.

실업과 질병 그리고 노후에 대한 사회안전망의 확보는 모든 국민에게 최소한의 인간다운 삶을 보장해야 하는 국가의 중요한 책무이자 사회 안정성을 높이는 토대가 된다. 이를 위해서는 실업자 및 저소득자 그리고 노인에 대한 생활 보장 체계와 실업자에 대한 직업교육 및 취업을 지원하는 범국가적 연계 체계를 확립해야 한다. 이와 같은 사회안전망은 모든 국민들로 하여금 안심하고 안정적으로 삶을 영위할 수 있게 하여 사회를 안정시키고 국가 경제에도 활력을 불어넣을 것이다. 질병에 대한 사회안전망의 확보는 다수의 국가들에서 실시 중인 의료보장 체계의 장·단점을 심층 분석하여 사회적 합의를 통해 실현해야 한다.

우리는 교육과 과학을 발전시켜 국력을 기르고, 이를 바탕으로 모든 국민이 행복한 복지사회를 이루어야 한다. 그리고 북한과 상생협력하여 가면서 통일을 이루면, 대한민국은 새로운 천년의 강하고 앞선 나라가 되어 지금까지 압축되며 축적되어 왔던 겨레의 능력을 활짝 더 펼칠 수 있게 될 것이다.

이제 대한민국을 새 시대의 앞서가는 밝은 누리로 만들겠다는 정열과 신념을 가진 100만의 일꾼들이 모여 함께 힘을 모을 때, 대한민국의 힘찬 도약은 시작될 것이다.

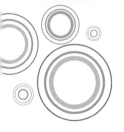

세 번째 단계 :
밝은 누리 천만 대군이여, 일어나 빛을 발하라
- 온 누리에 희망의 빛을

  교육과 과학기술이 향상된 행복한 복지국가 통일 대한민국의 기틀이 잡히고, 밝은 세상을 향한 더 많은 동참이 이루어져 천만의 일꾼들이 강한 열정으로 힘을 모을 때 밝은 누리를 향한 세 번째 단계가 시작될 것이다. 대한민국은 앞선 과학기술과 인재 양성의 세계적 허브가 되어 밝은 누리 '천만 대군'과 함께 인류 앞에 가로 놓인 전 지구적 문제의 해결에 앞장설 것이다.

  과학은 이미 지구상 뭇 생명체의 운명을 결정지을 아주 핵심적인 요소가 되었다. 시간이 갈수록 더 빠르게 발전하며 더 엄청난 위력을 가지게 될 과학기술은 앞으로 인류의 삶을 더욱 획기적으로 바꿀 것이다. 그러나 인류가 이를 어떠한 방향으로 사용하느냐에 따라 인류의 앞날은 밝게도 되고 어둡게도 될 수 있다.

  양날의 칼인 과학기술을 전 인류가 합의를 이루어 좋은 방향으로만 사용한다면 인류의 생존에 득이 되겠지만, 그러지 못하고 각 나라나 집단이 자신의 이익을 위해서만 사용한다면 과학기술은 그 엄청난 위력으로 오히려 전 인류를 파멸의 구덩이로 몰아넣을 수도 있다. 많은 사람들이 인식하고 있듯이, 전면적인 세계대전은 인류의 멸망 내지는 인류 문명의 파멸을 가져올 것이다. 예전에는 전쟁이 어떻게 진행되든 전체 인류의 생존에는 큰 영향을 미치지 않았다. 하지만 이제는 전쟁으로부터 인류의 생존을 담보하기 어렵게 되었다. 따라서 인류가 평화를 이루지 못하고 서로 갈등하며 세계가 다시 전쟁의 소용돌이에 빠진다면, 과학기술의 엄청난 파괴력은 인류를 공멸하게 만들 것이다. 앞으로 과학기술이 발전해 가면 갈수록 평화는 인류 생존의 가장 핵심적인 전제 조건이 될 것이다.

조절되지 않은 무분별한 개발과 환경오염은 이제 전 지구 생태계를 충분히 파괴할 수 있게 되었다. 과학기술의 힘을 빌린 대대적인 개발은 원상 회복이 어려운 급격한 자연 훼손을 불러와 지구 생태계의 균형을 무너뜨리고 있다. 그리고 현대 기술문명에 대한 인류의 무분별한 의존은 지구 온난화를 가속시켜 인류가 지금껏 경험한 바 없는 대처하기 어려운 급격한 기후 변화를 일으켜 인류의 생존을 어렵게 할 수 있다. 이러한 환경 파괴에 의한 재앙은 전면적인 핵전쟁이나 마찬가지로 인류 문명의 존속을 위협할 것이다.

따라서 과학기술의 힘이 더욱 강력해질 새로운 천년에는 '평화'와 '친환경'이 인류 생존의 두 가지 핵심 명제가 될 것이다. 인류의 미래는 이제 우리가 어떻게 평화로운 세계를 만들고, 어떻게 과학기술을 지구 생태계의 보전에 사용할 것인가에 달려 있게 되었다. 지구는 지금까지 우리가 알고 있는 천체 중 생명으로 가득한 유일한 행성이다. 이처럼 우리가 아는 한 우주에서 유일무이한 생명의 푸른 별 지구에서 인간이 지금처럼 안정적인 삶을 유지해 갈 수 있느냐의 여부는 이제 전적으로 우리 인간에게 달려 있게 되었다.

인간은 지구 생태계에 이미 상당한 변화를 가져왔다. 하지만 이제라도 인류가 합의를 통하여 더 이상 지구 생태계를 훼손하지 않고 자연환경의 보전에 과학기술의 힘을 최대한 활용한다면 전 지구 생태계가 불가역적으로 훼손되기 전에 우리는 지구 생태계를 인류의 생존에 적합한 상태로 보전해 갈 수도 있을 것이다. 그러나 그러지 않고 지금처럼 모든 나라가 제각각 자국의 이익을 위해서만 과학기술을 무분별하게 사용한다면 지구 생태계의 파괴는 더욱 가속화되어 인류의 생존은 더욱 어렵게 될 것이다.

여기서 문제는 다양한 인류의 생각을 어떻게 한데 모아 생존을 위한 합의에 이를 수 있느냐이다. 인간의 다양한 욕망과 서로 다른 생각들 위에 이해관계마저 서로 엇갈릴 경우 하나로 일치된 의견을 얻기는 정말 쉽지 않을 것이다. 대체적으로 자원 개발은 자연 훼손과 환경오염을 동반하지만 막대한 경제적 이득을 얻을 수 있기 때문에 여러 이해관계가 얽히게 된다. 이때 과학기술은 경제적 이익을 위해 개발을 극대화하는 데 쓰여 환경 훼손을 가속화시킬 수도 있고, 반대로 환경 훼손과 오염물질 배출을 어떻게 최소화할 것인지 환경 보전을 위해 쓰일 수도 있다. 이처럼 이익을 앞에 두고 선택지가 주어졌을 때, 당장의 이익을 포기하기란 결코 쉽지 않을 것이다.

그러나 지구 온난화는 이미 발등 위에 떨어진 불이다. 이제는 인류의 미래를 위해서 모두가 대승적인 결단으로 합의를 이루어야 한다. 다소의 경제적 희생을 무릅쓰더라도 우리는 친환경 에너지 사용을 극대화하여 온실가스 배출을 줄이고 지구 온난화의 가속화를 막아야 한다.

북극해와 인근 지역에는 석유와 천연가스 등 천연자원이 매우 풍부하게 매장되어 있다. 게다가 지구 온난화로 북극해의 빙하는 녹아 가고, 채굴 기술은 더욱 발전하여 이 지역의 개발은 예전보다 훨씬 더 용이해졌다. 만약 이를 기회로 북극해 주변의 나라들이 자원개발에 더 적극적으로 나선다면, 개발에 의한 가스나 원유의 유출로 북극해와 연안 지역의 환경오염과 생태계 훼손은 더욱 심각해질 것이다. 이는 대기 중 이산화탄소의 농도도 더 증가시켜서 지구 온난화와 이상기후 현상을 가속화시킬 것이다.

아마존이나 뉴기니의 밀림 그리고 시베리아의 삼림 또한 해당 국가들이 자국의 경제 발전을 목적으로 대대적으로 개발한다면 자연 환경의 파괴와 지구 생태계의 악화는 불 보듯 뻔하다. 물론 이들 국가들이 모두 그렇게 생태계 파괴에 나서지는 않겠지만, 세계는 아직 이와 같은 개별 국가의 독자적인 결정을 막을 수 있는 그 어떤 장치도 갖고 있지 않다.

세계에는 아직도 경제 발전을 이루기 위하여 환경오염과 생태계 파괴에 대해 신경을 쓸 여유가 없는 나라들이 많다. 환경오염을 막고 생태계를 파괴하지 않으면서 산업을 발전시키려면 더욱 앞선 과학기술이 필요하고 더 많은 경제적 비용이 들어간다. 이러한 이유로 일부 선진국이나 소위 경제 대국도 경제적 비용을 절감하기 위해 자국에서 배출되는 유해한 오염물질을 그대로 방기하거나 바다로 내보내고 있다. 현재의 대한민국 역시 그런 추세에서 크게 벗어나 있지는 않다. 그리고 초원지대의 빈곤 국가들에서는 사람들이 생존을 위하여 경작 면적과 사육 가축의 수를 무분별하게 늘려 자연 생태계가 스스로 유지될 수 있는 한계를 넘어섬으로써 초지가 사라지고 사막화가 가속되는 악순환마저 일어나고 있다.

산업혁명 이후 인류가 행해 온 조화되지 않은 개발은 환경오염과 생태계 훼손을 야기해 왔고 이제는 먼 바다까지 오염시키며 지구 온난화까지 야기하고 있다. 바다는 중금속과 플라스틱 폐기물 등 유해 물질로 오염되어 이미 바다의 덩치 큰 생선들은 중금속에 심하게 오염된 상태에 있다. 역사상 처음으로 인류는 스스로 저지른 행위의 결과로 인해 이제 생선마저 마음 놓고 먹을 수 없는 처지에 이르렀다.

지난 200년에 걸친 기술문명의 발전은 인류에게 점점 더 많은 편의를 제공하여 왔다. 하지만 이를 가능하게 했던 과다한 화석연료의 사용은 결국 대기 중 이산화탄소를 지구의 탄소 순환 사이클이 스스로 처리할 수 있는 수준 이상으로 증가시켰다. 이는 끝내 지구 온난화를 불러와 전 세계의 빙하는 녹아가고 있으며 해수면 상승은 현실이 되었다. 지구 온난화로 인한 온도 상승은 이제 더 강력한 초강력 태풍과 대홍수를 더 빈번하게 야기하고 있으며, 온난화로 인한 이상기후는 사람이 견디기 어려운 극심한 더위와 한파까지 불규칙적으로 몰아오고 있다.

지구 온난화로 인한 해수면 상승은 21세기가 가기 전에 전 세계 낮은 지대의 많은 부분을 수몰시킬 것이다. 예컨대 빠르게 증가하는 1.5억의 인구를 가진 방글라데시는 국토의 절반 가까이가 수몰될 것으로 예상되어 엄청난 수재 난민들이 발생할 것으로 예측된다. 또한 이상기후 현상은 앞으로 상당수 나라에서 농작물의 경작을 불가능하게 할 수십 년에 걸친 '메가 가뭄'까지 불러올 것으로 예상되고 있다.

지구 온난화에 따른 이러한 예측들을 우리는 결코 믿고 싶지 않다. 하지만 이는 기후학자와 생태학자 등 세계의 대다수 과학자들이 인정하는 엄연한 사실이다. 따라서 우리에게 남은 선택지는 지구 온난화의 가속화를 최대한 막고 지구 생태계를 최대한 보전하여, 이런 시나리오의 악화를 막고 더하여 앞으로 수 세기에 걸쳐 진행될 이런 추세를 좀 더 완화시키는 길밖에 없다.

인류의 생존을 위한, 이와 같은 상황의 악화를 막기 위한 노력은 전 지구적인 협력이 이루어질 때에 비로소 결실을 맺을 수 있다. 그런데 문제는 현재 세계에는 이러한 전 세계적인 협력을 이끌어 내기 위해 노력하는 뚜렷한 주도국이 없다는 점이다.

세계는 과거 미국과 소련의 양강 체제에서 현재 미국의 유일 강대국 체제로 이행했지만, 다시 중국의 부상으로 미국과 중국의 2극 체제로 바뀌어 가고 있다. 그런데 유럽연합EU까지 포함한 현 세계의 3대 핵심 세력은 모두 자신의 이익에 매몰된 채, 전 지구적 사안에 대해서는 실질적인 진전을 이끌지 못하고 있다.

지구 온난화에 대처할 이산화탄소 방출량의 시급한 감축, 아마존 개발과 같은 지구 허파의 손상과 추가적인 바다 오염의 방지, 제3세계 국가들의 빈곤과 기아에 대한 대책 등 많은 사안들이 전 지구적 논의와 리더십을 필요로 하고 있다. 하지만 미국과 중국, 유럽연합 등 현 세계의 3대 세력 누구도 이에 대해 강력한 리더십을 보여 주지 않고 있다.

그러나 이제는 전 지구적 현안에 대해 누군가 이니셔티브를 취해야 한다. 국가 또는 국가 집단이 되었든 누군가 전 세계의 뜻을 함께 모아 이끌어가는 강력한 리더십을 발휘해야 한다. 이러한 구심점을 중심으로 온 인류가 지금까지의 근시안적 인간중심주의와 개발제일주의의 가치관에서 벗어나 더 이상의 환경 파괴와 환경오염을 막고, 온실가스를 감축하는 지구 생태계 보전 작업을 시작하여야 한다. 어쨌든 우리는 이제 미래 인류의 건강을 담보할 건강한 지구 생태계를 확보해야 한다. 그리고 현재 굶주림에 시달리는 지구촌의 빈곤한 이웃들을 상생과 나눔의 정신으로 도와 자립할 수 있게 해야 한다.

그렇다면 우리는 지구 생태계의 보전과 복원 과정에서 서로 상반되는 이해관계와 시각을 어떻게 합치시켜 나갈 수 있을 것인가?

예컨대 지구의 허파라 할 수 있는 아마존의 밀림을 보전하는 사안에 대해 생각해 보자. 이 경우 밀림을 개발하여 농작물 경작이나 가축 사육을 통하여 경제적 이득을 볼 수 있는 당사국과 개발을 막아 '지구의 허파'를 보존하려는 전 지구적 관점이 상충될 수 있다. 이때 '밀림을 파괴하는 개발은 안 된다.'는 식의 일방적 주장 대신, 밀림을 개발하지 않아도 개발에 못지않은 혜택을 해당 국가와 주민들이 누릴 수 있는 대체 방안을 마련할 수도 있을 것이다. 그리고 세계가 협력하여 그러한 대체 방안이 실현될 수 있도록 한다면 해당국도 밀림을 보전하게 될 것이다.

이와 같이 전 지구적 문제를 해결하기 위해서는 세계 모든 나라의 협력을 이끌어 낼 강력한 구심점이 존재해야 한다. 그리하여 그 구심점을 중심으로 전 세계가 한 마음으로 대처하게 되어야, 전 지구적 문제의 해결도 실현 가능해질 것이다. 문제를 해결할 대체 방안을 실현하기 위해서는 앞선 과학기술을 가진 국가들의 지원과 노력이 필요할 것이며, 대체 방안의 실현에 들어가는 비용은 지구촌의 모든 나라들이 상생과 나눔의 정신으로 분담하여야 할 것이다.

앞으로 새로운 천년이 깊어갈수록 세계는 점차 하나의 나라처럼 될 것이다. 교통수단과 통신의 발달로 나라 사이의 교류는 더욱 자유로워지고 국경의 의미는 퇴색될 것이다. 따라서 향후 전 지구적 문제의 해결에 있어서도 지금과 같은 지역별·나라별 생각에서 벗어나 전 지구촌 공통의 이익을 우선하여 해결책을 도출하고 모두가 협력하여 실현해 나가야 한다.

대한민국은 질 높은 교육으로 시민의식을 고양하고, 증진된 국력으로 행복한 복지국가를 이룬 후, 우리 자신과 온 인류의 밝은 미래를 위해 스스로 지구촌 문제 해결의 구심점 역할을 자임해야 한다. 대한민국이 앞선 과학기술로 전 지구적 문제의 해결에 도움을 주고, 우리 겨레의 밝은 생각이 새로운 세상의 횃불이 되어 지구촌을 밝힐 때, 우리는 지구촌 문제들에 대한 해결의 실마리도 찾을 수 있을 것이다.

이제 밝은 누리 '천만 대군'이 대한민국의 발전된 과학기술과 앞선 경험을 바탕으로 전 지구적 사안에 대해 지구촌 곳곳의 사람들과 함께 중지를 모으고 그 실현에 노력한다면, 평화와 상생의 밝은 빛은 세상으로 퍼져 나갈 것이다. 이러한 '희망의 빛'이 온 세상을 밝혀 전 지구적 사안에 대한 해결의 길이 열릴 때, 인류는 뭇 생명체와 더불어 안전하고 행복한 밝은 미래로 나아갈 수 있을 것이다.

밝은 누리 천만 대군에게 고하다

　새로운 천년이 시작되었다. 이제 대한민국은 서서히 지난 천년의 부진을 떨쳐버리고 용틀임하며 이 세상에 그 존재를 나타내 가고 있다. 이를 예견이라도 하였듯, 인도의 위대한 시인 타고르는 20세기 전반에 이미 당시 일제 식민 치하의 우리나라가 동방의 밝은 빛이 되리라 선언하였다.

　일찍이 아시아의 황금 시기에
　빛나던 등불의 하나였던 코리아,
　그 등불 다시 한번 켜지는 날에
　너는 동방의 밝은 빛이 되리라.
　- 타고르, 〈동방의 등불〉(1929)

　마음에는 두려움 없고 머리는 높이 치켜든 곳,
　지식은 자유스럽고
　내부의 좁은 벽들로 조각조각 갈라지지 않은 세상,

깊은 진실 속에서 말씀이 솟아나는 곳,

지칠 줄 모르는 노력이 완성을 향하여 팔을 벌리는 곳,

지성의 맑은 흐름이

굳어진 습관의 황량한 모래벌판으로 길을 잃지 않는 곳,

항상 넓은 생각과 행동으로 우리들의 마음이 인도되는 곳,

그러한 자유의 천국으로 조국이 깨어나게 하소서.

- 타고르, 〈두려움 없는 마음〉(기탄잘리 35)

　그렇습니다. 이제 바야흐로 우리는 장구한 우리 역사에서 동아시아 전체에 그 빛을 발하던 우리 역사 처음 반만년의 그 찬란했던 광휘를 다시금 발휘할 새로운 천년을 맞이하고 있습니다. 우리 대한민국은 과학기술과 사상·문화 모든 면에서 이제 전 세계를 밝게 비추어줄 횃불이 되어 그 찬란한 광휘로 온 세상을 밝은 누리로 만들어가는 선봉이 될 것입니다.

참고자료

01. 들어가며
- 다지카 에이이치 지음(김규태 옮김), 『46억 년의 생존 : 지구환경 진화의 장구한 미스터리』, 글항아리, 2009.
- 〈얼음이 사라지고 비극이 시작됐다〉, NHK TV 다큐스페셜.
- 〈미래 지구의 경고, 해수면 상승〉, BBC 다큐멘터리.

02. 새로운 세상의 빛, 대한민국
- 신채호 지음(박기봉 옮김), 『조선상고사』, 비봉출판사, 2006.
- 박창범, 『하늘에 새긴 우리역사 : 천문기록에 담긴 한국사의 수수께끼』, 김영사, 2002.
- 성삼제, 『고조선, 사라진 역사』, 동아일보사, 2005.
- 일연 지음(김원중 옮김), 『삼국유사』, 민음사, 2008.
- 윤내현, 『고조선, 우리의 미래가 보인다』, 민음사, 1995.
- 임승국 번역 주해, 『한단고기』, 정신세계사, 1991.
- 이일봉, 『실증 한단고기』, 정신세계사, 1998.
- 김산호, 『대쥬신제국사』, 두산동아, 2000.
- 김운회, 『대쥬신을 찾아서』, 해냄, 2006.
- 〈2003년~ 출생통계〉, 통계청 홈페이지(http://www.index.go.kr/egams/stts/jsp/potal/stts/PO_STTS_IdxMain.jsp?idx_cd=1428)

03. 교육을 바로 세워야 나라가 바로 선다

- 〈한국 대졸자 비율 OECD 1위〉, 《한국교직원신문》 2011년 9월 26일자 기사.
- 김의겸, 〈대학입시, 대한민국의 계급투쟁〉, 《한겨레》 2011년 12월 22일자 칼럼.

04. 한국판 몽골 기병

- Jack Weatherford, 『*Genghis Khan and the Making of the Modern World*』, Three Rivers Press, New York, 2004.
- 댄 세노르·사울 싱어 지음(윤종록 옮김), 『창업국가 : 21세기 이스라엘 경제성장의 비밀』, 다할미디어, 2010.

05. 교육이 곧 국방이다

- 댄 세노르·사울 싱어 지음(윤종록 옮김), 『창업국가 : 21세기 이스라엘 경제성장의 비밀』, 다할미디어, 2010.
- 김성주, 〈한국 상류층 딸과 며느리들, 고급식당서 노닥거려서야〉, 《매일경제》 2010년 7월 30일자 기사.
- 한지환, 〈남성만 징병하는 건 가부장제 산물 여성도 병역의무 져야 하는 건 당연〉, 《조선일보》 2009년 7월 25일자 기사.
- 〈한국남성 80%가 여성징병 반대하는 진짜 이유〉, 《프레시안》 2005년 9월 3일자 기사.
- 〈수색·특공부대도 지원병 모집〉, 《연합뉴스》 2011년 11월 7일자 기사.
- 〈노르웨이 2016년부터 여성 징병제 실시〉, 《경향신문》 2014년 10월 15일자 기사.
- 〈세계 각국의 병역제도〉, 병무청 홈페이지(http://www.mma.go.kr/kor/s_about/about/about06/about0604/index.html)

06. 공교육의 정상화

- 〈입 다물고 공부만 해!〉, 《한겨레》 2011년 10월 11일자 기사.
- 〈우수한 교사가 교육경쟁력의 핵심 즐겁게 공부할 교실환경 만들어야〉, 《동아일보》 2010년 1월 11일자 기사.
- 송의달, 〈핀란드 프리미엄〉, 《조선일보》 2008년 5월 23일자 기사.
- 〈핀란드의 평등교육 : 단 한 명도 포기하지 않는다〉, EBS 세계의 교육현장, 2010년 4월 14일 방송.

- 후쿠다 세이지 지음(박재원, 윤지은 옮김), 『핀란드 교실혁명』, 비아북, 2009.
- 〈배움은 꿀처럼 달다 - 이스라엘〉, EBS 세계의 교육현장, 2012년 1월 16일 방송.
- 이범 지음, 『이범의 교육특강』, 다산에듀, 2009.
- 이범, 〈절대평가를 넘어 교사별 평가로〉, 《한겨레》 2011년 12월 22일자.
- 〈KBS 특별기획 : 스포츠는 권리이다 1부〉, KBS 1TV 2011년 12월 3일 방송.
- 〈행복을 가르치는 숲속학교 교육도시 산티니케탄〉, EBS 세계의 교육현장-인도, 2010년 10월 7일 방송.
- 〈비움과 나눔〉, MBC 창사특집, 2011년 5월 8일 방송.
- 〈도시에서 행복하게 산다는 것 성미산 마을 72시간〉, KBS 다큐3일, 2009년 8월 29일 방송.
- 〈걸음아 날 살려라〉, SBS 스페셜 223회, 2010년 10월 3일 방송.
- 〈오래된 미래, 전통육아의 비밀〉, EBS 다큐프라임, 2012년 1월 4일 방송.
- 〈남한산초등학교〉, MBC 스페셜, 2010년 4월 11일 방송.

07. 대학교육의 일반화
- 강성종 지음, 『한국 과학기술 백년대계를 말한다』, 라이프사이언스, 2008.
- 김병길, 〈우골탑牛骨塔 망령〉, 《울산매일》 2011년 6월 15일자 기사.

08. 대학원 교육 및 연구체계의 혁신
- 〈초강대국의 두뇌 쟁탈전〉, 《아시아경제》 2011년 10월 3일자 기사.
- 〈3억 인구로 700만명 못 이겨놓고… 아랍 권력자, 이스라엘 탓하며 독재 강화〉, 《조선일보》 2011년 4월 4일자 기사.
- 이창영, 〈기초과학을 살리자〉, 《한겨레》 2005년 3월 29일자.
- 정진수, 〈열에 아홉은 '맨손' 연구-제언 : 건강한 학문적 생태계를 위해〉, 《교수신문》 2005년 4월 6일자.
- 정진수, 〈비판 : 2단계 BK21 사업 내용을 보고〉, 《교수신문》 2005년 11월 8일자.
- 강성종 지음, 『한국 과학기술 백년대계를 말한다』, 라이프사이언스, 2008.
- 이창영, 〈대운하, 과학기술, 초일류국가〉, 《한겨레》 2008년 1월 21일자.
- 〈독일의 교육 및 연구체계〉(http://www.tatsachen-ueber-deutschland.de/kr/

education-and-research.html)

- 〈세계의 싱크탱크〉,《한겨레》2010년 11월 2일자 기사.
- 〈Max-Planck-Gesellschaft〉(http://www.mpg.de/en)
- 〈과학기술 핵심인재 10만 양병을 위한 제언〉, 삼성경제연구소.
- 〈프라운호퍼 연구소〉,《전자신문》2008년 9월 25일자 기사.
- 〈프라운호퍼연구소는 기업사관학교 - 신기술 中企 줄줄이 배출〉,《한국경제》2011 년 6월 30일자 기사.
- 〈우주 개발 아시아가 뛴다〉,《이코노믹리뷰》2010년 6월 15일자 기사.
- 〈달아 달아 금싸라기 밝은 달아… 美-中-日-印 '달 전쟁' 후끈〉,《동아일보》2012년 1월 27일자 기사.
- 박철, 〈나로호 3차 발사 의미 없다… 독자개발로 가야〉,《조선일보》2010년 6월 13일 자 기사.
- 댄 세노르·사울 싱어 지음(윤종록 옮김), 『창업국가 : 21세기 이스라엘 경제성장의 비밀』, 다할미디어, 2010.
- 〈디딤돌 노키아… 400개의 벤처 세계시장 다시 이끌자〉,《조선비즈》2013년 12월 21 일자 기사.
- 〈핀란드, 핀테크 육성으로 금융위기 극복〉, 한국경제TV 2015년 4월 28일 방송.
- 〈IT강소국 에스토니아〉,《서울경제》2014년 7월 29일자 기사.

09. 국가 보육·교육과 의료

- 〈2011년 국가경쟁력 보고서〉, 기획재정부 홈페이지(http://www.mosf.go.kr/_ upload/bbs/62/attach/20120106153811922.pdf)
- 〈한국 R&D 집약도 세계 1위, 국내 기업 OECD 1위〉,《뉴시스》2014년 11월 13일자 기사.
- 〈IMD의 2014년 국가경쟁력 평가 결과 및 분석〉, 기획재정부.
- 〈대한민국, 복지의 길을 묻다 1~3부〉,《한국일보》기획기사, 2011년.
- 〈美 빈곤층 5,000만명 육박…역대 최다〉,《서울경제》2011년 11월 8일자 기사.
- 츠츠미 미카 지음(고정아 옮김), 『빈곤대국 아메리카』, 문학수첩, 2008.
- 츠츠미 미카 지음(홍성민 옮김), 『빈곤대국 아메리카 2』, 문학수첩, 2010.
- 토머스 게이건 지음, 한상연 옮김, 『미국에서 태어난게 잘못이야』, 부키, 2011.

- 마이클 무어 감독의 다큐멘터리 영화 〈Sicko〉, 2007년 제작.
- 〈미 의료비는 최고, 질은 낮아〉,《의학신문》 2012년 5월 4일자 기사.
- 〈전 세계서 가장 높은 사립대 비율…〉,《중앙일보》 2011년 6월 12일자 기사.
- 한국의 초중등교육 역사(http://www.mest.go.kr/upload/history/3.pdf)
- 한국의 고등교육 역사(http://www.mest.go.kr/upload/history/5.pdf)

10. 친환경과 자연보전

- 〈미국 농부 조엘의 혁명〉, KBS 스페셜, 2010년 10월 24일 방송.
- 〈요르단강 오염 심각〉,《이데일리》 2010년 7월 30일자.
- 〈생명의 선택 2부 – 다음 천년을 위한 약속〉, SBS 스페셜, 2009년 11월 22일 방송.
- 〈위험한 연금술, 유전자조작 식품〉, KBS 환경스페셜, 2007년 7월 4일 방송.
- 〈디젤가스 심혈관질환 원인〉,《메디칼 트리뷴》 2008년 1월 23일자 기사.
- 〈지금 당신의 혈관이 막히고 있다〉, 생로병사의 비밀, KBS, 2013년 9월 11일 방송.
- 〈탄소 제로 세계의 그린 도시를 가다〉,《동아일보》 2010년 1월 6일자 기사.
- 〈얼음이 사라지고 비극이 시작됐다〉, NHK TV 다큐스페셜.
- 〈미래 지구의 경고, 해수면 상승〉, BBC 다큐멘터리.
- 〈Man and the Wild, Water〉, Nat Geo Wild, National Geographic TV.
- 〈One Ocean : the Changing Sea〉, Nat Geo Wild, National Geographic TV.
- 앨런 와이즈먼 지음(이한음 옮김),『인구 쇼크』, 알에이치코리아, 2015.

11. 소비자와 농민, 중소상공인을 위한 협동조합과 공동브랜드의 활성화

- 〈협동조합 폰테라·제스프리를 아시나요〉,《한겨레》 2011년 9월 13일자 기사.
- 〈8천개 협동조합 유기적 협력… 해고사태 없이 금융위기 극복〉,《한겨레》 2011년 7월 3일자 기사.

12. 레테르를 붙이지 않는 방책의 이점

- 김정훈, 〈늦깍이 천국〉,《동아일보》 2010년 8월 11일자 칼럼.
- 〈그래도 '개천에서 용'이 나와야 한다〉,《머니투데이》 2015년 5월 19일자 기사.
- 〈히딩크 리더십의 교훈〉, 삼성경제연구소, 2002.

13. H – 프로젝트

- 댄 세노르·사울 싱어 지음(윤종록 옮김), 『창업국가 : 21세기 이스라엘 경제성장의 비밀』, 다할미디어, 2010.
- 〈프라운호퍼 연구소〉,《전자신문》2008년 9월 25일자 기사.
- 〈프라운호퍼연구소는 기업사관학교 – 신기술 中企 줄줄이 배출〉,《한국경제》2011년 6월 30일자 기사.
- 〈과학기술 핵심인재 10만 양병을 위한 제언〉, 삼성경제연구소.

14. 나라와 조직에 있어서 지도자의 역할

- 박현모 지음,『세종, 실록 밖으로 행차하다』, 푸른역사, 2007.
- 이한우 지음,『세종, 그가 바로 조선이다』, 동방미디어, 2003.
- KBS TV조선왕조실록제작팀 지음,『책으로 보는 TV조선왕조실록 1』, 가람기획, 1997.
- 지용희 지음,『경제 전쟁 시대 이순신을 만나다』, 디자인하우스, 2003.
- 이순신 지음(이민수 옮김),『난중일기』, 범우사, 1984.
- 이민웅 지음,『임진왜란 해전사: 7년 전쟁, 바다에서 거둔 승리의 기록』, 청어람미디어, 2004.
- 이순신역사연구회 지음,『이순신과 임진왜란 1 : 삼가 적을 무찌른 일로 아뢰나이다』;『이순신과 임진왜란 4 : 신에게는 아직도 열두척의 배가 남아있나이다』, 비봉출판사, 2006.
- 김종대 지음,『이순신 평전』, 지평, 2002.
- 김종권 역주,『징비록』, 명문당, 1987.
- 김훈 지음,『칼의 노래』, 생각의 나무, 2001.
- 〈이라크·아프간전 돈먹는 하마〉,《한겨레》2010년 7월 26일자 기사.
- 〈전쟁비용 4조 달러 미국에 혹독한 짐〉,《미주한국일보》2011년 9월 9일자 기사.

15. 정의가 물 흐르듯이

- 서형 지음,『부러진 화살 : 대한민국 사법부를 향해 석궁을 쏘다』, 후마니타스, 2009.
- 박경신, 〈정봉주 유죄판결은 법적 착시현상〉,《한겨레》2011년 12월 24일자 기사.
- 김이택, 〈검찰 고위층들의 독특한 정신세계〉,《한겨레》2011년 12월 22일자 기사.

- 〈법의 입인 판사들이 법 더 안 지켜… 〉,《한국일보》2011년 12월 26일자 기사.
- 〈2011년 국가경쟁력 보고서〉, 기획재정부 홈페이지(http://www.mosf.go.kr/_
  upload/bbs/62/attach/20120106153811922.pdf)
- 〈기획 기사 : 대한민국, 복지의 길을 묻다 1~3부〉,《한국일보》2011년.
- 츠츠미 미카 지음(고정아 옮김),『빈곤대국 아메리카』, 문학수첩, 2008.
- 츠츠미 미카 지음(홍성민 옮김),『빈곤대국 아메리카 2』, 문학수첩, 2010.
- 토머스 게이건 지음, 한상연 옮김,『미국에서 태어난게 잘못이야』, 부키, 2011.
- 〈살아있는 소·돼지들을 어떻게…〉,《한국일보》2010년 12월 14일 기사.
- 〈경기 구제역 매몰지 지하수 357곳 음용 부적합〉,《한겨레》2011년 3월 7일자 기사.
- 〈무사안일·늑장행정이 빚은 전형적 官災〉,《한국일보》2010년 8월 11일자 기사.
- 〈100년 쓸 인재 50년 만에 폐기하는 꼴〉,《서울경제》2010년 8월 11일자 기사.
- 〈비정규직 600만 시대…〉,《중앙일보》2011년 10월 29일자 기사.
- 댄 세노르·사울 싱어 지음(윤종록 옮김),『창업국가 : 21세기 이스라엘 경제성장의
  비밀』, 다할미디어, 2010.
- 〈협동조합 폰테라·제스프리를 아시나요〉,《한겨레》2011년 9월 13일자 기사.
- 〈8천개 협동조합 유기적 협력… 해고사태 없이 금융위기 극복〉,《한겨레》2011년 7
  월 3일자 기사.
- 〈호주는 왜 ISD 조항을 거부하나?〉,《아시아경제》2011년 11월 16일자 기사.
- 〈투자자-국가소송제(ISD)?〉,《아시아경제》2011년 11월 28일자 기사.

16. 해외 동포들에게 조국의 품과 긍지를

- 〈재외동포현황 2011〉, 외교통상부 홈페이지(http://www.mofat.go.kr/webmodule/
  htsboard/hbd/hbdread.jsp?typeID=6&boardid=232&seqno=334627&c=&t=&page
  num=1&tableName=TYPE_DATABOARD&pc=&dc=&wc=&lu=&vu=&iu=&du=)
- 〈떠도는 삶의 기록, 고려인의 노래를 찾아서 - 카자흐스탄 한야꼬브〉, KBS 지구촌
  네트워크 한국인, , 2009년 1월 28일 방송.
- 〈모리오카 냉면 이야기〉, MBC 스페셜, 2008년 8월 22일 방송.

17. 대한민국의 뉴 프런티어, 북한

- 〈KBS 스페셜 통일 대기획 - 제1편 북한주민 통일을 말하다〉, 2011년 12월 3일 방송.

- 〈KBS 스페셜 통일 대기획 - 제2편 북한을 보는 두 개의 시선〉, 2011년 12월 4일 방송.

맺는 말

- 다지카 에이이치 지음(김규태 옮김), 『46억 년의 생존 : 지구환경 진화의 장구한 미스터리』, 글항아리, 2009.
- 〈What made this man betray his country?〉, 《The Atlantic》, 2015년 8월 8일자 기사 (http://www.theatlantic.com/international/archive/2015/08/adolf-tolkachev-cia-kgb/400769/)
- 〈Mitrokhin's KGB archive opens to public〉, Churchill College, 2014년 7월 7일자 기사(https://www.chu.cam.ac.uk/news/2014/jul/7/mitrokhins-kgb-archive-opens/)
- 〈베이징 대기오염, 사람이 살기 부적합한 수준〉, MBC 뉴스, 2014년 2월 14일 방송.
- 제베린 피셔·잔드라 베트게, 〈독일의 에너지 정책〉, FES information series, 2011-02.

밝은 누리

새천년의 으뜸 대한민국

초판 1쇄 인쇄 2016년 1월 22일
초판 1쇄 발행 2016년 1월 28일

지은이 이창영
펴낸이 김환기
펴낸곳 이른아침

주소   경기도 파주시 회동길 445-1 경인빌딩 B동 4층
전화   02-3143-7995
팩스   02-3143-7996
등록   제 395-2009-000037호
이메일 booksorie@naver.com

ISBN   978-89-6745-061-8 03810